글누림한국소설전집

고국
최서해 단편선

낙동강
조명희 단편선

책임편집·해설 — 유임하
문학평론가. 한국체육대학교 교양과정부 교수.
저서로는 『한국소설과 분단이야기』, 『한국문학과 불교문화』, 『전쟁의 기억, 역사와 문학』(공저), 『기억의 심연』, 『한국문학과 근대성의 형성』(공저), 『분단현실과 서사적 상상력』 등이 있음.

일러스트 — 이효정
문화진흥회주최 전래놀이, 라메르 수상전시, 자연과 생태 전시에 참여.
출판미전 순수부문 금상 수상. 현재 그림책 작업 다수 진행.

글누림한국소설전집 20
고국 최서해 단편선
낙동강 조명희 단편선

초판발행   2008년 12월 24일

지 은 이   최서해·조명희
펴 낸 이   최종숙
펴 낸 곳   글누림출판사

편집기획   홍동선
진   행   이태곤
디 자 인   이홍주
본문편집   김지향
편   집   권분옥 이소희
마 케 팅   문택주 안현진

주   소   서울시 서초구 반포4동 577-25 문창빌딩 2층(137-807)
전   화   02-3409-2055(대표), 2058(영업), 2060(편집)
팩   스   02-3409-2059
전자메일   nurim3888@hanmail.net
홈페이지   www.geulnurim.com
등록번호   제303-2005-000038호(2005. 10. 5)

값 9,900원
ISBN 978-89-91990-87-6-04810
ISBN 978-89-91990-67-8(세트)

출력·안문화사 **스캔**·삼평프로세스 **용지**·화인페이퍼 **인쇄**·한교인쇄 **제책**·동신제책

＊이 책의 판권은 저작권자와 글누림출판사에 있습니다. 서면 동의 없는 무단 전재 및 복제를 금합니다.
＊잘못된 책은 바꿔드립니다.

ⓒ 글누림출판사, 2008. Printed in Seoul, Korea

글누림한국소설전집 ⑳

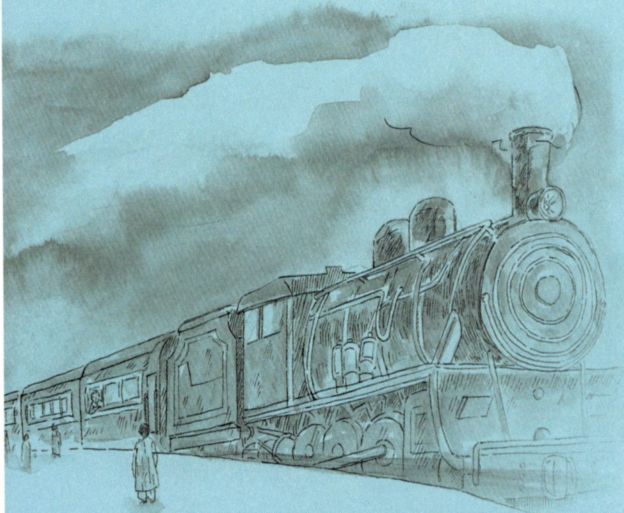

고국

최서해 단편선

낙동강

조명희 단편선

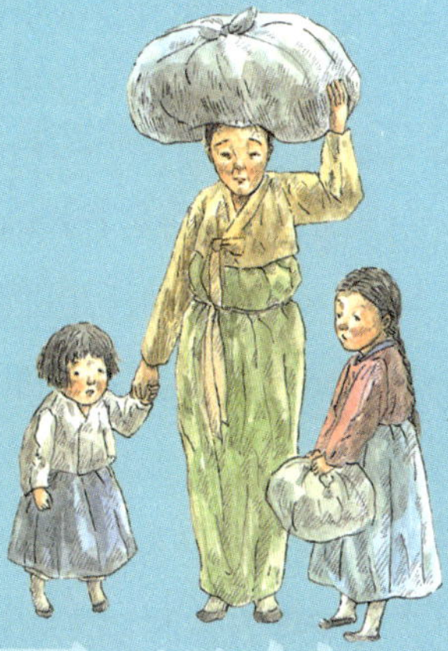

韓國現代小說

글누림

│ 간행사 │

'글누림한국소설전집'을 새롭게 간행하며

　디지털 환경에 익숙해진 문학 독자들을 위해 '글누림한국소설전집'을 새롭게 간행한다.

　세계의 유수한 고전적 저작들의 목록 절반 이상이 소설이라는 것은 놀라운 일도 이상한 일도 아니다. 잘 짜인 한 편의 이야기인 소설은 사회가 지향하는 꿈과 소망을 고스란히 담고 있다. 소설을 언어로 직조한 시대의 세밀한 풍경화라고 하는 말은 그래서 가능하다. 소설이 그 짧은 역사에도 불구하고 인류 문화의 벗으로 자리 잡을 수 있었던 것도 이러한 특성과 무관하지 않다.

　시대의 격랑 속에 한치 앞도 전망할 수 없는 오늘날의 개인은 소설 속에 담긴 과거의 시공간과 만나면서 인간의 보편성을 확인하고 자신의 개별성을 확장하는 정서적 체험을 하게 된다. 소설과의 만남은 단지 즐거운 독서 체험에 그치는 것이 아니라, 가치의 기준과 삶의 저변을 확장하는 문화의 실천인 것이다.

　오늘날의 문학 환경은 과거에 비해 많이 변화되었다. 신세대를 위한 '글누림한국소설전집'은 시대의 디지털적 진화(?)를 고려하여 기획되었다. 무엇보다도 새로운 문화적 감수성으로 무장한 독자들에게 문자로 읽는 텍스트에 그치지 않고, 텍스트가 생산된 시대를 짐작하고 음미하며 즐길 수 있도록 배려한 것이 이 전집의 특징이다. 그 배려는 문학이 우리 삶에 기여하는 정서적·교육적 효과를 깊게 고려한 것이고, 동시에 역사가 주는 교훈과 달리 우리의 삶을 되비추는 거울과도 같은 성찰의 효과를 전제한 것이다.

'글누림한국소설전집'이 지향하는 기획 의도는 다음과 같다.

첫째, 이 기획은 문학교육 전문가들과 대학에서 문학을 강의하는 전공 교수들의 조언을 받아 이루어졌으며, 근대 초기로부터 한국전쟁 이전의 소설 중에서 특히 문학적 검증이 끝난, 이른바 정전(canon)에 해당하는 작품들을 중심으로 구성되었다. 정전이란 한 시대의 표준적 규범을 뜻하는 말로, 문학 정전이란 현대문학사에서 누구나 인정하는 성과와 질을 담보한 불후의 명작들을 의미한다. 이 전집을 통해서 근대 초기 이후 지금까지 삶의 이면을 관류하는 문학의 근원적 가치와 이념을 확인할 수 있을 것이다.

둘째, 이 전집은 디지털 환경에 익숙한 젊은 독자들의 취향을 고려한 편의성을 최대한 제고하고자 하였다. 이를 위해서 어려운 낱말에는 상세한 단어풀이를 붙여 이해를 돕고자 했고, 동시에 작품 속에 등장하는 인물들의 갈등과 내면세계를 삽화로 제시하는 한편 작품과 관계되는 당대의 풍속, 생활, 풍물 등의 사진을 본문과 함께 배치하여 다양한 볼거리를 제공하고자 했다. 아울러 작가의 산실이 된 생가와 집필 장소, 유품 등을 사진으로 수록하여 작가의 삶과 작품에 대한 총체적인 이해를 돕고자 했다.

셋째, 이 기획은 교양과목을 수강하는 대학생과 시험을 앞둔 수험생, 풍요로운 삶을 소망하는 일반 독자들에게 작가와 작품, 작품의 배경이 된 당대 현실에 대한 이해를 돕는 교양서로 기능하도록 배려하였다. 수록 작품들은 본래의 의미를 최대한 존중하면서 다양한 이본들을 발표 원문과 일일이 대조하면서 현대식으로 표기하였고, 박사과정 재학 이상의 국문학 전공자의 교정 및 교열 작업을 거쳐 모범적인 판본을 만들었다.

　현재 우리 소설의 역사는 1백 년을 넘어서 새로운 전통을 쌓아가고 있다. 우리 소설들에는 우리의 선조들이 고심했던 역사와 풍속, 삶의 내밀한 관심과 즐거움이 한데 녹아 있다. 독자들은 소설과의 만남을 통해 우리의 문화가 이룩해온 정체성을 확인하고 상상하는 즐거움을 만끽할 수 있을 것이다.

　'글누림한국소설전집'이 디지털 시대를 살아가는 21세기의 젊은 독자들에게 새로운 독서 체험을 제공해 주고 동시에 삶의 풍부한 자양분 역할을 하기를 희망한다.

글누림한국소설전집 간행위원회

목차

간행사 004

최서해 단편소설
고국 009
탈출기 017
박돌의 죽음 032
기아와 살육 053
큰물 진 뒤 071
매월 092
홍염 109
전아사 135
갈등 164

조명희 단편소설
땅 속으로 207
R군에게 249
저기압 273
농촌 사람들 283
낙동강 305

작가 연보 325
작품 해설 329

최서해 단편소설

고국

계해(癸亥)년
계해(癸亥)는 육십간지의 60번째(마지막)이다. 여기서는 1923년을 가리킨다.

주의
두루마기.

큰 뜻을 품고 고국을 떠나던 운심의 그림자가 다시 조선땅에 나타난 것은 *계해년 삼월 중순이었다. 첨으로 회령에 왔다. 헌 메투리에 초라한 검정 *주의(周衣) 때 아닌 북면모를 푹 눌러 쓴 아래에 힘없이 끔벅이는 눈하며, 턱과 코 밑에 거칠거칠한 수염하며, 그가 오 년 전 예리예리하던 운심이라고는 친한 사람도 몰랐다.

간도에서 조선을 향할 때의 운심의 가슴은 고생에 몰리고 몰리면서도 무슨 기대와 희망에 찼다. 그가 두만강 건너편에서 고국 산천을 볼 때 어찌 기쁜지 뛰고 싶었다. 그러나 *노수(路需)가 없어서 노동으로 걸식하면서 온 그는 첫째 경제 문제를 생각지 않을 수 없었다. 다음 그의 가슴을 찌르는 것은 패자라는 부끄러운 느낌이었다.

'아— 나는 패자(敗者)다. 나날이 진보하는 도회에서 활동하는 모든 사람은 다 그새에 훌륭한 인물이 되었을 것이다. 나는 확실히 패자로구나……'

노수
노자. 먼 길을 떠나 오가는 데 드는 비용.

수직(守直)
건물이나 물건 따위를 맡아서 지킴. 또는 그런 사람.

순사

채마밭(菜麻-)
채마를 심어 가꾸는 밭. 채마는 먹을거리나 입을 거리로 심어서 가꾸는 식물을 일컫는다.

생각할 때 그는 그만 발 옮길 용기가 나지 않았다. 고국의 사람은 물론이요 돌이며 나무며 심지어 땅에 기어다니는 이름 모를 벌레까지도 자기를 모욕하며 비웃으며 배척할 것같이 생각된다. 그러나 이미 편 춤이니 건너갈 수밖에 없다 하였다. 그는 사동탄(寺洞灘)에서 강을 건넜다. *수직이 순사는 어디 거진가 하여 그를 눈도 거들떠보지 않았다. 그러나 그에게는 다행이었다. 운심은 신회령역을 지나 이제야 푸른빛을 띤 물버들이 드문드문한 조그마한 내를 건넜다. 진달래 봉오리 방긋방긋하는 오산을 바른 편에 끼고 중국 사람 *채마밭을 지나 동문 고개에 올라섰다. 그의 눈에는 넓은 회령 시가가 보였다. 고기비늘 같은 잇대인 기와지붕이며 사이사이 우뚝우뚝 솟은 양옥이며 거미줄같이 늘어진 전봇줄이며 뚜뚜 하는 자동차, 푸푸푸푸 하는 기차 소리며,

이전에 듣고 본 것이건만 그의 이목을 새롭게 하였다.

운심은 여관을 찾을 생각도 없이 비스듬한 큰길로 터벅터벅 걸었다. 어느새 해가 졌다. 전기가 켜졌다. 아직 그리 어둡지 않은 거리에 드문드문 달린 전등, 이집 저집 유리창으로 흘러나오는 붉은 불빛, 황혼 공기에 음파를 전하여 오는 바이올린 소리, 길에 다니는 말쑥한 사람들은 운심에게 딴 세상의 느낌을 주었다. 그의 몸은 솜같이 휘주근하고 등에 붙은 점심 못 먹은 배는 꼴꼴 운다.

1900년대 기차

"객주집을 찾기는 찾아야 할 터인데 돈이 있어야지……."

그는 홀로 중얼거리면서 길 한복판에 발을 멈추고 섰다.

밤은 점점 어두워 간다. 전등빛은 한층 더 밝다. 짐을 잔뜩 실은 우차(牛車)가 삐걱삐걱 소리를 내면서 그의 앞을 지나갔다. 그의 머리 위 넓고 푸른 하늘에 무수히 가물거리는 별들은 기구한 제 신세를 엿보는 듯이 그는 생각났다. 어디에선지 흘러오는 누릿한 음식 냄새는 그의 비위를 퍽 상하였다.

운심은 본정통에 나섰다. 손 위로 현등 아래 '회령여관'이라는 간판이 걸렸다. 그는 그 문 앞에 갔다. 전등 아래의 그의 낯빛은 창백하였다.

우차

'들어갈까? 어쩌면 좋을까?'

하고 그는 망설였다. 이때에 안경 쓴 젊은 사람이 정거장에 통한 길로 회령여관 문을 향하여 들어온다. 그 뒤에 갓쓴 이며 어린애 업은 여자며 보퉁이 지고 바가지 든 사람들이 따라 들어온다.

"어서 들어가십시오. 여관을 찾습니까?"

그 안경 쓴 자가 조그마한 보따리를 걸머지고 주저거리는 운심이를 보면서 말을 붙인다. 그러나 운심은 대답이 없었다.

"자 갑시다. 방도 덥구 밥값도 싸지요."

운심은 아무 소리 없이 방에 들어갔다. 방은 아래위 양간이었다. 그리 크지는 않으나 그리 더럽지도 않았다. 양방에다 천장 가운데 전등이 달렸다. 벽에는 산수화가 붙어 있었다. 안경 쓴 자와 함께 오던 사람들도 운심이와 한방에 있게 되었다.

저녁상을 받은 운심은 밥을 먹기는 먹으면서도 밥값 치러 줄 걱정에 가슴이 답답하였다. 이를 어쩌노! 밥값을 못 주면 이런 꼴이 어디 있나! 어서 내일부터 날삯이라도 해야지…… 하는 생각에 밥맛도 몰랐다.

*

바로 삼일운동이 일어나던 해 봄이었다. 그는 서간도로 갔었다. 처음 그는 백두산 뒤 흑룡강가 '청시허'라는 그리 크지 않은 동리에 있었다. 생전에 보지 못하던 험한 산과 울창한 산림과 듣지도 못하던 홍우적(마적) 홍우적 하는 소리에 간담이 서늘하였다.

그러나 하루 지나고 이틀 지나 차차 몇 달 되니 고향 생각도 덜 나고 무서운 마음도 덜하였다. 이리하여 이곳서 지내는 때에 그는 산에나 물에나 들에나 먹을 것에나 입을 것에나 조금의 부자유가 없었다. 그러한 부자유는 없었으되 그의 심정에 닥치는 고민은 나날이 깊었다. 벽장골 같은 이곳에 온 후로 친한 벗의 낯은 고사하고 편지 한 장 신문 한 장도 못 보았다. 이곳 사람들은 그의 벗이 되지 못하였다. 토민들은 운심이가 머리도 깎고 일본말도 할 줄 아니 탐정꾼이라고 처음에는 퍽 수군덕수군덕하였다. 산에 돌아다니면서 사냥을 일삼는 옛날 의병 찌터러기들도 부러 운심을 보러 온 일까지 있었다. 이곳에 사는 사람은 함경도 평안도 황해도 사람이 많다. 거개가 생활 곤란으로 와 있고 혹은 남의 돈 지고 도망한 자, 남의 계집 빼가지고 온 자, 순사 다니다가 횡령한 자, 노름질하다가 쫓긴 자, 살인한 자, 의병 다니던 자, 별별 흉한 것들이 모여서 군데군데 부락을 이루고 사냥도 하며 목축을 하며 농사도 하며 불한당질도 한다. 그런 까닭에 윤리도 도덕도 교육도 없다. 힘센 자가 으뜸이요 장수며 패왕이다. 중국 관청이 있으나 소위 경찰부장이 아편을 먹으면서 아편 장수를 잡으다 때린다.

운심은 동리 어린아이들을 모아 놓고 이야기도 하고 글도 가르쳤다. 그러나 그네들은 운심의 가르침을 이해치 못하였다. 운심이는 늘 슬펐다. *유위(有爲)한 청춘이 속절없이 스러져 가는 신세 되는 것이 그에게는 큰 고통이었다.

유위
능력이 있어 쓸모가 있음.

운심은 그 고통을 잊기 위하여 양양한 강풍을 쐬면서 고기도 낚고 그림 같은 단풍 그늘에서 명상도 하며 높은 봉에 올라 소리도 쳤으나 속 깊이 잠긴 그 비애는 떠나지 않았다. 산골에 방향을 주는 냇소리와 푸른 그늘에서 흘러나오는 *유량한 새의 노래로는 그 마음의 불만을 채우지 못하였다. 도리어 수심을 더하였다. 그는 항상 알지 못할 딴 세상을 동경하였다.

유량(嚠喨)
음악 소리가 맑으며 또렷함.

산은 단풍에 붉고, 들은 황곡에 누런 그해 가을에 운심이는 '청시허'를 떠났다. 땀 냄새가 물씬물씬한 여름옷을 그저 입은 그는 여름 삿갓을 쓴 채 조그마한 보따리를 짊어지고 지팡이 하나를 벗하여 떠났다. 그가 떠날 때에 그곳 사람들은 별로 섭섭하다는 표정이 없었다. 모두 문 안에 서서,

삿갓

"잘 가슈."

할 뿐이었다. 다만 조석으로 글 가르쳐 준 열세 살 난 어린것 하나가,

"선생님, 짐을 벗소. 내 들고 가겠소."

하면서 '청시허'에서 십 리 되는 '다사허' 고개까지 와서,

"선생님, 평안히 가오. 그리고 빨리 오오."

하면서 운다. 운심이도 울었다. 애끓게 울었다. 어찌하여 울게 되었는지 운심이 자신도 의식치 못하였다. 한참 울다가 주먹으로 눈물을 씻고 돌아서 보니 그 아이는 그저 운다. 운심이는 그 아이의 노루꼬리만한 머리를 쓰다듬으면서,

"어서 가거라, 내가 빨리 다녀오마."

말을 마치지 못하여 그는 또 울었다. 온 세계의 고독의 비애는 자기 홀로 가진 듯하였다. 운심이는 눈을 문지르는 어린애 손을 꼭 쥐면서,

"박돌아! 어서 가거라, 내달이면 내가 온다."

"나는 아버지가 내 말만 들었으면 선생님과 가겠는데……."

하면서 또 운다. 운심이도 또 울었다.

이 두 청춘의 눈물은 영별의 눈물이었다.

물을 건너고 산을 넘어 허덕허덕 홀로 갈 때 돌에 부딪히며 길에 끌리는 지팡이 소리만이 고요한 나무 속의 평온한 공기를 울리었다. 그의 발길은 정처가 없었다. 해 지면 자고 해뜨면 걷고 집이 있으면 얻어

먹고 없으면 굶으면서 방랑하였다. 물론 이슬에도 잠 잤으며 풀뿌리도 먹었다.

이때는 한창 남북 만주에 독립단이 *처처에 벌떼같이 일어나서 그 경계선을 앞뒤로 늘인 때였다. 청백한 사람으로서 정탐꾼이라고 독립군 총에 죽은 사람도 많았거니와 진정 정탐꾼도 죽은 사람이 많았다. 운심이도 그네들 손에 잡힌 바 되어 독립당 감옥에 사흘을 갇혔다가 어떤 아는 독립군의 보증으로 놓였다. 그러나 피끓는 청춘인 운심이는 그저 있지 않았다. 독립군에 뛰어들었다. 배낭을 지고 총을 메었다. 일시는 *엄벙한 것이 기뻤다. 그러나 날이 가고 달이 갈수록 그 군인 생활이 염증이 났다.

그리고 그는 늘 고원을 바라보고 울었다. 이상을 품고 울었다. 그 이듬해 간도 소요를 겪은 후로 독립당의 명맥이 일시 기운을 펴지 못하게 되매 군대도 해산되다시피 사방에 흩어졌다. 운심이 있던 군대도 해산되었다. 배낭을 벗고 총을 집어던진 운심이는 여전히 *표랑(漂浪)하였다. 머리는 귀밑을 가리고 검은 낯에 수염이 거칠었다. 두 눈에는 항상 붉은 핏발이 섰다. 어떤 때에 그는 아편에 취하여 중국 사람 골방에 자빠진 적도 있었으며, 비바람을 무릅쓰고 사냥도 하였다. 그러나 이방의 괴로운 생활에 *시화(詩化)되려던 그의 가슴은 가을 바람에 머리 숙인 버들가지가 되고 하늘이라도 뚫으려던 그 뜻은 이제 점점 어둑한 *천인갱참(千仞坑塹)에 떨어져 들어가는 줄 모르게 떨어져 들어감을 그는 깨달았다. 그는 신세를 생각하고 울었다. 공연히 소리를 지르면서 뛰어도 다녔다.

이 모양으로 *향방 없이 표랑하다가 지금 본국으로 돌아오기는 왔다. 내가 찾아갈 곳도 없고 나를 기다려 주는 이도 없건마는 나도 본국

처처(處處)
곳곳.

엄벙병하다
매우 엄벙하다. 어리둥절하여 정신을 차리지 못하고 있다.

표랑
뚜렷한 목적이나 정한 곳이 없이 이리저리 떠돌아다님.

시화
시적인 것이 됨. 또는 그렇게 되게 함.

버들가지

천인갱참
천길이나 되게 깊고 긴 구덩이.

향방(向方)
향하여 나가는 방향.

으로 돌아왔다. 알 수 없는 무엇이 나를 이리로 이끈 것이었다. 그러나 이로부터 어디로 가랴.

*

운심이가 회령 오던 사흘째 되는 날이다. 회령여관에는 도배장이 나운심(塗褙匠 羅雲深)이라는 문패가 걸렸다.

『조선문단』, 1924. 10.

최서해 단편소설

탈출기

1

김군! 수삼 차 편지는 반갑게 받았다. 그러나 나는 한 번도 회답하지 못하였다. 물론 군의 충정에는 나도 감사를 드리지만 그 충정을 나는 받을 수 없다.

―박군! 나는 군의 *탈가(脫家)를 찬성할 수 없다. 음험한 이역에 늙은 어머니와 어린 처자를 버리고 나선 군의 행동을 나는 찬성할 수 없다.

박군! 돌아가라. 어서 집으로 돌아가라. 군의 부모와 처자가 이역 노두에서 방황하는 것을 나는 눈앞에 보는 듯싶다. 그네들이 의지할 곳은 오직 군의 품 밖에 없다. 군은 그네들을 구하여야 할 것이다.

군은 군의 가정에서 *동량(棟樑)이다. 동량이 없는 집이 어디 있으랴? 조그마한 고통으로 집을 버리고 나선다는 것이 의지가 굳다는 박군으로서는 너무도 박약한 소위이다.

군은 ××단에 몸을 던져 ×선에 섰다는 말을 일전 황군에게서 듣기는 하였으나 그렇다 하여도 나는 그것을 시인할 수 없다. 가족을 못 살리는 힘으로 어찌 사회를 건지랴.

박군! 나는 군이 돌아가기를 충정으로 바란다. 군의 가족이 사람들 발 아래서 짓밟히는 것을 생각할 때! 군의 가슴인들 어찌 편하랴.

김군! 군은 이러한 말을 편지마다 썼지? 나는 군의 뜻을 잘 알았다. 내 사랑하는 나의 가족을 위하여 동정하여 주는 군에게 내 어찌 감사치 않으랴? 정다운 벗의 충고에 나는 늘 울었다. 그러나 그 충고를 들을 수 없다. 듣지 않는 것이 군에게는 고통이 될지? 분노가 될지? 나에게 있어서는 행복일지도 알 수 없는 까닭이다.

탈가
일정한 조건이나 환경, 구속 따위에서 벗어나기 위하여 자기 집에서 나감.

동량
기둥과 들보를 아울러 이르는 말. 들보는 칸과 칸 사이의 두 기둥을 건너질러 도리와는 'ㄴ' 자 모양, 마룻대와는 '十' 자 모양을 이루는 나무를 말한다.

김군! 나도 사람이다. *정애(情愛)가 있는 사람이다. 나의 목숨 같은 내 가족이 유린받는 것을 내 어찌 생각지 않으랴? 나의 고통을 제삼자로서는 만분의 일이라도 느낄 수 없을 것이다.

나는 이제 나의 탈가한 이유를 군에게 말하고자 한다. 여기에 대하여 동정과 비난은 군의 자유이다. 나는 다만 이러하다는 것을 군에게 알릴 뿐이다. 나는 이것을 군이 아니면 다른 사람에게라도 알리지 않고는 견딜 수 없는 충동을 받는 까닭이다.

그러나 나는 단언한다. 군도 사람이니 나의 말하는 것을 부인치는 못하리라.

정애
따뜻한 사랑.

2

김군! 내가 고향을 떠난 것은 오 년 전이다. 이것은 군도 아는 사실이다. 나는 그때에 어머니와 아내를 데리고 떠났다. 내가 고향을 떠나 간도로 간 것은 너무도 절박한 생활에 시든 몸이, 새 힘을 얻을까 하여 새 희망을 품고 새 세계를 동경하여 떠난 것도 군이 아는 사실이다.

―간도는 *천부금탕이다. 기름진 땅이 흔하여 어디를 가든지 농사를 지을 수 있고 농사를 잘 지으면 쌀도 흔할 것이다. 삼림이 많으니 나무 걱정도 될 것이 없다.

농사를 지어서 배불리 먹고 뜨뜻이 지내자. 그리고 깨끗한 초가나 지어놓고 글도 읽고 무지한 농민들을 가르쳐서 이상촌을 건설하리라. 이렇게 하면 간도의 황무지를 개척할 수도 있다.

이것이 간도 갈 때의 내 머릿속에 그리었던 이상이었다. 이때에 나

천부금탕
원래부터 금이 많은 땅.

두만강

헌헌하다
풍채가 당당하고 빼어나다.

는 얼마나 기뻤으랴! 두만강을 건너고 오랑캐령을 넘어서 망망한 평야와 산천을 바라볼 때 청춘의 내 가슴은 이상의 불길에 탔다. 구수한 내 소리와 *헌헌한 내 행동에 어머니와 아내도 기뻐하였다.

오랑캐령을 올라서니 서북으로 쏠려 오는 봄 세찬 바람이 어떻게 뺨을 갈기는지,

"에그 칩구나! 여기는 아직도 겨울이로구나."

어머니는 수레 위에서 이불을 뒤집어썼다.

"무얼요, 이 바람을 많이 맞아야 성공이 올 것입니다."

나는 가장 씩씩하게 말하였다. 이처럼 나는 기쁘고 활기로웠다.

3

김군! 그러나 나의 이상은 물거품으로 돌아갔다. 간도에 들어서서 한 달이 못 되어서부터 거친 물결은 우리 세 *생령(生靈)의 앞에 기탄 없이 몰려왔다.

나는 농사를 지으려고 밭을 구하였다. 빈 땅은 없었다. 돈을 주고 사기전에는 일 평의 땅이나마 손에 넣을 수 없었다. 그렇지 않으면 *지나인(支那人)의 밭을 *도조나 *타조로 얻어야 된다. 일 년내 중국 사람에게서 양식을 꾸어 먹고 도조나 타조를 지으면 가을 추수는 빚으로 다 들어가고 또 처음 꼴이 된다. 그러나 농사라고 못 지어 본 내가 도조나 타조를 얻는대야 일 년 양식 빚도 못 될 것이고 또 나 같은 *시로도에게는 밭을 주지 않았다.

생소한 산천이요, 생소한 사람들이니, 어디가 어쩌면 좋을는지? 의논 할 사람도 없었다. H라는 촌거리에 셋방을 얻어 가지고 어름어름 하는 새에 보름이 지나고 한 달이 넘었다. 그새에 몇 푼 남았던 돈은 다 *부러먹고 밭은 고사하고 일자리도 못 얻었다.

나는 팔을 걷고 나섰다. 이리저리 돌아다니면서 구들도 고쳐 주고 가마도 붙여 주었다. 이리하여 호구하게 되었다. 이때 H장에서는 나를 '온돌장이(구들 고치는 사람)'라고 불렀다. 갈아입을 의복이 없는 나는 늘 숯검정이 꺼멓게 묻은 의복을 벗을 새가 없었다.

H장은 좁은 곳이다. 구들 고치는 일도 늘 있지 않았다. 그것으로 밥 먹기는 어려웠다. 나는 여름 불볕에 삯김도 매고

생령
살아 있는 넋이라는 뜻으로, '생명'을 이르는 말.

지나인
중국인.

도조(賭租)
남의 논밭을 빌려서 부치고 논밭을 빌린 대가로 해마다 내는 벼.

타조(打租)
수확량에 따라 지주에게 도조로 바치는 것.

시로도
아마추어.

부러먹다
헛되이 다 쓰다.

가마

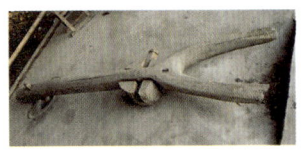
디딜방아

꼴도 베어 팔았다. 그리고 어머니와 아내는 삯방아 찧고 강가에 나가서 부스러진 나뭇개비를 주워서 겨우 연명하였다.

김군! 나는 이때부터 비로소 무서운 인간고(人間苦)를 느꼈다. 아아, 인생이란 과연 이렇게도 괴로운 것인가? 하는 것을 나는 생각하게 되었다. 나는 나에게 닥치는 풍파 때문에 눈물 흘린 일은 이때까지 없었다. 그러나 어머니가 나무를 줍고 아내가 삯방아를 찧을 때! 나의 피는 끓었으며 나의 눈은 눈물에 흐려졌다.

"에구, 차라리 내가 드러누워 앓고 있지, 네 괴로워하는 꼴은 차마 못 보겠다."

이것은 언제 내가 병들어 신음할 때에 어머니가 울면서 하신 말씀이다. 이것을 무심히 들었던 나는 이때에야 이 말의 참뜻을 느꼈다.

"아아, 차라리 나의 고기가 찢어지고 뼈가 부서지는 것은 참을 수 있으나, 내 눈앞에서 사랑하는 늙은 어머니와 아내가 배를 주리고 남의 멸시를 받는 것은 참으로 견디기 어렵구나!"

나는 이렇게 여러 번 가슴을 쳤다. 나는 밤이나 낮이나, 비 오나 바람이 치나 헤아리지 않고 삯김, 삯심부름, 삯나무, 무엇이든지 가리지 않았다.

"오늘도 배고프겠구나, 아침도 변변히 못 먹고…… 나는 너 배 주리지 않는 것을 보았으면 죽어도 눈을 감겠다."

내가 삯일을 하다가 늦게 돌아오면 어머니는 우실 듯이 말씀하셨다. 그러나 나는 흔연하게,

"배는 무슨 배가 고파요."

대답하였다.

내 아내는 늘 별 말이 없었다. 무슨 일이든지 시키는 대로 *소곳하

소곳하다
조금 다소곳하다.

고 아무 소리 없이 순종하였다. 나는 그것이 더욱 불쌍하게 생각되었다. 나는 어머니보다는 아내 보기가 퍽 부끄러웠다.

"경제의 자립도 못 되는 내가 왜 장가를 들었누?"

이것이 부모의 한 일이지만 나는 이렇게도 탄식하였다. 그럴수록 아내에게 대하여 황공하였고 존경하였다.

어떻게 하면 살 수 있을까?…… 이러한 생각은 이때 내 머리를 몹시 때렸다. 이때 나에게는 부지런한 자에게 복이 온다 하는 말이 거짓말로 생각되었다. 그 말을 지상의 격언으로 굳게 믿어 온 나는 그 말에 도리어 일종의 의심을 품게 되었고 나중은 부인까지 하게 되었다.

부지런하다면 이때 우리처럼 부지런함이 어디 있으며 정직하다면 이때 우리 식구같이 정직함이 어디 있으랴? 그러나 빈곤은 날로 심하였다. 이틀 사흘 굶은 적도 한두 번이 아니었다. 한번은 이틀이나 굶고 일자리를 찾다가 집으로 들어가니 부엌 앞에 앉았던 아내가(아내는 이때 아이를 배어서 배가 남산만하였다) 무엇을 먹다가 깜짝 놀란다. 그리고 손에 쥐었던 것을 얼른 아궁이에 집어넣는다. 이때 불쾌한 감정이 내 가슴에 떠올랐다.

아궁이

'……무얼 먹을까? 어디서 무엇을 얻었을까? 무엇이길래 어머니와 나 몰래 먹누? 아! 여편네란 그런 것이로구나! 아니 그러나 설마…… 그래도 무엇을 먹던데…….'

나는 이렇게 아내를 의심도 하고 원망도 하고 밉게도 생각하였다. 아내는 아무 말없이 어색하게 머리를 숙이고 앉아서 씩씩하다가 밖으로 나간다. 그 얼굴은 좀 붉었다.

아내가 나간 뒤에 나는 아내가 먹다가 던진 것을 찾으려고 아궁지를 뒤지었다. 싸늘하게 식은 재를 막대기에 뒤져내니 벌건 것이 눈에 띄었다. 나는 그것을 집었다. 그것은 귤껍질(橘皮)이다. 거기엔 베먹은 잇자국이 났다. 귤껍질을 쥔 나의 손은 떨리고 잇자국을 보는 내 눈에는 눈물이 괴었다.

김군! 이때 나의 감정을 어떻게 표현하면 적당할까?

—오죽 먹고 싶었으면 오죽 배고팠으면, 길바닥에 내던진 귤껍질을 주워 먹을까! 더욱 몸 *비잖은 그가! 아아, 나는 사람이 아니다. 그러한 아내를 나는 의심하였구나! 이놈이 어찌하여 그러한 아내에게 불평을 품었는가? 나 같은 간악한 놈이 어디 있으랴. 내가 양심이 부끄러워서 무슨 면목으로 아내를 볼까?

이렇게 생각하면서 나는 느껴가며 눈물을 흘렸다. 귤껍질을 쥔 채로 이를 악물고 울었다.

"야, 어째 우느냐? 일어나거라. 우리도 살 때 있겠지, 늘 이렇겠느냐." 하면서 누가 어깨를 친다. 나는 그것이 어머니인 것을 알았다. 나는,

몸(이) 비지 않다
(완곡하게) 아이를 배다.

"아이구 어머니, 나는 불효외다."

하면서 어머니의 발을 안고 자꾸자꾸 울고 싶었다. 그러나 나는 아무 소리 없이 가슴을 부둥켜안고 밖으로 나왔다.

'내가 왜 우누? 울기만 하면 무엇 하나? 살자! 살자! 어떻게든지 살아 보자! 내 어머니와 내 아내도 살아야 하겠다. 이 목숨이 있는 때까지는 벌어 보자!'

나는 이를 갈고 주먹을 쥐었다. 그러나 눈물은 여전히 흘렀다. 아내는 말없이 울고 섰는 내 곁에 와서 손으로 치마끈을 만지작거리며 눈물을 떨어뜨린다. 농삿집에서 길러난 아내는 지금도 어찌 수줍은지 내가 울면 같이 울기는 하여도 어떻게 말로 위로할 줄은 모른다.

4

김군! 세월은 우리를 위하여 여름을 항상 주지 않았다.

서풍이 불고 서리가 내리기 시작하였다. 찬 기운은 헐벗은 우리를 위협하였다.

가을부터 나는 대구어(大口魚) 장사를 하였다. 삼 원을 주고 대구 열 마리를 사서 등에 지고 산골로 다니면서 콩〔大豆〕과 바꾸었다. 그러나 대구 열 마리는 등에 질 수 있었으나, 대구 열 마리를 주고 받은 콩 열 말은 질 수 없었다. 나는 하는 수 없이 삼사십 리나 되는 곳에서 두 말씩 두 말씩 사흘 동안이나 져왔다. 우리는 열 말 되는 콩을 자본삼아 두부 장사를 시작하였다.

생선장수

맷돌

문창

아내와 나는 진종일 맷돌질을 하였다. 무거운 맷돌을 돌리고 나면 팔이 뚝 떨어지는 듯하였다. 내가 이렇게 괴로울 적에 해산한 지 며칠 안 되는 아내의 괴로움이야 어떠하였으랴? 그는 늘 낯이 부석부석하였다. 그래도 나는 무슨 불평이 있는 때면 아내를 욕하였다. 그러나 욕한 뒤에는 곧 후회하였다.

콧구멍만한 부엌방에 가마를 걸고 맷돌을 놓고 나무를 들이고 의복가지를 걸고 하면 사람은 겨우 비비고 들어앉게 된다. 뜬 김에 문창은 떨어지고 벽은 눅눅하다. 모든 것이 후줄근하여 의복을 입은 채 미지근한 물 속에 들어앉은 듯하였다. 어떤 때는 애써 갈아 놓은 비지가 이 뜬 김 속에서 쉬어 버렸다. 두붓물이 가마에서 몹시 끓어 번질 때에 우윳빛 같은 두붓물 위에 버터빛 같은 노란 기름이 엉기면(그것은 두부가 잘될 징조다) 우리는 안심한다. 그러나 두붓물이 희멀끔해지고 기름기가 돌지 않으면 거기에만 시선을 쏘고 있는 아내의 낯빛부터 글러 가기 시작한다. 초를 쳐 보아서 두붓발이 서지 않고 매캐지근하게 풀어질 때에는 우리의 가슴은 덜컥한다.

"또 쉰 게로구나! 저를 어찌누?"

젖을 달라고 빽빽 우는 어린아이를 안고 서서 두붓물만 들여다보시던 어머니는 목메인 말씀을 하시면서 우신다. 이렇게 되면 온 집안은 *신산하여 말할 수 없는 울음, 비통, 처참, *소조한 분위기에 싸인다.

"너 고생한 게 애닯구나! 팔이 부러지게 갈아서…… 그거(두부) 팔아서 장을 보려고 태산같이 바랐더니……."

어머니는 그저 가슴을 뜯으면서 운다. 아내도 울듯 울듯이 머리를

신산(辛酸)
세상살이가 힘들고 고생스러움을 비유적으로 이르는 말.

소조(所遭)
치욕이나 고난을 당함.

숙인다. 그 두부를 판대야 큰 돈은 못 된다. 기껏 남는대야 이십 전이나 삼십 전이다. 그것으로 우리는 호구를 한다. 이십 전이나 삼십 전에 어머니는 운다. 아내도 기운이 준다. 나까지 가슴이 바짝바짝 조인다.

그날은 하는 수 없이 쉰 두붓물로 *때를 에우고 지낸다. 아이는 젖을 달라고 밤새껏 빽빽거린다. 우리의 살림에는 어린것도 귀치 않았다.

때를 에우다
다른 음식으로 끼니를 때우다.

5

울면서 겨자 먹기로 괴로운 대로 또 두부를 하지 않으면 안 된다. 그러나 이번에는 땔나무가 없다. 나는 낫을 들고 떠난다. 내가 낫을 들고 떠나면 산후여독으로 신음하는 아내도 낫을 들고 말없이 나를 따라 나선다. 어머니와 나는 굳이 만류하나 아내는 듣지 않는다.

내 손으로 하는 나무이건만 마음 놓고는 못 한다. 산 임자에게 들키면 여간한 경을 치지 않는다. 그러므로 우리는 황혼이면 산에 가서 도적나무를 하여 지고 밤이 깊어서 돌아온다. 아내는 이고 나는 지고 캄캄한 밤에 산비탈로 내려오다가 발이 미끄러지거나 돌에 채이면 곤두박질을 하여 나뭇짐 속에 든다. 아내는 소리 없이 이었던 나무를 내려놓고 나뭇짐에 눌려서 *버둑거리는 나를 겨우 끄집어 일으킨다. 그러나 내가 나뭇짐을 지고 일어나면 아내는 혼자 나뭇짐을 이지 못한다. 또 내가 나뭇짐을 벗고 아내에게 이어 주면 나는 추어 주는 이 없이는 나뭇짐을 질 수 없다. 하는 수 없이 나는 어떤 높은 바위에 벗어 놓고(후에 지기 편하도록) 아내에게 이어 준다. 이리하여 산비탈을 내려오면, 언제 왔는지 어머니는 애를

버둑거리다
자빠지거나 주저앉거나 매달려서 팔다리를 크게 벋지르며 마구 몸을 움직이다.

나뭇짐

업고 우들우들 떨면서 산 아래서 기다리시다가도,

"인제 오니? 나는 너 또 붙들리지나 않는가 하여 혼이 났다."

하신다. 이때마다 내 가슴은 저렸다. 나는 이렇게 나무 도적질을 하다가 중국 경찰서에까지 잡혀가서 여러 번 맞았다.

이때 이웃에서는 우리를 조소하고 경찰에서는 우리를 의심하였다.

―흥, 신수가 멀쩡한 년놈들이 그 꼴이야, 어디 가 일자리도 구하지 않구. 그 눈이 누래서 두부 장사 하는 꼬락서니는 참 더러워서 못 보겠네. 불알을 달고 나서 그렇게야 살리?

이것은 이웃 남녀가 비웃는 소리였다. 그리고 어떤 산 임자가 나무 잃은 고발을 하면 경찰서에서는 불문곡직하고 우리 집부터 수색하고 질문하면서 나를 때린다. 그러나 나는 호소할 곳이 없었다.

6

김군! 이러구러 겨울은 점점 깊어 가고 기한은 점점 *박도하였다. 일자리는 없고…… 그렇다고 손을 털고 앉았을 수는 없었다. 모든 식구가 퍼러퍼래서 굶고 앉은 꼴을 나는 그저 볼 수 없었다. 시퍼런 칼이라도 들고 하루라도 괴로운 생을 모면하도록 그네들을 쿡쿡 찔러 없애고 나까지 없어지든지, 그렇지 않으면 칼을 들고 나서서 강도질이라도 하여서 기한을 면하든지 하는 수밖에는 더 도리가 없게 절박하였다. 나는 일이 없으면 없느니만치, 고통이 닥치면 닥치느니만치 내 번민은 컸다. 나는 어떤 날은 거의 얼빠진 사람처럼 눈을 감고 깊은 생각에 잠긴 일이 있었다.

박도(迫到)
가까이 닥쳐옴.

　이때 내 머릿속에서는 머리를 움실움실 드는 사상이 있었다(오늘날에 생각하면 그것은 나의 전 운명을 결정할 사상이었다). 그 생각은 누구의 가르침에 일어난 것도 아니려니와 일부러 일으키려고 애써서 일어난 것도 아니다. 봄 풀싹같이 내 머릿속에서 점점 머리를 들었다.
　―나는 여태까지 세상에 대하여 충실하였다. 어디까지든지 충실하려고 하였다. 내 어머니, 내 아내까지도 뼈가 부서지고 고기가 찢기더라도 충실한 노력으로 살려고 하였다. 그러나 세상은 우리를 속였다. 우리의 충실을 받지 않았다. 도리어 충실한 우리를 모욕하고 멸시하고 학대하였다. 우리는 여태까지 속아 살았다. 포악하고 허위스럽고 요사한 무리를 용납하고 옹호하는 세상인 것을 참으로 몰랐다. 우리뿐 아니라 세상의 모든 사람들도 그것을 의식하지 못하였을 것이다. 그네들

은 그러한 세상의 분위기에 취하였었다. 나도 이때까지 취하였었다. 우리는 우리로서 살아온 것이 아니라 어떤 험악한 제도의 희생자로서 살아왔었다.

김군! 나는 사람들을 원망치 않는다. 그러나 *마주(魔酒)에 취하여 자기의 피를 짜 바치면서도 깨지 못하는 사람을 그저 볼 수 없다. 허위와 요사와 표독과 게으른 자를 옹호하고 용납하는 이 제도는 더욱 그저 둘 수 없다.

―이 분위기 속에서는 아무리 노력하여도, 충실하여도, 우리는 우리의 생(生)의 만족을 느낄 날이 없을 것이다. 어찌하여 겨우 연명을 한다 하더라도 죽지 못하는 삶이 될 것이요, 그 영향은 자식에게까지 미칠 것이다. 나는 어미 품속에서 빽빽하는 어린것의 장래를 생각할 때면 *애잡짤한 감정과 분함을 금할 수 없다. 내가 늘 이 상태면(그것은 거의 정한 이치다) 그에게는 상당한 교양은 고사하고, 다리 밑이나 남의 집 문간에 버리게 될 터이니, 아! 삶을 받은 한 생령을 죄 없이 찌그러지게 하는 것이 어찌 애닯잖으며 분치 않으랴? 그렇다 하면 그것을 나의 죄라 할까?

김군! 나는 더 참을 수 없었다. 나는 나부터 살리려고 한다. 이때까지는 최면술에 걸린 송장이었다. 제가 죽은 송장으로 남(식구들)을 어찌 살리랴? 그러려면 나는 나에게 최면술을 걸려는 무리를, 험악한 이 공기의 원류를 쳐부수려고 하는 것이다.

나는 이것을 인간의 생의 충동이며 확충이라고 본다. 나는 여기서 무상의 *법열(法悅)을 느끼려고 한다. 아니 벌써부터 느껴진다. 이 사상이 드디어 나로 하여금 집을 탈출케 하였으며, ××단에 가입하게 하였으며, 비바람 밤낮을 헤아리지 않고 벼랑 끝보다 더 험한 ×선에

마주
정신을 흐리게 하는 술.

애잡짤하다
가슴이 미어지듯 안타깝다.

법열
참된 이치를 깨달았을 때 느끼는 황홀한 기쁨.

서게 한 것이다.

 김군! 거듭 말한다. 나도 사람이다. 양심을 가진 사람이다. 애정을 가진 사람이다. 내가 떠나는 날부터 식구들은 더욱 곤경에 들 줄도 나는 알았다. 자칫하면 눈 속이나 어느 구렁에서 죽는 줄도 모르게 굶어 죽을 줄도 나는 잘 안다. 그러므로 나는 이곳에서도 남의 집 행랑어멈이나 아범이며, 노두에 방황하는 거지를 무심히 보지 않는다. 아! 나의 식구도 그럴 것을 생각할 때면 자연히 흐르는 눈물과 뿌직뿌직 찢기는 가슴을 덮쳐 잡는다. 그러나 나는 이를 갈고 주먹을 쥔다. 눈물을 아니 흘리려고 하며 비애에 상하지 않으려고 한다. 울기에는 너무도 때가 늦었으며 비애에 상하는 것은 우리의 박약을 너무도 표시하는 듯싶다. 어떠한 고통이든지 참고 분투하려고 한다.

 김군! 이것이 나의 탈가한 이유를 대략 적은 것이다. 나는 나의 목적을 이루기 전에는 내 식구에게 편지도 하지 않으려고 한다. 그네가 죽어도, 내가 또 죽어도……

 나는 이러다가 성공 없이 죽는다 하더라도 원한이 없겠다. 이 시대, 이 민중의 의무를 이행한 까닭이다.

 아아, 김군아! 말을 다하였으나 정은 그저 가슴에 넘치누나!

『조선문단』, 1925. 3.

최서해 단편소설

박돌의 죽음

1

밤은 자정이 훨씬 넘었다.

이웃의 닭소리는 검푸른 새벽빛 속에 맑게 흐른다. 높고 푸른 하늘에 야광주를 뿌려 놓은 듯이 반짝이는 별들은 고요한 대지를 향하여 무슨 묵시를 주고 있다. 나뭇잎에서는 이슬 듣는 소리가 고요하다. 여름밤이건만 새벽녘이 되니 부드럽고도 쌀쌀한 기운이 추근하게 *만상(萬象)을 소리 없이 싸고돈다.

> **만상**
> 온갖 사물의 형상.

남자인지 여자인지, 어둠 속에 잘 분간할 수 없는 히슥한 그림자가 동계사무소(洞契事務所) 앞 좁은 골목으로 허둥허둥 뛰어나온다.

고요한 새벽이슬에 추근한 땅을 울리면서 나오는 발자취는 퍽 산란하다. 쿵쿵 하는 음향(音響)은 여러 집 울타리를 넘고 지붕을 건너서 어둠 속으로 규칙 없이 퍼져 나갔다.

어느 집 개가 몹시 짖는다. 또 다른 집 개도 컹컹 짖는다. 캥캥한 발바리 소리도 난다.

뛰어나오는 그림자는 정직상점(正直商店) 뒷골목으로 휙 돌아서 내려간다. 쿵쿵쿵…….

서너 집 내려와서 어둠 속에 잿빛같이 보이는 커단 대문 앞에 딱 섰다. 헐떡이는 숨소리는 고요한 공기를 미미히 울린다. 그 그림자는 대문에 탁 실린다. 빗장과 대문이 맞찍혀서 삐걱 하고는 열리지 않았다.

"문으 좀 열어 주오!"

무엇에 쫓긴 듯이 황겁한 소리는 대문 안 마당의 어둠을 뚫고 저편 푸른 하늘 아래 *용마루선(線)이 죽 그인 기와집에 부딪혔다.

> **용마루(龍――)**
> 지붕 가운데 부분에 있는 가장 높은 수평 마루.

황겁(惶怯)
겁이 나서 얼떨떨함.

"문으 좀 열어 주오!"

이번에는 대문을 두드리고 밀면서 고함을 친다. 소리는 퍽 *황겁하나 가늘고 쨍쨍한 것이 여자다 하는 것을 직각케 한다.

"에구 어찌겠는구? 이 집에서 자음메? 문으 빨리 벗겨 주오!"

절망한 듯이 애처로운 소리를 치면서 문을 쿵쿵 치다가는 삐걱삐걱 밀기도 하고, 땅에다가 배를 붙이고 대문 밑으로 기어 들어가려고도 애를 쓴다. 대문 울리는 소리는 주위의 공기를 흔들었다.

이웃집 개들은 그저 몹시 짖는다.

닭은 홰를 치고 꼬끼요— 한다.

"그게 뉘기요?"

안에서 선잠 깬 여편네 소리가 들린다.

"에구 깼구면!"

엎드려서 배밀이하던 여인은 벌떡 일어나면서,

"내요, 문으 좀 벗겨 주오!"

한다. 그 소리는 아까보다 좀 나직하다.

"내라는 게 뉘기요? 어째 왔소?"

안에서는 문을 벌컥 열었다. 열린 문이 벽에 부딪히는 소리가 탁 하고 울타리에 반항하였다.

초시
예전에, 한문을 좀 아는 유식한 양반을 높여 이르던 말.

"*초시(初試) 있소? 급한 병이 있어 그럽메."

컴컴하던 집안에 성냥불빛이 가물가물하다가 힘없이 스러지는 것이 대문 틈으로 보였다. 다시 성냥불빛이 번득하더니 당그랑 잴랑 하는 램프 유리의 부딪치는 소리와 같이 환한 불빛이 문으로 흘러나와 검은 땅을 스쳐 대문에 비치었다. '에헴' 하는 사내의 기침 소리가 들렸다. 칙칙거리는 어린애 울음소리가 난다. 불빛이 번뜻하면서 문으로 여인이 선잠 깬 하품 소리를 '으앙' 하며 맨발로 저벅저벅 나와서 대문 빗장을 뽑았다.

"뉘기요?"

들어오는 사람을 기웃이 본다.

"내요."

밖에 섰던 여인은 대문 안으로 들어섰다.

"나는 또 뉘기라구? 어째서 남 자는 밤에 이 야단이오?"

안에서 나온 여인은 입을 씰룩하였다.

"에구 박돌(朴乭)이 앓아서 그럽메! 초시 있소?"

밖에서 들어온 여인은 떨리는 목소리로 아첨 비슷하게, 불빛에 오른쪽 볼이 붉은 주인 여편네를 건너다본다.

빗장

"있기는 있소."

주인 여편네는 휙 돌아서서 안으로 들어가더니,

"저두에 파충댁이로구마! 의원이구 약국이구 걷어치우오! 잠두 못 자게 하구!"

소리를 지른다. 캥캥한 소리는 몹시 쌀쌀하였다. 지금 온 여인은 툇마루 아래에 서서 머리를 숙였다 들면서 한숨을 휴— 쉬었다.

정주(鼎廚)에서 한참 동안이나 부시럭 부시럭하는 소리가 나더니 사잇문 소리가 덜컥 하면서 툇마루 놓인 방문 창에 불빛이 가득 찼다.

사잇문

"에헴, 들오!"

다 쉬어 빠진 호박통을 두드리는 듯한 사내의 소리가 들린다. 밖에 섰던 여인은 툇마루에 올라섰다. 문을 열었다. 방에서 흘러나오는 불빛은 마루에 떨어졌다. 약 냄새는 코를 쿡 찌른다.

툇마루

2

"하, 그거 안됐군. 그러나 나는 갈 수 없는데……."

몸집이 뚱뚱하고 얼굴에 기름이 번질번질한 의사(김초시)는 창문 정면에 놓인 약장에 기대앉았다.

"에구 초시사, 그래 쓰겠소? 어서 가 봐주오."

문 앞에 황공스럽게 쭈그리고 앉은 여인의 사들사들한 낯에는 어색한 웃음이 떠올랐다.

약장

"글쎄 웬만하문사 그럴리 있겠소마는, 어제부터 아파서 출입이라군 못 하고 있소. 에헴, 에헴, 악……."

의사는 입에 물었던 담뱃대를 뽑아 들더니 안 나오는 기침을 억지로 끄집어내어 가래를 타구에 뱉는다.

담뱃대

"그게(박돌) 애비 없이 불쌍히 자란 게 죽어서 쓰겠소? 거저 초시게 목숨이 달렸으니 살려 주오."

의사는 땟국이 꾀죄한 여인을 힐끗 보더니,

"별말을 다 하오. 내 염라대왕이니 목숨을 쥐고 있겠소. 글쎄 하늘이 무너진대도 못 가겠소."

약방

하며 담배 연기를 휙 내뿜고 이마를 찡기면서 천장을 쳐다본다. 흰 연기는 구름발같이 휘휘 돌아서 까맣게 그을은 약봉지를 데룽데룽 달아 놓은 천장으로 기어 올라서는 다시 죽 퍼져서 방안에 찼다. 오줌 냄새, 약 냄새에 여지없는 방안의 공기는 캐—한 연기와 어울려서 코가 저리도록 불

쾌하였다.

"제발 살려 줍시오, 네? 그 은혜는 뼈를 갈아서라도 갚아드리오리! 네? 어서 가 봐주오."

"글쎄 못 가겠는 거 어찌겠소? 이제 바람을 쏘이고 걷고 나면 죽게 앓겠으니, 남을 살리자다가 제 죽겠소."

"가기는 어디로 간단 말이오? 어제해르, 그래, 또 밤새끈 알쿠서리."

의사의 말 뒤를 이어 정주에서 주인 여편네가 캥캥거린다.

여인은 머리를 푹 숙이고 앉았더니,

"그러문 약이라도 멧 첩 지어 주오."

한다.

"약종이 부족해서 약을 못 짓는데."

의사는 몸을 비틀면서 유들유들한 목을 천천히 돌려서 약장을 슬그머니 돌아본다.

"약값 염려는 조금도 말고 좀 지어 주오."

"아, 글쎄 약종이 없는 것을 어떻게 짓는단 말이오? 자, 이거 보오!"

하더니 빈 약서랍 하나를 뽑아서 땅바닥에 덜컥 놓는다.

"집에 돼지새끼 하나 있으니 그거 모레 장에 팔아 드릴게 좀 지어 주오."

"하, 이 앞집 김주사도 어제 약 지러 왔다가 못 지어 갔소."

의사는 어이없다는 듯이 입을 벌린다.

"그래 못 지어 주겠소?"

푹 꺼진 여인의 눈은 이상스럽게 의사의 낯을 쏘았다. 의사는,

"글쎄 어떻게 짓겠소?"

하면서 여인이 보내는 시선을 피하려는 듯이 미닫이 두껍집에 붙인 산수화(山水畵)를 본다.

"에구, 내 박돌이는 죽는구나! 한심한 세상두 있는게?"

여인의 소리는 애참하게 울음에 젖었다. 때가 덕지덕지한 뺨을 스쳐 흐르는 눈물은 누더기 같은 치마에 떨어졌다.

"에, 곤하군. 아―함, 어서 가보오."

의사는 하품과 기지개를 치면서 일어섰다. 여인은 눈물을 쑥쑥 씻더니 벌떡 일어섰다.

"너무 한심하구먼! 돈이 없다구 너무 업시비 보지 마오. 죽는 사람을 살려주문 어떠오? 혼자 잘 사오."

여인의 눈에는 이상한 불빛이 섬뜩하였다. 그 목소리는 싹 에는 듯이 아츠럽게 들렸다. 의사는 가슴이 끔뜰하였다.

3

여인은 갔다.

한 집 건너 두 집 건너 닭 우는 소리가 요란하다. 이웃에서 개 짖는 소리도 들렸다.

포플러 잎에서는 이슬 듣는 소리가 은은하다.

"별게 다 와서 성화를 시키네!"

여인이 간 뒤에 의사는 대문을 채우고 안으로 들어오면서 중얼거렸다.

"그까짓 거렁뱅들께 약을 주구 언제 돈을 받겠소? 아예 주지 마오."

주인 여편네는 뾰로통해서 양양거린다.

"흥, 그리게 뉘기 주나!"

의사는 방문을 닫으면서 승리나 한 듯이 콧소리를 친다.

"약만 주어 보오? 그놈의 약장, 도끼로 바사 놓게."

의사의 내외는 다시 불을 끄고 자리에 누웠으나 두루 뒤숭숭하여 졸음이 오지 않았다.

4

"에구, 제마(어머니)! 에구 배야!"

박돌이는 이를 갈고 두 손으로 배를 웅크려 잡으면서 몸을 비비 틀기도 하고 벌떡 일어앉았다가는 다시 눕고, 누웠다가는 엎드리고 하며 몸 거접할 곳을 모른다.

"에구, 내 죽겠소! 왝, 왝."

시큼하고 넌들넌들한 검푸른 액(液)을 코와 입으로 토한다. 토할 때마다 그는 소름을 치고 가슴을 뜯는다. 뱃속에서는 꾸르르꿀 꾸르르꿀 하는 물소리가 쉬일 새 없다. 물소리가 몹시 나다가 좀 멎는다 할 때면 쏴— 뿌드득 뿌드득 쏴— 하고 설사를 한다. 마대 조각으로 되는 대로 기워서 입은 누덕바지는 벌써 똥물에 죽이 되었다.

"에구, 어찌겠니? 의원(醫員)놈도 안 봐주니…… 글쎄 이게 무슨 갑작 병인구?"

어머니는 토하는 박돌의 이마를 잡고 등을 친다.

"에구, 이거 어찌겠는구? 배 아프냐?"

어머니는 핏발이 울울한 박돌의 눈을 들여다보았다. 눈이 휘둥그래서 급한 호흡을 치는 박돌이는 턱 드러누우면서 머리만 끄덕인다. 어머니는 박돌의 배를 이리저리 누르면서,

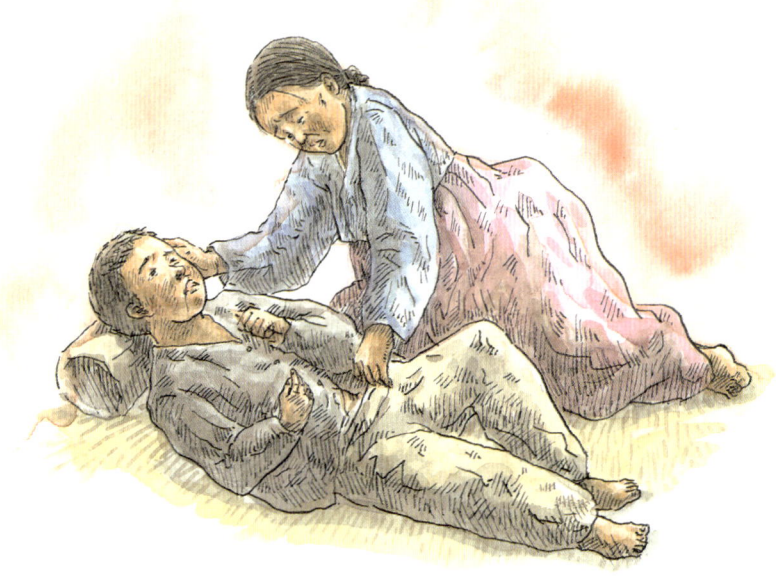

"여기냐? 어디 여기는 아니 아프냐? 응, 여기두 아프냐?"

두서없이 거듭거듭 묻는다.

"골은 아니 아프냐? 골두 아프지?"

그는 *빤한 기름불 속에 열이 끓어서 검붉게 보이는 박돌의 이마를 짚었다. 박돌이는 '으흐 으흐' 하면서 머리를 꼬드기려다가 또 왝 하면서 모로 누웠다. 입과 코에서는 넌들넌들한 *건물이 울꺽 주루룩 흘렀다.

"에구! 제마! 에구 내 죽겠소! 헤구!"

박돌이는 또 쏜다. 그의 바지는 벗겼다. 꺼끌꺼끌한 거적자리 위에 누운 그의 배는 등에 착 달라붙었다. 그는 가슴을 치고 쥐어뜯고, 목을 늘였다 쪼그리면서 신음한다.

"니 죽겠구나, 응! 박돌아, 박돌아! 야, 정신을 차려라. 에구, 약 한첩 못 써보고 마는구나! 침(鍼)이래도 맞혀 봤으면 좋겠구나!"

박돌이는 낯빛이 검푸르면서 도끼눈을 떴다. 목에서는 담 끓는 소리가 퍽 괴롭게 들렸다.

"에구, 뒷집 생원(서방님)은 어째 아니 오는지, 박돌아!"

박돌이는 눈을 떴다. 호흡은 급하고 높았다.

"제마! 주(橘)를 먹었으문!"

"줄으? 에구, *줄이 어디 있니?"

어머니는 한숨을 쉬면서 등불을 쳐다본다. 그 눈에는 눈물이 괴었다.

"그러문 냉쉬(冷水)를 좀 주오!"

"에구, 찬물을 자꾸 먹구 어찌겠니?"

"애고고고……"

박돌이는 외마디소리를 치더니 도끼눈을 뜨면서 이를 빡 간다.

뒷집에 있는 젊은 주인이 나왔다. 어둑충충한 등불 속에서 무겁게

빤하다
어두운 가운데 밝은 빛이 비치어 조금 환하다.

건물
몸이 허약하거나 병이 들어서 공연히 나오는 진액.

거적

줄
볏과의 여러해살이 풀.

께저분하다
너절하고 지저분하다.

흐르는 *께저분한 공기는 새로 들어온 사람에게 몰려들었다. 젊은 주인은 부엌에 선 대로 구들을 올려다보면서 이마를 찡그렸다.

찢기고 뚫어지고 흙투성이 된 거적자리 위에서 신음하는 박돌이 모자의 그림자는 혼탁한 공기와 빤한 불빛 속에 유령같이 보였다.

"어째 의원은 아니 보입메?"

젊은 주인은 책망 비슷하게 내뿜었다.

"김초시더러 봐달라니 안 옵데. 돈 없는 사람이라구 봐주겠소? 약두 아니 져 주던데!"

박돌 어미의 소리는 소박을 맞아 가는 젊은 여자의 한탄같이 무엇을 저주하는 듯 떨렸다.

"뜸이나 떠보지비?"

"그래 볼까? 어디를 어떻게 뜨믄 좋은지? 생원(서방님)이 좀 떠주겠소? 떠주오. 쑥은 얻어 올게."

"아, 그것두 뜰 줄 모릅네? 숫구녕에 쑥을 비벼 놓고 불을 달믄 되지! 그런 것두 모르구 어떻게 사오?"

쑥

"떠 봤을세 알지, 내 어떻게 알겠소!"

박돌 어미는 어색한 웃음을 지으면서 젊은 주인을 쳐다보았다.

"체하잖았소?"

"글쎄 어쨌는둥?"

박돌 어미는 박돌이를 본다.

"어젯밤에 무스거 먹었소?"

"갱게(감자)를 삶아 먹구…… 그리구 너무두 먹구 싶어하기에 뒷집에서 버린 고등어 대가리를 삶아 먹구서는 먹은 게 없는데."

"응, 그게루군. 문(傷)고등어 대가리를 먹으문 죽는대두! 그거는 무에라구 축축스럽게 줏어 먹소?"

젊은 주인은 입을 실룩하였다.

"에구, 그게(고등어) 그런가? 나는 몰랐지! 에구, 너무두 먹구 싶어서 먹었더니 그렇구마. 그래서 나도 골과 배가 아팠던 게로군! 그러나 나는 이내 겨워 버렸더니 일없구먼."

박돌 어머니는 매를 든 노한 상전 앞에 선 어린 종같이 젊은 주인을 쳐다본다.

"우리집에 쑥이 있으니 갖다 뜸이나 떠주오. 에익, 축축하게 썩은 고기 대가리를 먹다니?"

젊은 주인은 뒤도 안 돌아보고 나가 버린다.

"에구, 한심한 세상도 있는게! 의원만 그런 줄 알았더니 모두 그렇구나!"

박돌 어미의 눈에는 또 눈물이 괴었다. 가슴은 빠지지하다. 어쩌면 좋을지 앞뒤가 캄캄할 뿐이다. 온 세상의 불행은 혼자 안고 옴짝달싹할 수 없이 밑도 끝도 없는 어둑한 함정으로 점점 밀려들어가는 듯하였다.

쫑그리고 무릎 위에 손을 꽂고 불을 빤히 쳐다보는 그의 눈은 유리를 박은 듯이 까딱하지 않는다. 때가 까만 코 아래 파랗게 질린 입술은 뜨거운 불기운을 받은 가지(茄子)처럼 *초들초들하다. 그의 눈에는 등불이 큰 물항아리같이 보였다가는 작은 술잔같이도 보이고 두셋이나 되었다가는 햇발같이 아래위 좌우로 씰룩씰룩 퍼지기도 한다.

"응, 내 이게 잊었구나!……쑥을 가져와야지."

박돌의 괴로운 고함 소리에 비로소 자기를 의식한 박돌 어미는 번쩍 일어섰다.

초들초들
입술이나 목이 마르면서 타 들어가는 모양.

5

 이웃집 닭은 세 홰나 운 지 이슥하다. 먼지와 그을음에 거뭇한 창문은 푸름하더니 훤하여졌다. 벽에 걸어 놓은 등불빛은 있는가 없는가 하리만치 희미하여지고, 새벽빛이 어둑하던 방안을 점점 점령한다.

 박돌의 호흡은 점점 미미하여진다. 느른하던 수족은 점점 꿋꿋하며 차다. 피부를 들먹거리던 맥박은 식어가는 열과 같이 점점 사라져 버렸다. 이제는 구토도 멎고 설사도 멎었다. 몹시 붉던 낯은 창백하여졌다.

 "으응 끽!"

 숯구멍에 놓은 뜸쑥이 타들어서 머리카락과 살 타는 소리가 뿌지직뿌지직할 때마다 꼼짝 않고 늘어졌던 박돌이는 힘없이 감았던 눈을 떠서 애원스럽게 어머니를 쳐다보면서 괴로운 신음 소리를 친다. 그때마다 목에서 몹시 끓던 담 소리는 잠깐 그쳤다가 다시 그르렁그르렁한다.

 박돌의 호흡은 각일각 미미하다. 따라서 목에서 끓는 담 소리도 점점 가늘어진다.

 "꺽."

 박돌이는 *폐기 한 번을 하였다. 따라서 목에서 뚝 하는 소리가 났다. 박돌이는 소리 없이 눈을 휙 흡떴다. 두 눈의 검은자위는 곤줄을 서고 흰자위만 보였다. 그의 낯빛은 핼끔하고 푸르다.

 "바 바…… 박돌아! 야— 박돌아! 에구, 박돌아!"

 어머니는 박돌의 낯을 들여다보면서 싸늘한 박돌의 가슴을 흔들었다.

 "야 박돌아, 박돌아, 박돌아! 이게 어쩐 일이냐, 으응? 흑흑, 꺽꺽."

폐기
딸꾹질.

박돌 어미는 울면서 박돌의 가슴에 쓰러졌다.

밖에서 가고 오는 사람의 자취가 들린다. 개 짖는 소리, 닭 우는 소리, 새의 지절거리는 소리가 요란하다.

6

붉은 아침볕은 뚫어지고 찢기고 그을은 창문에 따뜻이 비치었다.

서까래가 보이는 천장에는 까맣게 그을은 거미줄이 얼키설키 서리고 넌들넌들 달렸다. 떨어지고, 오리이고, 손가락 자리, 빈대 피에 장식된 벽에는 누더기가 힘없이 축 걸렸다. 앵앵하는 파리떼는 그 누더기에 몰려들어서 무엇을 부지런히 빨고 있다. 문으로 들어서서 바로 보이는 벽에는 노끈으로 얽어 달아 매놓은 시렁이 있다. 시렁 위에는 금난 사기 사발과 이빠진 질대접 몇 개가 놓였다. 거기도 파리떼가 웅성거린다. 부엌에는 마른 쇠똥, 짚부스러기, 흙구덩이에서 주워 온 듯한 나뭇가지가 지저분하다.

서까래

뚜껑 없는 솥에는 국인지 죽인지 글어서 누릿한 위에 파리떼가 어찌 욱실거리는지 물 담아 놓은 파리통 같다.

먼지가 풀썩풀썩 이는 구들, 거적자리 위에는 박돌이가 고요히 누웠다. 쥐마당같이 때가 지덕지덕

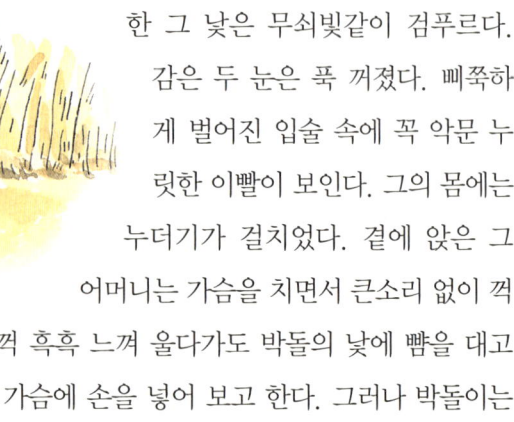
한 그 낯은 무쇠빛같이 검푸르다. 감은 두 눈은 푹 꺼졌다. 삐쭉하게 벌어진 입술 속에 꼭 악문 누릿한 이빨이 보인다. 그의 몸에는 누더기가 걸치었다. 곁에 앉은 그 어머니는 가슴을 치면서 큰소리 없이 꺽꺽 흑흑 느껴 울다가도 박돌의 낯에 뺨을 대고는 울고, 가슴에 손을 넣어 보고 한다. 그러나 박돌이는 고요히 누워있다.

"흑흑 바…… 바…… 박돌아! 애고 내 박돌아! 너는 죽었구나! 약 한 첩 침 한 대 못 맞아 보고 너는 죽었구나! 에구 하누님도 무정하지. 원통해서…… 꺽꺽 흑흑…… 글쎄 무슨 명이 그리두 짜르냐? 에구!"

그는 박돌의 가슴에 푹 엎드렸다. 박돌의 몸과 그의 머리에 모여 앉았던 파리떼는 우아 하고 날아가다가 다시 모여 앉는다.

"애비 없이 온갖 설움을 다 맡아 가지고 자라다가 열두 살이나 먹구서…… 에구!"

머리를 들고 박돌의 푸른 낯을 들여다보며,

"박돌아, 야 박돌아!"

부르다가 다시 쓰러지면서,

"먹고 싶은 것도 못 먹고 입고 싶은 것도 못 입고 항상 배를 곯다가…… 좋은 세상 못 보고 죽다니? 휴! 제마! 제마! 나도 핵교를 갔으문 하는 것도 이놈의 입이 원쉬 돼서 못 보내고! 흑흑."

그는 벌떡 일어나 앉았다.

"에구 하누님도 무정하지! 내 박돌이를, 내 외독자를 왜 벌써 잡아갔누? 나는 남에게 못 할 짓 한 일도 없건마는."

그는 또 박돌이를 본다.

"박돌아! 에구 줄을 먹었으면 하는 것도 못 멕였구나. 이렇게 될 줄 알았으면 돼지새끼 하나 있는 거라도 주고 먹고 싶다는 거나 갖다 줄걸. 공연히 부들부들 떨었구나! 애비 어미를 잘못 만나서 그렇게 됐구나!"

어제까지 눈앞에 서물거리던 아들이 죽다니! 거짓말 같기도 하고 꿈속 같기도 하다. '제마!' 부르면서 툭툭 털고 일어나는 듯하다. 그는 기다리던 사람의 발자취를 들은 듯이 머리를 번쩍 들었다. 그러나 그 눈앞에는 아무도 없고 다만 애석히 죽어 누운 박돌이가 보일 뿐이다.

"박돌아!"

그는 자는 애를 부르듯이 소리쳤다. 박돌이는 고요하다. 아아 참말이다. 죽었다. 저것을 흙 속에 넣어?— 이렇게 다시 생각할 때 또 눈물이 쏟아지고 천지가 아득하였다. 자기가 발 붙이고 잡았던 모든 희망의 줄은 툭 끊어졌다. 더 바랄 것 없다 하였다.

그는 박돌의 뺨에 뺨을 비비면서 박돌의 가슴을 안고 쓰러졌다. 그의 가슴에는 엉클겅클한 연 덩어리가 꾹꾹 쏘심질하는 듯하고 목구멍에서는 겻불내가 팽팽 돈다. 소리를 버럭버럭 가슴이 툭 터지도록 지르면서 물이든지 불이든지 헤아리지 않고 엄벙덤벙 날뛰었으면 속이 시원할 것 같다. 목구멍을 먼지가 풀썩풀썩하는 흙덩어리로 콱콱 틀어막아서 숨쉴 틈 없는 통 속에다가 온몸을 집어넣고 꽉 누르는 듯이 안타깝고 갑갑하여 울려야 소리가 나지 않는다.

가슴이 뭉클하고 뿌지지하더니 목구멍에서 비린 냄새가 왈칵 코를 찌를 때, 그는 왝하면서 어깨를 으쓱하였다. 그의 입에서는 검붉은 선

지피가 울컥 나왔다. 그는 쇠말뚝을 꽉 겯는 듯한 가슴을 부둥키고 까무라쳤다.

문구멍으로 흘러드는 붉은 볕은 두 사람의 몸 위에 동그란 인을 쳤다. 뿌연 먼지가 누런 햇발 속에 서리서리 떠오른다. 파리떼는 더욱 웅성거린다.

7

"제마! 애고— 아야! 내 제마!"
하는 소리에 박돌 어미는 머리를 번쩍 들었다. 문을 내다보는 그의 두 눈은 유난히 번득였다.

이때 그의 눈 속에는 보이는 것이 있었다.

낮인가? 밤인가? 밤 같기는 한데 어둡지는 않고 낮 같기는 한데 볕이 없는 음침한 곳이다. 바람은 분다 하나 나뭇가지는 떨리지 않고 비는 온다 하나 빗소리는커녕 빗발도 보이지 않는 흐리머리한 빗속이다. 살이 피둥피둥하고 얼굴이 검붉은 자가 박돌의 목을 매어 끌고 험한 가시밭 속으로 달아난다.

"애고! 애고— 제⋯⋯ 제마! 제마!"

박돌의 몸은 돌에 부딪히고 가시에 찢겨서 온몸이 피투성이가 되었다. 피투성이 속으로 울려 나오는 박돌의 신음 소리는 째릿째릿하게 들렸다.

"으응."

박돌 어미는 몸을 부르르 떨었다. 그는 머리를 번쩍 들었다. 부릅뜬

두 눈에서는 이상스러운 빛이 창문을 냅다 쏜다. 그는 돼지를 보고 으르는 개처럼 이를 악물고 번쩍 일어서더니 창문을 냅다 차고 밖으로 뛰어나갔다.

먼지가 뿌연 그의 머리카락은 터부룩하여 머리를 흔드는 대로 산산이 흩날린다. 입과 코에는 피 흘린 흔적이 *임리하고 저고리와 치마 앞은 피투성이가 되었다.

"야 이놈아, 내 박돌이를 내놔라! 에구 박돌아! 박돌아! 야 이느므 새끼야, 우리 박돌이를 내놔라!"

그는 무엇을 뚫어지도록 눈이 퀭해 보면서 허둥지둥 뛰어간다.

"야 이놈아! 저놈이 저기를 가는구나!"

그는 동계사무소 앞 골목으로 내뛰더니 바른편으로 휙 돌아 정직상점 뒷골목으로 내리뛰면서 손뼉을 짝짝 친다. 산산한 머리카락은 휘휘 날린다.

임리(淋漓)
피, 땀, 물 따위의 액체가 흘러 흥건한 모양.

"에구 저게 웬일이야?"

"박돌 어미가 미쳤네!"

"저게 웬 에미넨구!"

길에 있던 사람들은 눈이 둥그래 피하면서 한마디씩 뇌인다. 웬 개 한 마리는 짖으면서 박돌 어미 뒤를 쫓아간다.

"이놈아! 저놈이 내 박돌이를 끌고 어디를 가니? 응, 이놈아!"

뛰어가는 박돌 어미는 소리를 치면서 이를 간다. 도끼눈을 뜨는 두 눈에는 이상스런 빛이 허공을 쏘았다. 그 모양을 보는 사람은 누구나 소름을 치고 물러선다.

"이놈아! 이놈아! 거기 놔라! 저놈이 내 박돌이를 불 속에 집어넣네…… 에구구…… 끔찍도 해라. 에구 박돌아!"

"응 박돌아, 그 돌(石)을 줴라! 꼭 붙들어라!"

박돌 어미는 이를 빡빡 갈면서 서너 집 지나 내려오다가 커단 대문 단 기와집으로 쑥 들이뛴다. 그 대문에는 김병원 진찰소(金丙元診察所)라는 팔분(八分)으로 쓴 간판이 붙었다.

미닫이

"저놈이…… 저 방으로 들어가지? 이놈! 네 죽어 봐라, 가문 어디로 가겠니! 이놈아, 내 박돌이를 어쨌니? 내놔라! 내 박돌이를 내놔라! 글쎄 내 박돌이를 어쨌니?"

두 눈에 불이 휑한 박돌 어미는 툇마루 놓인 방 미닫이를 차고 뛰어들어가서 그 집 주인 김초시의 멱살을 잡았다.

멱살을 잡힌 김초시는 눈이 둥그래서,

"이…… 이…… 이게…… 무슨 일이야?"

하며 황겁하여 윗방으로 들이뛰려고 한다.

"이놈아! 네가 시방 우리 박돌이를 끌어다가 불속에 넣었지? 박돌이를 내놔라! 박돌아!"

　날카롭고 처량한 그 소리에 주위의 공기는 싹싹 에어지는 듯하였다.

　"아…… 아…… 박돌이를 내 가졌느냐? 웬일이냐?"

　박돌이란 소리에 김초시 가슴은 뜨끔하였다. 김초시는 별별 떨면서 박돌 어미 손에서 몸을 빼려고 애를 쓴다. 두 몸은 이리 밀리며 저리 쓰러져서 서투른 씨름꾼의 씨름 같다.

　약장은 넘어지고 요강은 엎질러졌다. 우시시한 초약과 넌들넌들한 가래며 오줌이 한데 범벅이 되어서 돗자리에 흩어졌다.

　"야 이년아! 이 더러운 년아! 남의 집에 왜 와서 이 야단이냐?"

　얼굴에 독살이 잔뜩 나서 박돌 어미에게로 달려들던 주인 여편네는 피흔적이 임리한 박돌 어미의 입과 퀭한 그 눈을 보더니,

　"에구, 저 에미네 미쳤는가?"

하면서 뒤로 주춤한다.

　김초시의 멱살을 잔뜩 부여잡은 박돌 어미는 이를 야금야금하면서 주인 여편네를 노려본다.

　주인 여편네는 뛰어다니면서 구원을 청하였다.

　김초시 집 마당에는 어린애 어른 할 것 없이 모여들었다. 그러나 모두 박돌 어미의 꼴을 보고는 얼른 대들지 못한다.

　"응 이놈아!"

　박돌 어미는 김초시의 상투를 휘어잡으며 그의 낯에 입을 대었다.

　"에구! 사람이 죽소!"

　방바닥에 덜컥 자빠지면서 부르짖는 김초시의 소리는 처량히 울렸다.

　사내 몇 사람은 방으로 뛰어들어간다.

　"이놈아! 내 박돌이를 불에 넣었으니 네 고기를 내가 씹겠다."

요강

박돌의 죽음 51

박돌 어미는 김초시의 가슴을 타고 앉아서 그의 낯을 물어뜯는다. 코, 입, 귀…… 검붉은 피는 두 사람의 온몸에 발리었다.

"어째 저럽메?"

"모르겠소!"

밖에 선 사람들은 서로 의아해서 묻는다. 모든 사람은 일종 엷은 공포에 떨었다.

"그까짓 놈(김초시), 죽어도 싸지! 못할 짓도 하더니……."

이렇게 혼잣말처럼 뇌는 사람도 있다.

『조선문단』, 1925. 5.

최서해 단편소설

기아와 살육

1

경수는 묶은 나뭇짐을 걸머졌다.

힘에야 부치거나 말거나 가다가 거꾸러지더라도 일기가 사납지 않으면 좀 더하려고 하였으나 속이 비고 등이 시려서 견딜 수 없었다.

키 넘는 나뭇짐을 가까스로 진 경수는 끙끙거리면서 험한 비탈길로 엉금엉금 걸었다. *짐바가 두 어깨를 꼭 죄어서 가슴은 빼그러지는 듯하고 다리는 부들부들 떨려서 까딱하면 뒤로 자빠지거나 앞으로 곤두박질할 것 같다. 짐에 괴로운 그는,

"이놈, 남의 나무를 왜 도적질해 가니?"

하고 산임자가 뒷덜미를 집는 것 같아서 마음까지 괴로웠다. 벗어 버리고 싶은 마음이 여러 번 나다가도 식구의 덜덜 떠는 꼴을 생각할 때면 다시 이를 갈고 기운을 가다듬었다.

서북으로 쏠려오는 차디찬 바람은 그의 가슴을 창살같이 쏜다. 하늘은 담뿍 흐려서 사면은 어둑충충하다.

오 리가 가까운 집까지 왔을 때, 경수의 전신은 땀에 후줄근하였다. 몸을 움직일 때마다 의복 속으로 퀴지근한 땀 냄새가 물씬물씬 난다. 그는 부엌방 문 앞에 이르러서 나뭇짐을 진 채로 펑덩 주저앉았다.

"인제는 다 왔구나."

하고 생각할 때, 긴장되었던 그의 신경은 줄 끊어진 활등같이 흐뭇하여져서 손가락 하나 꼼짝할 용기도 나지 않았다.

"해해, 아빠 왔다. 아빠! 해해."

뚫어진 문구멍으로 경수를 내다보면서 문을 탁탁 치는 것은 금년에

짐바
짐을 묶거나 매는 데에 쓰는 줄.

세 살 나는 학실이었다. 꿈같은 피곤에 싸였던 경수는 문구멍으로 내다보는 그 딸의 방긋 웃는 머루알 같은 눈을 보고 연한 소리를 들을 제 극히 정결하고 순화하고 부드럽고 따뜻한—무어라 형용키 어려운 감정이 그 가슴에 넘쳤다. 그는 문이라도 부수고 들어가서 학실이를 꼭 껴안고 그 연한 입술을 쪽쪽 빨고 싶었다.

머루

"으응, 학실이냐?"

그는 빙그레 웃으면서 바와 낫을 뽑아 들었다. 이때 부엌문이 덜컥 열렸다.

낫

"이제 오니? 네 오늘 치웠겠구나! 배두 고프겠는데 어찌겠는구?"

하면서 내다보는 늙은 부인은 억색해한다.

"어머니는 별 걱정을 다 합메! 일 없소."

여러 해 동안 겪은 풍상고초를 상징하는 그 어머니의 주름잡힌 낯을 볼 때마다 경수의 가슴은 전기를 받는 듯이 찌르르하였다.

2

경수는 부엌에 들어섰다. (북도는 부엌과 구들이, 사이에 벽 없이 한데 이어 있다.)

벽에는 서리가 들이돋고 구들에는 먼지가 풀썩풀썩 일어나는 이 어둑한 실내를 볼 때, 그는 새삼스럽게 서양 소설에 나타나는 비밀 지하실을 상상하였다. 경수는,

"아빠, 아빠!"

부엌

하고 달룽달룽 쫓아와서 오금에 매어달리는 학실이를 안고 문 앞에 앉아서 부뚜막을 또 물끄러미 보았다. 산후풍(産後風)이 다시 일어서 벌써 열흘 넘어 신음하는 경수의 아내는 때가 지덕지덕한 포대기와 의복에 싸여서 부뚜막에 고요히 누워 있다. 힘없이 감은 두 눈은 쑥 들어가고 그리 풍부치 못하던 살은 쪽 빠져서 관골이 툭 나왔다.

"내 간 연에 더하지는 않았소?"

"더하지는 않았다마는 사람은 점점 그른다."

창문을 멍하니 보던 그 어머니는 머리를 돌려서 곁에 누운 며느리를 힘없이 본다.

문구멍으로 흘러드는 바람은 몹시 쌀쌀하다. 여러 날 불끈 후 구들은 얼음장같이 뼈가 제릿제릿하다.

누덕치마 하나도 못 얻어 입고 입술이 파래서 겨울을 지내는 학실이는 방긋방긋 웃으면서 경수의 무릎에 올라앉았다가는 내려서 등에 가 업히고, 업혔다가는 무릎에 와 안기면서 알아 못 들을 어눌한 소리로 무어라고 지껄이기도 한다.

"안채에서는 아까두 또 나와서 야단을 치구……."

그 어머니는 차마 못 할 소리를 하듯이 혀끝을 흐리머리해 버린다.

"미친놈들 같으니라구, 누가 집세를 떼먹나! 또 좀 떼우면 어때?"

경수는 억결에 내쏘았다.

"야 듣겠다. 안 그렇겠니? 받을 거 워쩌 안 받자구 하겠니? 안 주는 우리가 궂지……."

하는 어머니의 소리는 처참한 처지를 다시금 저주하는 듯했다.

"궂기는? 우리가 두고 안 준답디까? 에그, 그 게트림하는 꼴들을 보지 말구 살았으면……."

경수는 홧김에 이렇게 쏘았으나 그 가슴에는 *천사만념이 우물거린다.

천사만념(千思萬念) 여러 가지로 생각함.

어머니의 시대에는 남부럽잖게 지내다가 어머니가 늙은 오늘날, 즉 자기가 주인이 된 이때에 와서 어머니와 처와 자식을 뼈저린 냉방에서 주리게 하는 것을 생각하는 때면 자기가 이십여 년간 밟아 온 모든 것이 한푼 가치가 없는 것 같고, 차마 내가 주인이라고 식구들 앞에 낯을 드러내놓기가 부끄러웠다.

'학교? 흥 그까짓 중학은 다녔대야 무얼 한 게 있누? 학비 때문에 오막살이까지 팔아 가면서 마쳤으나 무엇이 한 것이 있나? 공연히 식구만 못살게 굴었지!'

그는 이렇게 하루에도 몇 번씩 자기의 소행을 후회하고 저주하였다. 그러다가도,

'아니다, 아니다.'

머리를 흔들면서,

'내가 그른가? 공부도 있는 놈만 해야 하나? 식구가 빌어먹게 집까

지 팔면서 공부하게 한 죄가 뉘게 있니? 내게 있을까? 과연 내게 있을까? 아아, 세상은 그렇게 알 터이지. 흥! 공부를 하고도 먹을 수 없어서 더 궁항에 들게 되니, 이것도 내 허물인가? 일을 하잖는다구? 일! 무슨 일? 농촌으로 돌아든대야 내게 밭이 있나, 도회로 나간대야 내게 자본이 있나? 교사 노릇이나 사무원 노릇을 한대야 좀 뾰로통한 말을 하면 단박 *집어세이고……. 그러면 나는 죽어야 옳은가? 왜 죽어? 시퍼렇게 산 놈이 왜 그저 죽어? 살 구멍을 뚫다가 죽어두 죽지! 왜 거저 죽어? 세상에 먹을 것이 없나, 입을 것이 없나? 입을 것 먹을 것이 수두룩하지! 몇 놈이 혼자 가졌으니 그렇지! 있는 놈은 너무 있어서 걱정하는데 한편에서는 없어서 죽으니 이놈의 세상을 그저 두나?'

경수는 이렇게 돋쳐 생각할 때면 전신의 피가 막 끓어올라서 소리를 지르고 뛰어나가면서 지구 덩어리까지라도 부숴 놓고 싶었다. 그러나 미약한 자기의 힘을 돌아보고 자기 한몸이 없어진 뒤의 식구(자기에게 목숨을 의탁한)의 *정상이 눈앞에 선히 보이는 듯할 때면 '더 참자!' 하는 의지가 끓는 감정을 눌렀다.

그는 어디서든지 처지가 절박한 사람을 보면 가슴이 찌르르하면서도, 그 무리를 짓밟는 흉악한 그림자가 눈앞에 뵈는 듯해서 퍽 불쾌하였다.

'아아, 내가 왜 주저를 하나? 모두 다 집어치워라. 어머니, 처, 자식—그 조그마한 데 끌릴 것 없다. 내 식구만 불쌍하냐? 세상에는 내 식구보담 백 배나 주리는 사람이 있다. 이것저것 다 돌볼 것 없이 모든 인류가 다 같이 살아갈 운동에 몸을 바치자!'

그는 속으로 이렇게 결심도 하고 분개도 하였으나 아직 그렇게 나서기에는 용기가 부족하였다. 아니 용기가 부족이라는 것보담 식구에게

집어세다
말과 행동으로 닦달하다.

정상
사정과 형편.

대한 애착이 너무 컸다.

　지금도 어수선한 광경에 자극을 받은 경수는 무릎을 끌어안은 두 손 엄지가락을 맞이어 배배 돌리면서 소리 없는 아내의 꼴을 골똘히 보고 있다.

　철없는 학실이는 그저 몸에 와서 지근지근한다. 아까는 귀엽던 학실이도 이제는 귀찮았다. 그는 학실이를 보고,

　"내가 자겠다. 할머니 있는 데로 가거라."

하면서 부엌에서 불 때는 어머니를 가리켰다. 그리고 그는 그냥 드러누웠다. 그는 이 생각 저 생각 끝에, 모두 죽어라! 하고 온 식구를 저주했다. 모두 다 죽어 주었으면 큰 짐이나 벗어놓은 듯이 시원할 것 같다.

　'아니다. 그네도 사람이다! 산 사람이다. 내가, 내 삶을 아낀다 하면 그네도 그네의 삶을 아낄 것이다. 왜 죽으라고 해! 그네들을 이 땅에 묻어? 내가 데리고 이 북만주에 와서 그네들은 여기다 묻어 놓고 내 혼자 잘 살아가? 아아, 만일 그렇다 해보자! 무덤을 등지고 나가는 내 자국자국에 붉은 피가, 저주의 피가 콜짝콜짝 고일 테니 낸들 무엇이 바로 되랴? 응! 내가 왜 죽으려고 했을까! 살자! 뼈가 부서져도 같이 살자! 죽으면 같이 죽고!'

　그는 무서운 꿈이나 본 듯이 눈을 번쩍 떴다가 다시 감으면서 돌아누웠다.

3

　경수는 돌아누운 대로 꼼짝하지 않고 또 깊은 생각에 잠겼다.

"여보!"

잠잠하던 아내는 경수를 부른다. 그 소리는 가까스로 입 밖에 흘러나오는 듯이 미미하다.

"또 어째 그러오?"

경수는 낯을 찡그리고 휙 일어나면서 역증나게 대답했다. 그러나 그것은 아내의 부르는 것이 역증이 나거나 귀찮아서 그런 것이 아니었다. 가슴에 알지 못할 불쾌한 감정이 울근불근할 제 제 분에 못 겨워서 그렇게 대답한 것이다.

그 아내는 벌떡 일어나는 경수를 보더니 아무 소리 없이 눈을 스르르 감는다. 감는 그 두 눈으로부터 굵은 눈물이 둘둘 흘러 해쓱한 뺨을 스치고 거적자리에 떨어진다. 그것을 볼 때 경수의 가슴은 몹시 쓰렸다. 일없이 통명스럽게 대답한 것이 후회스러웠다. 자기를 따라 수천 리 타국에 와서 주리고 헐벗다가 병나 드러누운 아내에게 의약을 못 써주는 자기가 말로라도 왜 다정히 못해 주었을까? 하는 생각이 치밀 때, 그는 죄송스럽고 애절하고 통탄스러웠다. 이때 그 아내가 일어나서 도끼로 경수의 목을 자른다 하더라도 그는 순종하였을 것이다. 그는 아내를 얼싸안고 자기의 잘못을 백번 사례하고 싶었다.

"여보! 어디 몹시 아프우?"

경수는 다정스럽게 물으면서 곁으로 갔다.

"야 이거 또 풍이 이는 게다."

불을 때고 올라와서 학실이를 재우던 어머니는 며느리의 낯을 보더니 겁난 목소리로 부르짖는다.

이를 꼭 악문 병인의 이마에는 진땀이 좁쌀같이 빠직빠직 돋았다. 사들사들한 두 입술은 *시우쇠빛같이 파랗다. 콧등에도 땀방울이 뽀

시우쇠
무쇠를 불려서 만든 쇠붙이의 하나.

직뽀직 흐른다. 그의 호흡은 몹시 급하다. 여러날 경험에 병세를 짐작하는 경수의 모자는 포대기를 들고 병인의 팔과 다리를 보았다. 열 발가락, 열 손가락은 꼭꼭 곱아들었고 팔다리의 관절관절은 말끔 줄어붙어서 *소디손 나무통에다가 집어넣은 사람같이 되었다.

> **소디손**
> 솔다. 넓이나 모양이 좁다.

어머니와 경수는 이전처럼 그 팔다리를 주물러 펴려고 애썼으나 점점 줄어붙어서 쇳덩어리같이 굳어만 지고 병인은 더욱 괴로워한다.

"여보, 속은 어떠오?"

경수는 물 퍼붓듯 하는 아내의 이마의 땀을 씻으면서 물었다. 아내는 무슨 말을 하려고 입술을 너분적거리나 혀가 굳어서 하지 못하고 눈만 번쩍 떠서 경수를 보더니 다시 감는다. 그 두 눈에는 핏발이 새빨갛게 섰다. 경수는 가슴이 찌르르하고 머리가 띵할 뿐이었다.

"야, 학실 어멈아! 니 이게 오늘은 웬일이냐? 말두 못 하니? 에구—워쩐 땀을 저리두 흘리니?"

어머니는 부들부들 떨면서 병인의 팔다리를 주무른다. 병인은 호흡이 점점 높아가고 전신에서 흐르는 땀은 의복 거죽까지 내배어서 포대기를 들썩거릴 때마다 김이 물씬물씬 오른다.

"에구 네가 죽는구나! 에구 어찌겠는구! 너를 뜨뜻한 죽 한 술 못 멕이고 죽이는구나! 하—야 학실 아비야! 가봐라! 응? 또 가봐라, 가서 사정해라! 의원(醫員)두 목석이 아니문 이번에야 오겠지! 좀 가봐라. 침이라두 맞혀 보고 죽어야 원통찮지!"

경수는 벌떡 일어섰다. 무슨 결심이나 한 듯이 그의 눈에는 엄연한 빛이 돈다.

4

 네 번이나 사절하고 응하지 않던 최의사는 어찌 생각하였는지 오늘은 경수를 따라왔다.
 맥을 짚어 본 의사는 병을 고칠 테니 의채 오십 원을 주겠다는 계약을 쓰라 한다.
 경수 모자는 한참 묵묵하였다.
 병인의 고통은 점점 심해간다.
 경수는 몸이 부르르 떨렸다. 최의사를 단박 때려서 죽여 버리고 싶었다. 그러나 일각이 시급한 아내를 살려야 하겠다 생각하면 그의 머리는 숙어지지 않을 수 없었다. 그러나 이를 어찌하랴? 그러라 하면 오십 원을 내놓아야 하겠으니 오십 원은 커녕 오 전이나 있나? 못 하겠소 하면 아내는 죽는다.
 '아아, 그래 나의 아내는 죽이는가?'
 생각할 때 그의 오장은 칼에 푹푹 찢기는 듯하였다.
 "시방 돈이 없더라도 일없소. 연기를 했다가 일후에 주어도 좋지. 계약서만 써놓으면……."
 의사는 벌써 눈치채었다는 수작이다.
 경수는 벼루를 집어다가 계약서를 써주었다. 그 계약서는 이렇게 썼다.

 '의채 일금 오십 원을 한 달 안으로 보급하되 만일 위약하는 때면 경수가 최의사 집에 가서 머슴 일 년 동안 살 일.'

의사는 경수 아내의 팔다리를 동침으로 쓱쓱 지르고 나서 약화제 한 장을 써주면서,

　"이것을 가지고 박주사 약국에 가보오. 내 약국에는 인삼이 없어서 못 짓겠으니."

하고는 돌아보지도 않고 가 버렸다.

　병인의 사지는 점점 풀리면서 순하여진다.

　경수는 차마 발길이 떨어지지 않았다. 그 약국 문 앞에 이르러서 퍽 주저거리다가 할 수 없이 방에 들어섰다.

　약 냄새는 코를 쿡 찌른다. 그는 주저거리다가 겨우 입을 열었다.

　"약을 좀 지어 주시오."

　약국 주인은 아무 말 없이 화제를 집어서 보다가 수판을 자각자각 놓더니,

　"돈 가지고 왔소?"

하면서 경수를 본다. 경수의 낯은 화끈하였다.

　"돈은 내일 드릴 테니 좀 지어주시오."

　경수의 목소리는 간수 앞에서 면회를 청하는 죄수의 소리 같다.

　약국 주인은 아무 말도 없이 이마를 찡그리면서 저편 방으로 들어간다. 경수는 모든 설움이 복받쳐서 눈물에 앞이 캄캄하였다. 일종의 분노도 없지 않았다. 세상은 너무도 자기를 학대하는 것 같았다. 그것이 새삼스럽게 슬프고 쓰리고 원통하였다. 방 안에 걸어 놓은 약봉지까지 자기를 비웃고 가라고 쫓는 것 같았다. 그는 소리 없는 눈물을 주먹으로 씻으면서 약국 문을 나섰다. 약국

을 나선 경수는 감옥에서나 벗어난 듯이 시원하지만 빈손으로 집에 들어갈 일을 생각하면 또 부끄럽고 구슬펐다.

5

경수는 집으로 돌아왔다.

집안은 황혼빛에 어둑하여 모두 희미하게 보인다. 그는 아내의 곁에 가 앉았다.

"좀 어떻소? 어머니는 어디루 갔소?"

"어마님은 그집(당신)에서 나간 담에 이내 나가서 시방 안 들어왔소. 약 지어 왔소?"

아내의 소리는 퍽 부드러웠다. 경수는 무어라 대답하면 좋을지 몰랐다. 어서 괴로운 병을 벗어나서, 한 찰나라도 건전한 생을 얻으려는 그 아내에게—, 그가 먹어야만 될 약을 못 지어 왔소 하기는 남편되는 자기의 입으로는 차마 말할 수 없었다.

"지금 지어요. 나는 당신이 더하지 않은가 해서 왔소. 이제 또 가지러 가겠소."

경수는 아무쪼록 아내의 마음을 위로하려고 이렇게 말하였다. 그러나 그것이 경수에게는 더욱 고통이 되었다. 내가 왜 진실히 말 안 했누? 생각할 때, 그 순박한 아내를 속인 것이 무어라 할 수 없이 가슴이 아팠다. 아내는 그 약을 기다릴 것이다. 그 약에 의하여 괴로운 순간을 벗으려고 애써 기다릴 것이다. 이렇게 생각하면서도 그것이 거짓말이라고 고백할 수도 없었다.

"돈 없다구 약국쟁이가 무시기라구 안 합데?"

"흥!"

경수는 그 소리에 가슴이 꽉 막혔다. 그 무슨 의미로 흥! 했는지 자기도 몰랐다. 그는 아무 소리 없이 손가락만 비비고 앉았다. 어머니가 얼른 오시잖는 것이 퍽 조마조마하였다. 그는 불만 멍하니 쳐다보았다. 빤한 기름불은 실룩실룩하여 무슨 괴화같이 보이더니 인제는 윤곽만 희미하여 무리를 하는 햇빛 같다. 모든 빛은 흐리멍덩하다. 자기 몸은 꺼먼 구름에 싸여서 밑없고 끝없는 나라로 *흥덩거려 들어가는 것 같다.

꺼지고 거무레한 그의 눈 가장자리가 실룩실룩하더니 누른빛을 띤 흰자위에 꾹 박인 두 검은자위가 점점 한 곳으로 모여서 *모들떴다. 그의 낯빛은 점점 검푸르러 가며 두 뺨과 입술은 경련적으로 떨린다.

그는 모들뜬 눈을 점점 똑바로 떠서 부뚜막을 노려보고 있다. 그의 눈에는 새로 보이는 괴물이 있다. 그 괴물들은 탐욕의 붉은빛이 어리어리한 눈을 날카롭게 번쩍거리면서 철관(鐵管)으로 경수 아내의 심장을 꾹 질러놓고는 검붉은 피를 쭉쭉 빨아먹는다. 병인은 낯이 새까맣게 질려서 버둥거리며 신음한다. 그렇게 괴로워할 때마다 두 남녀는 피에 물든 새빨간 혀를 내두르면서 '하하하' 웃고 손뼉을 친다.

경수는 주먹을 부르쥐면서 소름을 쳤다. 그는 뼈가 짜릿짜릿하고 염통이 쏙쏙 찔렸다. 그는 자기 옆에도 무엇이 있는 것을 보았다. 눈깔이 벌건 자들이 검붉은 손으로 자기의 팔다리를 꼭 잡고 철관으로 자기의 염통 피를 빨면서 홍소(哄笑)를 친다. 수염이 많이 나고 낯이 시뻘건 자는 학실이를 집어서 바작바작 깨물어 먹는다. 경수는 악 소리를 치면서 벌떡 일어섰다. 그것은 한 환상이었다. 그는 무서운 사실을 금방

흥덩거리다
둥둥 떠 이리저리 흔들리다.

모들떴다
두 눈동자를 안쪽으로 몰아서 뜨다.

겪은 듯이 눈을 비비면서 다시 방안을 돌아보았다. 불빛이 어스름한 방안은 여전하다.

그의 어머니는 그저 오지 않았다. 오늘은 어머니가 어떻게 기다려지는지 마음이 퍽 졸였다. 너무도 괴로워서 뉘 집 우물에 가서 빠져죽은 것 같기도 하고 어느 나뭇가지에 가서 목이라도 맨 것같이도 생각났다. 그럴 때면 기구한 어머니의 시체가 눈에 보이는 듯하였다. 그는 뒷간에도 가보고 슬그머니 앞집 우물에도 가보았다. 그 어머니는 없었다. 그럴 리가 없겠지? 하고 자기의 무서운 상상을 부인할 때마다 그러한 생각을 하는 자기가 고약스럽고 악착스러웠다.

이렇게 마음을 졸이는 경수는 잠든 아내의 곁에 앉았다. 학실이도 그저 깨지 않고 잘 잔다. 뼈저리게 차던 구들이 뜨뜻하니 수마(睡魔)가 모든 사람을 침범한 것이다. 경수도 몸이 노곤하면서 졸음이 왔다.

"경수 있나?"

밖에서 부르는 소리에 경수는 깜짝 놀라 일어섰다. 이때 그의 심령은 그에게 무슨 불길(不吉)을 가르치는 듯하였다.

경수는 문 밖에 나섰다.

쌀쌀한 어둠 속에서 사람들이 수근거린다. 그는 공연히 가슴이 덜컥하고 두근두근하였다. 그는 앞뒤를 얼결에 돌아보았다. 누군지 히슥한 것을 등에 업고 경수의 앞에 나타났다.

"아이구 어머니!"

그 사람의 등에 업힌 것을 들여다보던 경수는 이렇게 소리를 지르면서 축 늘어져서 정신없는 어머니에게 매어달렸다.

6

경수의 어머니는 방에 들여다 눕혔다. 다리와 팔에서는 검붉은 피가 그저 줄줄 흘러서 걸레 같은 치마저고리에 피 흔적이 임리하다. 낯에 고기도 척척 떨어졌다. 그는 정신없이 축 늘어졌다. 사지는 냉랭하고 가슴만 팔딱팔딱한다.

경수는 갑갑하여 울음도 나지 않고 말도 나오지 않았다.

"이게 어쩐 일이오?"

죽, 모여 선 사람 가운데서 누가 묻는다. 입을 쩍쩍 다시고 앉았던 김참봉은 말을 내었다.

"하, 내가 지금 최도감하구 '물남'에 갔다 오는데 요 물 건너 되놈(支那人)의 집 있는데루 가까이 오니 그늠으 집 개가 어떻게 짖는지! 워낙 그늠으 개가 사나운 개니까 미리 알아채리느라구 돌째기(돌멩이)를 찾느라고 옆대서 낑낑하는데 '사람 살리오!' 하는 소리가 개소리 가운데 모기 소리만치 들린단 말이야! 그래 최도감하구 둘이 달려가 보니까 웬 사람을 그느으 개들이 물어뜯겠지! 그래 소리를 쳐서 주인을 부른다, 개를 쫓는다 하구 보니 아 이 늙은이겠지."

하며 김참봉은 경수 어머니를 가리킨다.

"에구 그놈의 개가 상년에두 사람을 물어 죽였지."

누가 말한다.

"그래 님자는 가만히 있나?"

또 누가 묻는다.

"그 되놈덜, 개를 클아배(할아버지)보담 더 모시는데! 사람을 문다구, 누군지 그 개를 때렸다가 혼이 났는데두!"

"이놈(支那人)의 땅에 사는 우리가 불쌍하지!"

이 사람 저 사람의 소리에 말을 끊었던 김참봉은 또 입을 열었다.

"그래 몸을 잡아 일으키니 벌써 정신을 잃었겠지요. 그런데두 무시긴지 저거는 옆구리에 꼭 껴안고 있어."

하면서 방바닥에 놓은 조그마한 보퉁이를 가리킨다.

"그게 무시기요?"

하면서 누가 그것을 풀었다. 거기서는 한 되도 못 되는 누런 좁쌀이 우시시 나타났다. 경수 어머니는 앓는 며느리를 먹이려고 자기 머리에 다리(月子)를 풀어 가지고 물남에 쌀 팔러 갔었던 것이다.

자던 학실이는 언제 깨었는지 터벅터벅 기어와서 할머니를 쥐어흔든다.

"한머니, 이러나라, 이차! 이—차."

학실이는 항상 하는 것같이 잠든 할머니를 깨우는 모양으로 할머니의 머리를 들어 일으키려고 한다. 경수의 아내는 흑흑 운다. 너무도 무서운 광경에 놀랐는지 그는 또 풍증이 일어났다. 철없는 학실이는 할머니가 일어나지 않고 대답도 없으니 어미 있는 데 가서 젖을 달라고 가슴에 매어 달린다. 괴로워하는 그 어미의 호흡은 점점 커졌다.

모였던 사람은 하나둘씩 흩어진다. 누가 뜨뜻한 물 한술 갖다 주는 이가 없다.

경수는 머리가 띵하였다. 그는 사지가 경련되는 것을 느꼈다. 그의 가슴에서는 *연(鉛)덩어리가 쑤심질하는 듯도 하고 캐한 연기가 팽팽 도는 듯도 하고 오장을 바늘로 쏙쏙 찌르는 듯도 해서 무어라 형언할 수 없었다. 갑자기 하늘은 시커멓게 흐리고 땅은 쿵쿵 꺼져 들어간다. 어둑한 구석구석으로부터는 몸서리치도록 무서운 악마들이 뛰어나와서 세상을 깡그리 태워 버리려는 듯이 뻘건 불길을 활활 내뿜는다. 그 불은 집을 불사르고 어머니를, 아내를, 학실이를, 자기까지 태워 버리려고 확확 몰켜온다. 뻘건 불 속에서는 시퍼런 칼을 든 악마들이 불끈불끈 나타나서 온 식구들을 쿡쿡 찌른다. 피를 흘리면서 혀를 물고 쓰러져 가는 식구들의 괴로운 신음 소리는 차마 들을 수없이 뼈까지 저민다. 그 괴로워하는 삶(生)을 어서 면케 하고 싶었다. 이러한 환상이 그의 눈앞에 활동사진같이 나타날 때,

"아아, 부숴라! 모두 부숴라!"

소리를 지르면서 그는 벌떡 일어섰다. 그의 손에는 식칼이 쥐어졌다. 그는 으악— 소리를 치면서 칼을 들어서 내리찍었다. 아내, 학실이, 어머니 할것 없이 내리찍었다. 칼에 찍힌 세 생령은 부르르 떨며, 방 안에는 피비린내가 탁해졌다.

"모두 죽여라! 이놈의 세상을 부수자! *복마전(伏魔殿) 같은 이놈의

연(鉛)덩어리
납덩어리.

복마전
마귀가 숨어 있는 집이나 굴. 비밀리에 나쁜 일을 꾸미는 무리들이 모이거나 활동하는 곳을 비유적으로 이르는 말.

세상을 부수자! 모두 죽여라!"

밖으로 뛰어나오면서 외치는 그 소리는 침침한 어둠속에 쌀쌀한 바람과 같이 처량히 울렸다. 그는 쓸쓸한 거리에 나섰다. 좌우에 고요히 늘어 있는 몇 개의 상점은 빈지를 반은 닫고 반은 열어 놓았다.

경수의 눈앞에는 아무 거리낄 것, 아무 주저할 것이 없었다. 그는 허둥지둥 올라가면서 닥치는 대로 부순다. 상점이 보이면 상점을 짓모으고 사람이 보이면 사람을 찔렀다.

"훙으적(도적놈)이야!"

"저 미친놈 봐라!"

고요하던 거리에는 사람의 소리가 요란하다.

"내가 미쳐? 내가 도적놈이야? 이 악마 같은 놈들 다 죽인다!"

경수는 어느새 웃장거리 중국 경찰서 앞까지 이르렀다. 그는 경찰서 앞에서 파수보는 순사를 콱 찔러 누이고 안으로 뛰어들어갔다. 창문을 부순다. 보이는 사람대로 찌른다.

1900년대 경찰서

꽝…… 꽝…… 꽝꽝.

경찰서 안에서는 총소리가 연방 났다. 벽력같이 울리는 총소리는 쌀쌀한 바람과 함께 거리에 처량히 울렸다.

모든 누리는 공포의 침묵에 잠겼다.

『조선문단』, 1925. 6.

최서해 단편소설

큰물 진 뒤

1

닭은 두 홰째 울었다. 모진 비바람 속에 울려 오는 그 소리는 별다른 세상의 소리 같았다.

비는 그저 몹시 퍼붓는다. 급하여 가는 빗소리와 같이 천장에서 새어 내리는 빗방울은 뚝뚝, 뚝뚝 먼지 구덩이 된 자리 위에 떨어진다. 그을음과 빈대피에 얼룩덜룩한 벽은 새어 내리는 비에 젖어서 어스름한 하늘에 피어오르는 구름발 같다. 우우 하고 불어오는 바람에 몰리는 빗발은 간간이 쏴— 하고 서창을 들이쳤다.

"아이구 배야! 익힝 응 아구 나 죽겠소!"

윤호의 아내는 몸부림을 치면서 이를 빡빡 갈았다. 닭 울 때부터 신음하는 그의 고통은 점점 심하여졌다. 두 손으로 아랫배를 누르고 비비다가도 그만 엎드러져 깔아 놓은 짚과 삿자리를 박박 긁고 뜯는다. 그의 손가락 끝은 터져서 새빨간 피가 삿자리에 수를 놓았다.

"애고고! 내 엄마! 응응, 하이구 여보!"

그는 몸을 벌꺽 일어서 윤호의 허리를 껴안았다. 윤호는 두 무릎으로 아내의 가슴을 받치고 두 팔에 힘을 주어서 아내의 겨드랑이를 추켜 안았다. 윤호에게는 이것이 첫 경험이었다. 어머니며 늙은 부인들께서 말로는 들은 법하나 첩으로 당하는 윤호의 가슴은 알 수 없는 두려움이 두근두근하였다. 그에게는 과거도, 미래도 없었다. 침통과, 우울과, 참담과 공포가 있을 뿐이었다. *미구에 새 생명을 얻으리라는 기쁨은 이 찰나에 싹도 볼 수 없었다.

"여보! 내가 가서 귀둥녀 할미를 데려오리다, 응."

미구(未久)
얼마 오래지 아니함.

"아니 여보! 아이구!"

아내는 윤호의 허리가 끊어지도록 안았다. 그의 낯은 새파랗게 질렸다. 아내의 괴로움만큼 윤호도 괴로웠다. 아내가 악을 쓸 때면 윤호도 따라 힘을 썼다. 아내가 몸부림을 하고 자기의 허리를 꽉 껴안을 때면 윤호도 꽉 껴안았다.

윤호는 누울 때 지나서부터 몹시 괴로워하는 아내를 보고 옛적 산파로 경험이 많은 귀둥녀 할미를 불러오려고 하였다. 그러나 아내의 고통은 각일각 괴로워 가는데 보아 줄 사람은 하나도 없고, 게다가 비바람이 어떻게 뿌리는지 촌보를 나아갈 수 없어서 주저렸다. 윤호는 아내의 생명이 끊기고야 말 것같이 생각되었다. 어수선한 짚자리 위에서 뻐둑뻐둑하다가 어린 목숨을 낳다 말고 두 어미 새끼가 뒈지는 환상이 보였다. 따라서 해산으로 죽은 여러 사람의 기억이 떠올랐다. 그는 몸을 부르르 떨면서 아내를 더욱 꽉 껴안았다. 마음대로 하는 수 있다면 아내의 고통을 나누고 싶었다. 괴로운 신음 소리와 같이 몸부림을 탕탕 하는 것은 자기의 뼈와 고기를 싹싹 에어내는 듯해서 차마 볼 수 없었다.

"끽! 응! 으응! 윽! 아이구! 억억."

아내는 더 소리를 못 지른다. 모들뜬 두 눈은 무엇을 노려보는 듯이 똥그랗게 되었다. 숨도 못 내쉬고 이를 꼭 깨물고 힘을 썼다.

"으악!"

퀴지근한 비린 냄새가 흐르는 누런 불빛 속에 울리는 새 생명의 소리! 어둔 밤 비바람 소리 속의 그 소리! 윤호는 뵈지 않는 큰 물결에 싸이는 듯하였다.

"무에요!"

볏짚

적삼

신음 소리를 그치고 짚자리 위에 누웠던 아내는 머리를 갸우드름하여 사내를 쳐다보았다. 새빨간 핏방울을 번질번질 쏟친 볏짚 위에 떨어진 어린 생명은 꼼지락꼼지락하면서 빽빽 소리를 질렀다. 윤호는 전에 들어 두었던 기억대로 푸른 헝겊으로 탯줄을 싸서 물어 끊었다.

"응! 자지가 있네! 히히히."

윤호는 때오른 적삼에 어린것을 싸면서 웃었다.

"흥, 호호!"

아내는 웃으면서 허리를 구부정하여 어린것을 보았다. 이 찰나, 침통과 우울과 공포가 흐르던 이 방 안에는 평화와 침묵이 흘렀다. 윤호는 무엇을 끓이려고 부엌으로 내려갔다.

우우 쏴아— 빗발은 서창을 쳤다. 젖은 벽에서는 흙점이 철썩철썩 떨어진다. 어디서 급한 물소리와 같이 수수거리는 소리가 들렸다. 그 소리는 봄비 속에 개구리 소리같이 점점 높이 들렸다. 윤호는 눈을 둥그렇게 뜨면서 귀를 기울였다.

"윤호! 윤호! *방강(堤防)이 터지니 어서 나오!"

그 소리는 윤호에게 청천의 벽력이었다. 그는 튀어나갔다. 이 순간 그의 눈앞에는 퍼런 논판이 떠올랐다. 그 밖에 아무것도 생각나지 않았다. 그는 마당 앞으로 몰려 지나가는 무리에 뛰어들었다. 어디가 하늘! 어디가 땅! 창살같이 들이는 비! 몰려오는 바람! 발을 잠그는 진창! 그 속에서 고함을 치고 어물거리는 으슥한 그림자는 수천만의 도깨비가 *횡행하는 것 같다.

방강
제방.

횡행
아무 거리낌 없이 제멋대로 행동함.

2

모든 사람들은 침침 어둔 빗속을 헤저어서 마을 뒤 방축으로 나아갔다. 더듬더듬 방축으로 기어올랐다. 물은 보이지 않았다. 손과 발로 물 형세를 짐작할 뿐이었다. 꽐꽐 철썩 출렁, 꽐꽐하는 물소리는 태산을 삼키고 대지를 깨칠 듯하다.

"이거 큰일났구나!"

"암만해두 넘겠는데!"

이입 저입으로 흘러나왔다. 그 소리는 위대한 자연의 힘 앞에 인력의 박약을 탄식하는 듯하였다.

"자! 이러구만 있겠소? 그 버들을 찍어라! 찍어서 여기다가 눕히자!"

우렁찬 소리가 들렸다.

"가만있자! 한짝에는 *섬(叺)에다가 돌을 넣어다가 여기다가 막읍시다."

"떠들지 말구 빨리 합시다."

탁—탁 나무 찍는 도끼 소리가 났다. 한편에서는 섬을 메어 올렸다. 윤호는 찍은 나무를 끌어다가 가장 위태로운 곳에 뉘었다.

빗소리, 물소리, 바람소리, 어둠 속에서 흥분된 모든 사람들은 죽기로써 힘을 썼다.

이 방축에 이 마을 운명이 달렸다. 이 방축 안에 있는 논과 밭으로 이백이 넘는 이 마을 집이 견디어 간다. 그런 까닭에 해마다 가을 봄으로 이 마을 사람들은 이 방축에 품을 들여서 천만년 가도 허물어지지 않게 애를 써왔다. 그뿐만 아니라 이리로 바로 쏠리던 물길을 방축 건

섬
짚으로 엮어 가마니보다 크게 만들어 주로 곡식을 담는 데 쓰는 물건.

너편 산 아래로 돌리기까지 하였다.

이렇게 쌓은 공이 하루아침에 무너졌다. 작년 봄에 이 마을 밖으로 철도가 났다. 철도는 이 마을 뒷내를 건너게 되어서 그 내에 철교를 놓았다. 그 때문에 저편 산 아래로 돌려 놓은 물은 철교를 지나서 이 마을 뒤 방축을 향하고 바로 흐르게 되었다. 이 때문에 촌민들은 군청, 도청, 철도국에 방축을 더 굳게 쌓아 주든지, 철교를 좀 비스듬히 놓아서 물길이 돌게 하여 달라고 진정서를 여러 번이나 들였으나 조금의 효과도 얻지 못하였다. 작년 여름 물에 이 방축이 좀 터졌으나 호소할 곳이 없었다. 그 뒤로 비만 내리면 촌민들은 잠을 못 자고 방축을 지켰다.

철교

"이— 이 이게, 어찐 일이냐? 응!"

"터지는구나! 이키 여기는 벌써 터졌네!"

"힘을 써라! 힘을 써라! 이게 터지면 우리는 죽는다. 못 산다!"

초초분분 불어 가는 물은 콸콸 소리를 치면서 방축을 넘었다. 바람이 우우 몰려왔다. 비는 여러 사람의 낯을 쳤다. 모두 흑흑 느끼면서 낯을 가리고 물을 뿜었다.

쏴— 꽐꽐꽐.

"여기도 또 터졌구나!"

모두 그리로 몰렸다. 아래를 막으면 위가 터지고 위를 막으면 아래가 터진다. 터지는 것보다 넘치는 물이 더 무서웠다.

"이키, 여기 발써 물이 길(丈)이나 섰구나."

거무칙칙하여 보이지 않는 논판에서 누가 부르짖었다.

논판

이제는 누구나 물을 막으려는 사람은 없다. 어둠 속에 히슥한 그림자들은 창살 같은 빗발을 받고 가만히 서 있다. 모진 바람이 한바탕 지나갔다. 모든 사람들은 굳센 물결이 무릎을 잠그고 궁둥이를 잠글 때 부르르 떨었다.

　윤호도 방축을 넘는 물속에 박은 듯이 서 있었다. 꺼먼 그의 눈앞에는 물속에 들어가는 논이 보였다. 떠내려가는 집들이 보였다. 아우성치는 사람이 보였다. ―이 환상을 볼 때 그는 으응 부르짖으면서 방축에서 내려뛰었다. 방축 아래 내려서니 살같이 흐르는 물이 겨드랑이를 잠근다. 그는 돌인지 물인지 길인지 밭인지 빠지고 거꾸러지면서 집 마을을 향하고 뛰었다. 이 모퉁이 저 모퉁이에서 물을 헤저어 나가는 아우성 소리가 빗소리와 같이 요란하건만 그에게는 들리지 않았다. 그의 눈앞에는 물 한 모금 못 먹고 짚자리 위에 쓰러진 두 생령의 환상이 보일 뿐이다. 그는 환상을 보고 떨 뿐이다. 그 환상은 누런 진흙물 속에 쓰러진 집에 치어서 킥킥 버둥질치는 형상으로도 나타났다. 그는 주먹을 부르쥐고 이를 악물었다. 윤호는 자기 집 마당에 다다랐다.

　불빛이 희미한 창 속에서 어린애 울음이 들렸다. 창에 비친 불빛에 누릿한 물은 흙마루를 지나 문턱을 넘었다.

　윤호는 방으로 뛰어들어갔다. 방에는 물이 흥건히 들었다. 아내는 물 속에서 애를 안고 어쩔 줄을 몰라한다. 물은 방 안에 점점 들어온다. 어디서 쏴― 소리가 들렸다. 돌아보니 뒷벽이 뚫어져서 물이 디미는 소리였다. 윤호는 아내를 둘러업고 아기를 안았다. 이때 초인간적 굳센 힘이 그를 지배하였다. 그는 문을 차고 밖으로

뛰어나왔다. 어느새 물은 허리에 잠겼다. 물살이 어떻게 센지 소 같은 장사라도 견디기 어려울 지경이다. 그는 쓰러졌다가는 일어서고 일어섰다가는 쓰러지면서 물 속을 헤저어 나갔다. 팔에 안은 것이 무엇이며 등에 업은 것이 누구라는 것까지 이 찰나에 의식지 못하였다. 의식적으로 업고 안은 것이 이제는 기계적으로 놓지 않게 되었다.

3

동이 텄다. 사방은 차츰 훤하여졌다.
거무칙칙하던 구름이 풀리면서 퍼붓는 듯하던 비가 실비로 변하더니 이제는 안개비가 되었다. 바람도 잔다.
마을 사람들은 거지반 마을 앞 조그마한 산에 몰렸다. 밝아 가는 새벽빛 속에 최최해서 어물거리는 사람들은 갈 바를 몰라한다. 누구를 부르는 소리, 울음 소리, 신음하는 소리에 수라장을 이루었다.
윤호는 후줄근한 풀 위에 아내를 뉘었다. 어린것도 내려놓았다. 참담한 속에서 고고성을 지른 붉은 생령은 참담한 속에서 소리 없이 목숨이 끊겼다. 찬 비와 억센 물에 쥐어짠 듯이 된 윤호 아내는 싸늘한 어린것을 안고 흑흑 느낀다. 윤호는 아무 소리 없이 붙안고 우는 어미 새끼를 물끄러미 보았다. 그의 가슴은 저리다 못하여 무엇이 뭉킷 누르는 듯하고, 머리는 띵한 것이 눈물도 나지 않고 말도 나오지 않았다.
날은 다 밝았다. 눈앞에 뵈는 것은 우뚝우뚝한 산을 남겨 놓고는 망망한 물판이다. 어디가 논? 어디가 밭? 어디가 집? 어디가 내? 누런 물이 세력을 자랑하는 듯이 좔—좔— 흐른다. 널쪽, 궤짝, 짚가리, 나뭇단, 널따란 초가지붕—온갖 것이 둥둥 물결을 따라 흘러내린다. 저편 버드나무 속으로 흘러나오는 집 위에는 계집 같기도 하고 사내 같기도 한 사람 서넛이 이편을 보고 고함을 치는지 손을 내두르고 발을 구른다. 갠지 돼지인지 자맥질쳐서 이리로 나온다. 사람 실은 지붕은 슬슬 내리다가 물 위에 머리만 봉긋이 내놓은 버드나무에 닿자마자 그만 물 속에 쑥 들어가더니 다시 떠오를 때에는 여러 조각이 났다. 그 위에 사람의 그림자는 다시 볼 수 없었다. 그 저편에서도 무엇이나 탄 지붕인지 짚가리인지 흘러갔다. 그러나 누구 하나 그것을 건지려는 사람은 없다. 윤호의 곁에 있는 한 오십 되어 뵈는 늙은 부인은,

버드나무

"에구 끔찍해라! 에구 내 돌쇠야! 흑흑."

하면서 가슴을 치고 땅을 친다. 어떤 젊은 부인은 어린것을 업고 흑흑 울기만 한다. 사내들도 통곡치는 사람이 있다. 밥 달라고 우는 어린것들도 있다. 어떤 사람은 멍하니 서서 질퍽한 풀판을 얼없이 보기도 하고, 어떤 사람은 지르르한 풀판에 앉아서 담배만 풀썩풀썩 피우기도 한다.

담배 피우는 사람

풀렸다가는 엉키고 엉켰다가는 풀리는 구름 사이로 푸른 하늘이 보이면서 둔탁한 굵은 볕발이 누른 무지개 모양으로 비치었다. 안개비도 개었다.

"여보! 울면 뭘 하우, 그까짓 죽은 것 생각할게 있소? 자— 울지 마오, 산 사람은 살아야 안 쓰겠소?"

이렇게 아내를 위로하나 그도 슬펐다. 물 한 모금 못 먹인 아내를 생각하든지 제 명에 못 죽은 아들! 현재도 현재려니와 이제 어디를 가랴? 일년내 피와 땀을 짜 바쳐서 지은 밭이 하룻밤 물에 형적조차 남기지

삿갓

않았으니 이 앞일을 어찌하랴? 그는 생각하면 생각할수록 슬펐다. 슬픔에 슬픔을 쌓은 그 슬픔은 겉으로 눈물을 보내지 않고 속으로 피를 짰다. 그는 어린 주검을 소나무 아래 갖다 놓고 솔잎으로 덮어 놓았다. 그 주검을 뒤 두고 나오니 알 수 없이 발이 무거웠다.

이른 아침 때가 되어서부터 윤호의 아내는,

"아이구 배야! 배야!"

하고 구른다. 어물어물하는 사람은 많건만 모두 제 설움에 겨워서 남의 괴로움을 돌볼 새가 없다.

"허허, 이것 안되었군! 산후에 찬 물을 건네구 사람이 살 수 있겠소! 별수 없으니 어서 업구서 너멋 마을로 가보."

웬 늙은이가 곁에 와서 구르는 아내를 붙잡아 주면서 걱정한다.

윤호는 아내를 업었다. 새벽에는 아내를 업고 애를 안고 그 모진 물속을 헤저어 나왔건만, 인제는 일 마장도 갈 것 같지 못하다. 더구나,

"아이구 배야!"

하면서 두 어깨를 꽉 끌어당기면서 몸을 비비틀면 허리가 휘천휘천하고 다리가 휘우뚱거려서 어쩔 수 없다. 그는 땀을 흘리면서 조그마한 고개를 넘어왔다. 거기는 십여 호나 되는 조그마한 동리가 있다. 벌써 물에 쫓긴 사람들은 집집이 몰려들었다. 윤호는 어느 집 방을 겨우 얻어서 아내를 뉘어 놓았다. 누가 미음을 쑤어다 주는 것을 먹였으나 아내는 한 모금 못 먹고 그저 신음한다. 의원을 데려다가 침, 뜸, 약— 힘 자라는 데까지 손을 써보았으나 소용이 없었다.

낮부터 비는 또 쏴—르륵 내렸다.

4

 괴로운 사흘은 지나갔다.

 집을 잃고 밭을 잃고 부모를 잃고 처자를 잃은 무리들은 거기서 삼십 리나 되는 읍으로 나갔다. 윤호도 그 중의 한 사람이었다. 그네들은 읍에 나가서 정거장의 노동자, 물지게꾼, 흙질꾼, *구들 고치는 사람—이렇게 그날 그날을 보내었다. 어떤 자는 이집 저집으로 돌아다니면서 밥을 빌어먹었다. 윤호는 집짓는 데 돌아다니면서 흙을 져 날랐다. 그의 아내의 병은 나날이 심하였다. 바싹 말랐던 사람이 통통 부어서 멀겋게 되었다. 그런 우중 눅눅한 풀막 속에서 변변히 먹지도 못하고 간병하는 손도 없으니 그 병의 회복을 어찌 속히 바라랴!

구들
고래를 켜고 구들장을 덮어 흙을 발라서 방바닥을 만들고 불을 때어 난방을 하는 구조물.

 윤호가 하루는 아내의 병구완으로 한잠도 못 자고 밤새껏 애쓰다가 아침을 굶고 일터로 나갔다. 하루 오십 전을 받는 일이건만 해뜨기 전에 나와서 어두워야 돌아간다. 그날 아침에는 흙을 파서 담는데 지겟다리가 부러져서 그 때문에 한 시간 동안이나 흙을 못 날랐다. 그새에 다른 사람은 세 짐이나 더 지었다.

물지게

 "이놈은 눈깔이 판득판득해서 꾀만 부리는구나!"

 양복 입은 감독은 늦게 온 윤호를 보고 눈을 굴렸다. 윤호는 아무 대답 없이 흙을 부어 놓고 돌아서 나왔다. 나오려고 하는데 감독이 쫓아오더니 앞을 딱 막아서면서,

 "왜 늦게 댕겨!"

하고 꺼드럭꺼드럭하는 서울말로 툭 쏘았다.

큰물 진 뒤 81

"네, 지겟다리가 부러져서 그거 고치느라구 늦었습니다."
그는 괴로운 웃음을 지었다.
"뭘 어쩌구 어째? 남은 세 지게나 졌는데 어디가 낮잠을 잤어?……그놈 핑계는 바투!"
"정말이외다. 다른 날 언제 늦게 옵네까? 늘 남 먼저 오잖았소……."
"이놈아, 대답은 웬 말대답이냐? 응 다른 날은 다른 날이고 오늘은 오늘이지! 돈이 흔해서 너 같은 놈을 주는 줄 아니?"
하더니 윤호의 여윈 뺨을 갈겼다. 윤호는 뺨을 붙잡고 가만히 서 있었다.
"이놈아, 너 같은 놈은 일없다. 가거라!"
하더니 주먹으로 윤호의 미간을 박으면서 발을 들어 배를 찼다.
"아이구! 으응응 흑흑."
윤호는 울면서 지게진 채 땅에 거꾸러졌다. 그의 코에서는 시뻘건 선지피가 콸콸 흘렀다. 일꾼들은 모두 이편을 보았다. 같은 지게꾼들은 무슨 승수나 난 듯이 더 분주하게 져 나른다.
"이놈아, 가! 가거라!"
감독은 독살이 잔뜩 엉긴 눈으로 윤호를 보더니 사방을 돌아보면서,
"뭘 봐? 어서 일들 해! 도모 죠센징와 다메다! 쓰루쿠테 다메다(정말 조선인은 안돼! 뺀들거려서 안돼)!"

하는 바람에 일꾼들은 조심조심히 일에 손을 대었다.

 눅눅한 검은 땅을 붉고 뜨거운 코피로 물들인 윤호는 일어섰다. 코에서는 걸디건 피가 그저 뚝뚝 흘렀다. 그의 흙투성이 된 옷섶은 피투성이가 되었다. 그는 머리를 숙이고 한참이나 서서 무엇을 생각하더니 빈 지게를 지고 *어청어청 아내가 누웠는 풀막으로 돌아갔다.

 윤호는 지게를 벗어서 팔매를 치고 막 안으로 들어갔다. 어둑한 막 안에서 신음하던 아내는 눈을 비죽이 떠서 윤호를 보더니 목구멍을 겨우,

 "여보, 어째 그러오? 그게 어쩐 피요?"

묻는다. 윤호는 아무 대답 없이 아내의 곁에 드러누웠다. 모두 귀찮았다. 세상만사가 다 귀찮았다. 세상 밖에 나와서 비로소 가장 사랑하던 아내까지도 귀찮았다. 죽는다 해도 꿈만 같았다.

 "네? 어째 그러오?"

 그러나 재쳐 묻는 부드러운 아내의 소리에 대답 안 할 수가 없었다.

 "응, 넘어져서 피가 터졌소!"

 윤호의 소리가 그치자 아내는 훌쩍훌쩍 운다. 윤호의 가슴은 칼로다 빡빡 찢는 듯하였다. 그는 알 수 없는 커단 것에 눌리는 듯하였다. 무엇이 코와 입을 꽉 막는 듯이 호흡조차 가빴다. 그는 온몸에 급히 힘을 주면서 눈을 번쩍 떴다. 아무것도 없었다. 그저 으스름한 속에 넌들넌들 드리운 풀포기가 있을 뿐이다. 그는 눈을 다시 감았다. 모든 지나온 일이 눈앞과 머릿속에 방울이 져서 떠올라서는 툭 터져 버리고, 터져 버리곤 한다. 자기는 이때까지 남에게 애틋한 일, 포악한 일을 한 적이 없었다. 싸움이면 남에게 졌고, 일이면 남보다 더 많이 하였다. 자기가 어려서 아버지 돌아갈 때에 밭뙈기나 있는 것을 삼촌더러 잘 관리하였

어청어청
키가 큰 사람이나 짐승이 자꾸 이리저리 천천히 걷는 모양. '어정어정'보다 거센 느낌을 준다.

다가 자기가 크거든 주라고 한 것을 삼촌은 그대로 빼앗고 말았다. 그러나 자기는 가만히 있었나. 동리 심부름이라는 심부름은 자기와 아내가 도맡아 하여왔다. 그래도 잘못한 일이 있으면 자기와 아내가 홀로 책망과 욕을 들었다. 선한 일을 하면 복을 받는다, 부지런하면 부자가 된다, 남이 욕하든지 때리든지 가만히 있어라―이러한 것을 자기는 조금도 어기지 않고 지켜왔다. 그러나 이때까지 자기에게 남은 것은 풀막―그것도 제 손으로 지은 것―병, 굶주림, 모욕밖에 남은 것이 없다. 집을 바치고 밭을 바치고 힘을 바치고 귀중한 피까지 바치면서도 가만히 순종하였건만 누구 하나 이렇다 하는 이가 없었다. 오히려 이때까지 자기가 본 경험으로 말하면 욕심 많고, 우락부락하고, 못된 짓 잘하는 무리들은 잘 입고, 잘 먹고, 잘 쓴다. 자기에게 남은 것은 이제 실낱같은 목숨뿐이다. 아내뿐이다. 그러나 그것도 이렇게 되고서는 몇 달을 보증하랴! 까딱하면 목숨까지 버릴 것이다. 목숨까지 바쳐? 이 목숨―예까지 생각하고 그는 몸을 부르르 떨면서 주먹을 쥐었다.

"응! 그는 못 해!"

그는 혼잣소리같이 뇌면서 머리를 흔들었다. 사실이다. 목숨까지 바치기는 너무도 억울하다. 자기가 왜 고생을 했나? 목숨이다! 이 목숨을 아껴서 무슨 고생이든지 하였다. 목숨을 바치면 죽는 것이다. 죽고도 무엇을 구할까? 그러나 그저 이대로 있어서는 살 수 없다. 병으로 살 수 없고 배고파 살 수 없고―결국 목숨을 바치게 된다. 이때 그의 머리에는 떠오르는 것이 있었다. 눈앞에 보이는 환상이 있었다. 그의 해쓱한 낯에는 엄연한 빛이 어리고 다정스럽던 두 눈에는 독기가 돌았다. 그는 다시 입술을 깨물고 주먹을 쥐었다.

5

초승달이 재를 넘은 지 벌써 오래되었다. 훤히 갠 하늘에 별빛은 푸근히 보였다. 사면은 고요하다. 이슬에 눅눅한 대지 위에 우뚝이 솟은 건물들은 잠잠한 물 위에 뜬 듯이 고요하다. 멀리 뭉긋이 보이는 산들이 하늘아래 굵은 곡선을 그었다.

세상이 모두 잠자는 이때, 집 마을에서 좀 떠나 으슥한 수수밭 머리에 풀포기를 모아 얽어 놓은 조그만 막 속에서 나오는 그림자가 있다. 그 그림자는 막 앞에 나서서 한참 주저거리더니 수수밭 머리에 훤히 누워 있는 큰길을 건너서 조와 콩이 우거진 밭 속으로 몸을 감추었다.

수

사면은 다시 쥐 하나 어른거리지 않는다. 스르륵스르륵 서로 부닥치는 좃대소리는 귀담아듣는 이나 들을 것이다. 먼 데서 울려오는 개 짖는 소리는 딴 세상의 소리 같다.

조

한참 만에 집 마을 가까운 조밭 속으로 아까 숨던 그림자가 다시 나타났다. 그 그림자는 으슥한 집집 울타리 그림자 속으로 살근살근— 그러나 민활하게 이집 저집, 이 골목 저 골목으로 지나간다. 가다가는 한참이나 서서 주저거리다가도 또 간다. 기단 골목의 여러 집을 지나서 나오는 그림자는 현등이 드문드문 걸린 거리에 이르더니 썩 나서지 못하고 어떤 집 옆에 서서 앞뒤를 보고 아래위를 본다. 거리는 고요하다. 집집이 문을 채웠다.

저 아래편에 아득히 보이는 파출소까지 잠잠하였다. 한참 주저거리던 그림자는 얼른얼른 뛰어 건너서 맞은편 어둑한 골목으로 들어섰다.

현등(懸燈)
등을 높이 매닮. 또는 그 등.

그를 본 사람은 하나도 없었다. 그러나 거리의 말없는 *현등만은 그가 누군 것을 알았다. 그는 윤호였다.

 윤호는 몇 걸음 걷다가는 헝겊에 풀풀 감아서 허리 밑에 지른 것을 만져 보았다. 만질 때마다 반짝 서릿발 같은 그 빛을 생각하고 몸을 떨면서 발을 멈추었다. 뒤따라 새빨간 피, 째각째각 칼 소리를 치고 모여드는 붉은 눈! 잔뜩 얽히는 자기 몸을 생각지 않을 수 없었다. 그보다도 칼 밑에 구슬피 부르짖고 쓰러지는 생령을 생각하면 가슴이 뭉킷하고 온 신경이 째릿째릿하였다.

 '아, 못 할 일이다! 참말 못 할 일이다! 내가 살자고 남을 죽여?'

 그는 입 안으로 중얼거리면서 발끝을 돌렸다. 그러다가도 자기의 절박한 처지라거나 자기가 목표삼고 나가는 대상들의 하는 것들을 생각한 때면 그 생각이 뒤집혔다.

 '아니다. 남을 안 죽이면 나는 죽는다. 아내는 죽는다. 응, 소용 없다. 선한 일! 죽어서 천당보다 악한 짓이라도 해야 살아서 잘 먹지! 그놈들도 다 못된 짓하고 모은 것이다. 예까지 왔다가 가다니?'

 이렇게 생각하면 풀렸던 사지가 다시 긴장되었다. 그는 다시 앞으로 걸었다. 집에서 떠나면서부터 이리하여 주저한 것이 오륙 차나 되었다.

 윤호는 커다란 솟을대문 앞에 다다랐다. 그는 급한 숨을 죽여 가면서 대문을 뒤 두고 저편 높다란 싸리 울타리 밑으로 갔다. 그의 가슴은 두근두근하고 사지는 떨렸다. 귀밑 맥이 툭탁툭탁하면서 이가 덜덜 솟긴다.

 '에라 그만둬라. 사람으로서 차마!'

 그는 가슴을 누르고 한참 앉았다. 한참 만에 그는 우뚝 일어섰다. 두 팔을 쭉 폈다. 몸을 부쩍 솟는 때에 싸리가 부서지는 소리, 우쩍 하자 그의 몸은 울타리 위에 올라갔다.

싸리 울타리

마루 아래서 으응— 하고 으릉대는 개가 울타리 안에 그림자가 어른하는 것을 보더니 으르렁 엉웡웡 하면서 내닫는다.

"으흥! 이 개!"

방에서 우렁한 사내 소리가 들렸다. 윤호는 얼른 고기를 꿰어 가지고 온 낚시를 집어던졌다. 개는 집어 먹었다. 낚시에 걸린 개는 낚싯줄을 잡아당기는 대로 꼼짝 소리를 못 지르고 느른히 쫓아다닌다. 낚싯줄을 울타리 말뚝에 잡아맨 윤호는 살금살금 마루로 갔다. 그리 몹시 두근거리던 그의 가슴은 끓고 난 뒤의 물같이 잠잠하였다. 두 눈에서 흐르는 이상한 빛은 어둠 속에서 번쩍하였다. 그는 마루 아래 앉더니 허리끈에 지른 것을 빼어서 슬근슬근 풀었다. 널쩍한 헝겊이 다 풀리자 환한 별빛 아래 번쩍하는 것이 그의 무릎에 놓였다. 그는 그 헝겊으로 눈만 내놓고는 머리, 이마, 귀, 입, 코 할 것 없이 싸고 무릎에 놓인 것을 잡더니 마루 위에 살짝 올라섰다. 이때 방 안에서,

"무어는 무어야? 개가 그러는 게지?"

사내의 소리가 나더니 삭스르럭 성냥 긋는 소리가 들렸다. 윤호는 주춤하다가 다시 빳빳이 섰다.

6

낮이면 돈을 만지고 밤이면 계집을 어르는 것으로 한없는 쾌락을 삼는 이주사는 어쩐지 오늘밤따라 마음이 뒤숭숭하여 졸음이 오지 않았다. 끼고 누웠던 진주집을 깨워서 술을 데워 서너 잔이나 마시었으나

역시 잠들 수 없었다. 눈을 감으면 무엇이 와 덮치는 것 같기도 하고 눈을 뜨면 마루에서 무슨 소리가 들리는 듯도 하였다. 머리맡에 켜놓은 촛불의 거물거물하는 것까지 무슨 시뻘건 눈깔이 노려보는 듯해서 꺼버렸다.

"여보, 잡시다. 왜 잠 못 드우?"

"글쎄, 왜 졸음이 안 오는구려."

이주사는 진주집 말에 대답은 하였으나 자기 입으로—자기 넋으로 나오는 소리 같지 않았다. 그는 눈 감았다 뜰 때에 벽에 해쓱한 그림자가 서 있는 것을 보고 여러 번 가슴이 꿈틀꿈틀하였다. 그러다가도 그 그림자가 의복이라고 생각하면 좀 맘이 패었다. 그렇게 생각하고 그 그림자에 여러 번 속았다. 그는 여러 번 베개 너머로 손을 자리 밑에 넣었다. 큼직한 것이 손에 만지우면 그는 큰 숨을 화— 쉬었다. 그는 이렇게 애쓰다가 삼경이 지나서 겨우 잠이 소르르 들자마자 무슨 소리에 놀라 깨었다. 진주집도 이주사가 와뜰 놀라는 바람에 깨었다. 그 소리는 마루 아래 개가 으르릉 웡! 짖는 소리였다. 이주사는 가슴에서 넉장이 뚝 떨어졌다.

"으흥! 이 개!"

그는 겁결에 소리를 쳤으나 뛰노는 가슴을 진정할 수 없었다. 더욱 왈칵 내닫는 개가 깜짝 소리 없는 것이 의심스러웠다. 그러나 마루가 우찍하는 것이 무에 단박 들이미는 것 같았다.

"마루에서 무엔구!"

진주집은 초에다가 불을 켰다.

"무에는 무에야 개가 그리는 게지."

이주사의 소리는 떨렸다. 그는 얼른 자리맡에 넣었던 뭉치를 끄집어

내어서 꼭 쥐었다.

"어디 내가 내다보구!"

진주집은 미닫이를 열더니 덧문을 덜컥 벗겨서 열었다.

문 열던 진주집! 뒤에서 내다보던 이주사! 벌거벗은 두 남녀는 '으악' 들이긋는 소리와 같이 그만 푹 주저앉았다. 열린 문으로는 낯을 가린 뻣뻣한 장정이 서리 같은 칼을 들고 나타났다. 장정은 미닫이를 천천히 닫더니,

"목숨을 아끼거든 꼼짝 마라!"

명령을 내렸다. 그 소리는 그리 높지 않으나 시멘트판에 쇳덩어리를 굴리는 듯하였다. 벌거벗은 남녀는 거들거리는 촛불 속에 수굿이 앉았다. 두 사람의 낯은 새파랗게 질렸으나 아름다운 살빛! 예쁜 곡선은 여윈 사람에게서는 도저히 볼 수 없는 것이었다.

"이근춘이, 네 들어라. 얼마든지 있는 대로 내놔야지 그렇잖으면 네 혼백은 이 칼끝에 달아날 것이다."

장정은 칼끝으로 이주사를 견주며 노려보았다. 평화와, 안락과, 춘정이 무르녹았던 방에는 긴장한 공포의 침묵이 흘렀다.

"왜 말이 없니?"

"녜, 모다 저금하고 집에는 한 푼도 어, 없습니다. 일후에 오시면……."
이주사는 꿇어앉아서 부들부들 떤다.
장정은 이주사를 한참 노려보더니 허허허 웃으면서,
"이놈이 무에 어쩌구 어째? 일후에 오라구? 고사를 지내 봐라, 일후에 오나! 어서 내라…… 이놈이 칼맛을 보아야 하겠군!"
하더니 유들유들한 이주사의 목을 잡아끌었다. 이주사는 끌리면서도 꼭 모은 다리는 펴지 않았다.
"이놈아, 그래 못 줄 테냐?"
서리 같은 칼끝은 이주사의 목에 닿았다.
"끽끽! 칙칙!"
여자는 낯을 가리고 부들부들 떨면서 속으로 운다.
"아…… 아 안 그리…… 제발 살려 줍시오."
이주사는 두 다리 새에 끼었던 커단 뭉치를 끄집어내면서,
"모두 여기 있습니다…… 제발 살려 줍쇼!"
하고 말도 바로 못 한다.
장정은 이주사의 목을 놓고 그 뭉치를 받더니 싼 것을 벗기고 속을 보았다.
"인제는 갈 테니 네 손으로 대문 벗겨라!"
장정은 명령을 내렸다. 이주사는 부들부들 떨면서 대문을 벗겼다. 대문 밖에 나선 장정은 홱 돌아서서 이주사를 보더니,
"흥! 낸들 이 노릇이 좋아서 하는 줄 아니? 나도 양심이 있다. 양심이 아픈 줄 알면서도 이것을 한다. 이래야 주니까 말이다. 잘 있거라!"
하고 장정은 어둠 속에 그림자를 감추었다. 대문턱에 벌거벗고 선 이주사는 오지도 가지도 않고 멀거니 섰다가 몸을 부르르 떨면서 눅눅한

땅에 거꾸러졌다.

    사면은 고요하였다. 높고 넓은 하늘에 총총한 별만이 *하계의 모든 것을 때룩때룩 엿보았다.

「개벽」, 1925. 12.

하계(下界)
천상계에 상대하여 사람이 사는 이 세상을 이르는 말.

최서해 단편소설

매월

1

벌써 백여 년 전 일이었습니다.

영남 박생(朴生)의 *가비(家婢) 매월(梅月)의 우수한 글재주와 절륜한 자색은 영남 일대는 물론이요 한양(漢陽)까지 소문이 자자하였습니다.

고을살이나 한자리 얻어 할까 하여 조상들은 배를 주리면서 벌어놓은 *전장을 턱턱 팔아서 조정에 유세력하다는 대감님네 배를 불리는 *유경(留京) 선비들 입에서도 박생의 가비 매월이가 경국지색이라는 말이 자주 흘러나왔습니다. 이렇게 하는 사람은 거지반 침을 꿀꺽꿀꺽 삼켰습니다.

그러나 박생은 자기 집에 그렇게 서시 같은 절묘한 미인이 있는 줄은 몰랐었습니다.

박생은 영남에서 양반의 자손이요 가세도 넉넉합니다. 그도 벼슬이나 한자리 얻어 할까 하여 상경한 것입니다. 그러나 벌써 돈도 쓸 대로 썼고 여름이면 빈대 벼룩이 득시글득시글하고 겨울에는 벽에 반짝반짝하는 찬 서리가 들이 돋는 이대감집 사랑방에서 육 년이나 등을 치고 있으나 아무런 소식도 없습니다. 이렇지만 박생은 그것이 심려가 될지언정 갑갑하거나 궁금치는 않았습니다. 매일 기생의 가무 속에서 술 먹고 풍월 짓고 담배 피우고 낮잠 자고 조금도 집으로 돌아갈 생각은 없었습니다.

기생

그렇게 움쭉도 하지 않을 듯하던 박생이 하루는 고향으로 갈 준비를 합니다.

가비
양반들이 집에서 사사로이 부리던 계집종.

전장(田莊)
개인이 소유하는 논밭.

유경
시골 사람이 서울에 와서 잠시 머물러 묵음.

오동나무

　때는 찬비에 우물 위 오동잎이 두어 개나 떨어진 때입니다. 들에는 향기로운 벼가 누렇고 산에는 신나무가 물들기 시작합니다. 부담을 가득히 한 커단 말 등에 앉아서 고향으로 향하는 박생의 가슴에는 천사만감이 새롭습니다. 박생은 크고도 흐릿하게 힘없는 눈을 두리번두리번하면서 앞일 뒷일을 꿈꾸듯이 생각하여 보았습니다. 바람 한 점 없는 날이라 둔한 가을볕이나마 따뜻한 것이 말 등에서 잠자기도 좋거니와 무얼 생각하기도 알맞습니다. 유경 육 년에 천석지기 논은 거의 빚으로 들어가고 벼슬은 못 하고 이런 기막힐 노릇이 어디 있겠습니까? 박생은 번민 끝에 이대감을 은근히 욕하고 원망하였습니다. 그러나 지금도 이대감의 영이라면 슬슬 기면서 거행할 것입니다.

　―언제나 좋은 운수가 돌아와라, 벼슬을 해라, 나졸을 거느리고 꿍쾅 울리면서 어느 고을로 가라, 많은 기생들은 춤을 추고 배반은 낭자할 터이지 돈도 막 쏟아질 터이지 이쁜 가비 매월이까지도.

　이렇게 박생의 공상이 무르녹았을 제 말이 돌에 채서 깡청 뛰었습니다. 박생은 털썩하는 바람에 그 달콤한 공상의 꿈을 훌쩍 깨었지요! 깨고 보니 어떻게 쓸쓸한지 눈에 들어오는 현실의 세상이 가시밭 같습니다. 박생은 힘없는 소리로,

　"이놈 말 잘 몰아라."

하고는 또 눈을 스르르 감았습니다. 마부는 허리를 굽실하면서,

　"황송합니다."

하고 채쭉을 번쩍 들어 말을 길 가운데로 인도합니다. 말은 머리를 번쩍 들고 서슬이 좋게 방울 소리를 덜렁덜렁 내면서 걸어갑니다. 눈감은 박생은 또 여러 가지 생각에 골몰하였습니다.

─이렇게 멀쑥해 가지고야 부끄러워서 어떻게 사당에 보인담! 더구나 이웃에 사는 유판서의 게트림 부리는 소리를 구역이 나서 어찌 듣누? 에라 그만 말머리를 서울로 돌리리라. 아니다. 그러나 가비의 자색을 못 보고야…… 내가 이 먼 길 떠난 것은 매월이를 한번 보자는 것인데.

박생은 이러한 생각에 머리가 아플 지경입니다. 실로 박생이 이번 집으로 가는 것은 가비를 보려고 함이외다. 한 입 건너 두 입 건너 전하는 소리에 박생도 침을 삼켰습니다. 보지도 못한 매월의 용모를 상상도 하여 보았습니다. 박생은 이렇게 전전하여 생각하다가 드디어 속 시원히 보려고 육 년이나 정든 한양성을 떠난 것입니다.

박생의 마음은 초조하였습니다. 일각이 삼추같이 마부를 재촉하였습니다. 새벽 거리 찬바람이나 민촌의 저문 비나 조금도 상관할 것 없이 자고 깨면 말을 휘몰았습니다.

2

참으로 속히 다다랐습니다. 서울서 떠나서 영남 본집까지 오는 동안에 닷새가 걸렸습니다. 육 년 만에 주인을 맞은 박생의 집은 무슨 잔칫집같이 들썩합니다. 떡방아를 찧어라, 술을 걸러라, 소를 잡아라, 손님이 오신다, 사랑방에 불을 넣어라, 야단법석입니다.

비둘기의 장 같은 사당 속에 갇혀 있던 신주들은 육 년 만에 손자의 절을 받고 손자의 부어 주는 석 잔 술에 취하였는지 잠잠합니다.

*사례(四禮)를 배운 박생은 진심스러운 사람같이 동작을 천연스럽

사례
관례, 혼례, 장례, 제례의 네 가지 의례.

게 지으나 그 마음과 눈은 처음으로 보는 방년 이구의 시비 매월의 몸을 떠나지 않았습니다. 박생으로 말하면 팔자에 없어서 그랬던지 때가 못 되어서 그랬던지 벼슬은 못 하였을망정 그래도 물색이 번화한 한양 성중에 다년 있었는지라 남자나 여자나 간에 어지간한 인물은 거의 보다시피 하였습니다. 그러나 자기 집의 시비 매월이 같은 자색은 못 보았던 것입니다. 박생은 어제 황혼 말 등에서 내려 방으로 들어올 때 문간에서 선녀 같은 시비의 자태를 본 후로는 마음을 진정할 수 없습니다. 그래 오늘 아침에는 매월이를 자기 방에 불러들여서 첫 시험으로 율(律)을 지었습니다. 달빛같이 맑고도 포르스름한 살빛은 청조한 끝에 냉정한 표정이 없지 않으나 이슬기가 자르르한 가는 눈하며 둥그스름한 턱 위 불그레한 입술하며 이성이 넘치는 듯한 우뚝한 콧날 위 그리 넓지 않은 이마하며 어느 것이나 빠진 데 있겠습니까? 박생은 황홀하였습니다. 더욱 매월이가 조심스럽게 앉아서 *교수(巧手)를 머금고 낭랑하게 율을 읊는 양은 그냥 탑싹 집어먹어도 비리지 않을 것 같았습니다. 그 문필의 갖은 것이며 용모의 뛰어난 것이라든지 탁문군이나 최앵앵이와도 손색이 없으리라 한 것은 이때 박생의 추측이었습니다. 이것을 본 박생의 마음이 어찌 순평하겠습니까? 음풍영월에 주색을 사랑하는 것이 이때 선비의 행사가 아닙니까? 아직 삼십이 못 된 박생의 가슴은 번민에 끓었습니다.

　―그는 천비다. 나는 양반이다. 양반이 종년을 생각하고 심려를 하다니? 응 세상이 알면 얼마나 비웃으랴? 버리자, 이 심려를 버리자. 그러나 그를 잊을 수 없구나! 그 꽃을 꺾지 않고는 못 견디겠구나! 그러나 어찌 양반으로서 종년에게 말을 내누?

　박생은 이러한 생각에 견디기 어려웠습니다. 그러나 박생은 어떻게

> 교수(巧手)
> 교묘한 수단이나 솜씨. 또는 그런 수단이나 솜씨가 있는 사람.

든지 사람 없는 유한한 틈을 얻어서 정화(情火)를 끄려고 하였습니다.

　가비는 상전의 고민을 몰랐습니다. 어떻게 알겠습니까? 아직 말이 없으니…….

<h1 style="text-align:center">3</h1>

　박생이 돌아온 지 벌써 보름이 넘었습니다. 벼 베는 농군들은 들에서 거물거리고 잠자리는 소슬한 바람결에 휘휘 날았습니다. 박생은 별로 어디가 아픈지 꼭 지정할 수 없는 미적지근한 병으로 오늘까지 사흘째 신음합니다. 구릿빛 나는 가을볕이 불그무레한 서창 앞 처마에는 새소리가 고요한데 박생은 폭신한 요 위에 고요히 누워서 천장만 봅니다. 중

벼 베기

늙은이가 다 된 박생의 마누라는 남편이 돌아오니 반가웠습니다. 그러나 오던 날 밤부터 몸이 괴롭다 하고 자리를 같이하지 않는 남편을 볼 때는 이마에 주름이 잡힌 마누라의 가슴에도 야속스런 생각이 없지 않았습니다. 그러나 그렇다고 무어라고 할 수 없고 다만 남편의 눈치만 슬슬 볼 뿐입니다. 지금도 고요히 누웠는 박생의 다리를 주무르던 마누라는 팔도 아프건마는 시비를 시키지 않고 자기가 그저 주무릅니다. 이것도 남편의 마음을 사려는 수작이겠지요. 그러나 박생에게는 마누라가 다리 주무르는 것이 도리어 고통이 되었습니다.

　"팔 아픈데 그만두지, 매월이 더러 좀 주무르라 하고……."

　박생은 마누라와 이렇게 가장 인정이나 있는 듯이 말하지만 속은 딴판이었습니다. 그러나 박생은 마누라가 속도 모르는 줄 알면서도 '매월이 더러'라고 말할 때에 이상한 불안에 싸였습니다―양심에 거리끼는 짓은 하지 말라 하고 교훈하는 도적놈의 심리 같았습니다―그래서 가슴이 찌부듯하였습니다. 박생은 마누라의 눈치를 슬쩍 도적질하여 보았습니다.

 해는 어느덧 졌습니다. 황혼이 졌습니다. 밤은 *삼경이 가까웠습니다. 물 같은 달빛이 천지에 흐릅니다. 뜰에는 흩날리는 마른 잎 소리가 소슬하고 숨소리도 크지 않은 방 안에는 촛불이 휘황합니다. 마누라는 팔이 아프던지 저편 시어머니 방으로 가고 *밀수(蜜水)를 들고 들어왔던 매월이가 박생의 다리를 주무릅니다. 갸름한 연한 손이 자리 위로 다리를 지근지근 누를 때 박생의 가슴에서 빙빙 돌던 *욕화(慾火)는 머리를 훨훨 들었습니다. 박생의 두 눈에는 흐릿한 핏줄이 섰습니다. 박생의 가슴은 꿈틀꿈틀하고 몸은 미미하게 떨렸습니다.

 ―만일 거절을 당하면, 이것이 마누라에게 탄로가 되면…….

 박생은 이러한 생각을 할 때면 알지 못할 공포심과 같이 모든 잡념을 없애려고 이를 악물었습니다. 그러나 누를수록 정화의 반동은 더욱 심합니다. 이제는 이해타산 할 여지가 없습니다. 절박하였습니다. 박생은 자기도 모르게 매월의 손을 꼭 쥐었습니다. 박생의 호흡은 높고 급하였습니다. 매월이는 흠칫하면서 박생의 낯을 쳐다봅니다. 박생의 낯빛은 훤한 촛불 속에 술 먹은 사람의 낯빛 같았습니다. 매월이는 아무 소리 없이 푹 수그립니다. 그의 하얀 낯에는 도화빛이 돌고 갸죽한 귀밑의 동맥은 팔딱팔딱 뜁니다. 매월이가 소리 없이 머리 숙이는 것을 볼 때 박생의 마음은 좀 훈훈하여졌습니다. 자기는 상전이니 으레 복종하려니 여기기까지 한 것입니다. 그러나 박생의 호흡은 여전히 급하였습니다. 박생은 매월이를 자리 속으로 끌어들였습니다. 매월이는

삼경(三更)
하룻밤을 오경(五更)으로 나눈 셋째 부분. 밤 11시에서 새벽 1시 사이이다.

밀수
꿀물.

욕화
음욕의 열정을 불에 비유하여 이르는 말.

몸을 뒤로 주어 쥐인 손을 뽑으려고 하면서 박생을 쳐다보았습니다. 좀 불그레하던 매월이의 낯에는 푸른 연색이 돌고 두 눈에는 굳센 빛이 어리어서 박생의 낯을 쏩니다. 박생은 흐리머리한 눈알을 굴려서 창을 바라보면서,

"얘, 왜 이러니? 누가 들어올라!"

나직이 그러나 황급히 말하면서 몸을 반쯤 일으켜 매월의 허리를 안으려고 덤비었습니다.

"헌헌대장부로서 어찌 천비에게 이런 짓을 하십니까?"

매월의 소리는 떨렸습니다. 그러나 쟁쟁하였습니다. 이때 저편 방에서 문 여는 소리가 나더니,

"매월아."

부르는 소리와 같이 발자취 소리가 들립니다. 박생은 매월의 손목을 얼른 놓고 부리나케 자리에 누워서 여전히 앓는 꼴을 보입니다. 매월이는 슬쩍 일어서서 옷깃을 바루고 고요히 문을 열고 나갑니다. 달빛이 그득 찬 하늘이 문을 열 때 박생의 눈에 언뜻 보였습니다. 고요하던 촛불은 잠깐 흔들렸습니다. 문 밖에 나선 시비는,

"네—"

나직이 대답하면서 잘잘 신 끄는 소리가 들렸습니다. 그 태도는 아주 조용하였습니다.

'아아, 내가 이게 무슨 짓이냐? 단념을 해라. 철없는 저것이 말만 내면……'

박생은 이렇게 후회, 공포, 불안에 가슴이 조이면서도 분한 마음도 치밀었습니다.

4

닭은 벌써 네 홰나 울었습니다. 동천에 반짝반짝하던 샛별도 이제는 할 수 없는 듯이 빛을 감춥니다. 매월이는 예전대로 미음을 쑤어 들고 박생의 방으로 들어왔습니다. 매월이는 자리에 기대서 *시축(詩軸)을 보는 박생에게,

"밤새 문안 여쭙니다."

하고 날아가는 듯이 절을 했습니다. 어젯밤 일은 아주 잊은 듯합니다. 다시는 매월의 낯을 볼 것 같지 못하게 근질근질하던 박생의 마음도 매월의 태도에 적이 풀렸습니다. 그러나 그 자태를 보매 마음이 불현 듯 또 일어났습니다. 매월이는 이날 종일 굶었습니다. 배부른 상전들은 가비의 굶은 것을 몰랐습니다. 매월이가 이날 머리도 빗지 않고 제 방에 들어가서 누웠기만 하는 것을 박생의 마누라가 알고 어디 아프냐고 물어 보았습니다. 매월이는 아픈 데 없다고 대답할 뿐이었습니다.

이날도 어느새 저물었습니다. 그러나 박생은 무르녹은 고민에 밤 되는 줄도 몰랐습니다. 불을 켰으니 밤이거니 하였습니다. 이 밤도 어느새 지내고 또 새벽이 되었습니다. 이날 새벽에도 매월이는 미음을 달여 가지고 들어왔습니다. 박생은 이번에는 아주 점잖게,

"대장부의 한을 풀어 달라."

하고 매월에게 청하였습니다. 매월이는 역시 응치 않았습니다. 이러나

시축
시를 적는 두루마리.

매월이는 조금도 이마를 찡기거나 낯을 붉히지 않았습니다. 이렇게 그는 태연하였으나 가슴에는 일천 잔나비가 어지러이 뛰었습니다. 그 자리에서 박생의 추태를 책망하고 싶으나 기구한 신세가 이 집에 팔려 와서 태산 같은 은혜 지었거니 생각하매 차마 그럴 수가 없고 그렇다고 송죽 같은 나의 절개를 더럽힐 수는 없다—이렇게 그는 번민하였습니다. 이렇게 번민한 끝에 한 계책을 생각하였습니다. 그 계책은 이러합니다. 자기가 어떤 상전에게서 얻은 패물이 있으니 그것을 팔면 적지 않은 돈이 될 터이라 그것으로 내 몸을 내가 사는 것이 상책이라 한 것입니다. 그리하여 매월이는,

"고향에 돌아가서 늙은 아버지와 어머니를 모시겠습니다."
하고 속신하기를 박생에게 청하였습니다. 박생이며 마누라는 허치 않았습니다. 박생의 허치 않은 것은 딴 욕심이거니와 그 마누라가 허치 않은 것은 충실한 시비라 생각함이었습니다. 아무도 없는 때에 박생은 매월에게,

"몸만 허하면 *속량은 애를 쓰지 않아도 되지."
하고 말하였습니다. 매월이는 울었습니다. 돈을 가지고도 맘대로 못 하는 그 억울함을 어디다 호소할 곳이 없었습니다. 상전을 괄시하면 목이 떨어지는 세상이 아닙니까? 그러나 매월이는 그까짓 목 떨어지는 것을 무서워서 상전 괄시를 못 하는 것이 아닙니다. 괄시할 마음이 나지 않아서 괄시치 않은 것이 아니라, 어떻게 하든지 상전의 명예도 깎지 말고 자기 몸도 더럽히지 말려고 함이외다.

이렇게 시비의 반항이 심할수록 박생의 짝사랑은 더욱더욱 가슴에 서리었습니다. 보기 전부터 불원천리하고 온 박생이 어찌 그렇지 않겠습니까? 박생의 심려는 병을 더욱 무겁게 하였습니다. 의원은 맥을 보

속량(贖良)
몸값을 받고 노비의 신분을 풀어 주어서 양민이 되게 하던 일.

고 홧병이라 하였습니다. 집안에서도 이웃에서도 박생의 병이 홧병이라는 것을 괴이쩍게 여기지 않았습니다. 그러나 모두 그 홧병의 뿌리를 아는 이는 없었습니다. 모두,

"아, 유경한 지 육칠 년에 한자리도 못 얻고 그 좋은 전장이 벌써 반이나 넘게 없어졌으니 홧병인들 안 나겠소."

하고 해석할 뿐이었습니다. 그러나 매월이 한 사람은 박생의 병 근원을 어렴풋이나마 짐작했습니다. 그 병을 고칠 묘한 방문은 자기가 가지고 있다는 것도 대략 짐작하였습니다. 그러나 목숨같이 믿는 꽃다운 '처녀'를 의미 없이 버리기는 너무도 원통하였습니다. 매월이는 상전의 회심을 충심으로 빌었습니다.

5

교군

박생은 병 치료를 동래 범어사라는 절로 가려고 벌써 모든 준비를 하여 놓았습니다. 말과 교군까지 마련하였습니다. 내일 아침에는 떠날 작정입니다. 그런데 말은 박생이 타지만 교군은 누구를 태우려는지요? 여자를 가까이 하지 말라(의원의 말이다)는 병이니까 물론 마누라는 못 갈 터이고……

이날 밤에 박생의 마누라는 매월이를 불러서 이러한 이야기를 하였습니다.

"얘, 매월아! 서방님께서 절로 가시는데 너를 데리고 가시리란다. 네 생각이 어떠냐?"

마누라는 남편의 병이 걱정되는지 얼굴에는 근심이 가득합니다. 매

월이는 이 소리를 들을 때 가슴에서 납덩어리가 툭 떨어지는 것 같았습니다. 그래서 머리를 숙이고 머뭇머뭇하면서 아무 대답도 없었습니다.

"아마 네가 가야 서방님께서 편하시겠다. 박돌이를 보내면 좋겠으나 지금 추수 때고…… 또 네가 가면 음식 범절이 대단 편하겠으니 내가 못 가도 마음을 놓겠다. 또 서방님도 네가 가는 것이 좋다고 하니……."

우물

두 사람의 내용을 모르는 마누라는 지금 막 떠나는 듯이 부탁이 신신합니다. 매월이는 벌써 모든 것이 박생의 계책인 줄 잘 알았습니다. 그러나 조금치도 그러한 눈치를 보이지 않았습니다.

이날 밤 달은 어찌 그리도 밝은지요? 유달리 밝은 달은 매월이의 속 깊이 잠긴 애수를 환히 비추어 주는 듯하였습니다. 매월이는 깊은 밤 고요한 우물가에서 고향을 향하여 소리 없는 눈물을 뿌렸습니다. 뜨거운 눈물은 찬 달빛과 서로 어울려서 방울방울 진주같이 검은 땅에 떨어졌습니다.

6

별빛이 금방 사라진 퍼—런 하늘에는 불그레한 구름이 흐르고 찬 안개 거둔 서편 산 높은 봉에는 아침볕이 입혔습니다.

박생의 일행은 길을 떠났습니다. 잎 떨어진 가지 끝에는 새가 종알거리고 푸른 소나무 사이에는 단풍이 불을 사르는 것 같습니다.

농촌의 남녀들은 벌써 들에 나와서 벼를 벱니다.

서리 아침 쌀쌀한 기운은 박생의 여윈 뼈에 살금살금 스며들었습

단풍

니다. 그러나 박생의 가슴속에는 그윽한 기쁨이 돌았습니다. 유한한 사찰로 가면 자기의 복적이 꼭 성공되리라고 믿은 까닭이외다. 그러면서도 시비의 상설 같은 태도를 가만히 생각할 때면 언뜻거리는 양심의 느낌을 받는 동시에 불쾌한 무엇에 싸였습니다. 그러나 그것은 한 찰나 염념천사(念念千思)하여 끊임없이 일어나는 것은 역시 매월에게 대한 애욕이었습니다. 이렇게 굳센 애욕이 그 가슴 가운데 있는 박생이 어찌 그 마음이 편하겠습니까? 실로 박생은 양반 다음에는 매월이를 생각하였습니다.

'나는 상전이고 매월이는 천비다. 쟤가 내게 거절하는 것은 일시 부끄러워서 그러겠지 실상이야……?'

박생은 이렇게도 생각하였습니다. 그것이 부끄러워서 일시 거절되기를 은근히 빌었습니다. 그러나 어쩐 셈인지 공연히 섭섭하였습니다. 매월이는 교군에 실려서 박생의 말 뒤에 따르나, 그 마음은 동에도 있지 않고, 서에도 있지 않고, 남에도 북에도 있지 않고, 하늘에도 땅에도 있지 않고, 물론 몸에도 지접지 않은 듯이 서성거리고 갈팡질팡하였습니다. 이 궁리 저 생각에 가슴은 갑갑하고 정신은 산란하였습니다. 그러나 어디다 하소연하며 의탁하여 구원을 청하겠습니까? 그는 고적한 신세를 새삼스럽게 느꼈습니다. 매월이는 눈을 감고 머리를 숙였습니다. 교군은 걸음걸음 뒤로뒤로 돌아가는 듯도 하고 무슨 깊숙한 데로 들어가는 듯도 하였습니다. 그는 눈을 번쩍 떴습니다. 하늘에는 솜 같은 흰구름이 기세 좋게 흐릅니다. 매월의 마음은 그 구름을 타고 자꾸자꾸 저 끝없는 하늘가로 가고 싶었습니다. 그는 다시 눈을 굴려 들에서 가을걷이에 분주히 돌아다니는 농촌 부녀들을 볼 때 솔개에게 채여 가는 듯한 자기

솔개

의 그림자를 눈앞에 그려 보았습니다. 가지 않으려야 추상같은 위엄에 무엇인들 견디겠습니까? 따라가면 그물에 든 고기며 농에 갇힌 새가 될 것입니다. 이 자리에서 입을 열어 전후를 토설하고 몸부림을 하고 싶으나 모가지 떨어지는 것은 떨어지더라도 은혜를 생각하니 상전에게 노골적 반항을 할 수 없었습니다. 박생의 사랑은 그리 받지 않았으나 박생의 마누라며 박생의 어머니는 매월이를 친딸같이 사랑하였습니다.

'한정후' 시대를 회상하여 '화룡도'에서 '조조'를 베지 아니한 '관운장'의 정의를 찬미하고 '견마의 충'을 동경하는 시대에서 성장하여 가르침을 받은 매월이라, 은혜라는 것을 생각지 않을 수 없었습니다. 생각하는 것보다 그의 천성이 되다시피 은혜감(恩惠感)이 굳었습니다.

―일개 아녀자요 천비로서 헌헌장부의 간담을 태우누나.

이렇게 생각할 때마다 매월의 희생적 정신은 괴로웠습니다. 그렇다고 그 몸을 허할 수는 없었습니다. 은혜를 위하여 마음 없는 정조를 희생하기는 지극히 통석하였습니다. 한평생을 몸 아낄 만한 사람이거나 '논개'나 '초선'이 같이 큰 사업을 위하는 것이었다면 그 정조를 바쳤겠지만, 상전의 한때 성욕을 만족시키기 위하여 정조라는 비단에 쉬 가위를 대기는 뼈가 갈려도 할 수 없었습니다. 그러나 자기가 박생의 눈앞에 있고야 그 위험에 협박을 받지 않을 수 없으며 자기의 반항이 굳세면 굳셀수록 상전의 심려는 깊어 갈 것이다, 그렇게 되면 내 몸도 괴로우려니와 은혜 진 상전의 병이 더하면 어쩌누? 아아 어쩌면 좋으랴? 천지는 넓으나 이 몸을 응납 할 곳은 없구나―매월이는 이렇게 교군 위에서 탄식도 하고 절망도 하였습니다. 그러나 어쩐지 마음 한편은 튼튼하였습니다. 더러운 누명을 쓰고 세상의 배척은 받으나 실상인즉 청백한 사람의 속 같았습니다.

7

까마귀

나룻배

박생의 일행은 육십 리 나와서 낙동강에 다다랐습니다.

늦은 가을 떨어지는 햇빛이 붉은 먼 강촌에는 비단발 같은 저녁 연기가 아른히 빗겨 흐르고 집 찾는 외까마귀는 높다란 벼랑으로 돌아듭니다.

강을 건너야 주막이 있는 고로 나룻배 사공을 불렀습니다.

교군에서 내려 나룻배에 오를 때 매월의 눈에 비치는 용용한 푸른 물결은 그에게 무슨 암시를 주었습니다. 이 무슨 암시인지요?

어디로서 와서 어디로 가는지 저편 해 넘어가는 서산 아래로 양양히 흘러와서 저 아래 세류촌을 지나 끝없이 끝없이 가는 푸른 물! 흰 구름이 뭉실뭉실한 하늘을 띤 수면! 강풍에 옷소매를 날리면서 신비로운 우주 자연의 풍경을 물끄러미 보는 그 찰나 매월이는 현세의 모든 고통을 잊었습니다. 그는 이때 양양한 벽파 속에서 용궁을 찾아보았으며 철철한 물소리 속에서 용녀의 깨끗한 노래를 들었습니다. 매월이는 '아아 알았다. 원수의 몸으로 인하여 이 마음까지 고통이로구나!' 하고 속으로 부르짖었습니다. 날씬하던 그의 두 어깨는 으쓱하여지고 하다못해 푸르스름한 낯에는 엄연한 빛이 돌았습니다.

배가 중류에 떴을 때였습니다. 매월이는 살그머니 돌아서서 박생을 향하여,

"서방님, 글 한 수 읊을까요?"

하고 꼭 다물었던 *주순을 방긋 열었습니다. 박생은 기뻤습니다. 어떻게 기쁜지 말이 얼른 나오지 않았습니다. 배 안의 사람들은 여자가 글 읊는다는 말에 서로 낯만 쳐다보았습니다.

"응, 그래 읊어라! 나도 한 수 회답할 테니."

박생은 매월이를 보았습니다. 매월이는 침착하고 조용한 태도로 낭랑하게 읊습니다.

"위여상설은여산 불거위난거역난(威如霜雪恩如山 不去爲難去亦難)

회수낙동강수벽 차신위처차심안(回首洛東江水碧 此身危處此心安)."

끝구 '차신위처차심안'이라 읊을 때 박생은 응 하고 소스라쳐 놀랐습니다. 그리하고 얼른 매월의 치마를 잡으려고 하였습니다. 추풍 속에 섰던 매월의 가냘픈 몸은 박생의 손보다도 더 빠르게 용용한 벽파 속에 풍덩실 들어갔습니다. 물방울이 뛰고 거품이 부시시 끓던 물 아래로 아래로 흘러갑니다.

배 가운데 모든 사람들은 어떻게 놀랐는지 실색할 지경입니다. 그러나 매월이 물에 들어간 속은 박생 밖에 아는 사람이 없습니다.

박생은 사공을 시켜서 배를 중류에 흘리저어 매월이를 찾으려고 애를 썼습니다.

석양은 숨어 버렸습니다. 찬바람이 도는 강변은 차츰 컴컴하여 갑니다.

매월이의 시체는 못 찾았습니다. 아아 매월이는 바다로 흘러갔나? 용궁으로 갔나? 박생은 이날 밤새도록 달빛이 처량한 낙동강에서 매월의 시를 읊으면서 가슴을 만졌습니다.

백여 년 뒤 오늘날까지도 낙동강을 건너는 뜻있는 사람들은 매월의 시를 읊으면서 소리치는 벽파를 다시금 돌아봅니다.

주순(丹脣)
여자의 붉고 고운 입술.

'위엄은 상설 같고 은혜는 태산 같아 아니 가기 어려웁고 가기 또한 어려워라. 머리를 돌이키니 닉동강 물 푸르렀는데 이 몸이 위태한 곳에 이 내 마음 평안하네.'

『최서해전집』, 문학과지성사, 1987.

최서해 단편소설

홍염
(紅焰)

1

백두산

겨울은 이 가난한—백두산 서북편 서간도 한 귀퉁이에 있는 이 가난한 촌락 '빼허(白河)'에도 찾아들었다. 겨울이 찾아들면 조그마한 강을 앞에 끼고 큰 산을 등진 빼허는 쓸쓸히 눈 속에 묻혀서 차디찬 좁은 하늘을 쳐다보게 된다.

눈보라는 북국의 특색이라. 빼허의 겨울에도 그러한 특색이 있다. 이것이 빼허의 생령들을 괴롭게 하는 것이다.

오늘도 눈보라가 친다.

북극의 얼음세계나 거쳐 오는 듯한 차디찬 바람이 우—하고 몰려오는 때면 산봉우리와 엉성한 가지 끝에 쌓였던 눈들이 한꺼번에 휘날려서 이 좁은 산골은 뿌연 눈안개 속에 들게 된다. 어떤 때는 강골 바람으로 빙판에 덮였던 눈이 산봉우리로 불리게 된다. 이렇게 교대적으로 산봉우리의 눈이 들로 내리고 빙판의 눈이 산봉우리로 올리달려서 서로 엇바뀌는 때면 그런대로 관계치 않으나, 하늬(北風)와 강바람이 한꺼번에 불어서 강으로부터 올리닫는 눈과 봉우리로부터 내리닫는 눈이 서로 부딪치고 어우러지게 되면 눈보라와 바람 소리에 빼허의 좁은 골짜기는 터질 듯한 동요를 받는다.

등진 산과 앞으로 낀 강 사이에 게딱지처럼 끼어 있는 것이 이 빼허의 촌락이다. 통틀어서 다섯 호밖에 되지 않는 집이나마 밭을 따라서 이리저리 흩어져 있다. 모두 커다란 나무를 찍어다가 우물정(井)자로 틀을 짜 지은 집인데 여기 사람들은 이것을 *귀틀집'이라 한다. 지붕

귀틀집
지름 15cm되는 통나무를 우물 정(井)자 모양으로 쌓아 올려서 벽을 삼은 집으로, 한국의 경우 두 개의 방만 귀틀로 짜고 정지나 외양 등의 부속 공간은 널벽으로 마감하는데, 현재 울릉도 나리분지에 문화재로 지정된 몇 채가 남아 있다.

은 대개 조짚이요, 혹은 나무껍질로도 이었다. 그 꼴은 마치 우리 내지 (간도서는 조선을 내지라 한다)의 *거름집(堆肥舍)과 같다. 심하게 말하는 이는 도야지굴과 같다고 한다.

거름집
퇴비를 넣어 두는 헛간.

이것이 남부여대로 서간도 산골을 찾아들어서 사는 조선 사람의 집들이다. 빼허의 집들은 그러한 좋은 표본이다.

험악한 강산, 세찬 바람과 뿌연 눈보라 속에 게딱지처럼 붙어서 위태위태하게 침묵을 지키고 있는 이 모든 집에도 언제든지 *공도(公道)가—위대한 공도가 어그러지지 않으면, 언제든지 꼭 한때는 따뜻한 봄볕이 지나리라. 그러나 이렇게 눈발이 날리고 바람이 우짖으면 그 어설궂은 집 속에 의지 없이 들어박힌 넋들은 자기네로도 알 수 없는 공포에 몸을 부르르 떨게 된다.

공도
사회 일반에 통용되는 공평하고 바른 도리.

이렇게 몹시 춥고 두려운 날 아침에 문서방은 집을 나섰다. 산산이 흐트러진 머리카락을 뿌연 상투에 휘휘 거둬 감고 수건으로 이마를 질끈 동인 위에 까맣게 그을은 대팻밥 모자를 끈 달아 썼다. 부대처럼 툭툭한 토수래(베실을 삶아서 짠 것이다) 바지저고리는 언제 입은 것인지 뚫어지고 흙투성이 되었는데 바람에 무겁게 흩날린다.

"문서뱅이 벌써 갔소?"

문서방은 짚신에 들막을 단단히 하고 마당에 내려서려다가 부르는 소리에 머리를 돌렸다. 펄쩍 문을 열면서 때가 찌덕찌덕한 늙은 얼굴을 내미는 것은 한관청(韓官廳 : 관청은 직함)이었다.

"왜 그리시우?"

경기 말씨가 그저 남아 있는 문서방은 한 발로 마당을 밟고 한 발로 흙마루를 밟은 채 한관청을 보았다.

"엑, 바름두! 저, 엑 흑……."

짚신

한관청은 몰아치는 바람이 아츠러운지 연방 흑흑 느끼면서,

"저 일절 욕을 마오! 그게…… 엑, 워쩐 바름이 이런구! 그게 되놈(胡人)인데, 부모두 모르는 되놈인데……."

하는 양은 경험 있는 늙은 사람의 말을 깊이 들으라는 어조이다.

"나는 또 무슨 말씀이라구! 아 그늠이 이번두 그러면 그저 둔단 말이오?"

문서방의 소리는 좀 분개하였다.

자라

눈을 몰아치는 바람은 또 몹시 마당으로 몰아들었다. 그 판에 문서방은 바람을 등지고 돌아서고 한관청의 머리는 창문 안으로 자라목처럼 움츠렸다.

"글쎄 이 늙은 거 말을 듣소! 그늠이 제 가새비(장인)를 잘 알겠소! 흥……."

한관청은 함경도 사투리로 뇌면서 다시 머리를 내밀었다.

"염려 마슈! 좋게 하죠."

문서방은 더 들을 말 없다는 듯이 바람을 안고 휙 돌아섰다.

"그새 무슨 일이나 없을까?"

밭 가운데로 눈을 헤갈면서 나가던 문서방은 주춤하고 돌아다보면서 혼자 뇌었다.

눈보라 때문에 눈도 뜰 수 없거니와 지척을 분간할 수 없이 되어서 집은커녕 산도 보이지 않았다.

"그새 무슨 일이 날라구!"

그는 또 이렇게 혼자 뇌고 저고리섶을 단단히 여미면서 강가로 내려가다가 발을 돌려서 언덕길로 올라섰다. 강얼음을 타고 가는 것이 빠르지만 바람이 심하면 빙판에서 걷기가 거북하여 언덕길을 취하였다.

하도 다니던 길이니 짐작으로 걷지 눈에 묻히어서 길이 보이지 않았다.

언덕길에 올라서니 바람은 더 심하였다. 우와 하고 가슴을 치어서 뒤로 휘딱 자빠질 것은 고사하고 눈발에 *아츠럽게 낯을 치어선 눈도 뜰 수 없고 숨도 바로 쉴 수 없었다. 뻣뻣하여 가는 사지에 억지로 힘을 주어 가면서 이를 악물고 두 마루턱이나 넘어서 '달리소' 강가에 이르니 가슴에서는 잔나비가 뛰노는 것 같고 등골에는 땀이 흘렀다. 그는 서리가 뿌연 수염을 씻으면서 빙판을 건너간다. 빙판에는 개가죽모자 개가죽바지에 커단 '울레(신)'를 신은 중국 파리(썰매)꾼들이 기다란 채쭉을 휘휘 두르면서,

"뚜—어, 뚜—어, 딱딱."

하고 말을 몰아간다.

"꺼울리 날취(저 조선 거지 어디 가나)?"

중국 *파리꾼들은 문서방을 보면서 욕을 하였으나 문서방은 허둥허둥 빙판을 건너서 높다란 바위 모롱이를 지나 언덕에 올라섰다.

여기가 문서방이 목적하고 온 '달리소'라는 땅이다. 이 땅 주인은 '인(殷)'가라는 중국 사람인데 그 인가는 문서방의 사위이다. 저편 밭 가운데 굵은 나무로 울타리를 한 것이 '인'가의 집이다. 그 밖으로 오륙호나 되는 게딱지 같은 귀틀집은 지팡살이[小作人]하는 조선 사람들의 집이다. 문서방은 바위 모롱이를 돌아 언덕에 오르니 산이 서북을 가리어서 바람이 좀 잠즉하여 좀 푸근한 느낌을 받았으나, 점점 인가—사위의 집 용마루가 보이고 울타리가 보이고 그 좌우에 같은 조선 사람의 집이 보이니 스스로 다리가 움츠러지면서 걸음이 떠지었다.

"엑, 더러운 되놈! 되놈에게 딸 팔아먹은 놈!"

그것은 자기 스스로 한 일은 아니지만 어디선지 이런 소리가 귀청을

아츠럽다
보거나 듣기에 견디기 어려울 정도로 거북하다. 소리가 신경을 몹시 자극하여 듣기 싫고 날카롭다.

파리꾼
짐을 실은 달구지나 마차를 모는 사람을 낮잡아 이르는 말.

징징 치는 것 같은 동시에 개기름이 번지르하여 핏발이 올올한 눈을 흉악하게 굴리는 인가—사위의 꼴이 언뜻 눈앞에 떠올라서 그는 발끝을 돌릴까말까 하고 주저거렸다. 그러다가도,

"여보, 용례(딸의 이름)가 왔소? 용례 좀 데려다주구려!"

하고 죽어 가는 아내의 애원하는 소리가 귓가에 울려서 다시 앞을 향하였다.

"이게 문서방이! 또 딸집을 찾아 가옵느마?"

머리를 수굿하고 걷던 문서방은 불의의 모욕이나 받는 듯이 어깨를 툭 떨어뜨리면서 머리를 들었다. 그것은 길 옆에서 도야지 우리를 손질하던 지팡살이꾼의 한 사람이었다.

돼지우리

"네! 아아니……."

문서방은 대답도 아니요 변명도 아닌 이러한 말을 하고는 얼른얼른 인가의 집으로 향하였다. 온 동리가 모두 나서서 자기의 뒤를 비웃는 듯해서 곁눈질도 못 하였다.

여기는 서북이 가리어서 빼허처럼 바람이 심하지 않았다. 흐릿하나마 볕도 엷게 흘렀다.

2

"여보! 저 인가가 또 오는구려!"

가을볕이 쨍쨍한 마당에서 깨를 떨던 아내는 남편 문서방을 보면서 근심스럽게 말하였다.

"오면 어쩌누? 와도 허는 수 없지!"

뒤줏간 앞에서 옥수수 껍질을 바르던 문서방은 기탄없이 말하였다.

"엑, 그 단련을 또 어찌 받겠소?"

아내의 찌푸린 낯은 스르르 흐리었다.

"참 되놈이란 오랑캐……."

"여보 여기 왔소."

문서방의 높은 소리를 주의시키던 아내는 뒤줏간 저편을 보면서,

"아, 오셨소!"

하고 어색한 웃음을 웃었다.

뒤줏간

"예 왔소! 장구재(주인) 있소?"

지주 인가는 어설픈 웃음을 지으면서 마당에 들어서다가 뒤줏간 앞

에 앉은 문서방을 보더니,

"응 저기 있소!"

하고 손가락질을 하면서 그 앞에 가 수캐처럼 쭈그리고 앉았다.

서천에 기운 태양은 인가의 이마에 번지르르 흘렀다.

"어디 갔다 오슈?"

문서방은 의연히 옥수수를 바르면서 하기 싫은 말처럼 힘없이 끄집어내었다.

"문서방! 그래 올에두 비들(빚을) 못 가프겠소?"

인가는 문서방 말과는 딴전을 치면서 담뱃대를 쌈지에 넣는다.

"허허, 어제두 말했지만 글쎄 곡식이 안된 거 어떡하오?"

"안 돼! 안 돼! 곡식이 자르되구 모 되구 내가 알으오? 오늘은 받아 가지구야 가갔소!"

인가는 담배를 피우면서 버티려는 수작인지 땅에 펑덩 들어앉았다.

"내년에는 꼭 갚아드릴게 올만 참아 주오! 장구재도 알지만 흉년이 되어서 되지두 않은 이것(곡식)을 모두 드리면 우리는 어떻게 겨울을 나라우? 응! 자, 내년에는 꼭…… 하하."

인가를 보면서 넋없는 웃음을 치는 문서방의 눈에는 애원하는 빛이 흘렀다.

"안 되우! 안 돼! 퉁퉁(모두) 디 주! 모두두 많이 많이 부족이오!"

"부족이 돼두 하는 수 없지. 글쎄 뻔히 보시면서 어떡하란 말이오! 휴."

"어째 어부소? 응 늬디 어째 어부소 마리해! 울리 쌀리디, 울리 소금이디, 울리 강냉이디…… 늬디 입이(그는 입을 가리키면서)디 안 먹어? 어째 어부소? 응."

인가는 낯빛이 거무락푸르락해서 소리를 고래고래 질렀다. 문서방은 더 말이 나오지 않았다.

언제나 이놈의 소작인 노릇을 면하여 볼까? 경기도에서도 소작인 십 년에 겨죽만 먹다가 그것도 자유롭지 못하여 남부여대로 딸 하나 앞세우고 이 서간도로 찾아들었더니 여기서도 그네를 맞아 주는 것은 *지팡살이였다. 이름만 달랐지 역시 소작인이다. 들어오던 해는 풍년이었으나 늦게 들어와서 얼마 심지 못하였고 그 이듬해에는 흉년으로 말미암아 일년내 꾸어 먹은 것도 있거니와 소작료도 못 갚아서 인가에게 매까지 맞고 금년으로 미뤘더니 금년에도 흉년이 졌다. 다른 사람들도 빚을 지지 않은 바가 아니로되 유독 문서방을 조르는 것은 음흉한 인가의 가슴속에 문서방의 딸 용례(금년 열일곱)가 걸린 까닭이었다. 문서방은 벌써 그 눈치를 알아채었으나 차마 양심이 허락지 않았다. 인가의 욕심만 채우면 밭맥(1맥은 10일경(日耕)=1일경은 약 천 평)이나 단단히 생겨서 한평생 기탄이 없을 것을 모르지는 않지만 무남독녀로 고이 기른 딸을 되놈에게 주기는 머리에 벼락이 내릴 것 같아서 죽으면 그저 굶어 죽었지 차마 할 수 없었다. 그는 그런 것 저런 것 생각할 때마다 도리어 내지(조선)가 그리웠다. 쪼들려도 나서 자란 자기 고향에서 쪼들리던 옛날이—삼 년 전의 그 옛날이 그리웠다. 그러나 그것도 한 꿈이었다. 그 꿈이 실현되기에는 그네의 경제적 기초가 너무도 *어주리 없었다. 빈 마음만 흐르는 구름에 부쳐서 내지로 보낼 뿐이었다.

"어째서 대답이 어부소, 응? 그래 울리 비디디 안 가파? 창우니! 빠피야(이놈 껍질 벗긴다)."

인가는 담뱃대를 꽁무니에 찌르면서 일어나 앉더니 팔을 걷는다. 그것을 본 문서방 아내는 낯빛이 파랗게 질려서 부들부들 떨면서 이편만

지팡살이
광복 전 만주 땅에서 성행하던 소작 제도의 하나. 높은 비율의 소작료를 지불할 것을 계약하고 지주로부터 경작할 땅과 함께 살림집과 농기구까지 받아 가지고 농사를 짓던 제도이다.

어주리 없다
너무 미약하고 실속이 없다.

본다. 문서방도 낯빛이 까맣게 죽었다.

"자, 그러면 금년 농사는 온통 드리지요!"

문서방의 목소리는 힘없이 떨렸다. 마치 종아리채를 든 초학 훈장 앞에 엎드린 어린애의 소리처럼…….

"부요우(일없다)…… 퉁퉁디…… 모모 모두 우리 가져가두 보미(옥수수) 쓰단(4石), 쌔옌(소금) 얼씨진(20斤), 쏘미(좁쌀)디 빠단(8石)디 유아(있다)…… 니디 자리 알라 있소! 그거 안 줘?"

검붉은 인가의 뺨은 성난 두꺼비 배처럼 불떡불떡하였다.

두꺼비

"나머지는 내년에 갚지요!"

문서방은 머리를 뚝 떨어뜨렸다.

"슴마(무엇)? 창우니 빠피야!"

인가의 억센 손이 문서방의 멱살을 잡았다. 문서방은 가만히 받았다. 정신이 아찔하였다.

"에구, 장구재…… 흑흑…… 장구재…… 제발 살려 줍쇼! 제발 살려 주시면 뼈를 팔아서라두 갚겠습니다. 장구재 제발!"

문서방의 아내는 부들부들 떨면서 인가의 팔에 매달렸다. 그의 애걸하는 소리는 벌써 울음에 떨렸다.

"내 보미 워디 소금이 낼라! 아니 줬소? 아니 줬소? 어 어째서 아니 줬소?"

인가의 주먹은 문서방의 귓벽을 울렸다.

"아이구!"

문서방은 땅에 쓰러졌다.

"엑 에구…… 응응응…… 에구 장구재! 제발 제제…… 흑 제발 좀 살려 줍쇼…… 응응."

쓰러지는 문서방을 붙잡던 아내는 인가를 보면서 땅에 엎드려서 손을 비빈다.

"이 상느므 샛지(상놈의 자식)…… 늬듸 로포(아내) 워디(내가) 가져 가!"

하고 인가는 문서방을 차더니 엎디어서 손이야 발이야 비는 문서방의 아내의 손목을 잡아끌었다.

"늬듸 울리 집이 가! 오늘리부터 늬듸 울리 에미네(아내)!"

"장구재…… 제발…… 에이구 응응."

"에구, 엄마!"

집 안에서 바느질하던 용례가 내달았다. 인가는 문서방의 아내를 사정없이 끌고 자기 집으로 향한다.

"나를 잡아가라! 나를!"

쓰러졌던 문서방은 인가의 팔을 잡았다.

"타마나!"

하는 소리와 같이 인가의 발길은 문서방의 불걸음으로 들어갔다. 문서방은 거꾸러졌다.

"아이구 어머니! 왜 울 어머니를 잡아가요? 응응…… 흑."

용례는 어머니의 팔목을 잡은 중국인의 손을 물어뜯었다. 용례를 본 인가는 문서방 아내는 놓고 문서방의 딸 용례를 잡았다.

"이 개새끼야! 이것 놔

라…… 응응 흑…… 아이구 아버지…… 엄마!"

억센 장정 인가에게 티끌같이 끌려가는 연연한 처녀는 몸부림을 하면서 발악을 하였다.

"용례야! 아이구 우리 용례야!"

"에이구 응…… 너를 이 땅에 데리구 와서 개 같은 놈에게……."

문서방의 내외는 허둥지둥 달려갔다.

낯빛이 파랗게 질린 흰옷 입은 사람들은 쭉 나와서 섰건마는 모두 시체같이 서 있을 뿐이었다. 여편네 몇몇은 치맛자락으로 눈물을 씻었다.

의연히 제 걸음을 재촉하는 볕은 서산위에 뉘엿뉘엿하였다. 앞강으로 올라오는 찬바람은 스르르 스쳐가는데 석양에 돌아가는 까마귀 울음은 의지 없는 사람의 넋을 호소하는 듯 처량하였다.

"에구 용례야! 부모를 못 만나서 네 몸을 망치는구나! 에구 이놈에 돈이 우리를 죽이는구나!"

문서방 내외는 그 밤을 인가의 집 울타리 밖에서 새었다. 누구 하나 들여다보지도 않는데 인가의 집에서 내놓은 개들은 두 내외를 잡아먹을 듯이 짖으며 덤벼들었다.

이리하여 용례는 영영 인가의 손에 들어갔다. 며칠 후에 인가는 지금 문서방이 있는 빼허에 *땅날갈이나 있는 것을 문서방에게 주어서 그리로 이사시켰다. 문서방은 별별 욕과 애원을 하였으나 나중에 인가는 자기 집 일꾼들을 불러서 억지로 몰아내었다. 이리하여 문서방은 차마 생목숨을 끊기 어려워서 원수가 주는 땅을 파 먹게 되었다. 그것이 작년 가을이었다. 그 뒤로 인가는 절대로 용례를 밖으로 내보내지 않을 뿐만 아니라 그 어버이 되는 문서방 내외에게도 보이지 않았다.

"용례는 매일 밥도 안 먹고 어머니 아버지만 부르고 운다."

땅날갈
한나절 갈 수 있을 정도의 밭 넓이.

하는 희미한 소식을 인가의 집에 가까이 드나드는 중국인들에게서 들을 때마다 문서방은 가슴을 치고 그 아내는 피를 토하였다.

이리하여 문서방의 아내는 늦은 여름부터 아주 병석에 드러누웠다. 그는 병석에서 매일 용례만 부르고 용례만 보여달라고 졸랐다. 그래서 문서방은 벌써 세 번이나 인가를 찾아가서 말했으나 효과가 없었다.

이번까지 가면 네 번째다. 이번은 어떻게 성사가 될는지? (간도 있는 중국인들은 조선 여자를 빼앗아가든지 좋게 사가더라도 밖에 내보내지도 않고 그 부모에게까지 흔히 면회를 거절한다. 중국인은 의심이 많아서 그런다고 들었다.)

3

문서방은 울긋불긋한 채필로 '관운장'과 '장비'를 무섭게 그려 붙인 인가의 집 대문 앞에 섰다. 문밖에서 뼈다귀를 핥던 얼룩개 한 마리가 윙윙 짖으면서 달려들더니 이 구석 저 구석에서 개무리가 우아 하고 덤벼들었다. 어떤 놈은 으르렁 으르고, 어떤 놈은 뒷다리 사이에 바싹 끼면서 금방 물 듯이 송곳 같은 이빨을 악물었고, 어떤 놈은 대어들었다가는 뒷걸음을 치고 뒷걸음을 쳤다가는 대어들면서 산천이 무너지게 짖고, 어떤 놈은 소리도 없이 코만 실룩실룩하면서 달려들었다. 그 여러 놈들이 문서방을 가운데 넣고 죽 돌아서서 각각 제 재주대로 날뛴다. 그러지 않아도 지금 개 때문에 대문 밖에서 기웃거리던 문서방은 이 사면초가를 어떻게 막으면 좋을지 몰랐다. 이러는 판에 한 마리가 휙 들어와서 문서방의 바짓가랑이를 물었다.

"으악…… 꺼우디(개를)!"

문서방이 소리를 치면서 돌멩이를 찾느라고 엎드리는 것을 보더니 개들은 일시에 뒤로 물러났으나 다시 덤벼들었다.

"창우니 타마나가비(상소리다)!"

안에서 개가죽 모자를 쓰고 뛰어나오는 일꾼은 기다란 호밋자루를 두르면서 개를 쫓았다. 개들은 몰려가면서도 몹시 짖었다.

호미

문서방은 조짚 수수깡이가 지저분하게 널려 있는 마당을 지나서 왼편 일꾼들 있는 방문으로 들어갔다. 누릿하고 뀌쥐한 더운 기운이 후끈 낯을 스칠 때 얼었던 두 눈은 뿌연 더운 안개에 스르르 흐려서 어디가 어딘지 잘 분간할 수 없었다.

"윈따야 랠라마(문영감 오셨소)?"

캉(구들)에서 지껄이던 중국인 중에서 누군지 첫인사를 붙였다.

"에헤 랠라 장구재 유(있소)?"

문서방은 어색한 웃음을 지었다. 얼었던 몸은 차츰 녹고 흐리었던 눈앞도 점점 밝아졌다.

"쌍캉바(구들로 올라오시오)!"

구들 위에서 나는 틱틱한 소리는 인가였다. 그는 일꾼들과 무슨 의논을 하던 판인가? 지껄이던 일꾼들은 고요히 앉아서 담배를 피우면서 호기심에 번득이는 눈을 인가와 문서방에게 보내었다.

어느 천년에 지은 집인지? 거미줄이 얼키설키 서린 천장과 벽은 아궁이 속같이 꺼먼데 벽에 붙여 놓은 삼국풍진도(三國風塵圖)며 춘야도리원도(春夜桃李園圖)는 이리저리 찢기고 그을었다. 그을음과 담배 연기에 싸여서 눈만 반짝반짝하는 무리들은 아귀도(餓鬼道)를 생각게 한다. 문서방은 무시무시한 기분에 몸을 부르르 떨었다.

"치옌바(담배 잡수시오)!"

인가는 웬일인지 서투른 대로 곧잘 하던 조선말은 하지 않고 알아도 못 듣는 중국말을 쓰면서 담뱃대를 문서방 앞에 내밀었다.

"여보 장구재! 우리 로포가 딸(용례)을 못 봐서 죽겠으니 좀 보여 주, 응……."

문서방은 담뱃대를 받으면서 또 전처럼 애걸하였다. 인가는 이마를 찡그리면서 볼을 불렸다.

"저게(아내) 마지막 죽어가는데 철천지한이나 풀어야 하지 않겠소, 응! 한 번만 보여 주! 어서 그러우! 내가 용례를 만나면 꼬일까봐?…… 그럴 리 있소! 이렇게 된 밧자에…… 한 번만…… 낯이나…… 저 죽어가는 제 에미 낯이나 한 번 보게 해주! 네? 제발……."

"안 되우! 보내지 모하겠소. 우리 지비 문 바께 로포(아내) 나갔소. 재미 어부소."

배짱을 부리는 인가의 모양은 마치 전당포 주인과 같은 점이 있었다. 문서방의 가슴은 죄었다. 아쉽고 안타깝고 슬픔이 어우러지더니 분한 생각이 났다. 부뚜막에 놓은 낫을 들어서 인가의 배를 왁 긁어놓고 싶었으나 아직도 행여나 하는 바람과 삶에 대한 애착심이 그 분을 제어하였다.

"그러지 말고 제발 보여 주오! 그러면 내 아내를 데리고 올까? 아니 바람을 쏘여서는…… 엑 죽어두 원이나 끄고 죽게 내가 데리고 올게 낯만 슬쩍 보여 주오…… 네…… 흑…… 끅…… 제발……."

이십 년 가까이 손끝에서 자기 힘으로 기른 자기 딸을 억지로 빼앗긴 것도 원통하거든 그나마 자유로 볼 수 없이 되는 것을 생각하니…… 더구나 그 우악한 인가에게 가슴과 배를 사정없이 눌리는 연연한 딸의 버둥거리는 그림자가 눈앞에 언뜻하여 가슴이 꽉 막히고 사지가 부르르 떨리면서 주먹이 쥐어졌다. 그러나 뒤따라 병석의 아내가 떠오를 때 그의 주먹은 풀리고 머리는 숙었다.

"낼리 또 왔소 이얘기하오! 오늘리디 울리디 일이디 푸푸디! 많이 있소!"

인가는 문서방을 어서 가라는 듯이 자기 먼저 캉(구들)에서 내려섰다.

"제발 이러지 말구! 으흑 흑…… 제제…… 제발 단 한 번만이라두 낯만…… 으흑흑 응!"

문서방은 인가를 따라서 밖으로 나오면서 울었다. 등뒤에서는 웃음 소리가 들렸다. 그러나 그 웃음 소리는 이때의 문서방에게는 아무러한 자극도 주지 못하였다.

"자, 이게 적지만!"

마당에 한참이나 서서 무엇을 생각하던 인가는 백조(百吊)짜리 관체(官帖: 돈) 석 장을 문서방의 손에 쥐였다. 문서방은 받지 않으려고 했다. 더러운 놈의 더러운 돈을 받지 않으려 하였다. 그러나 지금 붙여먹는 밭도 인가의 밭이다. 잠깐 사이 분과 설움에 어리어서 튀기던 돈은—돈 힘은 굶고 헐벗은 문서방을 누르지 않을 수 없었다. 그는 못 이기는 것처럼 삼백 조를 받아넣고 힘 없이 나오다가,

'저 속에는 용례가 있으려니!'

생각하면서 바른편에 놓인 조그마한 집을 바라볼 때 자기도 모르게 발길이 도로 돌아섰다. 마치 거기서는 용례가 울면서 자기를 부르는 것 같았다. 그러나 인가는 문서방을 문 밖에 내보내고 문을 닫아 잠갔다.

문밖에 나서니 천지가 아득하였다. 발길이 돌아가지 않았다. 사생을 다투는 아내를 생각하면 아니 가든 못 할 일이고 이 울타리 속에는 용

례가 있거니 생각하면 눈길이 다시금 울타리로 갔다.

그가 바위 모롱이 빙판에 올 때까지 개들은 쫓아나와 짖었다. 그는 제 분김에 한 마리 때려잡는다고 얼른 돌멩이를 집어들었다가, 작년 가을에 어떤 조선 사람이 어떤 중국 사람의 개를 때려죽이고 그 사람이 주인에게 총 맞아 죽은 일이 생각나서 들었던 돌멩이를 헛뿌렸다.

돋아 떨어지는 겨울해는 어느새 강 건너 봉우리 엉성한 가지끝에 걸렸다. 바람은 좀 자고 날씨는 맑으나 의연히 추워서 수염에는 우물가처럼 얼음 *보쿠지가 졌다.

보쿠지
눈이나 물이 얼었던 곳에 다시 얼음이 더께로 어는 것.

4

눈옷 입은 산봉우리 나뭇가지 끝에 남았던 붉은 석양볕이 스르르 자취를 감추고 먼 동쪽 하늘가에 차디찬 연자줏빛이 싸르르 돌더니 그마저 스러지고 쌀쌀한 하늘에 찬별들이 내려다보게 되면서부터 어둑한 황혼빛이 '빼허'의 좁은 골에 흘러들어서 게딱지 같은 집 속까지 흐리기 시작하였다.

꺼먼 서까래가 드러난 수수깡 천장에는 그을은 거미줄이 흐늘흐늘 수없이 드리우고, 빈대 죽인 자리는 수묵으로 댓잎[竹葉]을 그린 듯이

참나무

장작개비

흙벽에 빈틈이 없는데 먼지가 수북한 구들에는 구름깔개(참나무를 얇게 밀어서 결은 자리)를 깔아 놓았다. 가마 저편 바당(부엌)에는 장작개비가 흩어져 있고 아궁이에서는 벌건 불이 훨훨 붙는다.

뜨끈뜨끈한 부뚜막에는 문서방의 아내가 누덕이불에 싸여 누웠고 문 앞과 윗목에는 이웃집 사람들이 모여 앉았는데 지금 막 달리소 인가의 집에서 돌아온 문서방은 신음하는 아내의 가슴에 손을 얹고 앉았다.

등꽂이에 켜놓은 등(삼대에 겨를 올려서 불켜는 것)불은 환하게 이 실내의 이 모든 사람을 비췄다.

"용례야! 용례야! 용례야!"

고요히 누웠던 문서방의 아내는 마지막 소리를 좀 크게 질렀다. 문서방은 아내의 가슴을 지그시 눌렀다.

"에구! 우리 용례! 우리 용례를 데려다주구려!"

그는 눈을 번쩍 뜨면서 몸을 흔들었다.

"여보, 왜 이러우. 용례가 지금 와요! 금방 올걸!"

어린애를 달래듯 하면서 땀때가 께저분한 아내의 얼굴을 내려다보는 문서방의 눈은 흐렸다.

"에구, 몹쓸늠(인가)두! 저런 거 모르는 체하는가? 음!"

윗목에 앉은 늙은 부인은 함경도 사투리로 구슬피 뇌었다.

"허, 그러게 되놈이라지! 그놈덜께 인륜이 있소?"

문 앞에 앉았던 한관청은 받아 치었다.

"용례야! 용례야! 흥 저기저기 용례가 오네!"

문서방의 아내는 쑥 꺼진 두 눈을 모들떠서 천장을 뚫어지게 보면서 보기에 아츠러운 웃음을 웃었다.

"어디? 아직은 안 오! 여보, 왜 이리우? 정신을 채리우, 응!"
문서방의 목소리는 떨렸다.
"저기 엑…… 용…… 용례……."
그는 눈을 더 크게 뜨고 두 뺨의 근육을 경련적으로 움직이면서 번쩍 일어났다. 문서방은 아내의 허리를 안았다. 그는 또 정신에 착각을 일으켰는지 창문을 바라보고 뛰어나가려고 하면서,
"용례야! 용례 용례…… 저 저기저기 용례가 있네! 용례야, 어디 가니? 용례야! 네 어디 가느냐? 으응."
고함을 치고 눈물 없는 울음을 우는 그의 눈에서는 퍼런 불빛이 번쩍하였다. 좌중은 모진 짐승의 앞에나 앉은 듯이 모두 숨을 죽이고 손

을 들었다. 문서방은 전신의 힘을 내어서 아내의 허리를 안았다.

"하하하(그는 이상한 소리를 내어 웃다가 다시 성을 잔뜩 내면서)…… 용례! 용례가 저리로 가는구나! 으응…… 저놈이 저놈이 웬 놈이냐?"

하면서 한참 이를 악물고 창문을 노려보더니,

"저 저…… 이놈아! 우리 용례를 놓아라! 저 되놈이, 저 되놈이 용례를 잡아가네! 이놈 놔라! 이놈 모가지를 빼놓을 이 이."

그의 눈앞에는 용례를 인가에게 빼앗기던 그때가 떠올랐는지? 이를 빡 갈면서 몸을 번쩍 일으켜 창문을 향하고 내달았다.

"여보, 정신을 차리오! 여보, 왜 이러우! 아이구! 응!"

쫓아 나가면서 아내의 허리를 안아서 뒤로 끌어들이는 문서방의 소리는 눈물에 젖었다.

"이놈아! 이게 웬 놈이 남을 붙잡니? 응 으윽."

그는 두 손으로 남편의 가슴을 밀다가도 달려들어서 남편의 어깨를 물어뜯으면서,

"이것 놔라! 에그 용례야, 저게 웬 놈이…… 에구구…… 저놈이 용례를 깔고 앉네!"

하고 몸부림을 탕탕 하는 그의 눈엔 핏발이 서고 낯빛은 파랗게 질렸다.

이때 한관청 곁에 앉았던 젊은 사람은 얼른 일어나서 문서방을 조력하였다. 끌어들이려거니 뛰어나가려거니 하여 밀치고 당기는 판에 등꽂이가 넘어져서 등불이 펄렁 죽어 버렸다. 방 안이 갑자기 깜깜하여지자 창문만 희슥하였다.

"조심들 하라니! 엑 불두!"

한관청은 등을 화로에 대고 푸푸 불면서 툭덕툭덕하는

화로

사람들께 주의를 시켰다. 불은 번쩍 하고 켜졌다.

"우우 쏴— 스르륵."

문을 치는 바람 소리가 요란하였다.

"엑, 또 바람이 나는 게로군! 날쎄두 페릅(괴상)다."

한관청은 이렇게 뇌면서 등꽂이에 등를 꽂고 몸부림하는 문서방 내외와 젊은 사람을 피하여 앉았다.

"이것 놓아 주오! 아이구! 우리 용례가 죽소! 저 흉한 되놈에게 깔려서…… 엑, 저 저 저…… 저것 봐라! 이놈 네 이놈아! 에이구 용례야! 용례야! 사람 살려 주오! (소리를 더욱 높여서) 우리 용례를 살려 주! 응 으윽 에엑응……."

그는 마지막으로 오장육부가 쏟아지게 소리를 지르다가 검붉은 핏덩어리를 왈칵 토하면서 앞으로 거꾸러졌다.

"으윽!"

"응 끔직두 한 게!"

하면서 여러 사람들은 거꾸러진 문서방의 아내 앞에 모여들었다.

"여보! 여보! 아이구 정신 좀……."

떨려 나오는 문서방의 소리는 절반이나 울음으로 변하였다.

거불거불하는 등불 속에 검붉은 피를 한 말이나 토하고 쓰러진 그는 낯이 파랗게 되어서 숨결이 없었다.

"허! 잡싱(雜神)이 붙었는가? 으흠 응! 으흠 응! 각황제방, 심미기, 두우열로 구슬벽……."

여러 사람들과 같이 문서방의 아내를 부뚜막에 고요히 뉘어 놓은 한관청은 귀신을 쫓는 경문이라고 발음도 바로 못 하는 이십팔수를 줄줄줄 읽었다.

"으응응…… 흑흑…… 여 여보!"

문서방의 목메인 울음을 받는 그 아내는 한관청의 서투른 경문 소리를 듣는지 마는지? 손발은 점점 식어가고 낯은 파랗게 질렸는데, 무엇을 보려고 애쓰던 눈만은 멀거니 뜨고 그저 무엇인지 노리고 있다. 경문을 읽던 한관청은,

"엑, 인제는 늙어가는 사람이 울기는? 우지 마오! 이내 살아날껴!"

하고 문서방을 나무라면서 문서방의 아내 앞에 다가앉더니 주머니에서 은동침(어느 때에 얻어 둔 것인지?)을 내어서 문서방 아내의 인중(人中)을 꾹 찔렀다. 그러나 점점 식어가는 그는 이마도 찡그리지 않았다. 다시 콧구멍에 손을 대어 보았으나 숨결은 없었다.

바람은 우우 쏴— 하고 문에 눈을 들이치었다. 여러 사람은 약속이나 한 듯이 두려운 빛을 띤 눈으로 창을 바라보았다.

"으응 에이구! 여보! 끝끝내 용례를 못 보고 죽었구려…… 잉잉…… 흑."

문서방은 울기 시작하였다. 그 울음소리는 고요한 방 안 불빛 속에 바람 소리와 함께 처량하게 흘렀다.

"에구 못된놈(인가)두 있는 게!"

"에구 참 불쌍하게두!"

"흥 우리두 다 그 신세지!"

무시무시한 기분에 싸여서 낯빛이 푸르러 가는 여러 사람들은 각각 한마디씩 뇌었다. 그 소리는 모두 갈데없는 신세를 호소하는 듯하게 구슬프고 힘없었다.

5

 문서방의 아내가 죽던 그 이튿날 밤이었다. 그날 밤에도 바람이 몹시 불었다. 그 바람은 강바람이어서 서북에 둘린 산 때문에 좀한 바람은 움쩍도 못 하던 달리소(문서방의 사위 인가의 땅)까지 범하였다. 서북으로 산을 등지고 앞으로 강 건너 높은 절벽을 대하여 강골밖에 터진 데 없는 달리소는 강바람이 들어차면 빠질 데는 없고 바람과 바람이 부딪쳐서 흔히 회오리바람이 일게 된다. 이날 밤에도 그 모양으로, 달리소에는 회오리바람이 일어서 낟가리가 날리고 지붕이 날리고 산천이 울려서 혼돈이 *배판할 때 빙세계나 트는 듯한 판이라 사람은 커녕 개와 도야지도 굴 속에서 꿈쩍 못 하였다.

배판
별러서 차리다.

 밤이 썩 깊어서였다.

 차디찬 별들이 총총한 하늘 아래, 우렁찬 바람에 휘날리는 눈발을 무릅쓰고 달리소 앞 강 빙판을 건너서 달리소 언덕으로 올라가는 그림자가 있다. 모진 바람이 스치는 때마다 혹은 엎드리고 혹은 우뚝 서기도 하면서 바삐바삐 가던 그 그림자는 게딱지 같은 지팡살이집 근처에서부터 무엇을 꺼리는지 좌우를 슬몃슬몃 보면서 자취를 숨기고 걸음을 느리게 하여 저편으로 돌아가 인가의 집 높은 울타리 뒤로 돌아간다.

 "으르릉 웡웡."

하자 어느 구석에선지 개가 한 마리, 두 마리, 세 마리, 네 마리 뒤이어 나와서 짖으면서 그 그림자를 쫓아간다. 그 개소리는 처량한 바람소리 속에 싸여 흘러서 건너편 산을 즈르릉즈르릉 울렸다.

 "꽝! 꽝꽝!"

인가의 집에서는 개짖음에 홍우재(마적)나 몰아오는가 믿었던지 헛총실을 너댓 방이나 하였다. 그 소리도 산천을 울렸다. 그 바람에 슬근슬근 가던 그림자는 휙 돌아서서 손에 들었던 보자기를 개 앞에 던졌다. 보자기는 터지면서 둥글둥글한 것이 우르르 쏟아졌다. 짖으면서 달려오던 개들은 짖음을 그치고 거기 모여들어서 서로 물고 뜯고 빼앗아 먹는다. 그러는 사이에 그림자는 인가의 울타리 뒤에 산같이 쌓아놓은 보릿짚 더미에 가서 성냥을 쭉 긋더니 뒷산으로 올리닫는다.

처음에는 바람 속에서 판득판득하던 불이 삽시간에 그 산같은 보릿짚 더미에 붙었다.

보리

"훠쓰(불이야)!"

하고 고함과 같이 사람의 소리는 요란하였다. 모진 바람에 하늘하늘 일어서는 불길은 어느새 보릿짚 더미를 살라 버리고 울타리를 살라 버리고 울타리 안에 있는 집에 옮았다.

"푸우 우루루루루 쏴아……."

동풍이 몹시 이는 때면 불기둥은 서편으로, 서풍이 몹시 부는 때면 불기둥은 동으로 쓸려서 모진 소리를 치고 검은 연기를 뿜다가도 동서풍이 어울치면 *축융[火神]의 붉은 혓발은 하늘하늘 염염이 타올라서 차디찬 별—억만년 변함이 없을 듯하던 별까지 녹아내릴 것같이 검은 연기는 하늘을 덮고 붉은빛은 깜깜하던 골짜기에 차 흘러서 어둠을 기회로 모여들었던 온갖 요귀(妖鬼)를 몰아내는 것 같다. 불을 질러놓고 뒷숲속에 앉아서 내려다보던 그 그림자—딸과 아내를 잃은 문서방은,

"하하하."

시원스럽게 웃고 가슴을 만지면서 한 손으로 꽁무니에 찼던 도끼를

축융(祝融)
불을 맡은 신. 화재의 뜻으로 쓰이기도 한다.

만져 보았다.

　일 동리 사람들과 인가의 집 일꾼들은 불붙는 데 모여들었으나 모두 어쩔 줄을 모르고 떠들고 덤비면서 달려가고 달려올 뿐이었다.

　그러는 사이에 울타리는 물론 울타리 속에 엉큼히 서 있던 큰 집 두 채도 반이나 타서 쓰러졌다.

　이런 불 속으로부터 여러 사람이 오고 가는 밭 가운데로 튀어나가는 두 그림자가 있었다. 하나는 커다란 장정이요, 하나는 작은 여자이다. 뒷산 숲에서 이것을 본 문서방은 그 두 그림자를 향하고 내리뛰었다. 그는 천방지방 내리뛰었다. 독살이 잔뜩 올라서 불빛에 번쩍이는 그의 눈에는 이 두 그림자 밖에는 아무것도 보이지 않았다.

　"으흑 끅."

　문서방이 여러 사람을 헤치고 두 그림자 앞에 가 섰을 때, 앞에 섰던 장정의 그림자는 땅에 거꾸러졌다. 그때는 벌써 문서방의 손에 쥐었던 도끼가 장정 인가의 머리에 박혔다. 도끼를 놓은 문서방의 품에는 어린 여자의 그림자가 안겼다. 용례가…….

　그 바람에 모여섰던 사람들은 혹은 허둥지둥 뛰어 버리고 혹은 뒤로 자빠져서 부르르 떨었다. 용례도 거꾸러지는 것을 안았다.

　"용례야! 놀라지 마라! 나다! 아버지다! 용례야!"

　문서방은 딸을 품에 안으니 이때까지 악만 찼던 가슴이 스르르 풀리면서 독살이 올랐던 눈에서 뜨거운 눈물이 떨어졌다. 이렇게 슬픈 중에도 그의 마음은 기쁘고 시원하였다. 하늘과 땅을 주어도 그 기쁨을 바꿀 것 같지 않았다.

　그 기쁨! 그 기쁨은 딸을 안은 기쁨만이 아니었다. 작다고 믿었던 자기의 힘이 철통같은 성벽을 무너뜨리고 자기의 요구를 채울 때 사람은 무한한 기쁨과 충동을 받는다.

　불길은—그 붉은 불길은 의연히 모든 것을 태워 버릴 것처럼 하늘하늘 올랐다.

「홍염」, 삼천리사, 1931.

최서해 단편소설

전아사
(餞迓辭)

1

> **전아사(餞迓辭)**
> 작별하고 새로 맞으면서 하는 말.

형님,

일부러 먼먼 길에 찾아오셨던 것도 황송하온데 또 이처럼 정다운 글까지 주시니 어떻게 감격하온지 무어라 여쭐 수 없습니다.

형님은 그저 내가 형님의 말씀을 귀 밖으로 듣는 듯이 섭섭하게 여기시지만 나는 참말이지 귀 밖으로 듣지는 않았습니다. 지금도 내 눈앞에는 초연히 앉으셔서 수연한 빛을 띠시던 형님의 모양이 아른아른 보이고, 순순히 타이르고 민민히 책망하시던 것이 그저 귓속에 쟁쟁거립니다.

"형님, 왜 올라오셨어요?"

지난 여름, 형님께서 서울 오셨을 제 나는 형님을 모시고 성균관 앞 잔솔밭에 나가서 이렇게 여쭈었습니다.

"그건 왜 새삼스럽게 묻니? 너 데리러……."

형님의 말씀은 떨리었습니다.

"저를 데려다가는 뭘 하셔요?"

나는 이렇게 대답하면서 흐리어 가는 형님의 낯을 뵈옵던 기억이 지금도 새롭습니다.

"뭘 하다니? 애, 네가 실신을 했나 보다? 그래 내가 온 것이 글렀단 말이냐?"

형님은 너무도 안타까운 듯이 가슴을 치셨습니다.

"형님, 왜 그렇게 상심하셔요? 버려 두셔요. 제 하는 일을 버려 두셔요."

무어라 여쭈면 좋을는지 서두를 못 차린 나는 이렇게 대답하였습니다.

"글쎄 그게 무슨 일이냐? 응…… 내가 네 하는 일을 간섭할 권리가 무어냐마는 네가 이런 일을 하는데 내가 어떻게 눈을 뜨고 보겠니? 집 떠난 일을 생각해야지? 집 떠난 일을…… 왜 내 말은 안 듣니? 네 친형이 아니라구 그러니?"

"아이구 형님두."

나는 형님의 말씀이 그치기 전에 형님 앞에 쓰러져 울었습니다.

"네 친형이 아니라구……."

이 말을 들을 때에 나는 어떻게 형님이 야속스러운지 알 수 없는 설움을 이기지 못하여 엉엉 울었습니다.

"그러지 말고 가자! 가서 *죽식간에 먹으면서 좋은 때를 기다려서 다시 오려무나!"

죽식(粥食)
죽과 밥을 아울러 이르는 말.

"내가 말랐거든 네가 풍성풍성하거나 네가 없거든 내가 있거나…… 나는 무식한 놈이니 아무런들 상관 있니마는……."

"나두 그놈의 여편네와 애들만 아니면 너를 쫓아 댕기면서 어깨가 부서지더라도(*목도꾼이라는 뜻) 네 학비는 댈 터인데."

형님은 서울에 닷새 동안이나 계시는 때에 이러한 탄식을 하시면서 나를 달래고 꾸짖고 권하시다가 끝내 나를 못 데리고 내려가셨습니다.

"어서 내려가거라, 더 할 말 없구나."

형님은 떠나실 제 차에 올라간 나에게 이렇게 말씀하시고 한숨을 쉬셨습니다. 아무 말 없이 있다가,

"형님, 안녕히……."

하고 눈물이 핑그르르 돌아서 내려왔습니다. 그 뒤로 이날 이때까지

목도
두 사람 이상이 짝이 되어, 무거운 물건이나 돌덩이를 얽어맨 밧줄에 몽둥이를 꿰어 어깨에 메고 나르는 일. 목도꾼은 무거운 물건을 목도하여 나르는 것을 직업으로 하는 사람을 가리킨다.

형님을 잊은 때가 없었습니다. 그런데 또 이렇게 글월을 주시고 노비까지 부치었으니 무어라 여쭐 바를 알 수 없습니다.

　아우야, 날씨가 추워지니 네 생각이 더욱 간절쿠나! 삼각산 찬바람에 네 낯이 얼마나 텄니? 네 형수는 늘 네 이야기요 어린 용손(형님의 아들)이는 아재씨가 언제 오느냐고 매일 묻는다.
　이 글을 내가 부르고 용손이가 쓴다. 그놈이 금년에 사학년인데 국문은 곧잘 쓴다.
　어서 오너라. 노비 이십 원을 부치니 곧 오너라. 밥값 진 것이 있으면 내려와서 부치도록 하여라. 한꺼번에 부쳤으면 얼마나 좋겠니마는 그날 그날 빌어먹는 형세라 어디 그렇게 돼야지! 이것도 용손의 저금을 찾았다. 그놈이 저금을 찾는다면 엉엉 울던 것이 네게 보낸다고 하니 제가 달아가서 찾아 가지고 오는구나!
　용손이 정을 생각하여 너는 오너라. 아재씨…… 서울 아재씨를 기다리는 용손이는 잠을 못 잔다. 매일 부두로 마중 간다고 야단이다.

　형님,
　나는 울었습니다.
　"구두 곤칩시오."
　"구두 약칠하시오."
하고 이 골목 저 골목으로 온종일 돌아다니다가 들어온 나는 형님의 글월과 우환 이십 원을 받고 울었습니다. 더구나 순진한 가슴으로 우러나오는 용손의 따뜻한 인간성에 어찌 눈물이 없겠습니까?
　그러나 고집 불통한 나는 그 따뜻한 정을 못 받습니다. 형님께서 노

여워하실 것보다도 아주머님께서 섭섭해 하실 것보다도 용손의 낙망을 생각하면 가슴이 쓰린 것이 아니라 뿍뿍 찢깁니다. 하지만 내 길을 걸어야 할 나는 또 형님의 뜻을 거역합니다.

  나는 이때까지 이러한 길을 밟게 된 동기를 형님께 말씀치 않았사오나 이번에는 말씀하겠습니다. 서울 오셨을 때에 여쭈려고 하다가 여쭙는대도 별수가 없겠기에 그만 아무 말도 없이 있었고, 이번에도 여러 번 주저거리다가 드디어 이런 생활을 하게 된 동기를 여쭙기로 작정하였습니다.

2

  형님,
내가 서울 온 지도 벌써 오 년이나 됩니다. 형님도 늘 말씀하시지만 집 떠나던 때의 기억은 지금도 머릿속에 있습니다. 진절머리가 나던 면소 서기를 집어치우고 나설 때에 내 맘은 여간 괴롭지 않았습니다. 그때에도 형님께서는 지금 모양으로 벌이를 좇아서 일로절로 다니시느라고 직접 보시지 못하였으니 모르시지만 늙은 어머니를 버리고 떠난다는 것이 내게는 여간 고통이 아니었습니다.

어머니께서 나를 어떻게 기르셨습니까? 내 아버지가 돌아가신 뒤에 나 때문에 개가를 못 하시고 젊으나 젊으신 청춘을 속절없이 늙히면서 당신의 모든 정력과 성의를 내 한몸에 부으셨습니다. 내가 *훈채를 못 갚아서 글방에서 쫓기어났을 때 어머니께서는 당신 머리의 *다리를 팔아 주시었고 명절은 되고 옷감이 없어서 쩔쩔 헤매시다가는 당신 젊어서 지어 두셨던 비단옷을 뜯어서 내 몸을 가리어 주던 기억이 지금도 떠오릅니다. 그때에는 형님께서도 고향서 농사를 지으실 때라 그런 것 저런 것 다 보실 뿐만 아니라 겨울이 되면 목도리와 장갑을 사다 주시고 여름이 되면 아주머니 낳으신 베를 갖다가 내 옷을 지어 주던 것까지 생각납니다.

"우리 어머니의 아들이 저것뿐인데."

하고 형님은 어머니를 꼭 어머니라고 부르셨습니다. 우리 어머니는 형님의 아버지의 누님이니 형님께는 고모가 되시는데 형님은 '고모' 라 하지 않고 꼭 '어머니' 라고 부르셨습니다.

"저 인갑(형님 함자)이는 내 오라비의 아들이나 내 아들같이 길렀다. 너는 꼭 친형같이 모셔라. 오라비(형님 아버지)와 올케(형님 어머니)가 죽은 뒤에 우리 오라비의 댓수를 이를 것은 저 인갑이 하나뿐이요, 네 아버지의 향화를 끊지 않을 것은 네 하나뿐이니 너희 둘이 친형제같이 지내서 내가 죽은 뒤라도 의를 상치 말아라."

어머니께서도 늘 형님과 저를 불러 놓으시고 이런 훈계를 하셨습니

훈채(訓債)
강미(講米). 조선 시대에, 서당 선생에게 보수로 주던 곡식.

다리
여자들의 머리숱이 많아 보이라고 덧넣었던 딴 머리.

베

다. 그렇듯 한 어머니의 감화 속에서 자라난 나는 형님을 잊지 못할 뿐만 아니라 친형이니 친형이 아니니 하는 생각도 못 하여 보았습니다. 그리고 형님의 감화도 컸습니다. 아마 우리 어머니 다음으로 나를 사랑하신 이는 형님일 것입니다. 그러다가 내가 열일곱 살에, 즉 면소 서기로 들어가던 해에 형님은 얼마 되지 않는 밭을 수재에 잃어버리고 아주머니와 용손이와 세 식구가 고향을 떠나셨습니다. 한번 생활의 안정을 잃은 형님은 정거장과 항구 바닥과 치도판을 쫓아다니시게 되고 나는 어머니를 모시고 고향에서 십여 원 남짓한 월급과 어머니의 바느질 삯으로 근근이 지내었습니다. 이렇게 지내는 사이에 내 고통과 번민은 커졌습니다. 그리고 차츰 셈이 들면서부터 앞길이 자꾸 내다보였습니다.

늙어 가시는 어머니의 흐리어 가시는 눈과 떨리는 손은 드디어 바느질 삯전을 못 얻게 하셨습니다. 어머니께서 아무 수입도 못 하게 된 뒤로 우리 생활은 십팔 원이 되는 내 월급에 달리게 되었습니다. 이때부터 우리는 배고픈 설움을 받게 되었습니다.

"너를 장가두 못 보내구 내가 죽겠구나!"

이것이 이때 어머니의 큰 걱정이었으나 나는 그와 반대로 늙은 어머니에게 조밥이나마 배불리 대접지 못하는 것과 남들과 같이 서울로 공부 못 가는 것이 큰 고통이었습니다. 나는 그때부터 문예를 즐기어서 그 변에 뜻을 두고 공부하였습니다. 이것은 나에게 옛적 이야기를 많이 들리어 주신 어머니의 감화라고 믿습니다.

조밥

함께 소학교와 글방에 다니던 친구들은 어느새 서울 어느 학교를 졸업하였다는 둥 동경 어느 대학에 입학하였다는 둥 하는 소리를 들을 때마다 내 혈관의 피는 진정되지 않았습니다. 그것보다도 괴로운 것은 한때는 같은 글방에서 네냐 내냐 하던 친구들이 고향의 학교와 군청에 혹은 교사로 혹은 군 주사나리로 부임하여 면소에 출장을 나오면 옛정은 잊어버리고 배 내미는 꼴을 차마 참을 수 없었습니다. 그래도 목구멍이 포도청으로 그놈의 것을 꿀꺽꿀꺽 참고 나면 십 년 감수는 되는 것 같았습니다. 밖으로는 이러한 자극을 받고 안으로는 생활에 쪼들릴 제 어찌 젊으나 젊은 내 가슴에 감정이 없겠습니까? 내게 신경 쇠약이라는 소위 문명병이 있다 하면 그 원인은 이때로부터 생기었을 것입니다.

내가 기미 운동 때에 만세를 부르지 않았다고 지금도 친구들께 미움을 받는 바요, 형님께서도,

"왜 그런 때에 가만히 있었느냐?"

고 어느 때 말씀하셨지마는 나는 그때에도 어머니를 생각하여서 그리한 것입니다. 그때 어린 내 가슴에는 나라보다도 어머니가 컸습니다. 지금 생각하면 그때에 나도 서울에나 뛰어올라왔더면 지금보다는 나았을는지? 그저 어머니를 생각하는 애틋한 정과 또 어머니가 말리는 정만 생각하고 그날이 그날로 별수 없는 생활을 한 것이었습니다. 그러나 사람의 맘은 고정적이 아닙니다. 유동적으로 환경을 따라서 늘 변합디다. 어머니의 망령 아래서 어머니만 생각하던 나의 맘은 점점 드티기 시작하였습니다. 그것이 번쩍 드틴 것은 기미 운동이 일어난 뒤 삼 년 만이니 내 나이가 스물한 살 되었을 때였습니다. 그해는 육갑으로 신유년인데, 신유년 유월 스무 이튿날은 어머니의 환갑이라 이것은 형님께서도 아시는 바입니다.

그 스무 이튿날은 지금도 잊히지 않습니다. 아마 그날은 어머니가 돌아가신 날과 내가 집 떠나던 날과 같이 내 눈 구석에 흙이 들기 전에

는 잊히지 않을 것입니다. 죽어 가서 내 혼령이 있다 하면 그 혼령에까지 그 기억은 따를 것입니다.

환갑날이 가까워 올수록 내 맘은 뿌듯하여 어깨에 무거운 짐을 지는 것 같았습니다. 벌써 눈치를 알아차리신 어머니께서는,

"얘, 내 환갑 걱정은 말아라. 금년에 못 쇠면 명년에 지내지…… 그까짓 게 걱정될 것 있니? 앞이 급한데."

나를 타이르시나 내게는 그 말씀이 젊은 옛날의 영화를 돌아보시고 늘그막 신세를 탄식하시는 통곡같이 들리었습니다.

"어머니 회갑이 눈앞에 이르니 네 걱정이 클 것이다. 허나 없으면 없는 대로 지내고 정 못하게 되더라도 상심치 말아라. 고량진미를 못 드릴까망정 어머니 슬하에 모여 앉아서 따뜻한 진지나 지어드리려고 하였더니 노비도 없거니와 일전에 다리를 상하여 가지 못한다."

형님께서도 그때에 이러한 편지와 같이 돈 삼 원을 부치셨지만 나도 없으면 좋은 말씀으로 위로를 하리라 하면서도 음식을 많이 장만하고 어머니의 친구를 많이 청하여 어머니와 함께 유쾌하게 하루 동안을 지내시도록 하고 싶은 생각이 불같이 붙었습니다.

"아무개네 늙은이는 회갑도 못 쇤데! 그 아들은 뭘 하는 게야?"

이렇게 남들은 비웃는다는 말까지 들은 뒤로 나의 어깨는 더 처지었습니다. 나는 이 친구 저 친구 찾아가서 다만 얼마라도 취할까 하다가 뜻을 이루지 못하고 다시 내키지 않는 발길을 김초시 댁으로 옮기었습니다. 김초시는 혈혈단신으로 의지 없는 것을 우리 아버지가 보아주셔서 부자가 된, 얼마쯤은 돌리어 줄 터이지 하는 생각으로 간 것이었습니다.

"허, 그것 안됐네마는 나도 요새 어떻게 *군졸한지 한푼 드릴 수 없

군졸(窘拙)하다
있어야 할 것이 없거나 넉넉하지 못하여 어렵다.

네! 그것 참 안됐는데! 우리 집에 닭이 있는데 그게나 한 마리 갖다가 고아 대접하게."

이것이 김초시의 대답이었습니다. 큰 모욕을 받는 듯이 흥분되었습니다. 나는 뻣뻣이 앉아서 게트림을 하면서 부른 배를 슬슬 만지는 김초시를 발길로 차놓고 싶었으나 억지로 그 충동을 참고 밖에 나서니 천지가 누런 것이 정신을 차릴 수 없었습니다. 어머니가 아시면 걱정을 하실까 봐서 나는 태연한 빛으로 집에 돌아가서 그 밤을 새우고 이튿날, 즉 스무 이튿날 아침에 형님께서 보내신 삼 원으로 고기와 쌀을 사서 밥을 짓고 국을 끓이고 이웃집 늙은 부인 오륙 명을 청하였습니다. 며느리 없는 어머니는 당신 손으로 짓고 끓인 밥과 국을 늙은 친구들과 같이 대하실 때에 눈물을 씻었습니다. 어머니 상머리에 앉은 나는 어머니의 눈물을 볼 때 그만 낯을 가리었습니다. 숙종대왕 시절에

어떤 효자는 아내의 머리를 깎아 팔아서 어머니의 회갑상을 차리어 놓고 어머니가 슬피 우는 것을 위로하기 위하여 그 아내를 시키어 춤을 추이고 자기는 노래를 부르는데 숙종대왕이 미행을 하시다가 그 연유를 물으시고 인하여, '喪歌僧舞老人哭(상주는 노래하고 중은 춤추고 늙은이는 통곡한다)'이라는 과제를 내어서 그 효자를 등용하셨다는 말이 지금도 전하지만 나는 그 효자만한 정성이 없어서 그런지 나오는 설움을 참을 수 없었습니다. 아무쪼록 어머니의 맘을 편케 하리라, 슬픈 빛을 띠지 말리라 하였으나 쏟아져 나오는 눈물과 우러나오는 울음소리는 참을 수 없었습니다. 어머니께서도 억지로 설움을 참으려고 하시면서,

회갑상

"우지 마라. 울긴 왜?"
하고는 눈물을 씻었습니다.

이 뒤로부터 나는 나의 존재와 사회적 관계를 더욱 생각하였습니다. 적자생존(適者生存)과 자연도태설(自然淘汰說)을 그제야 절실히 느끼었습니다. 그것을 어떤 잡지에서 읽고 어떤 친구에게서 처음 들을 때는 이론상으로 그렇거니 하였다가, 공부한 친구들은 점점 올라가고 나는 점점 들어가는 그때에 절실히 느끼었습니다. 그리고 또 한 가지 생각이 일어나는 것은 불공평한 사회라는 것이었습니다.

'나도 남과 같이 적자(適者)가 되자. 자연도태를 받지 말자. 시대적 인물이 되자.'
하다가는 그렇게 될 조짐이 없다는 것—적자가 될 만한 공부할 여유가 없어서 하면 될 만한 소질을 가지고도 할 수 없는 내 처지를 돌아볼 때 나는 이 불공평한 제도를 그저 볼 수 없었습니다.

형님,

나에게 ××주의적 사상이 만일 있다고 하면 이것은 벌써 그때부터 희미하게 움이 돋쳤던 것입니다. 그러나 그때에는 그것이 ××주의 사상인지 무언지 모르고 다만 내 환경이 내게 가르친 생각이었습니다. 이렇게 일어나는 여러 가지 생각은 어떠한 계통을 찾아서 과학적으로 되지는 못하고 다만 이러한 결론을 나에게 주었습니다.

'소용 없다. 이깐놈의 면서기로는 점점 타락이다. 점점 공부하여 나은 놈들이 생길 터이니 나중은 면 하인 자리도 없을 것이다. 그렇게 되면 내 생활은 지금보다 더할 것이다. 뛰어가? 엑 서울 뛰어가서 고학이라도 하지? 그러나 어머니는 어쩌나? 형님이나 고향에 계셨으면…… 그렇다고 어머니를 붙들고 있으면 더할 일이요…… 엑 떠나지? 삼사 년이면 나도 무슨 수가 있을 것이요, 그새에 어머니가 돌아가시지는 않을 터이니 늘그막에 고이 모시도록 지금 자리를 닦아야 할 것이다. 그새에 굶어 돌아가시면? 그래도 하는 수 없다. 그것은 내 정성이 부족한 것이 아니라 사회가 나에게 그처럼 강박한 것이다.'

이러한 생각을 하다가는 모순이 되면 풀고 풀었다가는 다시 생각하여서 될 수 있는 대로는 집을 떠나는 데 유리하도록 생각하던 끝에 드디어 떠나기로 결심하였습니다. 그렇게 결심하고도 어머니가 거리끼어서 얼른 거사를 못 하였습니다.

'어머니는 나의 큰 은인인 동시에 큰 적이다.'

어떤 때는 이러한 생각까지 하였습니다.

이러다가 신유년 가을 어떤 달밤이었습니다. 나는 집을 떠났습니다. 밤 열두시 연락선으로 떠날 결심을 한 나는 맘이 뒤숭숭해서 저녁도 바로 먹지 못하였습니다.

"왜 밥을 그렇게 먹니?"

아무 영문도 모르는 어머니는 내가 밥 적게 먹는 것을 걱정하셨습니다. 나는 밥 먹은 뒤에 황혼빛이 컴컴하게 흐르던 방에 들어가서 쓸 만한 책을 모아 쌌습니다. 이렇게 책을 거둬 싸니 맘은 더욱 뒤숭숭하였습니다. 마치 다시 돌아오지 못할 전쟁길에 오르는 군인의 맘같이 모든 것이 볼수록 아쉽고 그리워졌습니다. 나는 공연히 책상 서랍도 열어 보고 쓸데없는 휴지도 부스럭거리어 보니 나중은 뒤 울안까지 가보았습니다. 이렇게 하는 때에 조금도 쉬일 사이 없이 눈앞에 언뜻언뜻 나타나는 것은 어머니였습니다. 평시에도 어머니를 생각하면 어머니의 *친안이 보이지 않고 처참한 환상으로 보이던 터인데, 이날에는 더욱 그러해서 차마 무어라 말씀할 수 없이 가련하고도 기구한 환상으로 나타났습니다. 나중은 어느 때 형님과 이야기를 하던 그 거지 노파의 꼴로도 되어 보입디다.

친안(親顔)
부모의 얼굴.

"여보, 밥 한술만 주셔요. 나는 달아난 아들을 찾아가는 길이오."

다 해어진 누더기 치마저고리를 걸친 늙으나 늙은 노파가 이집 저집으로 다니면서 걸식하는 것을 볼 때 나는 그 늙은 어머니를 버리고 간 자식을 괘씸히 여겼습니다.

"아아, 나도 그 자식의 본을 따누나?"

그때 나는 나도 모르게 부르짖었습니다. 뒤따라 어머니의 그림자가 그 노파의 그림자와 같이 떠오를 때 나는

전아사 147

그만 눈을 감고 몸을 부르르 떨면서,

"아아, 어머니!"

하면서 어머니 계신 부엌방으로 갔습니다. 나는 인륜의 큰길을 어긴 듯이 두렵고도 가슴이 찌르르하여 심장이 찢기는 것 같았습니다. 그러나 부엌문 밖에 이르렀을 때에 나는 그만 발길을 멈추었습니다. 어쩐지 끓어오르던 정은 식으면서 누가 다시 뒤를 끄는 것 같았습니다. 나는 내 방에 들어가서 책보를 들고 나오면서,

"오늘 밤에는 좀 늦어서 들어올 것 같습니다."

하고 어머니를 보면서 마당에 내려섰습니다. 아까보다도 가슴이 더욱 울렁거리고 앞에는 별별 환상이 다 떠올라서 나는 어둑한 마당을 돌아볼 때 은근히 한숨을 쉬었습니다. 이것이 내가 내 집과 마지막 하직이던 줄이야 언제 꿈인들 꾸었겠습니까? 나는 바로 부두로 향하지 않고 공동묘지를 지나서 바닷가 세모래판으로 나갔습니다. 어느새 초열흘 달은 높이 솟았으나 퍼런 안개가 자욱이 하늘을 덮어서 봄의 우수 달밤같이 설움에 겨운 가슴을 더욱 간질였습니다. 나는 세모래판에 앉았다 일어섰다 하면서 우숙그러한 달빛 아래서 고요히 소리치는 물결을 바라보았습니다. 찬바람을 맞고 달빛에 싸여서 그 물결을 볼 때 모든 감각은 스러져 버리고 나의 온몸이 바닷속에 몰리어드는 것 같았습니다. 이러구러 밤이 깊어서 바닷가로 부두를 향하고 내려갔습니다. 때는 열한시, 나는 십 원짜리를 내어주고 표를 살 때 등뒤에서,

"이놈."

하는 듯하였습니다. 마치 도둑질한 돈을 남 몰래 쓰는 것 같았습니다. 그 돈은 그날 면소에서 월급 받은 돈인데 모두 십팔 원이었습니다. 있는 놈의 하룻밤 술값도 못 될 것이지만 그때 우리 집에는 큰 돈이라 어

머니는 월급날을 손꼽아 기다리셨습니다. 그러는 어머니를 속이고 내가 노자로 쓰는 것을 생각하는 때에 어찌 맘이 편하였겠습니까?

"아이구 애야! 네가 왜 그러니? 응, 흑…… 나를 버리구 가면 나는 어쩌라니? 차라리 나를 이 바다에 차넣고 가거라!"

나는 배에 오르는 때에 어머니가 이렇게 통곡을 하시면서 쫓아오시는 것 같았습니다. 이렇게 괴로운 중에도 서울을 인제 구경하나 보다 하니 뛸듯이 기뺐습니다. 이까짓 서울이 왜 그리도 그립던지? 어째서 서울로 오고 싶던지? 오늘날 생각하면 그것도 소위 도회 중심의 문명 사상에 유인된 것이나 아니었던가 싶습니다. 내남 할 것 없이 이리하여 도회에 모여드나 봅니다. 왜 나는 농촌에서 나서 아무것도 배우지 말고 농사만 배우지 못하였던고 하는 생각도 없지 않으나 형님을 생각하면 그것도 얼없는 생각으로 믿어집니다.

형님,

형님은 농사를 질 줄 모르셔서 도회로 돌아다니게 되었습니까? 또는 도회가 그리워서 도회처를 찾아다니십니까? 형님같이 농촌을 사랑하고 형님같이 농사를 잘하시는 이는 드물 것입니다마는 땅이 없으니 노동을 따르는 것이요 노동은 도회에 있는 것이니 하는 수 없이 도회에 모이어들게 되는 것입니다. 그런대로 도회가 잘 받아 주었으면 좋으련만 직업난과 생활난은 그네들을 도로 쫓아내게 됩니다. 그러나 더 갈 데 없는 그네들은 어찌하오리까. 여기서 차마 인간성으로는 하지 못할 가지각색의 현상이 폭발되는 것입니다. 그러나 이 폭발은 인간으로 인간의 참다운 생활을 찾으려는 현상인 것은 부인할 수 없는 것입니다.

3

형님,

떠나던 날 밤에 배 속에서 어머니에게 글월을 드리고 그 이튿날 원산 내려서 기차로 서울에 왔습니다. 배 속과 기차 속에서 새로운 산천을 볼 때 기쁜 듯도 하고 슬픈 듯도 하여 뒤숭숭한 맘을 금할 수 없었습니다. 더구나 언뜻언뜻 어머니의 울음 소리가 귓가에 도는 것 같아서 남모르게 가슴을 쓸었습니다. 그러다가 남대문역에 내려서 전차에 오르니 모든 것이 어리둥절하였습니다. 같이 오는 친구는,

전차

"저것이 남대문, 저것이 남산, 저리로 가면 본정—진고개, 예가 조선은행."

하고 가르쳐 주는 때에 나는 호기심이 나서 슬금슬금 보면서도 곁의 사람의 눈치를 보지 않을 수 없었습니다.

"아 여보, 여태껏 서울을 못 보았소?"

하고 핀잔을 주는 듯해서 일종의 모욕을 느끼었습니다. 그러나 애써 가르쳐 주는 친구를 나무란다는 것은 천부당만부당한 일이라 그저 꿀꺽 참고 있었습니다.

서울 들어서던 날 나는 하숙을 계동 막바지 어떤 학생 하숙에 정하였습니다. 구린내 나던 그 하숙 장맛은 지금도 혀끝에 남아 있습니다.

하루가 지나고 이틀이 지나서 차츰 서울의 내막을 보는 때에 나는 비로소 내 상상과는 아주 딴판인 것을 발견하였습니다. 제일 눈에 서투른 것은 '할멈'과 '거지'였습니다.

형님,

우리 함경도에야 어디 거지가 있습니까? 또 할멈도 없는 것입니다. 그런데 서울에는 골목골목이 거지여서 나같이 헐벗은 사람은 괜찮지만 양복조각이나 입은 신사는 그 거지 성화에 길을 갈 수 없습니다. 그리고 할멈이라는 것은 계집 하인인데 늙은 것은 '할멈'이요 젊은 것은 '어멈'이라 하여 꼭 하대를 합니다. 소위 자유와 평등을 주장한다는 이들도 이렇게 하인을 두고 얘, 쟤 하대를 합니다. 나는 그것을 볼 때면 어머니 생각이 불현듯 났습니다. 우리 어머니도 할 수 없으면 그 모양이 될 것입니다. 그런 것 저런 것 생각하는 때에 어머니가 어떻게 생각 나고, 또 그 할멈이 어떻게 가긍한지 나는 할멈이 내 방에 불 때러 오는 때마다 내가 대신 때어 주고 또 할멈에게 절대 반말을 쓰지 않았습니다. 이렇게 며칠을 하였더니 하숙 주인이 나를 가리키면서,

"저게 함경도 상놈의 자식이야! 하는 수 없어, 제 버릇 개를 주겠나?"

하고 은근히 욕을 하더라고 같이 있는 학생이 이야기를 하였습니다. 그리고 할멈도,

"서방님, 저 부엌 불도 좀 때주구려."

하고 반말하는 것이 어떻게 골나던지 그날로 주인과 할멈을 불러 놓고 한바탕 굴어 놓았습니다. 나는 지금 와서는 그것을 후회합니다. 그때 진정으로 그네를 불쌍히 여기는 생각이 내 가슴에 있었다면 나는 가만히 그 모든 모욕을 받아야 옳을 것입니다. 이렇게 해놓았더니 주인은 내게 빌리어 주었던 담요를 뺏어 갈 뿐 아니라 밥값 독촉이 어떻게 심하여지는지 나중엔 내 편에서 화를 내고 야단을 친 일까지 있었습니다.

그때에 형님께도 편지로 여쭈었지만 올라오던 해 겨울은 한 절반 죽

어서 지내었습니다. 가을에 입고 온 겹옷으로 이불 없이 지내는데 밤이면 자지 못하고 마당에 나가서 뛰어다닌 일까지 있었습니다. 몹시 추워서 몸이 졸아들다가도 한바탕 뛰고 나면 후끈후끈하여졌습니다. 그것을 그때 하숙에 같이 있는 속 모르는 친구들은 위생을 한다고 비웃었습니다.

　형님,

　이렇게 괴로운 가운데서도,

　'이미 집을 떠났으니 몸 성히 잘 있거라.'

하는 어머니의 편지와,

　'어머니는 내가 모시고 있으니 너는 걱정 말고 맘대로 하여라.'

반딧불이

하는 형님의 글을 받으면 모든 괴로움이 스러지고 용기가 한층 났습니다. 그러나 밥값 얻을 구멍은 없고 배는 고프고 등은 시리고— 이렇게 되니 어느 겨를에 공부를 하겠습니까? 이때 내 가슴에는 집에 있을 때보다 더 큰 고민이 일어났습니다. 고민에 고민을 쌓다가도 밖에 나서면 하늘과 땅은 진흙물을 풀어놓은 듯이 누렇게 보이었습니다.

　옛적에 어떤 분이 반딧불에 공부를 하고 어떤 분은 공부에 취하여 배고픈 것을 잊었다 하지만, 나는 춥고 배고픈 때면 책을 들 수 없었습니다. 그런 때마다,

　'이것은 내 정성의 부족이다.'

하는 생각으로 다시 책을 들고 붓을 잡았으나 창틈으로 들어오는 바람은 뼛속에 사무치고 오장은 빼인 듯이 가슴과 뱃속이 휑하여 기운이 나지 않았습니다.

　이렇게 그해 겨울을 보내고 이듬해 봄에 이르러서 어떤 잡지사에 들

어가서 원고도 모으고 교정도 보게 된 뒤로는 생활이 좀 편하였으나, 그때는 또 일에 몰리어서 공부할 여가가 없었습니다. 집에서 떠날 때에는 아무쪼록 학교에 입학하여 체계 있게 공부를 하려고 하였으나, 그것은 유한계급에 처한 이로서 할 일이요, 우리 같은 사람으로는 할 일이 아니라는 느낌을 받았습니다. 이렇게 생각한 뒤로부터 나는 여가 있는 대로 책이 손에 닥치는 대로 가리지 않고 읽었습니다마는 그것조차도 자유롭지는 못하였습니다.

이리하는 새에 문인들과 사귀게 되고 소설을 써서 잡지에 실리게 되었습니다. 처음 문인을 사귀게 되고 다음 소설을 쓰게 되고, 다음 그 쓴 것이 잡지에 실리게 된 때는 참으로 기뻤습니다. 지금은 그것이 우습고 그러한 생활에 애착을 잃었지만, 그 당시에는 어떻게 기쁜지 바로 대가나 되는 것 같았습니다. 그뿐만 아니라 차츰 글을 많이 쓰게 되고 문단에 출입이 잦게 되면서 여러 문인들과 같이 어떤 신문사 어떤 잡지사의 초대를 받아서 영도사나 명월관이나 식도원 같은 데 가서 평생 못 먹던 음식상도 대하여 보고 차마 쳐다도 못 보던 기생의 웃음도 받게 되니 그만 어깨가 와짝 올라가는 것 같았습니다. 그러나 좋은 음식을 대하는 때마다 어머니 생각에 목이 메었습니다.

형님,

사람은 이리하여 허영에 뜨는 것이라고 믿습니다. 이렇게 되면서부터 나는 은근히 몸치장을 시작하였습니다. 머리도 자주 깎고 싶고 손길도 주물러 보고 옷도 깨끗하게 입으려고 하였습니다. 그러나 그 모든 요구를 채울 만한 요소인 돈이 어디서 나겠습니까. 이것도 한 번민거리가 되었으나 간간이 눈앞에 떠오르는 어머니의 낯은 그 모든 유혹을 물리치게 하였습니다.

'응, 내가 허영에 빠지나. 나는 안일을 구할 때가 아니다. 오직 목적을 향하고 모든 것을 돌보지 말아야.'

이렇게 생각하면 모든 공상이 스르르 사라지는 것 같으면서도 길에 나서면 먼저 옷에 맘이 가고 누구를 대하면 나는 글쓰는 사람이다 하는 맘이 일어났습니다. 모든 유혹은 좀처럼 물러가지 않았습니다. 이리하여 유혹을 배척하는 맘과 그 맘을 먹으려는 유혹은 서로 가슴속에서 괴롭게 싸웠습니다. 여쭙기 황송한 말씀이오나 이때에 나는 비로소 연애의 맛도 보았습니다. 그것은 나와 친한 김군의 고향에서 온 여자인데, 그때 열아홉이었습니다. 그리 미인은 아니나 동그스름한 얼굴 윤곽과 어글어글한 눈길은 맘에 들었습니다.

"이이는 소설 쓰시는 변기운 씨(내 이름)."

"이 이는 ××유치원에 계신 정인숙 씨."

하는 김군의 소개로 인숙이를 본 뒤로 나는 은근히 맘이 끌리었습니다. 그 뒤에 나는 김군을 만나서,

"여보게, 그 인숙 씨가 그저 서울 있나?"

하였더니,

"왜 자네 생각 있나? 둘이 단란한 가정을 이루도록 내가 중매함세."

하고 김군은 웃었습니다. 행이든지 불행이든지 이것이 참말이 되어 인숙이와 나 사이에는 소위 연애가 성립되었습니다. 연애란 참말 신비스러운 것이라고 믿습니다. 아무리 생각해 보아야 어떻게 해서 만났든지 그 만나던 장면은 아주 꿈 같아서 무어라 말할 수 없습니다. 형님께서는 잘 모르시겠지마는 지금 청춘남녀로서는 아마 거지반 연애의 맛을 보았을 것입니다. 그런데 물어 보면 다 신비한 꿈 같아서 무어라 말할 수 없다고 합니다. 그리고 지금 생각하면 쓰디쓴 그 연애가 그때에는

어찌도 달던지, 나는 그 단맛에 취하여 어쩔 줄을 몰랐습니다. 연애에 익숙지 못한 나는 그때 거기 빠져서 헤엄칠 줄 모르는 까닭에 욕을 단단히 보았습니다.

'늙은 어머니를 버리고 나선 내게 연애가 무슨 상관이냐? 내게는 할 일이 많은데……'

이렇게 하루도 몇십 번씩 생각하고 끊으려 하면서도 인숙의 웃음에 끌리었습니다. 이렇게 되면서부터 나는 모양을 더 내고 싶었습니다. 땟국이 흐르는 두루마기를 입고 어떤 '세비로' 신사와 가지런히 섰다가 인숙의 눈에 뜨이게 되면 내 눈은 신사의 '세비로'와 내 의복에 가서 두 어깨가 축 처지고, 온몸이 땅에 잦아드는 것 같은 동시에,

두루마기

"아 당신 같은 이쁜이가 이런 거지와 사랑을……"

하고 신사가 모욕이나 주는 것 같아서 더욱 불쾌하였습니다. 이러한 생각이 드는 때마다 인숙이 보기가 어떻게 열없고 부끄러운지 알 수 없었습니다. 그래서 어떤 때에는 인숙에게 그런 하정을 하였습니다.

"그까짓 돈이 다 뭐요. 정으로 살지."

내가 하정을 아뢰는 때마다 인숙이는 이렇게 말하였습니다. 이러한 대답을 듣는 때마다 나는 행복을 느끼었고 동시에 더욱 죄송하였습니다. 그러나 인숙이가 피아노를 사들이고 비단으로 몸을 휘휘 감아서 극도의 사치를 하는 것이 내 맘에는 들지 않았습니다. 나와는 영영 타협이 될 것 같지 않았습니다. 그때는 잡지사가 쓰러져서 나의 행색은 더욱 초초한 때이라 그런 생각이 더욱 났습니다. 참말로 내 상상은 틀리지 않았습니다. 내가 잡지사에서 나와서 두 달 되던 때—즉 계해년 봄이었습니다. 하루는 인숙이를 찾아가니,

"그저께 주인을 옮기었는데 알 수 없어요."
하고 주인이 말하기에 의심을 품고 돌아와서 뒤숭숭한 맘을 금치 못하였습니다. 그때는 한창 밥값에 쪼들리어서 원고를 팔려고 애쓴 때이라 그 때문에 어물어물 사흘이나 보내고 나흘 되던 날 어떤 친구에게서 들으니 인숙이는 나를 소개하던 김군과 어쩌구저쩌구 해서 벌써 임신한 지 삼사 개월이나 되었다고 하였습니다. 나는 자리에서 그 연놈을 찾아 칼로 찔러 놓고 싶었으나,

'일없는 생각이다. 그와 나와 영원히 타협도 되지 않으려니와 버리는 자를 쫓아가면 뭘 하며 죽일 권리가 어디 있나?'
하며 나의 가난한 처지를 나무라고 단념하는 동시에 비로소 여자의 심리도 보았습니다. 그리고 소위 친하던 사람의 뱃속도 알게 되었습니다.

'내게는 큰 목적이 있다. 연애에 상심할 때가 아니다.'
그래도 애틋한 생각이 있는 나는 이렇게 스스로 억지의 위로를 하였습니다. 조금도 속임 없이 말씀한다면 그때에 내가 그만하고 만 것은 배가 너무도 고픈 때문이었겠습니다. 밥값 변통에 눈코를 못 뜨게 된 나는 연애 지상주의자에게는 미안한 말씀이오나 거기만 모든 힘을 바치게 못 되었습니다. 그 다음부터는 원고 쓰기에 눈코를 못 떴습니다. 얼마 되지 않는 원고료나마 그때 내 생활에는 없지 못할 것이요 또 잘잘못간에 배운 재주가 그것뿐이니 그것밖에 무엇을 하겠습니까.

나는 원고를 썼습니다. 써서는 잡지사와 신문사에 보내었습니다. 보낸 뒤에 창피한 꼴이야 어찌 일일이 말씀하오리까? 처음 써달라는 때에는 별별 아첨을 다하여 가져가고는 배를 툭툭 튀기면서 똥값만도 못한 원고료나마 질질 끌다가 그것도 바로 주지 않습니다. 그것을 가지고 싸울 수도 없어서 혼자 애를 태우고 혼자 분개합니다. 다소간 잘 주

는 데가 없지는 않았으나 그런 데는 번번이 보내기도 미안한 일이었습니다. 그것도 나 혼자면 모르지만 거개가 그 원고료를 바라는 친구들이라 잡지사에선 어찌 일일이 수응하겠습니까? 그때도 이때와 같이 잡지 경영 곤란은 막심한 때였습니다. 이렇게 순전히 어떠한 예술적 충동은 돌볼 사이가 없이 영리 본위로 쓰게 되니 돈을 생각하는 때마다 원고를 생각하였습니다. 그래서 나오지도 않는 정을 억지로 빡빡 긁어서 질질 썼습니다. 이 고통은 여간 크지 않았습니다. 내 눈에는 번연히 못 쓰겠다고 보이는 것을 질질 쓰다가도 차마 양심에 그럴 수가 없어서,

"엑 그만둬라."

하면서 붓을 던지고 원고를 찢어 버린 적도 한두 번이 아닙니다. 그러다가도 '내달 밥값'을 생각하는 때면 울면서 겨자 먹기로 붓을 잡게 되었습니다. 쓰기는 써야 하겠고 나오지는 않고 화는 나고 하여 어떤 때는 공연히 내 머리를 잡아뜯는 때도 많았습니다.

또 그때는 글의 잘되고 못된 것으로 고료를 정치 않고 페이지 수로 따지는 때이라 산만하여 줄이고 싶은 것도 그놈의 고료가 줄까 보아서 그대로 보내었습니다. 이리하여 점점 타락하였고 또 아무 공부도 없이 쓰니 무슨 신통한 소리가 나오겠습니까. 그러나 그렇게 지내니 공부할 맘은 태산 같으면서도 못 하였습니다. 나중에 소위 절개까지 변하게 되었습니다. 나와 주의주장이 틀린 어떤 단체나 개인의 기관지에 절대 쓰지 않는다던 맹세도 변하여,

"쓴다. 어디든지 쓴다. 돈만 주면 쓴다."

하게 되었습니다. 이렇게 되니 친구들께서 욕먹게 되는 것도 물론이거니와 그래도 남아 있는 양심의 고통은 나날이 컸습니다. 어떤 잡지나 어떤 신문의 태도가 미워도 원고 팔기 위하여 꿀꺽 참았습니다. 그 참는 고통은 참으로 큰 것이었습니다. 나는 이때에 맘에 없는 글을 쓴 것은 물론이요, 맘에 없는 웃음도 웃어 보았습니다. 나의 작품이 상품으로 변하는 것은 벌써부터 느낀 바이지만, 차츰 나의 태도를 반성할 때 신마치(新町)의 매춘부를 생각 아니치 못하였습니다. 누가 매춘부 되기를 소원하겠습니까마는 생활의 위협은 그녀로 하여금 그러한 구멍으로 들어가게 만듭니다. 그와 같이 나도—나의 예술도 매춘부가 된다는 생각을 하게 되었습니다. 생각이 이에까지만 이르고 말았으면 문제가 없겠는데, 그렇지 않고 한걸음 더 나아가서,

'그러나 그녀—매춘부들은 이런 것 저런 것 의식지 못하고 그렇게 되니 용서할 점이 있다만 너(나)는 그런 것 저런 것 다 의식하면서 차마 그 일을 하느냐?'

하는 생각이 머리를 쳐서 더욱 괴로웠습니다. 이렇게 곰곰이 생각하던 끝에 나는 ××주의의 행동에 크게 공명이 되었습니다. 내게 ××주의적 사상이 완연히 머리를 든 것은 이때요 내 발길이 ××주의 단체에 드나들게 된 것도 이때입니다. 나는 처음에 이삼 일 안으로 이상적 사회나 건설할 듯이 만장 기염을 토하고 다니었으나, 그것도 하루나 이틀에 될 일이 아니라는 것을 생각하는 때에 내 기염은 차차 머리를 숙였습니다. 머리 숙였다는 것은 절망이라는 것이 아니라 먼저 모든 방법을 세워야 할 것이요, 방법을 세우는 동안의 밥은 먹어야 하리라는 생각이 머리를 친 까닭이었습니다.

형님, 이리하여 나는 다시 그전부터 구하던 직업을 또 하나 구하였습니다. 여기가 비위를 쓰고 저기 가서 비위를 부리면서 소개도 얻고 직접말도 하여 어느 신문 기자나 한자리 하여 볼까 했습니다. 그러나 어디 졸업이라는 간판과 튼튼한 배경이 없는 나는 실패에 돌아가지 않을 수 없었습니다. 그때에도 지금과 같이 신문기자 후보자가 여간 많지 않아서 어떤 이는 어떤 신문사와 잡지사 사장과 편집국장에게 뇌물을 산더미같이 드리는 것을 본 일이 있었습니다.

그러한 판인데 뇌물 없는 내가 어떻게 발을 붙이겠습니까? 더구나 그때나 이때나 뇌물 드릴 만한 여력이 있으면 내가 먹고 있겠습니다. 나는 이러한 꼴—소위 민중의 공기요 대변자라는 한 신문사의 내막에 잠긴 추태를 볼 때 이 세상이 싫어지고 미워지고 부숴 버리고 싶었습니다. 나중은 혼자 화에 신문사 잡지사의 추태를 욕하다가도,

"모두 내 잘못이다. 내게 과연 뛰어난 학식이 있다 하면 내가 애쓰기 전에 그네가 찾을 것이다. 나부터 닦자."

하고 모든 것을 나의 학식 없는 탓으로 돌리었고, 따라서 학식을 닦으려고 하였습니다. 그러나 또 문제는 학식 닦는 것입니다. 무슨 여유로 학식을 닦습니까? 이렇게 민민히 지내던 끝에 나는 모든 것을 버리고 농촌으로 돌아가려고 하였습니다. 그러나 농촌에 간대야 땅 한 평도 없고 농사지을 줄도 모르는 내 힘을 생각하면 그것도 공상이었습니다.

'엑 아무 데서나 똥통이라도 메지!'

이렇게까지 생각하면서도 그저 맘 한 귀퉁이에 남은 허영과 체면은 얼른 그것을 허락지 않고 행여나 하는 희망으로 다시 어느 신문사 기자로 운동하리라 하였습니다. 이렇게 어물어물하고 일 년이나 지내던 판에 어머니의 *흉음을 받았습니다.

흉음(凶音)
사람의 죽음을 알리는 소식.

4

형님,
　지금도 그때가 잊혀지지 않습니다. 그것이 작년 이월 초사흗날 아침이었습니다. 그때에도 직업 운동을 나가던 판인데,

　'*모주 작고.'

모주(母主)
자당. 한문 투의 편지에서, '어머님'의 뜻으로 쓰는 말.

라는 형님의 전보를 받았습니다. 날이 가고 가서 이렇게 되면서는 설움이 점점 커지는데, 그때에는 슬픈지 원통한지 그저 어리벙벙해서 어쩔 줄을 몰랐습니다. 멀거니 꿈꾸듯 섰다가 무심한 태도로 하숙을 나섰습니다. 지금 생각하면 그때 너무도 놀라서 온 신경이 마비가 되었던 것이라고 생각합니다. 나는 그렇게 하숙을 나서서 종로로 나가다가 차츰 정신이 들고 설움이 북받치어 하숙에 돌아가 울었습니다. 전보 받은 이튿날 형님의 친필을 받고서는 어쩔 줄을 몰랐습니다.

　전보를 받고 얼마나 우니?
　어머니는 가셨다. 어머니는 영영 가셨다. 어머니는 가시는 때에 너를 수십 번 부르셨다. 어머니가 그렇게 쉽게 가실 줄 몰랐다. 사흘 동안이나 머리가 아프시고 가슴이 울렁거리신다고 하시면서 음식도 잡숫지 않고 누워 계시다가 나흘 되던 날 아침에 갑자기 피를 토하시고 가슴을 치시면서 너를 자꾸 부르시다가 돌아가셨다.
　이렇게 급히 가시게 되어서 네게 편지도 못 하였다. 그럴 줄 알았더

면 네게 미리 통지나 하여 임종에 뵙게 할 것을 미련한 형은 천고의 스러지지 못할 한을 어머니와 네 가슴에 박았구나.

　나는 이러한 형님의 편지를 읽고 나서 천지가 아찔하였습니다. 온몸의 피가 모두 심장에 엉키어 들어서 심장이 터지고 목구멍이 메는 듯하고 어떻게 죄송한지 어머니의 무덤에라도 따라가서,
　"어머니, 어머니, 이 불효 자식을 죽여 줍시오."
하고 싶었으나 그것도 못 하였습니다.
　어머니께서는 나 때문에 돌아가셨습니다. 이 불효 자식이 여북 보고 싶었으면 임종까지 부르셨겠습니까? 나는 차마 입이 떨어지지 않아서 이런 말씀 저런 설움을 여쭐 수 없습니다. 형님이 깊이 통촉하실 줄 믿습니다. 그 뒤로부터 세상에 대한 나의 원망은 더 커지었습니다. 내게 어찌 원망이 없겠습니까? 죽고 사는 것은 자연이라 누가 막으리요마는 그래도 이러한 변태적 사회에 나지 않았다면 왜 어머니가 그렇게 돌아가셨으며 내가 이렇게 못 할 짓을 하였겠습니까?
　나는 차마 하늘이 보기 무서워서 몇 번이나 죽으려고 한강까지 갔다 오고 칼을 빼어 들었다가도 이 세상이 어찌되는 것을 보려고 단념했습니다. 내가 죽으면 소용 있습니까? 내가 죽어도 이 세상은 세상대로 있을 것이요 나의 지내온 사실은 사실대로 남아 있을 것입니다. 또 내 한 몸이 없어졌다고 누가 코나 찡그리겠습니까.
　'세상에는 나밖에 믿을 놈이 없다.'
　이때부터 나는 이러한 느낌을 절실히 받았습니다. 모두 그러한 꼴인데 언제 나의 일을 생각하겠습니까. 세상은 비웃을 줄은 알아도 건져주고 도와줄 줄은 모릅니다. 어제는 영화를 누리다가 오늘날 똥통을

멘다고 비웃기는 하지만 도울 줄은 모릅니다. 또한 똥통을 멘다고 그 인격에 손상이 생길 리도 없는 것입니다. 모두 탈을 못 벗은 까닭에 이리저리 끌리는 것입니다.

나는 이에 비로소 꽉 결심하고 이 구둣짐을 졌습니다. 갓바치 노릇을 하였습니다. 그렇게 결심하였건마는 처음 구둣짐을 지고 거리에 나서니 길가의 흙까지 비웃는 듯하였습니다. 친구들의 낯이 먼 데 보이면 슬그머니 피하여졌습니다. 참 습관이란 그처럼 벗기가 어려운 것이었습니다.

구두닦이

'흥, 그네가 나를 비웃으면 나를 먹이어 줄테냐? 또 내가 이것(구둣짐)을 졌다고 내 인격에 흠이 생기나?'

이렇게 스스로 가다듬으면서 오늘날까지 내려왔습니다. 예전날 생활과 오늘날 생활을 비교하는 때마다 나는 벌써 왜 이런 일을 못 하였던고 하는 후회가 납니다. 참 편합니다. 신사니, 양복이니, 구두니, 안경이니, 명예니 하는 것이 참으로 사람을 죽인다는 것을 절실히 느낍니다.

형님,

그러나 나의 노래를,

"구두 곤칩시오! 구두 약칠합시오."

갓바치
예전에, 가죽신을 만드는 일을 직업으로 하던 사람.

하는 이 *갓바치의 노래를 참으로 편한 신세를 읊조리는 소리로는 듣지 마시기를 바랍니다. 동시에 내가 이러한 생활을 한다고 타락이라고도 생각지 마소서.

"언제나 너도 남과 같이 군수나 교사나……."

하시던 형님의 맘에는 퍽 못마땅하게 생각되시겠지만, 나는 그런 허위의 생활과 취한 생활은 하고 싶지 않습니다. 세상은 그것을 편하다 하지만 내게는 그것이 편한 것이 아니요, 그네들도 그것을 최대 이상으로 여기지만 그것은 아직도 배고픈 설움을 몰라서 하는 수작이라고 믿습니다. 또 나는 안일을 구할 만한 권리도 없습니다. 어머니는 그렇게 돌아가셨는데 내가 어찌 안일을 구하겠습니까. 하루라도 살아서 하늘 보는 것까지 황송합니다마는 나는 하루라도 살기는 더 살려고 합니다. 내가 갖바치 된 것도 그 때문이니 하루라도 이 목숨을 더 늘이려고 하는 까닭입니다. 이 목숨이 하루라도 더 붙어 있으면 그만큼 이 두 눈은 이 세상이 되어 가는 꼴을 똑똑히 볼 것이요, 이 팔과 다리는 하루라도 더 싸워 줄 것입니다.

형님,

이제 어머니의 원혼을 위로하고 내 원한을 풀 길은 이밖에 없습니다. 이러므로 형님의 따뜻한 맘과 아주머니의 두터운 정과 용손의 순진한 뜻을 못 받는 것입니다. 그것을 못 받는 내 가슴은 더욱 찢깁니다. 형님은 진정으로 나를 위하시는 형님이요, 내게는 오직 형님 한 분이시라 어찌 형님의 말씀을 귀 밖으로 듣겠습니까. 형님께서는—이제 이 옛날의 생활을 전멸하고 새 생활을 맞는 나의 전아사(餞迓辭)를 보시고 모든 의심을 푸실 줄 믿습니다.

『동광』, 1927. 1.

최서해 단편소설

갈등
―모 지식계급의 수기

봄날같이 따스하고 털자리같이 푸근한 기분을 주던 이른 겨울 어떤 날 오후이었다. 일주일 전에 우리 집에서 떠나간 어멈의 엽서를 받았다.

　이날 오후에 사에서 나오니 문간에 배달부가 금방 뿌리고 간 듯한 편지 석 장이 놓였는데 두 장은 *봉서이었고 한 장은 엽서이었다. 봉서 중 한 장은 동경 있는 어떤 친구의 글씨였고 한 장은 내 손을 거쳐서 어떤 친구에게 전하라는 *가서(家書)이었다. 나머지 엽서 한 장은 내 눈에 대단히 서투른 글씨였다. 수신인란에 '경성 화동 백 번지 박춘식 씨(京城花洞百番地 朴春植氏)'라고 내 이름과 주소 쓴 것을 보아서는 내게 온 것이 분명한데 끝이 무딘 모필에 잘 갈지도 않은 수묵을 찍어서 겨우 *성자(成字)한 글씨는 보도록새 서툴렀다. 나는 이 순간 묵은 기억을 밟다가 문득 머리를 지나는 어떤 생각에 나로도 알 수 없는 냉소와 같이 엷은 불쾌한 감정을 느끼면서 발신인 란을 다시 자세히 보았다. 그것은 벌써 일년이나 끌어 오면서 한 달에 한두 장씩 받는 어떤 빚쟁이의 독촉 엽서 글씨가 지금 이 엽서 글씨와 같이 서투른 솜씨인 까닭이었다.

　'함북 ××읍내 김씨 방 홍성녀(咸北××邑內 金氏方 洪姓女).'

　이것이 발신인의 주소와 성명이었다. 이것을 본 나는 직각적으로 그 누구에게서 온 편지인 것을 느끼는 동시에, 이 편지와는 사촌 격도 안 되는 편지를 생각하고 불쾌를 느끼면서 혼자 말초신경 쓰던 것을 내 스스로 입술을 살그니 물면서 찬웃음을 치지 않을 수 없었다.

　"여보, 시골 간 어멈이 편지했구려!"

　나는 좀 반가운 음성으로 곁에 선 아내를 보면서 뇌고 다시 엽서에 눈을 주었다. 내 손에 쥐인 엽서는 어느새 뒤집히었다.

봉서(封書)
겉봉을 봉한 편지.

가서
자기 집에서 온 편지. 또는 자기 집으로 보내는 편지.

성자
글자를 씀.

"응, 어멈이 편지했소!"

아내의 목소리는 의외의 사람에게서 의외의 반가운 소식이나 받은 듯이 기쁘게 가늘게 떨렸다. 나는 그 말대답은 하지 않고 편지 사연을 읽었다. 아내도 부드러운 시선을 고요히 편지에 던졌다. 이래서 두 사람의 네 눈은 소리 없이 편지를 읽었다. 사연은 극히 간단하였다.

/ 서방님, 기체 안녕하십니까. 아씨도 안녕하신지요. 어린 애기는 소녀가 떠날 때에 몹시 앓았더니 지금은 다 나았는지 알고자 합니다. 소녀는 서방님이 지도하신 덕택으로 무사히 와서 잘 있습니다. 이곳 댁도 다 안녕하십니다. 소녀의 손으로 쓰지 못하는 글이 되와 이렇게 문안이 늦었사오니 용서하옵시고 내내 서방님 내외분 기체 안강하옵소서. 끝으로 대단 황송하오나 어린 애기의 병이 어떤지 알게 하여 주옵소서.

이것이 그 사연의 전부이었다. 역시 무딘 붓에 수묵을 찍어 쓴 서투른 글씨였다. 그것도 잘게 쓰느라고 어떤 자는 획과 획이 어우러져서 '사'자인지 '자'자인지 알기 어려운 자도 있었다. 토는 물론 틀린 것이 많았다. 이것을 읽은 내 가슴에는 엷은 애수의 안개 같은 구름이 가볍게 돌았다. 거친 겨울이건만 이날은 아침부터 봄같이 따스해서 *설면자(雪綿子) 같은 기분이 사람의 혈관을 찌르는 탓도 없지 않아 있겠지만, 그 엽서 한 장이 내게 던지는 기분은 부드럽고 가볍고 불쾌가 없는 엷은 동정의 애수이었다.

그는 나와 무슨 인연이 있었던가? 그는 '어멈,' 나는 '상전'으로 이 생에서 다만 며칠이나마 부리고 부리지 않으면 안 될 무슨 *업원이 전

설면자(雪綿子)
풀솜. 풀솜은 실을 켤 수 없는 허드레 고치를 삶아서 늘여 만든 솜이다. 빛깔이 하얗고 광택이 나며 가볍고 따뜻하다.

업원(業冤)
전생에서 지은 죄로 말미암아 이승에서 받는 괴로움.

생에 얽히었던가? 사람들은 모든 것을 자기 손으로 지어 놓고 그에 대한 찬사랄까 그에 대한 허물이랄까를 업원이니 인연이니 하여 전생 후생으로 돌리려고 하는 것이다. 나는 그를 보낸 뒤에 나뿐만 아니라 우리 식구들은 전부가 어멈의 이야기를 두어 번 하였으나, 그것은 한 지나치는 심심풀이에 지나지 않았었다. 그에게서 편지가 오리라고는 물론 꿈도 꾸지 않았던 바이었다. 그렇던 '어멈'에게서 편지가 왔다. 그와 나와 아주 관계를 끊어 버린 오늘까지도 그는 역시 내게 보내는 글을 '상전'에게 올리는 글이나 마찬가지로 황송스럽게 공손히 썼다. 더구나 어린것의 병을 끝까지 물은 것을 읽을 때 또 읽고 나서 생각하는 때 내 가슴에 피어오르던 엷은 안개는 맑은 물에 떨어진 쌀뜨물같이 점점 무게를 더하여 피부에 스며들었다. 나는 새삼스럽게 어멈에게 대해서 일종의 동정적 측은한 정을 느꼈다. 호랑이도 제 새끼를 귀엽다면 물지 않는다는 말과 같이 나도 내 아들을 귀여워하고 내 몸을 상전같이 받들어 주는 까닭에 미웁던 어멈이 불시로 고와지고 측은히 여겨지었는가? 그런 것은 아니다. 물론 이때의 내 심리를—중산계급에서 방황하는 내 심리를 예리한 해부도로써 쪼갠다면 그 속에는 자기 찬사에 대한 기쁨 또는 그 기쁨으로 말미암아 나오는 찬사 드린 이에게 보내어지는 동정이 다소 있을 것은 사실인 것이다. 그러나 그것보다도 지금의 내 맘을 지배하는 바 그 동정, 그 측은은 그의 *질소한 성격, 순박한 마음에 대한 그것이요 그 마음 그 성격이, 그 마음 그 성격과는 아주 반대되는 환경의 거친 물결에 찢기고 찢겨서 아름답고 부드러운 그 성격의 올올은 나날이 거칠어 가건만 그것을 의식치 못하고 오히려 모든 것을 믿고 받드는 어린 양 같은 철없는 어멈에 대해서 사람으로서 누구나 가지게 되는 동정이요 측은지심일 것이다. 만일 그와 처지

질소하다
꾸밈이 없고 수수하다.

를 같이한 이가 이 모든 것을 보았다면 그에게는 동정과 측은 외에 계급적 의분까지 끓었을 것이다.

"서방님, 안녕히 계십시오!"

그에게 자리를 잡아 주고 차에서 뛰어내리는 내 등뒤에서 마지막 지르는 그의 떨리던 가는 목소리가 다시금 들리는 것 같다. 그 서투른 글씨조차 순박한 그가 조심조심 쓴 것같이 느껴져서 깨끗한 시골 처녀의 글씨에서 받는 듯한 따뜻하고 부드럽고 경건한 감촉이 내 손가락 끝을 통해서 내 온몸에 미약한 전력같이 퍼지었다.

나는 저녁 연기가 마루에 어리는 것도 깨닫지 못하고 황혼빛이 내리덮이는 마루에 걸터앉은 채 머릿속에 떠오르는 지나간 날의 기억을 한 가지 두 가지 고요한 속에서 뒤졌다.

그 어멈이 우리 집에서 떠나간 것은 바로 전 주일 금요일이었었다.

우리 집에서 '어멈'을 부리기 시작한 것은 금년 늦은 가을부터이었다. 처음 혼인하고 두 양주만 살 때에는 어멈이라는 것은 꿈에도 생각지 않았었다. 생각한대야 그때는 지금보다 수입이 적은 때이라 소용도 없는 일이지만, 예산이 넉넉하다 하더라도 어멈이란 듣도 보도 못 하던 곳에서 잔뼈가 굵은 나로서는 어멈 부리기가 거북스러웠다. 내게 아무러한 의식이 없더라도 이십여 년이나 *무젖은 인습과 관념을 벗으려면 힘이 들 터인데, 나는 행이든지 불행이든지 자연주의의 개인사상에 감염이 되어서 내 팔과 내 다리의 힘이 미칠 수 있는 것은 남의 힘을 빌리지 않으려고 노력한 것도 어느새 나의 한 철학이 되어서 내 생활을 지배하게 되었다. 드러내놓고 말이지 나는 오늘까지도 제가 씻은 세숫물까지 남의 손을 빌려서 하수구 구멍에 버리려는 귀족적 자제들에게 호감을 가지지 못하였다. 그렇다고 나 자신은 절대 그렇지 않으냐 하면 그런 것도 아니다. 나는 하루에도 몇 번씩 나 자신의 행동과 언어에서 그러한 귀족적 냄새를 맡는다. 그것은 내가 맡는다는 것보다도 맡아진다. 이 냄새가 내 코에 맡아지는 그 순간 나는 나 자신까지 얄미웁게 생각된다. 이렇게 나는 모든 것을 객관적으로는 여지없이 보면서도 주관적으로는 나로도 모르게 삼십 년 가까이 무젖어 오는 내 계급의 인습과 관념에 끌린다. 내가 처음 어멈을 부리지 않은 것은 이러한 내 생활의 모순과 갈등도 그 한 원인이 되었을 것이다. 그것이 철저치는 못하나마…….

또 어떤 때에는 어멈을 부려 볼까 하는 생각이 나다가도 주인집의 궂은 소리 좋은 소리를 함부로 밖에 내는 그네의 입이 내외생활의 저해물같이 느껴져서 그만 주춤해 버리고 만 적도 많다. 제 허물을 모르

무젖다
환경이나 상황 따위가 몸에 배다.

전당포

는 세상 사람들은 내외간 살림에 무슨 비밀이 있으랴 생각하겠지만, 밥은 굶어도 양복은 입어야 하고 의복을 전당에 넣어서라도 극장의 위층을 잡고 앉아야 궁둥이가 편한 듯이(실상은 편한 것도 아니지만) 거드름 피우는 빤질빤질한 우리네 생활속에 어찌 추태가 없기를 보증하랴. 이런 일 저런 일에 거리껴서 어멈을 부리지 않고 지내는 동안에 우리 내외는 때로는 어멈 아범이 되어서 아범이 불을 때면 어멈이 밥을 안치었고 때로는 상전이 되어 유난히 빛나는 전깃불 아래 밥상을 가운데 놓고 마주 앉아 젓가락질을 하였다. 이렇게 일년 동안이나 끌어 오는 때 도리어 그 속에서 일종의 쾌락을 느꼈다.

"여보, 인제 겨울도 되고 김장도 해야 할 텐데 우리도 어멈 하나 부려 볼까?"

이것은 작년 늦은 가을 어떤 날 내가 아내를 보고 한 말이었다. 그때부터 나는 여름보다 바빠서 조금도 거들어 주지 못하고 빨래, 밥, 바느질, 다듬이, 심지어 쌀 팔아 들이는 것까지 아내가 도맡아 하게 되니 약한 몸에 병이나 나지 않을까 하는 걱정으로 아내의 동의만 있으면 어멈 하나 둘 생각도 없지 않아 있었고, 설령 못 두게 된대도 아씨에게 대한 서방님의 위로로 그저 있을 수 없어서 한 말이었다.

"별말씀 다 하시우, 그럭저럭 지내지! 그런 돈 있으면 나 주시오, 따로 쓰게! 지금 바쁘지도 않은데……."

아내의 대답은 아주 그럴듯하였다. 나는 정색으로 하는 이 대답을 믿었다. 어느 때나 변치 않으리라고…….

그러나 모든 결심과 믿음은 머리를 숙이고야 말았다. 믿기도 어렵고 안 믿기도 어려운 것이 사람의 마음이다. 몽글린다면 강철덩어리보다 더 굳세게 몽글리지만, 한 번 풀리기 시작하면 계집애의 정조와 같은 것이다. 계집애의 정조란 처음 헐리기 어려운 것이지 한 번 헐리면 뒤가 물러지는 것이다. 더구나 모든 생활조건이 결국은 사람의 마음을 정복하고야 마는데야 어쩌랴. 처음은 어멈이라면 누대 업원을 등에 짊어진 *요마나 같이 싫어하던 우리의 마음은 어떤 아른한, 확실히 무어라고 집어서 말 못 할 기분과 또 바쁜 주위에 정복되고 말았다. 작년 겨울부터 금년 봄까지 우리 집에는 식구가 셋이나 더 불었다. 한 분은 팔을 못 쓰는 늙은이요, 하나는 중학교 다니는 계집애요, 또 하나는 남산같이 불어 올랐던 아내의 배가 김빠진 풋볼같이 스러지는 때에 빽빽 울고 나타난 '발가숭이'였다. 이렇게 되니 *식소사번으로 손이 그립게 되었다. 그런대로 찌긋찌긋 참다가 금년 가을부터 어멈을 두자는 어머니의 동의와 아내의 재청에 나도 이의가 없었다.

요마(妖魔)
요망하고 간사스러운 마귀.

식소사번(食少事煩)
먹을 것은 적은데 할 일은 많음.

   결의가 끝난 이튿날부터 아내는 그물을 늘이고 어멈을 골랐다.
   "너무 젊으면 까불고 얄밉고 너무 늙으면 몸을 아끼고 부리기가 곤란하니 젊지도 늙지도 않은 중늙은이가 좋을 것이다."
   이것이 이웃집 여편네들 이야기인 동시에 아내의 어멈 고르는 표준이었다.
   "우리 일갓집에 사람 하나 있는데 음식질도 얌전하고 사람도 무던하죠. 한 번 불러다 보시죠."
하는 이웃집 아씨, 혹은 침모, 혹은 어멈의 구두 공천이 있는 때마다 보기를 원하면 그날 저녁때나 그 이튿날 아침때쯤 해서 어멈 당선에 응모자들은 소개인에게 끌려서 그 초췌한 모양을 우리 집 문간에 나타낸다. 모두 뿌연 머리에 땟국이 흐르는 치마저고리였다. 거개 법정에

선 죄수나 시험장에 든 어린 학생과 같이 장차 내릴 심판을 *아심아심 죄여 기다리는 듯이 불안한…… 그리고 죄송스러우면서도 자기를 '써줍시사' 하는 듯한 으슥한 구름이 그 낯에 흐르는 것을 숨길 수 없었다. 그 중에서도 가시 같은 상전의 눈앞에서 닳을 대로 닳은 것은 문간에 발을 들여놓으면서부터 부엌, 안방을 슬금슬금 디밀어 보며, 콧잔등에 파리나 기어오르는 듯이 듣기에도 간지러울 만큼 주인 아씨 칭찬, 아기 칭찬에다가 자화자찬까지 늘어놓으면서 천덕스러운 웃음을 아첨 비슷이 벙긋벙긋한다. 좀 수줍은 편은 명령 내리기만 기다리고 부끄러운지 몸을 가누지 못해 애쓰는 것이 역력히 보인다. 또 어떤 이는 주인 아씨나 서방님이 뜰로 내려가면 마루 아래 섰다가도 가장 영리한 체 신발을 돌려놓기도 하고 가까이 끄집어 오기도 한다. 나는 이 모든 것을 보는 때마다 이마를 찌푸리지 아니치 못하였다. 어느 것 하나 내 마음을 흔들지 않는 것이 없었다. 나는 저리다고 할까 아프다고 할까 무어라 꼭 집어 형용할 수 없는 쓰라림이 폐부에 스며드는 것을 느끼지 않을 수 없었다. 그 몰인격적이요, 굴종적이요, 아유적인 그네의 행동, 언어, 표정, 웃음은 그네 외의 다른 사람으로서는 누가 보든지 상스럽고 얄밉게 보일 것이다. 하나 그네의 자신은 그것을 느끼지 못할 뿐만 아니라 그것이 도리어 그네의 실낱 같은

아심아심
마음이 놓이지 않아 조마조마한 모양.

목숨의 줄을 이어가는 유일한 무기가 될지도 모른다. 우리가 그네의 무기를 상스럽게 보는 것은 우리의 윗계급의 사람들이 우리의 무기를 비열히 보는 것이나 마찬가질 것이다. 나는 때때로 이 구구한 목숨을 보전하려고 도야지 목덜미같이 피둥피둥한 목덜미 앞에 쪼그리고 앉아서 마음에 없는 웃음을 웃고 마음에 없는 붓을 휘두르는 우리들의 그림자를 늘 본다. 그 속에는 나 자신의 그림자도 보이거니와 나는 그런 것을 느끼는 때마다 스스로 부끄럼과 분노에 끓어오르는 피를 억제치 못한다. 그러면서도 그 분노와 치욕을 씻지 못하는 우리들의 '삶'까지 얄밉고 더럽다. 또 그러면서도 찌긋찌긋 의연히 그러한 무기를 부려 마지않듯이 그네들도 그 행동, 언어, 표정이 그네의 '삶'을 옹호하는 무기일 것이다. 그 무기는 그네가 의식적으로 금시에 배운 것이 아니라 그 계급의 환경이 자연 그네를 그렇게 지배하였을 것이다. 그 밖에 다른 도리는 그네의 환경이 허락지 않았으니까…….

 우리가 우리의 윗계급의 눈 밖에 나듯이 그네는 우리의 눈 밖에 났다. 그것은 우리나 그네나 다 같이 비열한 놈들이라는 조건하에서…….

 생각하면 같은 처지건만 어찌하여 그네와 우리 사이에는 금이 그어졌는가. 우리는 어찌하여 그네를 괄시하는가. 오히려 우리네는 지식계급이라는 간판 아래서 갖은 화장과 장식으로써 세상을 속이지만 그네들은 표리를 꼭 같이 가지고 있지 않은가. 그것이 우리보다도 귀할는지 모른다. 나는 이러한 미적지근한 검은 구름에 머리를 쓰고 가슴을 만지면서도 모여들고 나는 그 꼴을 그대로 보았다. 보지 않으면 금시로 어찌하랴? 이 금시로 어찌하랴 하는 것도 우리네의 일종 변명이거니 느끼면서도 나는 어쩔 수 없었다. 그렇게 된 지 사흘 뒤였다.

 "오늘도 셋이나 왔겠지!"

요 이삼 일간은 저녁상을 받는 때나 잠자리에 든 때에나 으레 어멈 응모의 경과 보고가 아내의 입을 거쳐서 내 귀에 들어온다. 이날도 사에서 늦게 나와 저녁상을 받았는데 아내가 입을 열었다.

"여보, 그 어디 귀찮아 견디겠습디까?"

나는 밥을 씹으면서 괴로운 웃음을 지었다.

"그러게 낼부터는 오지 말라구 했어요. 오면 그저나 가오? 밥까지 얻어먹고 가려고 드니······."

아내는 종알거렸다.

"그게사 배고프면 체면이 있니! 자식도 팔아먹는데······ 그런데 어멈 노릇을 하자는 게 어쩐 게 그리도 많으냐?"

경험 없는 며느리의 철모르는 말을 나무람 비슷이 사투리 섞인 말로 뇌던 어머니의 말은 끝에 가서 모여드는 사람의 수효가 뜻밖이라는 탄식으로 마치었다. '어멈'이란 어떤 것인지 들도 보도 못 하고 사람을 부리자면 구하고 구해야 며칠에 겨우 하나 구하나마나 하고 부리면 적어도 한 달에 입 먹이고 옷 입히고 돈 십 원 주어야 하는 시골서 육십 평생을 보낸 어머니가, 입이나 겨우 풀칠을 시키고 한 달에 삼 원이나 사 원 준다는데 하루도 이삼 명은 들락날락하는 것을 보고 놀라는 것도 실직이란 게을러서 되는 줄로만 아는 그(어머니)에게 있어서는 당연한 일일 것이다.

"어머니는 그런 변을 처음 보시니 그러세요······."

"흥!"

아내의 말에 나도 코웃음을 쳤다.

"야 불쌍하더라. 행여나 해서 왔다가도 이 담에 쓰게 되면 알릴 테니 가 있으라구 하면 서글퍼하구 나가는 것이 세연한데(꼭 그렇던데)······."

　어머니는 물었던 장죽을 입술에 대고 낮의 광경이 보인다는 듯이 말하였다. 내 눈앞에는 그 스러지지 않는 그림자들이 또 떠올랐다. 이제나 저제나 죄이고 죄이는 가슴을 남몰래 마음의 손으로 내리쓸면서 아내의 입술을 바라보다가도,

　"가서 있수! 쓰게 되면 일후에 알릴게."

하는 아내의 소리를 어떻게 들었을까. 물론 아내는 부드럽게 말하였으리라. 그러나 그 말이 떨어지자 흙빛이 되어 머리를 떨어뜨리고 들어온 대문을 다시 향하는 그 그림자에게는 떨어지는 그 말의 구구절절이 천근 철퇴같이 들렸을 것이다. 어느 때나 한때는, 꼭 한때는 그 철퇴에 대항할 힘이 그네의 혈관에 흐르련만 지금의 그네들은 어찌하는 수 없다. 나는 그런 말을 감히 한 아내가 미웠다. 아내의 그 입술을—내가 사랑하여 키스를 주던 그 입술을 이 순간의 나의 감정은 찢고 싶었다. 그 입술은 내 눈앞에 험상한 탄환을 뿜는 총 아가리처럼 떠오른 까닭이었다. 나는 나로도 모를 기분에 싸여 급한 호흡에 온몸을 떨면서 그 환상을 노렸다.

　"여보, 무엇을 그렇게 보우? 응!"

　아내의 목소리에 나는 환상의 꿈을 번쩍 깨었다.

　"응! 아무것도 아니야, 흐흥."

　나는 끝을 웃음으로 막으면서 다시 젓가락질을 하였다. 얼없는 내 상상이 나로도 우스웠다.

　"왜 그러시우, 응?"

　아내의 목소리는 응석이랄까 원망이랄까 그 비슷하게 떨렸다. 그의 낯에는 무슨 불안을 예감한 사람에게서 볼 수 있는 표정이 흘렀다.

"왜 누가 뭐랬소? 허허."

나는 역시 밥을 먹으면서 웃었다. 어린애같이 철없는 아내의 입술을 그렇게 상상한 것이 아내에게 대해서 미안하였다.

"왜 눈을 크게 뜨고 숨을 그렇게 쉬시우? 오늘은 약주도 안 잡수셨는데 왜 그러시우, 응?"

인력거

아내는 지난봄 일을 연상하였나 보다. 나는 지난 봄 어떤 연회에 갔다가 술을 양에 넘도록 마시고 집에 돌아온 일이 있었다. 그때 머리가 헹하고 가슴이 울렁거려서 인력거꾼에게 부축이 되어 방에 들어와 앉은 채 두 눈을 성난 놈처럼 치떠서 아내를 뚫어지게 보면서 씨근덕씨근덕 숨을 괴롭게 쉬었더니, 어린 아내는 놀라고 겁나서,

"여보, 왜 이러시우, 응? 여보! 글쎄 왜 이러시우?"

하고 울듯이 날뛰었다. 지금 아내는 그 생각을 하였는가? 나도 그 일이 생각나서 복받치는 웃음을 금치 못하였다.

"왜 또 봄 모양을 할까 봐 겁나요? 하하하."

나는 밥상을 물리고 나앉아 담배를 붙여 연기를 뿜으면서 커다랗게 웃었다.

"호호호……"

북악산

아내도 웃었다.

잠깐 사이 웃음이 지나간 방 안은 고요하였다.

깊어 가는 겨울밤 북악산을 스쳐 내리는 찬바람은 북창을 처량히 치고 지나갔다.

사흘 뒤였다.

나는 집에서 아침을 먹고 사에 갔다가 돌아오는 길에 어떤 친구들에게 붙잡혀서 어떤 요릿집으로 갔었다. 휘황한 전등불 아래 분내 나는 기생의 웃음 속에서 술이 얼근한 나는 요릿집 문을 나서면서 새벽 세 시 치는 소리를 들었다. 쌀쌀한 하늘 서편에 기울어진 그믐달은 차고 푸른빛을 새벽 꿈에 묻힌 쓸쓸한 *만호장안에 던지었다. 나는 호화로운 꿈 뒤에 밀려드는 엷은 환멸을 느끼면서 안동 네거리를 향하여 취한 다리를 옮겨 놓았다. 술김에도 으리으리하여 무심히 보이지 않는 식산은행 사택 골목을 헤저어 화동골에 들어섰다. 집에 이른 나는 대문을 두드리면서 아내를 불렀더니 아내의 대답과 같이 미닫이 소리가 들리면서 신 소리가 난다. 나는 예와 같이 대답하고 나오는 아내가 대문을 열면 술이 몹시 취한 척할 양으로 나오는 웃음을 참고 대문에 기대어 서 있었다. 나오던 아내는 문간에 와서 걸음을 멈추는 자취가 들리자 어쩐 일인지 오늘은 아무 소리도 없이 빗장을 덜컥 뽑으면서 대문을 삐꺽 열었다. 나는 열리는 대문을 따라 어지러운 걸음으로 일부러 쓰러질 듯이 어둑한 문간에 쏠려들면서,

"엑 퉤…… 휴…… 엑치, 취해…… 으우…… 우우리 마누라가 오늘은 얌전한데 잔소리도 없이…… 엑 퉤…… 취 취……."

나는 이렇게 몸을 가누지 못하고 눈을 거불거리면서 *강주정을 펴다가 눈결에 히슥한 그림자가 이상스러워서 다시 힐끗 쳐다보았다. 대문 빗장을 잡고 선 사람은 여자는 여자이나 옷모양이라거나 체격이 아내는 아니었다. 나는 어둠에 흐린 그 낯을 보려다가, 아침에 아내에게서 들은 어멈! 하는 생각에 깜짝 놀라서 주정은 쑥 들어가고 두 발은 어느새 문간을 지나 마당에 나섰다. 나서자마자,

"지금 오시오?"

> 만호장안(萬戶長安)
> 집이 아주 많은 서울.

> 강주정(-酒酊)
> 건주정(乾酒酊). 술에 취한 체하고 하는 주정.

하고 앞에 다가서는 것은 아내였다. 이건 확실히 아내였다.
"응."
나는 모르는 사람을 아는 친구로 믿고 쫓아가다가 그의 낯을 보는 때처럼 무안스럽고 어이없어 더 주정 부릴 용기조차 없이 내 방으로 뛰어들어갔다. 뛰어들어간 나는 어린것의 고요히 든 잠을 깨일까 보아 배를 들어잡고 허리가 끊어지게 들이 웃었다. 따라 들어온 아내는 눈이 동그래서 영문을 물었다.
"저…… 하학…… 흐흐 저…… 저게 허허허……."
나는 입만 벌리면 웃음이 홍수처럼 터져 나올 판이라 입을 벌리다가는 말고 벌리다가는 말고 하다가 겨우 웃음을 진정하고 문간에 선 것이 누구냐고 물어 보았다.

"어멈이야요!"

"어멈! 하하하."

나는 어멈이라는 소리에 눈을 크게 뜨다가 다시 웃었다. 아내는 내가 웃는 것도 *불계하고 장사동 어떤 친구가 소개해서 데려왔는데 나이도 알맞고 퍽 지긋해 보인다고 설명을 하고 나서 왜 웃느냐고 또 졸랐다. 나는 자초지종 이야기를 하였다. 이야기가 끝나기 전부터 킥킥하던 아내와 나는 이야기를 채 마치지 못하고 어린애야 깨거나 울거나 홍수같이 터져 나오는 웃음을 좁은 방 안에 흩어 놓았다.

이튿날 아침이었다.

나는 좀 늦게 일어나서 마루로 나갔다.

"할멈, 세수 노우!"

부엌 앞에 섰던 아내가 부엌으로 머리를 돌리면서 소리를 질렀다. 나는 새벽 일이 생각나서 벙긋했더니 그것을 본 아내는 엊저녁같이 깔깔대었다. 세숫물을 떠들고 나온 '어멈'은 인젠 '할멈' 소리를 들을 나이였다. 말없이 웃는 우리 내외를 어색하고도 아첨하는 듯한 웃음을 벙긋하면서 쳐다보는 낯에 굵게 잡힌 주름이라거나 머리가 히뜩히뜩한 것은 누구든지 사십 넘게 볼 것이다. 쑥 내민 광대뼈, 하늘을 쳐다보게 된 콧구멍, 경련적으로 움직이는 두툼한 입술, 크고 거친 손은 어디로 보든지 호강스럽게 늙은 이는 아니었다. 더구나 몸에 잘 어울리지 않는 의복은 퍽 서툴러 보이는데 배까지 부른 것은 가관이었다. 그 몸집, 그 배, 그 동글동글한 머리가 호강스러운 환경에서 그 항아리를 지고 소타는 것 같은 목소리로 간간이 호령깨나 뽑으면서 늙었더면 거들이 있고 위엄이 있어 보였을는지도 모르지만, 그것이 '할멈'이 되고 보니 도리어 비둔하고 둔팍해서 상스럽게 보였다. 그러나저러나 사십

불계하다
옳고 그른 것이나 이롭고 해로운 것 따위의 사정을 가려 따지지 아니하다.

넘은 사람이 아들딸 같은 젊은이들에게 갖은 괄시를 받으면서도 그 입을 속일 수 없어서 머리 숙이는 것을 보니 가긍스럽기도 하고 부리기도 미안하였다. 나는 우리 어머니도 *의지가지없으면 저 모양이 되려니 하는 생각에 잠깐 사이 가슴이 스르르하였다.

"야, 그 어멈이 음식질을 얌전히 하더라. 모양과는 다르던데…… 저 육회두 칼질하는 것부터 제법이더라."

아침밥 먹던 때에 어머니는 어멈 칭찬을 하였다.

"모양과는 딴판으로 퍽 깨끗이 합디다."

아내도 거기 맞장구를 쳤다. 두 고부의 낯에는 만족한 미소가 사르르 스치었다.

이날부터 아내의 손이 돌게 되어 어린애의 울음 소리도 덜 나게 되고 그 덕에 나도 신문장이나 편하게 보았다. 나는 이때 사람을 부림으로 말미암아 얻게 된 편한 쾌락을 다소간 느꼈다. 내가 이럴 제는 아내야 더 일러 무엇하랴? 어린것 때문에 밤잠을 바로 못 자고 새벽에 일어나서 찬물에 손 넣던 고역이 없어졌으니 그의 편한 쾌감은 나의 갑절이 넘었을 것이다. 그러나 그것이 점점 버릇이 되고 그 버릇이 게으름이 되는 것을 뒤에 느끼지 않은 것도 아니나 그때에는 그런 것을 생각할 여지가 없었다.

할멈이 들어온 사흘 뒤였다. 사에서 편집에 분주히 지내는데,

"할멈이 나가니 돈 오십 전만 보내 줘요."

하는 아내의 전화가 왔다. 나는 무슨 변이나 났나 해서 그 이유를 물었더니,

"할멈의 고모가 병나서 어떤 온천으로 가는데 집을 보아 달란다나요. 이틀이나 와 있었으니 한 오십 전 줘야지요."

의지가지없다
의지할 만한 대상이 없다. 또는 다른 방도가 없다.

하는 것이 아내의 이유 설명이었다. 나는 사의 급사에게 돈 오십 전을 주어 보내었다.

"참 겨우 하나 얻었더니 그 모양이구려. 돈 오십 전 줬더니 백배사례를 하겠지……."

아내는 많은 돈이나 준 듯이 다소 자랑 비슷이 말하였다. 이 순간 나도 일종의 쾌감을 받았다. 거지에게 한 푼이나 두 푼 주고 느끼는 것 같은 쾌감을…… 하다가 사흘에 오십 전 하고 다시 생각하는 때 내 가슴은 공연히 무거웠다.

"사람 없을 때에는 모르겠더니 있다 나가니 못 견디겠는데…… 아앗 추워…… 호호."

추운 날 아침 솥에 불을 지피고 방에 들어온 아내는 내 자리 속에 젖은 손을 넣으면서 말하였다.

"피죤 먹다 마코 먹기 괴롭다는 셈이로구려! 흥."

나는 일전 사에서 '사람의 입이란 버릇하게 가는 게야!' 하고 어떤 친구가 하던 이야기를 생각하였다. 아내는,

"호호— 어서 하나 또 얻어 와야 할 텐데……."
하고 혼잣말처럼 뇌었다

그 이튿날 식전이었다. 나는 동창에 비친 아침 햇발을 보면서 그저 자리에 누웠는데,

"날래 들오!"

사투리 쓰는 어머니의 목소리가 마당에서 들렸다.

"오늘부터 오겠소?"

그것도 어머니의 목소리.

"오죠! 어디 댕겨와야겠으니 이따 저녁때에 오죠."

서울 여편네의 바라진 목소리.

"칩은데 방으로 들오! 들어와 담배나 자시오."

어머니의 목소리.

"괜찮아요. 이제 갈 걸 여기 앉죠."

하고 그는 마루에 앉는 듯하더니,

"댁에는 식구가 적으니깐두루 오죠. 한 달에 사 원 오 원 준다는 데도 있긴 있지만요…… 적게 받고 몸 편한 데가 제일이지요."

하는 말에 나는 그것이 어멈 후보자인 줄 알았다. 말소리는 상스럽지 않으나 사 원 오 원 하고 자기는 이렇게 값 있다는 듯이 은연중 드러내는 자랑이 얄밉게 생각났다. 눈을 감고 듣던 나는 혼자 흥 하고 코웃음을 치면서 햇빛에 붉은 동창을 보았다.

"들오! 들어왔다가 아침을 자시구 가우."

어머니의 말이 끝나자 마루를 밟는 자취 소리와 같이 안방 미닫이가 열렸다 닫혔다.

그날부터 그는 우리 집 부엌에서 드나들게 되었다. 삼십이 훨씬 넘었으나 아직 삼십 전후로밖에 뵈지 않고 갸름한 몸에 태 있게 입은 옷은 비록 검기는 할망정 서투르지는 않았다. 그 *이죽애죽하는 말솜씨라든지 빤질빤질한 이마는 어찌 보면 계집 하인이나 부리던 사람 같고 어찌 보면 '밀가룻집'에서 닳은 사람 같기도 한데, 이웃집 어멈이 오면 꼭 '하게'를 하면서 자기는 우리 집 주인 비슷한 태도와 표정을 짓는 것이 처음부터 얄궂었다.

"여보, 어멈인지 무엔지 공연히 빼기만 하고 트집만 써서 큰일인데……."

이죽애죽
조금 깜찍스럽게 지껄이며 빈정거리는 모양.

그 후 일주일이 되나마나 해서 아내는 뇌면서 전등을 쳐다보았다.

"왜?"

"몰라, 왜 그러는지, 가게에 가서 뭘 가져오라니까 창피스러워서 누가 들고 댕기느냐고 하겠지! 위하니까 제야 제로라고…… 흥."

아내는 분개했다. 하긴 우리 집에서는 어멈을 어멈같이 취급지 않고 한집 식구같이 음식도 같이 먹고 잠도 어머니와 같이 자고 반말도 하지 않았지만 그렇다고 그렇게야 뺄 수야 있을라구 하다가, 어멈을 추어주니 도리어 상놈의 자식으로 믿고 반말을 하던 실례가 생각나서 혼자 머리를 끄덕거렸다.

"그런대루 더 두어 봅시다. 그런데 어멈이 양반인가? 흥……."

하고 나는 조롱 비슷한 미소를 띠었다.

"양반이라오! 양반인데 저 꼴이라나? 어젯밤에도 '옛날 잘 살 때에는 집만 해도 백 평이 넘었죠. 옷도 벌벌이 해두고 자개 장롱, 화류 장롱에…… 언제 그런 세상이 또 올는지' 하면서, 참 희고 싱거워서……."

아내는 어멈의 말을 옮길 때 어멈 비슷한 표정에 목소리까지 그렇게 지었다. 나는 코웃음을 흥 쳤다. 알 수 없는 증오의 염이 스르르 떠올랐다.

그 뒤로 어멈의 평판은 사방에서 들렸다. 더구나 이웃집 어멈들께 어떻게 교만을 부렸는지 '누가 아냐, 시골 상놈으로 서울 와서 머리 깎고 있으니 서방님이지 그 따위가 무슨 서방님이야? 아씨두 그렇지' 하고 우리를 욕하더라는 말까지 이웃집 어멈의 입을 거쳐서 들어왔다. 그런 말이 들리는 때마다,

"여보, 그걸 내쫓읍시다. 그걸 그저 둬요?"

하고 뛰었다. 옳다, 그를 들이는 것도 우리의 자유인 것만큼 그를 내쫓

는 것도 우리의 자유이다. 하나 나는 그를 얼른 쫓고는 싶지 않았다. 물론 나를 욕하는 것이 싫기는 하지만…… 이렇게 내 가슴에는 막연한 생각이 솟았다. 들앉아서 사내의 손만 바라는 행세하는 집 여자들께서 사내라는 생활 보장의 큰 조건을 없애 보라! 그가 취할 길은 매음녀? 뚜쟁이? 공장 직공? 어멈?…… 그네들께 어찌 잘살던 때의 회상이 없으랴? 하지만 자기가 되는 꼴은 생각지 않고 같은 처지에 있는 이웃집 어멈을 천대하고 혼자 내로라 하니 그런 심보가 잘 산다면 누가 그 앞에서 얼씬이나 하랴? 이렇게 생각하면 가긍하던 어멈이 몰락하는 중산 계급의 최후까지 부리는 얄미운 근성의 표본같이 느껴졌다. 나는 이런 느낌을 받으면 그 계급의 몰락이 그리 불쾌하지 않았다. 체험으로라도 한 번 그렇게 시키고 싶었다.

"그래서 쓰나? 더 두어 보지."

나는 속으로 미우면서도 가장 점잖은 체 아내를 타일렀다. 그러다가 내 눈에도 아니꼬운 어멈의 행동과 말대답이 여러 번 뜨인 뒤로는 내보낸다는 아내의 말에 찬성까지는 하지 않아도 '생각대로 하구려'의 묵인은 하였다. 했더니 한 달이 못 돼서 아내는 시계를 잡혀 월급 삼 원을 주어서 어멈을 내보냈다. 나는 이 말을 듣고 시계를 잡혀서 월급을 주면서도 어멈을 부리려는 내 생활에 코웃음을 던지지 않을 수 없었다.

그가 나간 이튿날 아침 우리 집에서는 아내와 어머니가 실색을 하였다. 그것은 어제까지 있던 어머니의 가락지와 아내의 귀이개가 없어진 까닭이었었다.

"어멈이 가져간 게지? 내가 그년을 찾아가 볼 테야!"

아내의 목소리는 분노와 절망에 떨렸다.

"이게 무슨 소리야? 보지도 못하고 남을 의심해서 쓰나?"

나는 아내를 꾸짖었다. 내 마음에도 그 어멈이 의심스럽긴 했지만 나는 애써 그 의심을 풀려고 하였다. 그를 따라갔다가 나오지 않으면 우리만 고얀 놈이 될 것이요, 또 그것이 나온다 하더라도 그때의 그 어멈의 낯빛이 어찌 될까? 또 그것에 우리의 생명이 달린 것도 아닌데 그렇게까지 할 것은 없었다. 그러는 것이 내 마음에도 좀 유쾌하였다.

"여보, 인젠 그놈의 어멈 그만둡시다."

나는 명령이나 하는 듯이 아내에게 말하면서 '그도(어멈) 환경이 만들어 낸 병신이로구나' 하고 생각하다가,

'무릇 사람의 의사는 생활조건의 지배를 받는다.'
하던 어떤 학자의 말을 나도 모르게 뇌었다.

그 후로는 일주일이 넘도록 어멈을 두지 않았다. 그럭저럭 가을도 지나고 초겨울도 지났다. 아침 저녁 쌀쌀한 바람에 창을 치던 이웃집 뜰 포플러 나뭇잎은 다 떨어지고 빈 가지만 하늘을 향하고 있게 되었다.

포플러

금년 겨울은 일기가 퍽 더워서 어디서는 배꽃이 피었고 어디서는 개나리가 피었다고 신문의 보도까지 있도록 더우면서도 추운 날은 추웠다. 가을에 밀린 빨래도 이때 해둬야 할 것이요, 김장도 흉내는 내야 할 판이다. 어멈 문제는 또 일어났다.

배꽃

어떤 날 나는 내가 임원으로 있는 '프롤레타리아 문화협회'의 월례회에 갔다가 좀 늦어서 돌아오니,

"여보, 어멈 하나 말했는데 낼부텀 오기로 했소!"

하고 아내는 내 눈치만 본다는 듯이 말하였다. 나는 늘 느끼는 바이거니와 밖에 나와서 사회적으로 어머니 어머니 하는 때면 바로 이십 세기의 사람이나 집으로 돌아가면 십칠팔 세기 사람의 기분과 감정의 지배를 받는다.

"그것도? 또 그 모양이면 어떡하오?"

"아녜요, 이번 것은 삼청동 있는 숙경이 어머니의 주선으로 된 것인데 나이가 좀 젊어서 그렇지 퍽 수줍어 보이던데……."

아내는 아무쪼록 나의 동의를 얻으려는 수작이었다.

"나이 젊으면 왜 안 됐어? 누가 뭐라나?"

나는 의미 있는 듯이 물으면서 벙긋 웃었다.

"응, 실없는 소리!"

아내는 눈을 흘기고 그러나 웃으면서 나를 보았다. 나는 앞집의 젊은 어멈이 밤중마다 출입이 잦다는 것을 생각하고 웃었더니 아내는 딴 생각을 하였는가?

"실없긴! 여보, 그래 이쁩디까? 당신보담 어때? 허허."

나는 아내를 놀리면서 웃다가 누가 찾는 바람에 문간으로 나가 버렸다.

이튿날부터 그 어멈은 왔다.

그것이 지금 편지 보낸 홍성녀였다. 이름은 무언지 성은 홍가인데 금년에 스물셋이었다. 그는 처음부터 어멈 계급은 아니었었다. 구차한 집안에 나서 열넷인가 열셋에 역시 넉넉지 못한 가정으로 시집을 갔다가 열아홉에 과부가 되고 스물한 살에 홀로 계시던 시어머니마저 죽은 뒤로 남의집살이를 하게 되었다.

여자 키로는 *중키가 되나마나 한 키에 좀 똥똥한 몸집은 어울렸다. 살결이 부드럽게 보이고 흰 것이라거나 앉음앉음 걸음걸이의 고요한 것은 간구한 가정에서 기르기는 하였으나 교훈 있게 기른 사람으로 보였다. 어떤 때는 응석 비슷한 목소리하며 아직도 솜털이 남은 이마하며 귀밑에는 어린애다운 수줍음이 흘렀다. 퍽 숫스럽게 귀여운 맛이 났다. 그리 크지 않은 좀 둥근 눈과 조금 앞이 들려서 웃을 때면 윗잇몸이 보이는 입술 가장자리며 병적으로 흰 콧잔등과 뺨새에는 고적한 침묵이 사르르 흐르는 것만은 보는 사람에게 고적한 느낌을 주었다.

> **중키(中-)**
> 크지도 작지도 아니한 보통의 키.

"이번 어멈은 어때?"

나는 아내에게 물었다.

"좋아요, 무슨 일이든지 시키지 않아두 저절로 할 줄 알고…… 그리고 사람도 퍽 재밌어요. 말도 잘 듣고."

아내는 입에 침 없이 칭찬이다. 사람이란 남보다도 내게 잘하면 좋다고 하니까…… 그 어멈은 아내의 말동무도 되었다. 아내는 저녁이면 그와 같이 다듬이 바느질을 하면서 재미있게 속삭이고는 웃었다. 어머니는 어디 나갔던 딸이나 돌아온 듯이 그것을 기쁘게 보았다.

그 어멈이 들어온 지도 보름이 넘어서 어떤 추운 날 밤이었다. 나는 신문을 보는데 곁에서 어린애를 재우던 아내는,

"여보, 어멈이 앨 뱄대! 흐흐."

하고 무슨 허물된 일이나 본 듯이 나직이 웃었다.

"응, 앨 뱄다니?"

나도 미상불 호기심이 났다. 열아홉에 과부가 돼서 홀로 있다는 어멈이 애 뱄다는 말을 듣는 내 머리에는 이상한 그림자가 언뜻하였다.

다듬이

"지금 다섯 달 머리를 잡는다나? 그래서 낯빛이 그렇던 거야! 밥도 잘 먹지 않고……."

아내는 모든 의심을 인제야 풀었다는 어조였다. 아내의 말을 들으면 그가 금년 봄 어성정(御成町) 어떤 여관집 어멈으로 있을 때 그 여관에서 심부름하던 사십 가까운 사내가 있었다. 그(사내)는 어멈이 들어가던 날부터 어멈에게 퍽 고맙게 하였다. 그(어멈)는 옛날에 돌아간 아버지 생각까지 났었다. 그러다가 한 달 뒤에 주인 마님이 들여다보게도 못하던 자기 방으로 부르더니, 김서방(사십 가까운 심부름꾼)하고 같이 지내라고 하기에 어멈은 대답도 못 하고 낯이 발개서 군성대는 가슴으로 나와 버렸다. 그 뒤부터 김서방은 마나님과 같이 못 견디게 졸랐다. 그것도 처음에는 부끄럽더니 나중은 그리 부끄러운 줄도 모르겠고 또 김서방이 고맙게 구는 것을 생각한다거나 주인 마나님이 '네가 그렇게만 되면 너는 편하다. 김서방은 저금한 돈도 몇 백 원 있는 사람이니 어서 내 말을 들어라' 하는 바람에 쏠리다가도 옛날 서방님 생각을 하면 그만 슬프기만 해서 주저거렸다. 며칠 뒤 어떤 날 밤 어멈은 바윗돌에나 눌리는 듯한 감각에 곤한 잠을 깨어 보니 그것은 김서방이었다. 그 뒤로는 한방에서 잠자게 되었다. 이렇게 된 뒤로는 김서방의 태도는 일변하였다. 이전은 어멈이 부엌에서 무거운 일을 하면 김서방이 쫓아와서 도와주었는데 부부가 된 뒤부터 저(김서방)는 상전이나 된 듯이 제 할 일까지 여편네(어멈)를 시켰다. 여편네가 뭐라고 하면 때리기 일쑤였고, 여편네가 한 달에 삼 원 받는 월급까지 빼앗아 술을 먹고 곤드레만드레하더니 늦은 여름 어떤 날 그 여관 손님의 돈 사십 원인가를 훔쳐 가지고 도망질했다. 그리하여 애꿎은 여편네까지 주인 마나님에게 공모자로 걸려들어 경찰서까지 구경하고 여관에서 쫓겨나서 다른 집에 있다가 우리 집으로 왔는데, 김서방과 같이 있는 동안에 그의 핏덩어리가 뱃속에서 자리를 잡게 되었다. 예까지 설명한 아내는,

"그런 이야기를 하면서 '옛날 서방님이 살아 계셨더면' 하면서 울겠지! 참 가엾어서……."

하고 한숨짓는 아내의 낯은 흐리었다. 듣고 보니 어멈의 신상은 내 일같이 가엾었다. 이 순간 나는 여관 마나님과 김서방이 미웠다. 내 가슴에서는 일종의 의분이 끓었다. 노력을 빼앗다가 피까지 빨려는 계급, 정조까지 유린을 하고도 부족이 되어서 매까지 대는 그러한 계급에 대한 반항적 의분에 내 가슴은 찌르르 전기를 받는 듯하였다.

"그래두 김서방을 생각하던데…… 그 못된 놈을……."

아내는 혼잣말처럼 뇌었다.

"뭐라구? 보고 싶다구?"

떨려 나오는 내 말 속에는 '그깟놈이 뭘 보구퍼!' 하는 뜻이 품어 있었다.

"아니, 보구는 안 싶대! 생각하면 분해 죽겠대요…… 그러면서도 그가 어디가 붙잡혀서 악형이나 받지 않나 하는 생각이 저두 모르게 가끔 나서 가슴이 뜨끔뜨끔하대요, 인정이란……."

아내의 목소리는 잠기었다.

돈은 그 아름다운 인정까지 빼앗는다. 돈? 돈! 돈! 천하를 움직일 만한 돈으로도 못 살, 사서는 안 될 인정이건만 오늘날은 돈에 빼앗기고야 만다. 이렇게 생각하니 어멈이 더욱 가긍스러웠다. 나는 어멈이라는 경계선을 뛰어서 내 아내나 내 누이처럼 나와 가장 가까운 사람처럼 느껴지었다. 이렇게 되면 남의 일이 아니라 내 일이다. 나는 내 앞에 어멈이 있으면 그를 껴안아 대고 위로해 줄 만큼 흥분이 되었었다.

끓어올랐던 흥분이 고요히 갈앉은 뒤 비판에 눈뜨는 내 이성은 지식 계급인 체하고 가만히 앉아서 그 모든 것을 정관하는 내 태도가 얄미운 동시에 그렇게 생각하면서도 그런 사람(어멈)을 부리는 것이 죄송스러웠다. 나는 어찌하여 이런 것 저런 것 다 집어치우고 그런 무리에 뛰어들어가서 그네들과 함께 울고 웃지 못하는가? 나는 이 갈등에 마음이 괴로웠다.

아내의 말을 들은 뒤로부터 매일 눈앞에 얼찐거리는 어멈이 무심하게 보이지 않았다. 핼쑥한 그 낯에 그윽이 어린 고독한 침묵은 속절없이 보낸 청춘을 물끄러미 돌아다보는 듯도 하고 아직도 먼 앞길을 두려워하는 듯도 하였다.

알고 보니 똥똥해서 그런 듯이 느껴지는 그 뱃속에서 나날이 팔딱거리는 생명! 그 새로운 생명은 장차 어떠한 운명을 짊어지고 파란 많은 이 세상으로 뛰어나오려나?

며칠 뒤였다.

도서관으로 돌아나온 나는 식구들과 함께 저녁상을 대하였다.

"장조림은 고양이(猫)가 먹은 줄 알았더니 어멈이 집어서 먹었어……."

아내는 장조림을 집어 입에 넣으면서 말하였다.

"입버릇은 덜 좋더라."

어머니도 어멈의 무슨 허물을 보았던가?

"왜? 입버릇이 어때?"

나는 아내를 보았다.

"맛있는 것은 제가 먼저 맛을 보니까 말이지요! 허는 수 없어…… 오늘 아침에 조리던 장조림 한 개가 없기에 물어 보았더니 머뭇거리겠지…… 그래 '자네 그게 무슨 짓인가? 나으리도 아직 잡숫지 않은 것을' 하고 말했더니 낯이 빨개서……."

아내의 말이 끝나기도 전에 어머니는,

"그뿐 아니라 맛난 것은 그리 먹지두 않으면서 다 맛보더라. 못된 버르장머리지!"

하면서 불쾌한 듯이 낯빛을 흐리었다.

"허물 없는 사람이 있나? 다 한 가지 허물은 가지고 있지."

나는 그런 것은 문제가 안 된다는 어조로 말하였다. 어쩐지 그 '어멈'에게 허물 있다는 것이 듣기에 그리 좋지 않았다.

"그야 그렇지만 음식에 그러니까 그러지!"

아내의 어조는 아무리 해도 수긍할 수 없다는 듯이 울렸다.

"먹구프니까 그렇지, 여보! 당신 생각을 해보구려! 지금 애 배서 다섯 달 머리니까 먹구픈 것이 퍽 많을 거요. 게다가 철까지 없으니 당신 같으면 지금 살구가 먹구 싶네 뭐 귤이 먹구 싶네 하구 야단일 텐데…… 하하하."

"먹구 싶구말구…… 지금 한창 그런 때다."

어머니도 내 말에 공명이었다.

"누가 그렇잖다나? 도적질해 먹으니 그렇지!"

아내는 그저 흰 깃발을 들 수 없다는 어조였다.

나는 이 순간 이 말하는 아내가 얄미웠다.

"그래두 저만 옳다지! 홍, 사람이란 제 생각을 하고 남의 생각을 해야 하는 거야!"

"그래 그것(도적하는 것)이 옳단 말이오?"

아내의 말은 좀 격하였다.

"물론 몰래 먹은 것은 잘못이지만 그렇다고 그것 하나를 가지고 못된 것이니 고약한 것이니 해서 쓰나?"

내 말은 가장적(家長的)인 훈계같이 나왔다.

"그래 누가 뭐랬소? 내가 어멈을 욕했소? 홍, 욕했더면 큰일날 뻔했네! 별꼴 다 보겠다."

아내의 말에 나는 아내를 다시 쳐다보았다. 아내의 붉은 뺨은 흥분에 더욱 붉었다.

"뭐 어쩌고 어째? 별꼴? 왜 사람이 점점 버르장이가 저 모양이야? 그 꼴 보기 싫으면 갈 일이지……."

"가라면 가지, 홍 시……."

아내의 가는 눈에 스르르 돌던 이슬이 드디어 눈물이 되어 한 방울 두 방울, 그 무릎에서 엄마의 젖을 만지던 어린것도 입을 벌룩벌룩. 나는 밥 먹던 숟가락을 홱 던지고 마루로 뛰어나왔다. 황혼빛이 흐르는 마루로 뛰어나온 나는 마루 기둥에 기대어 서서 별들이 하나 둘 눈뜨는 차디찬 하늘을 쳐다보았다. 일없는 일에 감정을 일으켜서 이러니저러니 한 것을 생각하면 나도 우스웠고, 여자 해방론자로는 남에게 빠지지 않을 만큼 떠드는 나로서 때로는 가장적 관념에 지배되어 아내에게 몰인격적 언사 쓰는 것을 생각하면 일종 환멸 비슷한 공허와 같이 치미는 부끄러움을 억제치 못하였다. 언제나 이 갈등에서 완전히 풀리나?

이렇게 내외간을 가리었던 검은 구름은 그 밤이 깊기 전에 어린것의 웃음에 밀려 버리고 내외는 다시 웃는 낯으로 대하였다.

"여보, 참말 어멈보고 잘못하는 일이 있더라도 타이르고 몹시 말 마우, 응."

강화조약이 체결되자마자 그 자리에서 나는 인정 있이 말했다.

"그럼요! 우리끼리 이야기지 어멈보고야 뭐라오!"

아내도 좋게 대답하였다.

"사람의 마음이란 이상해요. 누가 말리면 더 하구 싶은 것인데…… 어멈만 하더라도 그게 배고파서 장조림을 먹었겠소? 그게 우리가 먹으니까 별것같이 보여서 더 먹구 싶었을 거요. 맛없는 것이라도 먹지 말아라 먹지 말아라 하고 주지 않으면 먹는 사람은 늘 먹으니 평범하지만 못 먹는 사람은 더구나 그것이 신비롭고 맛있게 보이는 걸 어떡하오…… 허허."

나는 설교나 하는 듯이 늘어놓았다.

"그러나저러나 큰일이다. 저울(겨울)은 되고 몸은 점점 무거울 텐데 몹시 부릴 수도 없고……."

어머니는 곁에서 우리의 이야기를 듣다가 혼자 걱정처럼 말하였다.

"글쎄요, 그것도 걱정인데…… 저게 집에서 애까지 낳게 되면 큰일이 아니오?"

아내도 따라 걱정이다.

"내 생각 같애서는 또 내보내는 게 상책이겠다."

어머니의 의견이다. 의견은 옳은 의견이다. 약한 몸에 배만 불러도 걱정이겠는데 게다가 날은 점점 추워 오지 일은 심하지, 그러다가 병이나 나면 우리가 부리기는커녕 도리어 우리가 부리이게 될 것이요, 그렇다고 우리가 뜨뜻한 구들에 앉아서 추운 겨울에 그것을 내쫓을 수도 없는 일이라 나는 이 순간 산전 산후의 아내의 그림자가 언뜻 생각났었다.

"그렇지만 내보내면 어디로 가나? 이 추운 겨울에 뉘 집에서 그런 몸을 받을 리가 있나?"

이렇게 말한 나는 '내 아내도 내가 없고 보면 저 지경이 되지 않을까?' 하는 생각에 가슴이 뻐근해서 아내를 다시 쳐다보았다.

"글쎄요, 딱한데…… 그런 줄(애 밴 줄) 알면서는 나가랄 수도 없고……."

아내도 난처한 모양이었다.

"암, 몸 비지 않은 것을 어떻게 쫓나? 어디 그대로 둬봅시다. 차츰 어떡하든지!"

전연스럽게 하는 내 말은 귀찮게 더 생각지 말자는 말이었다. 아주 두자는 동의는 아니었다. 사실 문제가 안 되는 것은 아니었다.

그 뒤로 내 가슴에는 어멈 처치의 문제가 간간이 떠올랐으나 그 때문에 어멈에게 대한 호감은 스러지지 않았다. 어느 점으로 보아 몸 용납할 곳이 없는 그가 더욱 측은하였다. 제 몸 위에 어떤 구름이 흐르는지도 모르고 의연히 부엌에서 들락날락하는 그의 운명이 때로는 한심하게 느껴지었다.

이러구러 지내는데 십이월 중순이 되었다. 고향 있는 이모(어머니의

아우)에게서 어머니에게 편지가 왔는데 사연인즉,

'가을부터 여관을 하는데 부릴 만한 사람이 마땅찮아서 걱정이 되는 중 들은즉 서울은 남의 집 사는 사람이 많다 하니 착실한 여자 하나를 얻어 보내라.'

하는 것이었다.

"낮에 편지 읽는 것을 어멈이 듣더니 제가 가겠다구 하는구나!"

어머니는 내 동의를 얻으려는 듯이 나를 보았다.

"그 몸을 가지고 거기 가서 어떻게 할라구?"

내가 이렇게 말하니까 곁에 있던 아내가,

"응, 제가 벌써 그 말까지 하던데…… 거기(시골)는 물가두 싸구 집세두 싸다니 애를 낳게 되면 제게 있는 돈으로 집을 얻어 가지고 낳겠노라구…… 여보, 보냅시다."

하고 말하였다.

"어멈이 웬 돈 있나?"

"모아 둔 것이 한 십여 원 된다니! 남 꾸어 준 것까지 받으면 십오 원은 넘는대요. 흥…… 그거면 시골서 한 달은 더 살 텐데……."

나는 푼푼이 얻은 돈을 그렇게 모은 어멈이 착실하게도 생각되고, 우리네에게는 한때 술값도 못 되는 것을 그렇게 하늘같이 믿는 그네가 불쌍도 하고 방종한 우리네 생활이 죄송스럽기도 하였다.

"여보, 보냅시다. 거기 가면 먹기도 잘 하고 다달이 돈 십 원씩은 받을 텐데……."

"그래 볼까?"

나는 아내의 말에 칠분은 승낙했다. 이러는 것이 일거양득이다. 어멈으로 보아서도 여기 있는 것보다 나을 것이고 나도 순후한 이모댁으로 보내는 것이 짐을 벗는 듯도 하였다. 그러나 모두 북관이라면 알지도 못하고 험악한 산골인가 해서 아빔들도 질겁을 텅텅 하는 곳으로 대담히 가겠다는 어멈의 심경이 가긍하기도 하였다.

"그러나 거기(시골)선들 애 밴 줄 알면 걱정하기 쉽지?"

나는 남에게까지 짐 지이기가 미안하였다.

"글쎄! 그러면 편지나 해볼까?"

일주일이 못 돼서 시골 이모에게서 편지가 왔는데 애를 배도 상관없으니 오겠다고만 하면 곧 노자를 보낸다는 뜻이었다. 이 편지를 본 어머니는,

"그년 제가 늘그막에 자식이 없어서 하나 얻어 키웠으면 키웠으면 하더니 어멈 애가 욕심나는 게지!"

하고 웃었다. 상반의 관념이 별로 없는 우리 시골서는 그것이 허물 될 것은 없었다.

"그래 가실 테요?"

나는 어멈에게 억지로 존경어를 쓰는 것이 아니라 누구를 해라 하고 부려 보지 못하고 자라나서 자연 그렇게 말이 나왔다. 내 아내는 앞(南道)사람인 것만큼 때로는 어멈에게 반말을 하는데 그것도 악의가 아니요 머슴 부리던 습관으로서였다.

"보내 주시면 가겠어요."

어멈은 어렵게 공손히 대답하면서 고요히 웃었다.

"그러면 가세요. 노자 보내라구 편지할 테니…… 거기 가시면 예보다는 낫죠."

나는 곧 노자 보내라는 편지를 썼다. 웬만하면 내가 노자를 줘 보내야 이모에게도 대접이요 어멈에게도 생각이겠는데 하는 미안한 걱정

을 하면서…….

어멈 떠날 날은 다다랐다. 그것은 뜨뜻하던 전 주일 어떤 날이었다.

나는 그날 어멈의 짐을 동여 주기 위해서 사에서 좀 일찍이 나왔다. 꾸어 주었다는 돈 받으러 돌아다니던 어멈은 겨우 이십 전인가를 받아 가지고 늦게야 돌아와서,

"사 원 돈이나 못 받게 돼요, 없다고 안 주니 어쩝니까."

하고 울듯이 어머니에게 하소하였다. 그 돈도 떼는 사람이 있나? 모두 그 꼴이다 하면서 나는 혼자 웃었다. 아내는 과자와 과일을 사다가 어멈의 짐에 넣어 주었다.

"아이구…….."

어멈은 너무도 반갑고 죄송스럽다는 표정으로 한마디 가늘게 뇌더니 힘없는 두 눈에 눈물이 핑그르르 돌았다. 그 눈물은 무엇을 말하는가?

"자, 이제 갑시다."

밤 아홉 시가 지나서 큰 짐은 어멈이 이고 작은 짐은 내가 들고 우리 집을 나섰다.

"마님, 안녕히 계세요!"

어멈의 목소리는 떨렸다.

"응, 잘 가거라. 가서 몸 성히 잘 있거라."

"아씨, 안녕히 계세요. 애기 병 낫거든 곧 편지해 주세요."

어두워 보이지는 않으나 어멈의 뺨에 눈물이 스치는가? 그 목소리는 확실히 눈물에 젖었었다.

컴컴한 화동 골목을 헤저어 전등이 환한 안동 네거리에 나서자마자 내 두 어깨는 나도 모르게 처지는 것 같았다. 지금 막 와서 *트롤리를 돌려 논 전차 운전대에 올라서는 때 내 눈은 내가 든 헌 보따리를 꺼럽게 보았다. 옥양목 치마저고리의 어멈! 허출한 두루막에 고무신 신은 나! 겐둥이센둥이 껄렁껄렁하게 꾸린 보따리를 이고 끼고 한 이 두 사람은 남의집살이를 하다가 쫓겨 가는 내외간 같다. 나는 제삼자로서 이런 그림자를 보는 때는 그것이 불쌍하더니 내가 그 모양으로 남의 눈에 띄고 보니 모든 사람의 시선이 아니꼽고 나 자신이 창피나 보는 듯이 불쾌하였다.

'뭐 별소리 다 하지, 그렇게 보이면 어떤가? 내가 못 할 일인가?'

나는 혼자 속으로 이렇게 버티면서도 저편에서 나를 흘끔흘끔 쳐다보는 사람들의 시선을 바로 볼 수 없었다.

어멈과 나는 종로 일정목에서 용산행을 갈아타게 되었다. 전등은 한층 더 빛나고, 사람의 눈이 많은 데 나오니 어멈과 나 사이에 가리인 장벽은 내 의식 위에 더욱 뚜렷이 나타났다. 나는 애써 이 감정을 제어하려 하였으나 뱃속에서부터 쓰고 나온 관념의 힘은 참으로 컸다.

트롤리
전차 꼭대기의 쇠바퀴.

신용산행 전차는 찬 거리에 처량한 음향을 일으키면서 스―와 닿았다. 전등이 휘황한 찻속에는 솔로 트레머리를 가린 여성들이 칠팔 인이나 탔다. 사이사이 끼인 깔끔한 신사들도 이 밤 내 눈에는 무심히 보이지 않았다. 나는 전 같으면 의주통을 탈 것도 용산행의 그 차를 탔을 것이다. 얼음 위에서도 봄날같이 보이는 것은 젊은 계집의 떼다. 전차 속에도 그네가 많으면 전차까지 부들부들이 보여서 폭신한 털자리 위에 봄날이 비치는 듯 무조건하고 좋은 것이다. 내 이성은 이것을 비웃지만 내 감정은 이것을 승인한다. 내 가슴은 군성군성하다가 '어멈' 하는 생각이 떠오를 때 내 발은 떨어지지 않았다. 비 오고 난 뒤이라 벗어 놓았던 검은 두루막에 고무신을 신고 어멈과 같이 오르면 누구든지 나를 어멈의 서방같이 보지나 않을까? 양복에 구두를 신었더면 하는 후회도 이 순간 없지 않았다.

고무신

　　전차는 어느새 걸음을 내었다. 달아나는 전차 뒤를 물끄러미 보던 나는 스스로 나오는 찬 웃음을 금치 못하였다.

　　다음 와 닿은 것은 의주통행이다. 이번은 꼭 탄다던 결심도 또 흔들렸다. 찻속은 또 색시판이다. 이날 밤은 색시가 별로 눈에 띄었다. 전차까지 빈정거리는 것 같아서 견딜 수 없었다.

　　이 바람에 또 전차를 놓쳤다.

　　"안 타세요?"

　　전차가 걸음을 내는 때 어멈은 지리한 듯이 물었다. 모든 환멸이 지나가는 때 고막을 울리는 어멈의 소리는 무슨 항의같이 들렸다.

　　"담 차를 탑시다. 누구를 기다리는데……."

　　이렇게 거짓말을 할 때 나는 콧잔등이 간질거렸다. 종로 경찰서 시계대의 시침은 급하여 오는 찻시간을 가리켰다. 나는 이러다가 기차를 놓치면 어쩌나 하는 걱정까지 않을 수 없었다.

용산행은 와 닿았다. 다행히 여자의 그림자가 보이지 않았다. 사내들만 탔으니 전 같으면 쌀쌀한 수라장같이 보였을 전차건만 이때 내게는 은신처같이 좋았다.

"탑시다."

나는 뛰어올랐다. 옆에 낀 보따리를 운전대에 놓고 다시 어멈의 짐을 받아 놓은 후 어멈 앞서서 차실로 들어갔다.

*칠분이나 개었던 내 기분은 다시 흐리었다.

"어, 어디 가나?"

하고 내 손을 잡는 것은 어떤 신문사에 있는 김군이었다. 바로 그 옆에는 모던 걸 두 분이 앉았다.

"응, 자네 오래간만일세! 집에 있던 어멈이 떠나는데 전송일세……."

어멈에게 힐끗 준 눈을 다시 모던 걸에게 흘끗 스치면서 나는 끝소리를 여럿이 들으라는 듯이 높였다.

"어멈 배행일세그려!"

김군은 웃었다.

"그렇다네! 흥."

뇌고 보니 내 소리는 처음부터 나로도 모르게 일종의 변명이었다. 또 자랑이었다. 빈정대는 듯이 크게 지른 내 소리 속에는 '나는 이렇게 관후하노라', '나는 상전이요 저는 어멈이니 오해를 말라' 하는 변명의 냄새가 물씬 하는 것을 나는 느꼈다. 나는 어째 그렇게 대답하였을까. 어멈이 어멈이 아니요, 탁 자른 머리에 모자를 눌러 쓰고 오똑한 구두에 양장을 지르르한 미인이었더면 내 태도는 어떠하였을까? 오오, 나는 또 망령을 부렸구나! 어멈과 같이 탄 것이 무슨 치명상이 되는가?

> **칠분(七分)**
> 십분의 칠이라는 뜻으로, 어느 정도 상당한 부분을 이르는 말.

방약무인의 태도로 버티고 앉은 저 양장 미인이며 모든 사람의 눈을 어려운 듯이 피하여 한 귀퉁이에 황송스럽게 선 저 어멈과 사람으로서야 다 마찬가지가 아닌가? 그가 교육을 받았다면 그럼 교육은 무엇에 쓰는 것인가? 활동사진과 소설에서 배운 가지각색의 웃음과 몸짓으로 정조를 팔아 한 세상의 영화를 누리려는 부르주아 지식계급의 여성보다 제 힘을 끝까지 쟁기 삼는 어멈이 오히려 사람의 사람이 아닌가? 또 나 자신은 그보다 나은 것이 무엇인가? 뜨뜻한 방에서 배불리 먹으면서 어멈 제도 철폐를 부르면서도 어멈을 부리지 않는가? 허위이다. 가면이다. 내가 그를 동정하고 그를 측은히 보고 그의 짐을 들고 그를 전송한다는 것은 모두 허위요 탈이 아니었던가? 만일 그것이 허위가 아니요 탈이 아니라 하더라도 그 동정 그 측은은 내가 그와 같은 처지에서 제 일같이 받은 것이 아니요 인력거 위에서 요리에 부른 배를 만지면서 전차에 치인 거지를 보는 때 일으키는 것 같은 동정이요 측은이 아니었던가? 꼭 그렇지는 않았다 하더라도 그에게 대한 동정이니 측은이니 한 것은 미적지근하였던 것일시 분명하지 않은가?

쟁기

'그러면 너는 저런 어멈이라도 아내 삼기를 사양치 않을 테냐?'

나는 다시 속으로 나에게 물었다. 나는 또 대답에 궁하였다. 궁하였다는 것보다 얄밉게도 그 질문을 벗을 만한 변명을 생각하였다.

나는 전차가 정류장에 닿을 때까지 내 가슴속에 새로 움이 트는 새 사상과 아직도 봉건적 관념의 지배를 받는 감정과의 갈등을 풀려면서도 못 풀었다.

정거장으로 들어갔다.

삼등 대합실 벤치 한 머리에 어멈을 앉혀 놓고 나는 차표도 사고 짐을 부친 후 이리저리 거닐면서 군성대는 군중을 보았다. 온 세계의 축도를 보는 것 같다. 잘 입은 이, 못 입은 이, 우는 이, 웃는 이, 흰 사람, 붉은 사람, 각인각양의 모양은 한입으로 다 말할 수 없으리만큼 복잡하였다.

한 귀퉁이 벤치에 거취 없이 앉은 '어멈'은 어깨를 툭 떨어뜨리고, 힘없는 눈으로 이 모든 인생극을 고요히 보고 있다. 찬란한 전깃불 아래 핼쑥한 그 낯에는 슬픈 빛도 보이지 않고 기쁜 빛도 어리지 않았다. 무어라 형용할 수 없는 빛—마치 자기의 운명을 이미 달관한 후에 공허를 느끼는 사람의 낯에서 볼 수 있는 것 같은 구름이 엷게 건너갔다. 축 처진 어깨, 힘없는 두 눈, 두 무릎에 던진 손, 소곳한 머리는 어디로 보든지 활기가 없었다.

그의 머릿속에는 어떠한 생각의 거미줄이 얽히었는가? 알지도 못하는 사람의 편지 한 장에 몸을 맡기려는 한낱 젊은 여자! 그의 눈앞에는 그가 밟을 산 설고 물 선 곳이 어떤 그림자로 떠올랐는가? 그가 평생 잊지 못할 남편, 열네 살부터 열아홉까지 하늘인가 땅인가 믿고 그 품에 안겨서 온갖 괴롬을 하소하던 그 남편, 고생이 닥치면 닥칠수록 생각나는 남편의 무덤을 뒤에 두고 가는 가슴이 어찌 고요한 물결 같으랴? 끓고 끓어서 이제는 모든 감정이 마비되었는가? 남의 눈이 어려워서 몸부림을 못 하는가? 서리 아래 꽃 같은 그의 앞길을 생각하니 컴컴한 청루 홍등의 푸른 입술이 떠오르고 장마 때 본 한강의 시체도 떠오른다. 이 순간 그를 보내는 것이 꺼림하였다. 나는 내 이익만을 위해서 그를 보내는 것이 꺼림하였다. 그렇다고 그를 둘 수도 없는 사정이다. 오오, 세상은 어찌 이러한가? 남을 살리려면 내가 희생해야 하고 내가 살려면 남을 희생해야 하는 것이 사람이 밟을 바른 길인가? 시간이 되자 나는 입장권을 사가지고 개찰구를 벗어나서 어멈을 차에 태웠다.

"서방님, 안녕히 계십시오."

내가 차에서 뛰어내릴 때 어멈은 차창으로 내다보면서 떨리는 소리로 공손히 말하였다.

"네, 원산에 내려서 아침 먹구 배를 타시우."

나는 다시금 당부를 하면서 그를 보다가 그가 치맛자락으로 눈 가리

는 것을 보니 가슴이 스르르 풀려서 더 돌아다보지 않고 나와 버렸다.

그 뒤로 일주일이 지났다.

며칠 뒤에 또 다른 어멈을 얻어 왔다. 다른 어멈을 얻기 전에는 떠나간 어멈의 이야기가 종종 있었다. 아내가 손수 부엌일을 하는 때에는 반드시 떠나간 어멈의 이야기가 나왔다. 그러다가 다른 어멈이 들어온 뒤로는 떠나간 그 어멈의 이야기가 없다시피 되었다. 지금 생각하니 그것도 은연중 우리의 이익으로서 생각한 것이었다. 아내가 손수 부엌일을 할 때에만 떠나간 어멈을 생각하였으니 말이다.

그런 판에 이 엽서를 받았다.

소리 없이 스며드는 황혼빛은 모든 것을 흐리는데, 나는 전등 스위치 틀 생각도 하지 않고 지나간 모든 생각의 층계를 한 층계 두 층계 밟아 올랐다. 밟으면 밟을수록 그 어멈의 신상이 가긍하였고 내 태도가 너무나 몰인정한 것같이 느껴졌다. 더구나 오늘날까지도 그에게 상전의 대접을 받는다는 것이 퍽 불안하였다. 나로서는 분에 넘치는 일 같았다.

그렇게 모든 기억을 밟아 오르다가 막다른 페이지―그 어멈을 차에 앉히고 내가 뛰어내리던 막다른 기억에 이르러서는 내 감정은 더욱 흔들렸다.

"차가 떠나가는 때 어멈은 울던데……."

나는 혼잣말처럼 뇌었다. 이때 옥양목 치맛자락으로 눈을 가리던 그 그림자―혈혈단신 여자의 몸으로 머나먼 길을 값없이 밟는 어멈의 그림자가 내 눈앞에 떠올랐다.

"예서도 울던데……."

곁에서 내 낯을 보던 아내는 말하였다.

"예서도 울었나?"

"그럼요, '아씨, 안녕히 계세요' 하고 내 손을 꼭 잡는 때 목이 메어서 다시 말을 못 하던데……."

아내도 그때의 기억이 떠오르나 보다. 그의 목소리는 떠오르는 꿈을 꾸면서 뇌는 잠꼬대같이 고요히 가라앉았다.

나는 아내를 다시 쳐다보았다. 아내의 운명! 내 운명! 아니 모든 우리의 운명도 그 어멈의 운명과 같은 길을 밟을 것같이 느껴졌다. 그와 같은 운명의 길을 밟는 때 지금의 나와 같은 중간계급 이상 계급의 발길에 짓밟히는 나를 그려 본다는 것보다는 그려 보여졌다. 나는 은연중 주먹이 쥐어졌다.

'오오, 그네(어멈)의 세상이 되어야 일만 사람의 고통이 한 사람의 영화와 바뀌일 것이다.'

하고 나는 혼자 분개했다. 동시에 나는 그런 것을 느끼면서도 그 이상을 실행하도록 힘을 쓰는 척하면서도 머릿속에 주판을 가지고 있는 우리의 계급의 말로가—그 자개 장롱 화류 장롱의 살림을 하다가 어멈이 되었다던 그 어멈의 말같이 느껴져서 얄밉고 또 서 그렇게 되어서 오늘의 '어멈 계급'으로 바뀌게 되어 갖은 설움을 맛보게 될 것이 유쾌하게도 생각되었다.

주판

"진지 잡수셔요!"

어멈의 소리에 나는 일어서면서,

"진지 잡수셔요."

하는 어멈을 다시 보았다.

자개 장롱

'오오, 그대들이여! 그대들은 세상을 낙관하라! 삶을 사랑하라! 겨울

은 지나간다. 봄빛이 이제 찾으리니 한강의 얼음과 북한산의 눈이 녹는 것을 반드시 볼 것이다.'

어멈을 보는 내 가슴에는 이러한 생각이 들었다. 동시에 나는 나로도 모를 굳센 힘을 느꼈다.

「홍염」, 삼천리사, 1931.

조명희 단편소설

땅 속으로

내가 올 봄에 동경을 떠나 나와 S역 근처에 있는 내 집이라고 와서 보니(그 집이란 것도 실싱 내 집이 아니요, 내 형님 십이다) 집안 형편이 참 말이 못 된다. 식구는 십이 명 아니 십오륙 명 식구가 되는 대가족이 과히 넓지 못한 집구석에 옹기종기 모여 산다. 좁은 방구석에 어린아이들만 모여 앉은 것을 보아도 쪽박에 밥 담아 놓은 셈이다. 그 속에는 내 소생이 두어 개 끼여 있다.

그래 그 다수 식구가 무엇을 먹고 사느냐 하면 아침에는 조밥, 저녁에는 조죽, 수 좋아야 쌀밥, 어떤 때는 좁쌀깨나 섞인 풋나물죽, 그것도 끼니를 이어 가느냐 하면 그도 그렇지 못하다. 양식 있는 날이 이틀이면 없는 날이 하루, 두 끼 먹으면 한 끼 굶고 한 끼 먹으면 두 끼 굶어 대개 이 모양으로 살아 나간다. 그것도 남의 땅마지기나 십여 두락 얻어서 소작하는 덕택에 남에게 장릿말이나 변전량이나 얻어오는 까닭이었다.

온 집안 식구의 얼굴 꼴이라니 노랑꽃들이 피어 있다. 모두 생기라고는 조금도 없어들 보인다. 그리하면서도 눈에는 무슨 사람의 오장을 쏘는 듯한 살기보다는 좀 약미를 가진, 보기에도 이상히 싫게 하는 악착한 표정들을 띠고 있다. (오랫동안 불행에 처하여 고통을 속으로 새기지 못하는 사람들에게, 그 중에도 신경질적인 사람에게 이런 것을 흔히 본다.)

가난한 집에는 싸움이 많다더니 사람들이 모두 악만 남아 그러한지 아이 어른 할 것 없이 걸핏하면 싸움질을 일으킨다. 어찌되어 나가려는 집안인지 집안이 그만 난장판이 되고 말았다. 어른도 어른 노릇을 못 하고 아이도 아이 노릇을 못 한다.

달며들며 며칠 동안에 이러한 광경을 본 나는(다섯 해 전 내가 집에 있을 때에는 물론 이 지경은 아니었다) 무슨 '산지옥' '아귀 수라장'을 연상하게 되었다. 대다수의 조선 사람 생활이란 것을 미루어 짐작하게 되었다(우리 조선에서 이보다 더 참혹한 광경을 보기는 예사이지마는).

내가 온 뒤에 예전보다는 새로운 화기가 집안에 돌게 되었다는 꼴이 이 모양이다. 그 화기가 돈다는 것은 나를 오랫동안 보지 못하다가 만나보게 됨으로 반가운 생각들이 나서 그리한다는 것도 얼마간 이유는 되지마는 그보다도 더 큰 것은 내가 돌아온 뒤에는 온 집안을 살릴 무슨 큰 수가 생기리라는 희망에서 나온 것이었다.

내가 집에 들어와 자리에 앉아 여러 사람들과 인사를 마치고 나서 그 다음은 내 노모의 소청으로 그 동안 내가 객지에서 지내던 이야기를 대강 말하고 난 뒤에 이번에는 내 청으로 집안 형편 이야기를 물었다.

이 사람 입, 저 사람 입에서 번갈아 가며 토막진 이야기가 나온다. 그 중에도 제일 수다하다는 내 형수씨 한 분이 남보다 좀 길게 이야기를 꺼내어 놓더니만 말끝에 하는 말이다.

"아이고 인자 우리 집에는 아무 걱정도 없어요. 새 서방님(나)이 무얼 서울 가서서 변호사 같은 벼슬을 하시면 적어도 한 달에 몇 만 냥씩 버실걸. 하다못해 군수고 도장관 같은 것을 하시자면 여반장으로 하실 걸…… 대학교 졸업한 양반이 무엇을 못 하실라구…… 여보게 새댁

(소위 내 아내 되는 군을 쳐다보며) 자네는 참 인자 수났네. 호강하네. 고생 끝에 낙이 온다고 인자 참 다…….”

나는 이 말이 하두 어이가 없고 우습기도 하여 빙긋이 나오던 웃음 끝이 선뜻 잘라지며 엄연히 입을 꽉 다물고 속으로 끌어 들어가는 눈알이 때묻은 거적자리 방바닥만 바라보게 되었다.

"그 아이가 무슨 그런 것을 할 리는 없지마는 좌우간…….”

하고 말끝을 멈추는 이는 형님이었다. 그는 *시체 사정을 조금 안다는 이다. 그러나 그 '좌우간'이라는 말끝에는 무슨 많은 기대를 한다는 의미가 감추어 있다.

"그러나저러나 집안 형편도 그렇고 공부도 다 마치었으니 인자 좀 살 도리를 생각하여야 할 것이 아니냐.”

하고 말하는 이는 안부인으로는 좀 점잖다는 머리가 하얗게 세고 주름살이 여지없이 잡힌 내 늙으신 어머니의 하시는 말씀이었다.

이러고저러고 나는 아무 말대척이 없이 앉아 듣기만 하였을 뿐이다.

밤이 되어 여러 식구는 안방(칸반이나 되는)에다 한데 몰아넣고(모여 앉아 있는 모양만 보아도 시루 속에 자란 콩나물 대가리 같다) 나는 뜰 아랫방으로 내려가게 되었다.

신문지쪽으로 바른 찌든 냄새와 먼지 냄새가 마음의 코를 찌르는 침침한 방 안에서 까막까막하는 한구석에 놓인 석유 등불을 대하고 앉았다 누웠다 하다가 나중에는 그만 '잠이야 자거나 말거나 누워서 밝히리라'고 생각하고 거미줄이 이리저리 얽히고 파리가 듬성듬성 붙어 있는 천장만 바라다보고 누웠다.

머리가 띵하고 정신이 아득하다. 마치 단꿈을 깨치고 보니 몸이 철

시체(時體)
그 시대의 풍습·유행을 따르거나 지식 따위를 받음. 또는 그런 풍습이나 유행.

콩나물시루

등불

망의 현실에 누운 셈이다. 실상 동경역에서 또는 부산역에서 나를 태우던 기차가 나를 실어다가 이 *초옥지대에다 내려놓았다.

> 초옥(草屋)
> 초가(草家). 짚이나 갈대 따위로 지붕을 인 집.

드러누워서 생각하던 나는 늘 하여오던 결심이 이때에 더 굳어지며 별안간 윗입술이 아랫입술을 내려 덮으며 머리를 반경련적으로 흔들거리며,

"하는 수 없어, 모두 굶어 죽으면 죽었지."

하고 혼자 이런 말을 하였다.

이렇게 결심한 이상에는 비록 어떠한 꼴이 눈앞에 보인다 하더라도 걱정할 것도 없고 생각할 까닭도 없다. 그러나 종시 마음이 개운할 수는 없다. 다시 한번 더 재쳐,

"에끼 모든 생각이 다 사라져 가고 말아라."

하고 입술을 또 꽉 다물었다.

방 안을 휘 한번 돌아보았다. 그때에 비로소 자기 혼자 몸이 이 적적하고 쓸쓸한 방에 있음을 깨달았다(안방은 물론 사람 소리로 요란하다). 자기가 이런 방을 혼자 쓴다 함은(자기의 성격이 조용한 것을 좋아하는 까닭으로 예전에는 세상 없어도 꼭 방 하나를 독차지하고 지내었다) 여러 사람에게 대하여 너무나 미안쩍다. 그래서 지금 나는 출입하신 형님이 돌아오시면 물론 같이 자려니와 우선 안방에 들어가 우리 어머니와 그 외의 어린아이들이나 끌고 내려와서 너무나 엎쳐덮쳐 지내는 안방 사람들의 사정을 좀 보아 주리라고 생각하고 자리에서 일어나려고 할 즈음에 문 밖에서,

"아버지!"

하고 부르는 목소리는 아홉 살 먹은 내 큰딸의 소리였다. 나는 아무 대답도 없었다.

"아버지!"

하고 또 부르며 문을 열고 나타났다. 바로 그 뒤에 다섯 살 먹은 둘째 딸을 안고 선 사람은 소위 내 아내였다.

그들은 한꺼번에 쭉 들어온다. 나는 얼른 생각하기를,

'저것들을 내 식구라고 벌써부터 내게로 내민단 말인가.'

하고 안방 사람들 인심이 너무 조급함을 좀 이상히 생각하였다. 물론 다른 이유도 있지마는…….

"왜들 들어왔니?"

하고 나는 윗목에 멧산 자로 한 덩어리져 앉아 있는 세 모녀를 보고 말하였다. 그들은 아무 대답도 없다. 아내라는 사람은 등잔불을 측면으로 대하고 앉아서 벽에 비친 그 얼굴 그림자 중앙에는 쑥 내민 광대뼈가 옆으로 엇비슷하고 문수룻한 산봉우리를 그리었다.

'어지간히 말랐군.'

하고 나는 속으로 생각하며 말했다.

"왜들 내려왔어? 나는 할머니와 큰아버지나 모시고 잘라고 드는데……."

"그처럼 오래간만에 만나는데두……."

마누라쟁이는 크고도 쑥 들어간 눈으로 원망스러운 듯이 흘끗 쳐다보고는 다시 벽으로 고개를 돌린다.

"누가 언제는 한 방구석에서 정다웁게 자본 적이 있었나?"

하고 나는 퉁명스럽게 말을 하고 나서는 인제 와서 또 새삼스럽게 미워하는 말투를 낸 것을 뉘우쳤다.

그는 옛날부터 내 학대와 미움을 여간치 않게 받아왔으므로 여간한 일에는 시들하게 생각하도록 신경이 마비가 되어 그러한지 또한 오랫

동안 보지 못하던 소위 남편에게 대한 *체모를 생각하고 억지로 참음인지 아무 말대거리도 아니하고 잠잠히 앉았을 뿐이라. 나는 더 견딜 수가 없어서(이 세상에 보기 싫은 사람을 억지로 참고 대하기라는 것은 여간한 고통이 아니다),

"들어들 가, 어서."

하고 재촉하였다.

"들어가긴 왜 들어가요. 여기서 잘걸."

이러한 무신경 몰염치한 따위였다.

"자? 여기서 자? 그러지 말고 아이들이나 두고 가든지…… 안방이 좁고 하니 당신이나 어서 들어가오."

하고 어찌하였든지 귀찮은 것을 떼어 쫓아 들여보내려고 타이르는 말조로 하였다.

"들어가긴 왜 들어가요? 나는 여기서 자고 내일이라도 서울 가신다면 나도 따라갈걸. 사람이 이 노릇을 하고 사느니 죽어 버리지."

"무엇 어째? 참 기막힌 소리도 다 한다. 살고 말고 그런 것은 다 몰라. 나는 나 혼자 할 일만 다 하자 하여도 기막힌데, 살리기는 누구를 살려. 그러고저러고 다 듣기도 싫고 보기도 싫어."

"모르면 누가 안단 말이오?"

나는 듣기가 몹시 귀찮아서 상을 찌푸리며,

"듣기 싫어, 어서 들어가."

하고 좀 높은 소리를 쳤다. 이번에는 저편에서도 성이 좀 나서,

"아따, 제기 사람을 싫어해도 분수가 있지."

하고 말하는 품이 옛날에도 드문드문 나오던 거슬거슬한 성미를 또 부리기 시작한다. 나는 *화증이 더럭 나서,

체모(體貌)
체면(體面). 남을 대하기에 떳떳한 도리나 얼굴.

화증(火症)
걸핏하면 화를 왈칵 내는 증세.

"들어가라면 들어가지 무슨 잔말이냐. 보기 싫어, 어서 들어가."
하고 소리를 버럭 질렀다.

그는 반항하는 기세가 더 높아지며 얼굴을 내게로 돌리며,

"인자 와서 나를 또 보기 싫다하면 어쩌란 말이오?"

"그러니까 진작이라도 어디로 가라고 그리하였지……."

"가기는 어디로 가?"

"어디로? 다른 사람에게 시집가라는 말이야."

하고 나는 비웃는 말투로 하여 부치었다.

여기까지 이른 그는 기가 막히는 모양이다. 말이 나올지 울음이 나올지 웃음이 나올지 어찌할 줄을 모르는 모양이다. 어린애들은 나를 무슨 낯선 이방사람이나 대한 것처럼 무서운 듯이 흘끔흘끔 쳐다들 본다. 이 광경은 부부나 친자 사이에 하는 태도가 아니요, 무슨 원수나 대적을 하는 셈이다.

큰 말소리가 나올 줄 미리 짐작하였던 그는, 어이가 없던지, 그 반대로 도리어 나지막한 목소리를 내며,

"그래 사람을 박대하여도 분수가 있지. 시집온 지 근 십수 년에 갖은 고생을 다 하여가며 젊은 살기가 다 빠졌는데, 인제와서 또 새삼스럽게…… 더군다나 자식새끼가 없으면 나 혼자 몸이야 산으로 가거나 물로 가거나……."

하고 애걸 비스름하게 말한다.

"나는 몰라. 자식새끼고 무엇이고 다…… 누가 낳고 싶어 낳나, 장가 들고 싶어 들었나."

혼자말로,

"세상에 참 망할 악연도 있다. 고약한 운명도 있다."

"그러면 우리 세 모녀가 다 죽으란 말이오?"
하고 조금 말소리가 높아지며 떨렸다.

"몰라, 죽든지 살든지 나 몰라. 참 몰라. 참……."
하고 나는 아래턱이 부르르 떨렸다.

과연 그러냐고 묻는 듯이 나를 노려보고 있는 그는,

"아, 참말씀이오?"
하고 따지는 말투로 묻는다.

"참말이고, 여부가 있어, 내가 빈말을 할까."

"참말."
하고 그는 재차 따진다. 그 말소리는 목이 메었다.

"참말."
하고 나는 *엄절히 대답하였다. 이제는 더 참을 수 없는 모양이다. 그는 급한 경사지에 세운 비석 모양으로, 금방 쓰러질 듯이 다스리고 앉아, 무심코도 처참한 얼굴빛으로 앞 방바닥만 바라다보고 있는 눈에는 눈물이 뚝뚝 떨어진다.

엄절(嚴切)하다
태도가 매우 엄격하다.

"그러면 우리 세 모녀는 죽어 버리자!"
하는 목소리는 목구멍을 긁어 나오면서도 떨렸다.

저의 어머니의 얼굴만 바라다보고 있던 두 아이는 차례로 잇대며,

"어머니, 어머니."
하며 어머니의 옷자락을 붙든다. 그리하는 것이 그의 슬퍼하는 기세를 더 돕는다. 이때껏 까막까막하던 등불도 작은 눈동자를 가만히 떠서 앞으로 전개되려는 마당을 기다리는 것 같다. 그는 무릎에 얹히었던 손으로 방바닥을 치며, 몸을 그쪽으로 쓰러뜨리며,

"아이고, 이 일을 어찌한단 말인가?"

땅 속으로 215

하고 그만 울음을 내어놓는다. 그 울음은 뱃속 밑에서 울려나오는 섯 같았다. 큰딸아이도 따라 운다. 둘째딸아이는 더 놀란 듯이,

"어머니, 어머니."

하고 고함을 내어놓으며 운다.

나는 벌떡 일어서며,

"에끼 망할 것! 울기는 왜 울어. 나는 저 꼴 보기 싫어 이 밤이라도 당장 서울로 가겠다, 에이."

하고 화를 내며 문 밖으로 뛰어나갔다.

바깥은 몹시 어둡다. 어둡기 전부터 하늘에 끼었던 구름이 인제 보슬비가 되어 소리 없이 내려온다.

몇 발자국 걸어나가며 사방을 돌아보니, 사방이 갑자기 더 어두운 것 같다.

댓돌

'땅 위의 모든 것은 다 어둠의 운명으로 꽉 잠겨 버렸다' 하는 느낌이 선뜻 일어난다. 안방을 향하고 나오던 나는 안방 댓돌 끝까지 와서야 비로소 안방에 불이 꺼졌음을 알았다. 여러 사람의 코고는 소리가 뒤섞여 일어난다. 뜰 아랫방 울음 소리는 점점 더 높아갔다. 나는 무엇보다 첫째 그 울음 소리를 피하려고, 안방 굴뚝 모퉁이로 돌아가 처마 밑으로 기어들어갔었다. 울음 소리는 여기까지 들린다. 안방 사람들이, 더구나 잠이 귀하신 어머니께서 혹시 잠이나 깨어서 들으시고서 아닌 밤중에 온 집안이 법석이나 아니 날까 하고 염려하였다. 그러나 다행히 잠이 깊이들 든 모양이다.

나는 뒤꼍 쪽으로 몇 발짝 더 나가 서서 어둠을 대하고 우두커니 서 있었다. 울 너머로 건넛마을 뉘 집의 빤한 등불이 보인다. 나뭇가지에

가리어서 그러한지 수없이 사라졌다 나타났다 한다. 나는 어둠을 향하여 후— 하고 한숨 한 번을 길게 쉬었다. 그 한숨 소리는 몹시 떨리었다. 가슴도 물론 멍울멍울하여진다. 울음 소리는 희미하게 들리다 말다 한다. 옛날에 수없이 하던 이 골머리 아플 만한 작은 연극을 오늘 저녁에 와서, 닥치자마자 또한 새삼스러이 되풀이한 생각을 할 때에 '닿자 그처럼 할 것은 없을 것을' 하고 뉘우치기도 하고 속이 아니꼽기도 하였다—아프지마는 아니꼬웠다. 나는 답답증이 펄쩍 나서,

"옛 이대로 가자! 오늘 밤에 정처없이 어디로 가버리자!"

하고 입 속으로 지껄이고 걸음을 내어 사립문 쪽으로 향하였다. (가는 비 맞는 것도 헤아리지 않고) 문을 열고 나섰다. 밤은 어둡고 고요하다. 가는 비 소리조차 나지 않는다. 다만 들리는 것이라고는 나뭇잎에서 이따금씩 듣는 빗방울 소리, 멀리서 은은히 전하여 오는 물방아에 물 내리는 소리였다. 그 물은 도리어 봄밤의 적막을 더 돋울 뿐이다. 나는 한 걸음 두 걸음 걸어 앞집 문 앞을 지나 또 한 집 두 집을 지나 마을 어귀에 나서서 건넛마을로 건너가는 그 중간에 있는 매방아 앞까지 이르렀다. 울음 소리가 여기까지는 들리련마는, 생각이 날 때마다 은은히 귀에 들리는 것 같다. 더구나 어린아이들의 울음 소리가 더 마음에 걸린다. 멈추고 섰던 발을 다시 내놓으려다 나는 그 매방아 앞에 선 시꺼먼 '노송나무'를 보고 깜짝 놀랐다. 그 나무 밑에는 우물이 있다. 어두워서 보이지는 않지마는 우물 생각을 하고 가슴이 선뜩하였다.

물방아

노송나무

나는 얼른 길을 고쳐 딴 길을 잡아, 더 작은 길을 취하여 걸어 나아가게 되었다. 예전에 지나친 일이 모두 눈에 떠오른다. 나는 별안간 공

포와 연민의 정이 폭발하여지며,

"그 우물!"

하고 혼사 가만히 부르짖었다.

그 우물에 대한 이야기는 이러하다.

지금부터 십 년 전 그 아내라는 사람이 내게 쫓기어(내가 그를 쫓아 내게 된 것도, 열다섯 살이나 되어서 성의 눈이 떠지기 시작한 까닭이다. 그가 열여섯, 내가 열두 살 먹어 장가들 때에는 도리어 좋아서 남 보고 자랑을 한 걸, 자기 친가에 가 사 년이나 있다가 온 것을, 오던 날, 바로 또 가라고 야단을 치고 내밀었더니 그는 그 길로 그만 우물에 가 빠졌었다. 그것도 마침 그의 친정에서 *교군하여 가지고 온 사람들이 동네 구경하러 나섰다가 우물 깊이가 얼마나 되는가 하고 들여다보다가 발견하여 꺼낸 것인데 그때 건져내는 그는 꼭 죽은 줄로만 알았

교군(轎軍)
가마. 예전에, 한 사람이 안에 타고 둘이나 넷이 들거나 메던, 조그만 집 모양의 탈것. 연(輦), 덩, 초헌(軺軒), 남여(籃輿), 사인교(四人轎) 따위가 있다.

었다. 그때 그 모양이라니! 흐트러진 머리, 퉁퉁 부은 살, 코와 입에서는 물이 쏟아져 나오다가 나중에는 피) 나중에 그가 우리 집(그때는 지금 이 집보다도 더 크고 좋은 집인데 아까 그 *매방아 집에서 너더댓 집 건넌 집이다. 지금은 이곳이 좀 번화하여진 까닭으로 잡화상 겸 고리대금업자인 일본 사람이 그 집에 들어 있다. 지금 들어있는 집도 물론 그자에게 잡혀있다 한다) 건넌방 아랫목에 누워서 정신이 다 든 뒤에, 윗목에 있는 나를 눈떠 보더니(그때 그 눈빛이란 것을 무엇이라고 말하였으면 좋을는지⋯⋯ 이 세상의 가장 되는 원한과 애원을 말하자면 아마 그 눈빛을 가리켜 말할 수밖에 없다) 그 넋이 풀린 검은 눈에 눈물이 질질 흘러내린다. 그러지 아니하여도 물에 빠지기까지는 늘 속으로 '그것이 죽기나 하였으면 좋겠다' 하고 은근히 죽기를 바래보기도 하였으나, 지금은 도리어 뉘우치고 불쌍한 생각이 나서 견디지 못하던 터이라, 나는 그만 달려들어 그의 누운 가슴을 껴안고 볼을 대었다. 그때 그의 얼굴에는 아무리 귀하던 나의 눈물일망정, 몇 방울 떨어졌을 것이다. 무언 가운데 두 사람은 감격한 강화를 맺었다. 내 맏딸아이도 그때 그 강화조약 체결의 소산이었다. 그러나 그 뒤에도 부부간 애정이라는 것은 딴 문제였다.

　봄의 깊은 밤은 춥다. 가는 비 맞아 추진 몸이 오솔오솔하여진다. 그 우물에 대한 지나간 일이 필름 모양으로 지나간 뒤에 또 이런 생각이 일어 나온다―앞으로도 그런 일이, 아니 그보다 더한 일―세 모녀가 한꺼번에 죽어⋯⋯ 지금 그 방 안에 세 모녀가 엎으러져 우는 모양이 눈에 떠오른다. 울음 소리가 귀에 또 들리는 것 같다. 가슴이 찌르르하여진다. 앞으로 걸어나가던 발길을 홱 돌이켜 도로 집으로 향하여 오려 하였다. 그러다가 우뚝 서서 잠깐 생각하기를,

매방아
'맷돌'의 방언.

'내가 왜 이렇게 약한 인정에 끌리어, 자기 운명을 자기가 자꾸 얽어매게 되노? 이 왜 가지를 쪼개인 무쇠쪽 같은 비통한 의지의 눈동자를 가지게 되지 못하였노.'

이 모양으로 생각하고는 찌르르거리는 가슴을 억지로 가라앉히려고 하였다. 그러나 그도 소용없다. 터져나오기 시작하는 연민의 정은 막을 길이 없었다. 나는 발을 탁 구르며,

'아이고, 나는 하는 수 없다! 나는 약한 사람이다.'
하고는 그만 집을 향하여 발을 급히 내어놓았다.

열어놓았던 사립문을 다시 닫고 돌아서, 그 방문을 쳐다보았다. 불은 그저 켜 있다. 소리 없이 걸어 그 방문 앞에 가 서서 가만히 귀를 기울이고 들었다. 울음 소리는 아주 없어졌다. 다만 어린아이 숨소리인지, 작은 숨소리만 일어난다. 간혹 소스라치는 듯한 숨소리가 길게 난다. 방 안은 조용하다. 그러나 아까 들리던 그 울음의 여운이 길이길이 사라지지 않고 방 안에 떠도는 것 같다. 나는 방문을 가만히 열고 들어가 서서 그들의 동정을 살펴보았다. 그들은 모두 무슨 몹쓸 칼날이나 총알에 맞아 엎으러져 있는 모양 같다. 방 중앙에는 큰딸, 그 다음에는 그, 또 그 다음에는 작은딸, 그는 홑적삼 입고 솜저고리는 벗어 아래편에 볼을 땅에 대고 엎으러져 누운 딸을 웃통만 덮어 주고 맨 윗목에 누워 있는 작은딸은, 왼손을 이마에 대고 엎으러져 있는 자기의

솜저고리

바른 팔과 치맛자락으로 덮어 주었다.

'모성애란 것은 참 대단한 것이다.'
하는 생각이 얼른 지나간다.

그는 바스러지는 듯한 몸이 깊이 땅 속으로 가라앉아 들어가는 것

같이 누워있다. 사라져가는 혼의 자태이다. 나는 달려가 왈칵 껴안으려 하였다. 그러나 마음을 고쳐먹고, 아랫목에 깔린 담요를 걷어, 그들을 슬그머니 덮어주었다.

그리고 나는 비 맞은 양복 저고리를 벗어 걸고, 샤쓰 바람으로 그대로 아랫목에 다스리고 앉았다. 가슴에는 크게 일어나려던 *회선풍(回旋風)이 그대로 주저앉고 소낙비를 내려 부으려던 검은 하늘이 그대로 멀뚱멀뚱하고 있는 것 같다. 다만 때때로 귀에 들리는 울음 소리의 여운(지금은 그들의 숨소리가 울음 소리의 멜로디로 변해 들린다)이라든지, 가끔가끔 눈에 띄는 그들의 애처로이 누운 모양, 이것이 가슴속을 스쳐갈 때마다 어두운 가슴속에는 굵은 빗방울이 뚝뚝 떨어지는 것 같다.

나는 아무 생각도 할 수 없다. 생각할 까닭도 없다. 다만 무너지려는지, 터지려는지, 어찌 될 줄을 모르는 컴컴한 앞이 있을 뿐이다. 앞 뿐 아니라 뒤도 옆도 다 캄캄한 것뿐이다. 다만 그 캄캄한 세계의 이쪽에서 저쪽으로 올라가는 무슨 비통한 휘파람 소리가 이따금씩 일어날 뿐이다. 그것은 고통과 절망으로부터 나오는 부닥칠 곳 없는 생(生)의, 아니 영혼의 고적한 숨이었다.

나는 눈을 감았다. 쓰린 명상의 세계로 혼이 파묻혀 들어가려는 것이다. 이 모양으로 얼마 동안을 지내었다.

봄밤은 짧다. 먼 마을에 닭 우는 소리 일어난다. 그 소리를 따라 이웃집 닭이 또 홰를 치며 운다. 때는 한 굽이 넘어간다. 이리하여 영원은 또 새 날을 맞이하고 묵은 날을 보내게 된다. 나는 닭의 소리와 어울려 긴 한숨 한 번을 내어쉬고 명상을 깨뜨리었다. 방 안은 그저 까막거리는 등불로 유지하고 있다. 나는 옆으로 쓰러져 누워서, 잃어버린 명상을 다시 회복하게 되었다.

회선풍
회오리바람.

어느 겨를에 잠이 들었었다. 한숨을 잤는지 반숨을 잤는지 모르나, 잠이 깨어 눈을 떠 볼 때, 내 옆에는 작은딸, 발끝에는 큰딸을 갖다 누이고, 아까 그 담요로 나까지 엄불러 덮어주었다. 그리고 그는 윗목에 가서 혼자 쪼크리고 누웠다. 나는 벌떡 일어나 달려가 그를 껴안고 아랫목으로 끌고 내려와, 담요를 더 펴서 덮이고, 한자리에 같이 누워 자게 되었다.

그 이튿날이라도 내가 바로 서울로 올라올 것이지마는 이 아픈 맛을 좀더 견디어 보리라고 참고 집에 머물러 있었다. 또는 오랫동안 그리고 그리던 아들(더구나 자애가 유명하고도 오십 줄에 낳은 막내아들인 고로)을 하루 동안이라도 더 대하여 보고 싶다는 노모의 만류도 있었던 까닭인 고로, 이튿날 서울로 떠나오게 되었다. 집에서 떠날 때에

"아무쪼록 속히 무슨 도리를 생각하여라. 집안 형편 생각을 하고……."

하고 부탁하는 이는 또한 내 형님이었다.

서울은 이십만 인구의 도회로서 무직업한 빈민이 십팔만이라는 말은 신문 기사를 보고 알았지마는 세계 지도 가운데 이러한 데가 또 있거든 있다고 가리켜 내어 보아라. 말만 들어도 곧 아사자, 걸식자가 길에 널린 것 같다. 배보다 배꼽이 더 크다는 셈으로 이십만 인구에 걸식자가 십팔만!

나도 물론 이 거대한 걸식단 가운데 신래자(新來者)의 한 사람이 되었다.

남촌이라는 이방인 집단지인 특수지대를 제해놓고 그 외는 다 퇴락하여 가는 옛 건물, 영쇠하여 가는 거리거리, 바싹 마른 먼지 냄새로 꽉찬 듯한 기분 속에서 날로날로 더 패멸조잔(敗滅凋殘)의 운명의 길로 돌아가는 서울이란 이 땅, 아니 전 조선이라는 이 땅, 그 속에 굼질

대는 백의인―빈사상태에 빠진 기아군.

 아무것도 없다. 아무것도 없다!
 이 사막에는 이 초지(草地)에는 아무것도 없다.
 마른 땅과 마른 뼈밖에는 아무것도 없다!
 이 땅에 장차 무엇이 오려노?
 이 무리에게 장차 무엇이 닥치려뇨?
 죽음! 옳도다, 죽음밖에는 아무것도 없다.
 '이 땅에 불을 내리지 않나!
 이 초지에는 차라리 불을 내리지 않나.'
 디디고 선 것은 마른 땅,
 가지고 있는 것은 이 몸의 뼈,
 모래 녹여 화약 만들 수 없나?
 뼈 갈아 창 치울 수 없나?
 죽음의 구덩이에 춤이나 추어 보게.

 자, 인제부터는 내가 서울서 지내어 온 일, 또는 앞으로 지내어 가는 모양, 그것을 대강 좀 적어보자.
 내가 서울 와서 보니 몸 하나 둘 곳도 별로 없다. 처음에는 친구의 뒤꽁무니를 따라다니며 얻어먹고 끼여 자고 하다가 그도 오래 할 수 없는 일이라 우선 외상밥이라도 먹어야 하겠기에 어느 친구의 지시로 하숙에 들어가서 있다가 필경에는 거기서도 밥값으로 인하여 쫓겨나고 말았다. 그 다음에는 또 주인 있는 남의 사랑방에 가서 붙어 있는 친구를 쫓아가 덧붙이기 노릇을 하여가며 사먹는 것이라곤 상밥, 설렁

탕, 호떡, 그도 없으면 굶고……

　이 모양으로 봄을 보내고 여름도 또한 다 가게 되었다. 나는 오륙 삭 동안을 어찌 지내어 왔는지 꿈결같이 아득하다. 내성생활이고 예술창작이고 무엇이고 다 이 기분과 이 생활 속에서는 생각하고 돌아다볼 겨를이 없었다. 그것도 처음에는 굶는 때가 간혹 있다 하더라도 그 배고픈 고통을 달게 이기고 참아 나갔지마는 그것도 너무 시들하도록 도수가 지나가니까 별 수 없다. 사람이 그만 *구복을 위하여 사는 동물이 되고 말았다. 그리하면서도 자기의 약함을 뉘우치는 때도 있었다. 그러나 하는 수 없다! 다만 개나 도야지 같은 동물로 타락되고 말았다. 여기에 한 가지 예를 들어보면 그다지도 수가 지나도록 배가 고프지 아니할 때에도 길에 나서면 그래도 무슨 시상도 나고 사색도 일어나고 하더니 그 고비를 지내고 보면 이것도 저것도 없다. 길에 널린 것이 모두 다 먹을 것으로만 보인다. 돌멩이고 나무 조각 같은 것이 떡 조각이나 *면보 조각으로 보인다. 그러다가 좋은 운수가 터져서 배를 채우고 나게 될 때에는 *백치나 *소아 모양으로 일종의 희열과 만족을 느끼게 된다. 걸인의 심리를 잘 짐작할 수 있다. 그러다가 갑자기 자기라는 것을 돌아다볼 때에는 *냉조의 웃음이 슬쩍 터져 나온다. 그 웃음 속에는 슬픔도 섞이어 있다. 별 수 없다. 이때껏 현자를 배우려하고 군자를 강작하려던 무반성하고도 천박한 인도주의자—이상주의자가 그만 자만심이 쑥 들어가 버리고 말았다. (물론 자기가 못생긴 줄은 알지마는) 어떤 때는 하루에 한 끼쯤 먹거나 말거나 하고 삼사 일 계속되는 기근기가 닥쳐올 때에는 친구고 무엇이고 사람이라면 귀치 않은 생각이 나서 취운정이나 삼청동 같은 나무 그늘 좋고 잔디밭 있는 곳으로 찾아가서 낮으로부터 밤까지 혼자 구부리고 앉아 쑥 들어간 검은 눈을 끄

구복(口腹)
먹고살기 위하여 음식물을 섭취하는 입과 배.

면보
'면포(麵麭)'의 방언. 개화기 때에, '빵'을 이르던 말. 중국에서 만든 단어를 우리 한자음으로 읽은 것이다.

백치(白癡/白痴)
뇌에 장애나 질환이 있어 지능이 아주 낮은 상태. 또는 그런 사람을 낮잡아 이르는 말.

소아(小兒)
어린아이.

냉조(冷嘲)
멸시하여 비웃음. 또는 그런 웃음.

먹끄먹하고 지낼 때도 있었다. 그러나 그도 언제까지 그 모양으로 견디어 나갈 수는 없는 일이다. 다시 개 모양으로 육식 냄새를 맡으려 거리로 뛰어나오게 된다. 그 배고픈 고통을 면하려고 한 끼라도 남에게 얻어먹자면 구차를 떠나서는 그도 될 수 없다. 이 세상에서 구차를 떠나려면 자살이나 도피 밖에는 다른 수 없다. 그래 구차한 짓을 한 번 하고 배 앓고, 두 번 하고 배 앓고, 어떤 때는 사는 것이 더러워서 '굶어 죽더라도 그 따위 짓은 아니 하겠다'고 결심하였다가도 또 구차. 자— 사람이 이 모양으로 살아 나가니 나중에는 그만 양심까지 흔들린다. 이래서야 비로소 외적 생활의 무서운 압박으로 인하여 내적 생활을 돌아 볼 여지가 없는 온 세계 *무산군(無産群)의 고통을 알 수 있다.

이때부터 내 사상생활의 전환의 동기가 생기었다. 이때껏 '식, 색, 명예만 아는 개, 도야지 같은 이 세상 속중들이야 어찌 되거나 말거나 나 혼자만 어서 가자, 영혼 향상의 길로'라고 부르짖던 나는 나 자신 속에서 개를 발견하고 도야지를 발견한 뒤에는 '위로 말고 아래로 파 들어 가자—온 세계 무산 대중의 고통 속으로! 특히 백의인의 고통 속으로! 지하 몇 천 층 암굴 속으로!'라고 부르짖었다.

무산군
재산이 없는 노동자, 농민, 직공 등의 프롤레타리아 대중을 가리킴.

마른땅 위에 꿈질대는 것은 다만,
 '뼈의 사람', 아니 '사람의 뼈' 뿐이다.
뼈를 태우자, 뼈를 썩이자, 그 속에서 사랑의 씨가 돋게 하자, 새 생명이 터져 나오게 하자.
 '백의인의 고통,
 백의인의 고통
 땅에 금 한번 그어 놓고 보자!'

　　이때이다. 이때에 시골서 무슨 기쁜 소식이나 오기만 기다리고 기다리던 아내란 사람이 견디다 못하여 어린아이들을 끌고 나를 찾아 서울로 왔다.
　　어느 *일갓집에서 그를 만나본 나는,
　　"어디 살아나가 봅시다."
하고 말하였다.
　　연애가 다 무엇이야, 피 마른 조선 사람에게도 연애가 있나? 애정 없는 아내하고 살아나가 보자, 쓴 맛이 얼마나 대단한가? 거지는 살림

일갓집(一家-)
일가가 되는 집.

못 하나, 고생 맛이 얼마나 대단한가? 좀 견디어 보자, 하는 생각이 반발적으로 일어나는 나는 살림하고 살겠다고 대담히 말하였다.

그리하고 우선 그들은 염치불구하고 가난한 일갓집에 맡기어 놓고 어떻게 하든지 며칠 내로 돈을 주선해 가지고 셋방이나 하나 얻어 살림을 시작하여 볼 작정이다. 그러나 돈 구처할 도리는 없다. 별 수 없다. 이때껏 '이것이야 내가 아직 발표할 수 없지' 하고 양심의 지조를 지켜내려 오느라고 꾹 파묻어 두었던 시집 원고를 부랴부랴 초고에서 주워 모두어 가지고 어느 *책사를 찾아가서 염치 좋게 싸구려 장사, 물건 팔 듯이 내어 놓았다. 거기서 거절을 당하였다. 얼굴이 화끈화끈하는 나는 뒤통수를 두드리고 문 밖으로 뛰어나왔다. 그 길로 어느 친구를 찾아가 그 친구의 아는 책사로 같이 찾아갔다. 다행히 거기서는 성공하였다. 판권을 육십 원에 팔아가지고 선금 이십 원을 찾고 그 나머지 사십 원은 출판 허가가 나온 뒤에 찾기로 하였다.

자, 이만하면 되었다. 하고 아내란 사람에게로 달려와 보고를 마친 뒤에 셋방을 찾으려고 나섰다. 방을 구한다는 것이 필경에 이 북촌 막바지 삼청동—지금 들어 있는 이 곁방이었다.

두 달 치 방세 선금 십 원, 나머지 십 원은 솥개, 그릇개, 나뭇단, 쌀말.

이만하면 네 식구 일주일 가량은 걱정없이 지내게 되었다.

내 생애의 페이지에 연필 따위로나 한 금을 그을 만한 이 살림살이 최초일 밤이었다.

석유 등잔불로 희미하게 밝힌 방 안에(나는 문명의 혜택을 너무나 받지 못하는 사람이다) 서울 살림에도 역시 석유 등불, 구멍 나고 때끼인 장판방, 어느 때에 도배한 것인지 검누르게 끄을은 벽, 세간이라고

책사(册肆)
서점(書店).

는 한구석에 놓인 보퉁이 하나, 헌 상자때기 하나, 윗목에 앉은 세 사람, 아랫목에 앉은 나, 이 네 사람의 마음과 잘 조화된 방안 방밖의 우울한 분위기, 이들의 앞 운명을 암시하는 듯한 까막거리는 등불, 늦은 철 더 강하여진 무기를 가지고 여기저기서 호응하는 모기떼.

나는 부채를 들어 왼편 어깨에 붙어 앉아서 주사침을 내려 박는 모기를 탁 때려 쫓으며 윗목에 나란히 앉은 세 사람을 슬쩍 쳐다보았다. 아닌 겨울에 훗훗한 남풍이 불어오는 셈으로 변체의 기조 같은 내 마음씨에 그만 때 아닌 봄철을 만난 듯한 아내란 사람은 그의 표정과 행동을 보아도 넉넉히 알 수 있다.

부채

더운 줄도 모르고 어린 딸을 무릎 위에 앉히고 땀난 손으로 그의 머리를 쓰다듬어 주는 그의 얼굴은 예전에 보지 못하던 평화와 *현숙(賢淑)의 표정이 드러나 보인다. 그의 눈은 크지마는 눈빛이 검은 까닭으로—말하자면 봄이나 가을 맛의 성격을 가진 사람의 눈빛이 아니요, 겨울 맛이 있는 눈빛이다—그러한 표정을 드러냄에는 너무 적당치 못하다. 그러나 그의 입과 그의 가생이에는 그런 표정이 드러났다.

현숙
여자의 마음이 어질고 정숙하다.

그 표정을 본 나는 적이 마음이 쾌하였다. 그러나 마음의 깊은 구석에서는 늘 *서마서마하여진다. 마치 귀엽지 못한 짐승을 억지로 길들일 양으로 손으로 쓰다듬어 주는 느낌과 같다. 나는 얼굴을 얼른 돌리었다. 나는 이때껏 그의 얼굴을 한 번이라도 자세히 쳐다본 적은 없다. 혹시 무슨 말을 할 때에도 늘 고개를 들지 않고 말하는 것이 그에 대한 버릇이 되었다. 특별히 지금 와서 자세히 본 셈이다. 그러나 오래 쳐다볼 기운은 없다. 그는 어린 딸을 일으켜 세워 내게로 밀어 보내며,

서마서마하다
마음이 든든하지 못해서 조마조마하게 조이는 데가 있다.

"저 아버지한테로 가거라. 아버지한테 가."
한다.

어린 딸은 주저주저하며 내 옆으로 온다. 나는 그를 안았다. 그의 손을 만져보기도 하고 볼을 대어보기도 하였다. 아마 이것도 처음일 것이다. 자식 귀여운 생각이 아니 날 수 없다. 나는 거듭 이쪽 뺨을 대어 보았다.

내 무릎 위에 앉아 까막까막하고 등불을 쳐다보는 그 눈은 몹시 귀여웠다. 유리알같이 맑은 눈이었다. 그는 꼭 다문 어여쁜 입을 방긋이 벌리어,

"저기 저 모기…… 소리해, 남모르는 소리두 하지……."

하고 이런 동화 같은 말을 한다. 그 말을 들은 나는 신통한 생각이 매우 나서 곧 입을 한번 대려 하였다. 그러나 그만두었다.

이것을 보라! 이런 기막힌 일이 어디 있을까? 이 아이가 남의 아이 같더라도 이런 귀여운 말을 들을 때에는 그렇지 못할 터인데 더구나 제 소생에 대하여 이런 생각이 안 일어난다는 일을 생각한다면…….

본능으로는 귀여운 생각이 나나, 심령으로는 이것을 부정…… 이 심령에 빛을 가로막는 이 악희의 운명!

나는 주먹을 부르르 움켜쥐었다.

그렇다고 자살하기는 싫다. 도피하기도 싫다. 어디 좀 견디어 나가 보자! 억지를 쓰고 살아보자! *빙양(氷洋)의 *백웅(白熊)같이…… 최후에는 피를 얼음 위에 쏟아놓고 죽더라도…….

'조선 사람에게는, 아니 내게는 이것조차 뺏어갔구나! 우주 생명으로부터 내어버린 자식이로구나. 그러나 어디 좀 견디어 보자.'

이렇게 생각하고 나는 속 눈동자를 뒤바꿔 굴려 내려감았다. 가슴 속으로 울려 들어가는 목기침을 한번 하였다. 그 기침 소리는 땅 속을 울리는 *신음성(呻吟聲)같이 들리었다. 그리고 어린 딸에게 대하여서

빙양
얼음이 얼어붙은 넓고 큰 바다.

백웅
북극곰.

신음성
신음하는 소리.

는 갑자기 더 걸린 생각이 나섰다. 바싹 껴안고 볼을 한번 대고 나서는 슬그머니 내려놓았다.

그 아이는 저의 어미에게로 향하여 간다. 가다가 옆에 놓인 물그릇을 밟았다. 그릇은 엎어지고, 물은 방바닥에 흥건히 쏟아졌다. 그의 모든 그 버릇이 또 뛰어나왔다. 어린아이를 훔쳐 갈긴다. 아이는 소리쳐 운다. 나는 상을 찡그리고 고개를 옆으로 돌리었다.

"에이그, 지긋지긋한 년, 급살을 맞을 년!"

하고 그는 아이를 또 때린다. 아이의 울음 소리는 더 높아간다. 나는,

"이 살림살이 시작이 지옥의 초입이로구나."

하고 화를 펄쩍 내며 밖으로 뛰어나가 툇마루 끝에 가서 걸터 앉았다. 그는 더 계속하며,

"아이고 지긋지긋……."

한다.

그 '지긋지긋' 소리가 저주에로 가는 소리같이 들린다. 나는 참다 못하여,

"에잇……."

소리를 치고는 구두짝으로 그를 훔쳐 때리려다가 그만두었다. 아주 밖으로 멀리 가버리려다가 '참자, 참어. 마른 뼈에 제 물이 우러날 때까지 참자' 하고 눈감고 앉아 있다가 방 안이 조용한 것을 보고 '인자 들 자거라' 하고 나는 다시 눈을 감았다. 어느 때까지이고, 눈감고 앉은 이 모양으로 밤을 보내고 싶었다. 눈감는 버릇은 아픈 버릇이다. 그 속은 검은 하늘빛과 같은 세계이다.

이리하여 일주일을 지내었다. 한 달을 지내었다. 또 한 달을 지내었

다. 어찌 지내어 가는 모양인지 정신 차릴 수가 없었다. 어느 때를 굶었는지 어느 때를 먹었는지 헤아릴 수 없다. 다만 끼를 때우기에 힘을 쓰고 사는 인생이 되고 말았다. 그 밖에는 생활의 의의를 찾을 수 없게 되었다.

생명의 침체다, 아주 침체다. 예전쯤 해서 무슨 내성생활을 한다고 반성의 고통을 느끼며 쓰리니 아프니 하던 때는 참으로 황금시대이다. 몇 달 전 자기 혼자 지낼 때는 오히려 유토피아 시절이다. 그런 기아의 영광, 고적의 낙로를 지금 앉아서는 도저히 바랄 수 없는 일이다.

어제 저녁에 집주인이 방세를 내라고 여러 말을 하며 나가라 어찌하거라 하기에, 나 역시 참다못하여 큰 소리 몇 마디 하였더니, 도리어 그만 창피한 꼴을 톡톡히 당하고 말았다. 홧김에 저녁도 아니 먹고 밖으로 뛰어나가며,

"왜 저녁은 아니 하오. 쌀이 없소?"

하고 아내라는 사람보고 물었더니,

"쌀이 없기는 왜 없어요. 인자 차차 하지요."

한다.

나는 그 길로 나서서, 어느 친구를 찾아가서 저녁을 얻어먹고, 밤이 늦도록 놀다가 이내 그곳에 쓰러져 자고 늦은 아침때나 되어서 집으로 돌아왔다. 방에 들어와 보니, 아내라는 사람은 큰딸아이의 머리를 빗기고 앉아 있다.

"아침은 그저 왜 아니 해?"

하고 물었다.

그는 아무 대답도 없다.

"아침은 왜 안 지어?"

하고 또 물었다.

또한 대답이 없다. 나는 쌀이 없는 줄 알았다.

"계숙(작은 딸)이는 어디 갔어?"

"몰라요, 어디 갔는지 고대 나갔는데……."

나는 방문 밖으로 나와, 안주인 집 쪽으로 기웃이 들여다보았다. 그 집에는 한참 아침상이 벌어졌다. 이것 보아, 계숙이가 주인집 식구 밥

먹는 꼴을 우두커니 바라다보고 그 집 댓돌 옆에 쭈그리고 앉았다.(이런 것도 처음 보는 모양이다.) 그것을 본 나는 가슴이 찌르르 하며 창자까지 울려 내려오는 것 같았다. 빠르게 손짓을 하여 그를 불러내었다. 그리고는 번쩍 안고 방으로 들어가 무릎 위에 앉히고 물어 보았다.

"너 배고프냐? 어제 저녁밥 먹었는데 그렇게 배고플 것이 무엇있

담."

"아니, 안 먹었어요."

하고 어린 딸은 눈자위가 꺼진 눈을 까막까막하며 대답한다.

"아 참으로 안 먹었어, 어제 저녁을?"

"그럼 안 먹었지."

똑똑지 못한 말로 거듭 대답한다. 어제 저녁에 쌀이 없으면서도 있다고 거짓말을 하여 내 걱정을 덜려던 아내란 사람의 심사를 인제 짐작할 수 있다. 어린 딸 말 끝에 아내란 사람은 벽으로 고개를 외면하며 긴 한숨을 쉰다. 나는 가슴속이 무슨 돌덩이나 집어넣어 굴리는 것같이 아팠다. 내 살이라도 베어서 먹일 수 있다면 넉넉히 그러할 수 있을 것 같다. 과연 말이지, 자기가 열 끼 굶을지언정, 그 죄 없고 약한 것들의 한 끼 굶는 것이란 차마 볼 수 없는 일이다.(처자 거느리고 빈궁한 살림살이 하여본 사람이 아니면 이런 것을 모른다. 또는 이 세상 대다수의 약한 인간이 이 무서운 생명의 핏줄에 눌리어, 양심의 죄를 지어가며 살려고 애쓰는 것을 짐작할 수 있다.)

이때에 안으로부터 주인 마누라쟁이의 목소리가 나며,

"계숙 어머니 있수?"

한다.

나는 혹시 어린아이 먹이라는 밥이나 주려고 부르는 듯싶은 구차한 생각까지 얼른 일어난다. 밥은 고사하고 이 따위 말이다.

"방세 어떻게 되었수? 오늘은 불가불 좀 써야 하겠는데."

한다.

"글쎄 아직 안 되었나봐요."

계숙 모의 대답이었다.

"안되면 어찌한단 말이오. 방도 안 내놓고 세도 안 내고."
하고 아니꼽살스러운 말투였다.

나는 주먹을 불끈 쥐고 일어서며,

"참, 이 세상……."

하고 밖으로 뛰어나갔다.

인왕산

밖에는 지금 야단이 났다. 늦은 가을의 야단이 났다. 한없이 높은 하늘에, 바람은 그 복판을 치며 굴러나간다. 보라. 북악산 꼭대기 하늘에서도 가을이 '아우―' 소리치며, 인왕산 꼭대기 하늘에서도 가을이 '아우―' 소리친다. 그 아우 소리는 서로서로 엇갈려, 서울이 바라다보고 있는 대공의 궁계를, 빈 독 속에 울리는 사람 소리같이 '아우―' 하며 울려나간다. 그 아픈 호령 아래에, 이 산 밑 저 산 밑, 늘어선 나무의 잎잎들은 함부로 땅 위에 내려 굴며 곤두박질한다.

곤두박질이다! 땅 위에 곤두박질이다! 모든 것이 다 이 땅 위에 곤두박질이다.

길 위에 꿈질대는 사람이 모두 다 곤두박질할 듯싶다. 경복궁 긴 담을 안고 내려오는 나도 한번 곤두박질하고 싶었다.

나는 발을 탁 구르며,

'지금은 이런 생각 할 때가 아니다. 밥이다. 돈이다.'

생각하고는 발을 빨리 내어놓으며, 숙주감 다리를 건너서 안동 네거리를 지나 종로로 향하고 내려갔었다. 여기까지 오며 한 생각은 책사에서 돈 찾아낼 궁리였다.

'그 동안 허가가 나왔으면 다행이요, 그렇지 못하더라도 억지로 떼쓰고 다만 십 원이라도 뺏어내자.'

하고 이렇게 생각한 나는 바로 책사를 찾아가게 되었다. 그 교활하고도 야박한 소인간(小人間)의 전형으로 생긴 책사 주인 얼굴 대하기는 무엇보다 싫었다. 그는 전일 같으면, 생쥐 같은 눈을 요리조리 굴리며, 쥐꼬리만한 지혜를 가지고, 점잖다는 사람이라도 한번 다루어보려고, 또는 정다운 체하느라고 뱅글뱅글 웃으며, 얄궂은 말썽을 부릴 터인데 웬 셈인지 오늘은 그렇지도 않다. 시침을 뚝 떼고 다스리고 앉아서,

"아 O선생, 마침 잘 오셨구려."

하고 할끗 한번 쳐다본다. 그 쳐다보는 눈치는 사람을 경멸히 여기는 눈치다. 그리하는 것이 조금만 이해가 틀리면 빼끗 돌아가는 서울 깍쟁이 마음씨의 본색이다. 서울 사람 중에도 장사치, 그들은 확실히 '생쥐 인간'이라고 할 수 있다. 용의 새끼가 못 되면 미꾸라지가 된다는 셈으로 그들은 망골 자손으로 되고 말았다.

그는 거듭 말을 내며,

"이것, 보시오."

하고 책상 서랍 속으로 반지 넓이만한 좀 두꺼워 보이는 종이쪽을 꺼내며

"검열하러 들여보낸 그 시집이 압수를 당하였답니다."

하고 때묻은 책상 위에 떨쳐놓는다.

"압수?"

하고 나는 가슴이 덜썩 내려앉으며 그 종이쪽으로 눈이 갔다. 그 첫머리에는 통지서, 그 다음에는 무엇무엇…… 중간에 내려가다가 눈에 번쩍 뜨이는 것이 불허가…… 그 끝으로 무슨 국 무슨 검열계 인(印)이 있다.

"무슨 까닭으로 불허가랍디까?"

하고 나는 물었다.

"불허가는 고사하여 놓고, 저작자를 좀 취조하여 보겠다고까지 합디다."

내 눈에는 그 왜놈 경찰들의 걸터앉은 모양, 그 독살스러운 눈, 입, 매몰스러운 말투, 그런 것이 번쩍 떠오르며, 눈앞에 있으면 곧 주먹으로 내리갈길 듯싶게, 얼굴에 상기됨을 깨닫겠다.

"무슨 까닭으로?"

하고 물었다.

"무슨 까닭으로요? 불온하다고……."

"불온이라니 무엇이 불온? 그러지 아니하여도 조금이라도 걸릴 듯싶은 것은 죄다 빼었는데……."

"좌우간 어디가 어떻기에…… 당신이 미운 생각이 나서 그리하였는지도 모르지……."

이 말은 주인의 말이었다.

"미워, 내가 미워?"

얼굴이 화끈하여지며 나는 이런 말을 하였다.

"상전이 종이 미우면, 발뒤꿈치가 왜 달걀 같으냐고 트집을 잡는다더니, 그 셈인 게로군."

하고 말하는 사람은 그 옆에서 우편 소포들을 노끈으로 얽고 있는 차인꾼의 말이다.

"그래 그것은 그리 되었지마는, 선생 갖다 쓴 돈 이십 원 조건은 어찌한단 말씀이오?"

"그 돈이요, 지금 내가 갚을 도리가 있을 것 같으면 곧 갚아 드리겠쇠다마는 바로 말이지 지금 내가 돈이 없소. 그러하니 조금 참으면 내가 겨를을 타서 하다못해 무슨 번역 같은 것이라도 하여 드릴 터이니……."

하고 쾌쾌히 말을 하였다.

"언제 그것은……."

"언제일 것이 아니라 틈만 있으면……."

하고 나는 바로 그 책사 문 밖으로 뛰어나왔다.

얼굴에 오르는 상기는 가라앉지 않고 점점 더 높아지는 것 같다. 하늘이 땅으로 내려앉는 것 같고 땅이 하늘로 올라가는 것 같다. 길에 보이는 사람을 모조리 때려눕히고 싶다.

그럴 즈음에 뒤로서 나막신 소리가 딸깍딸깍 나더니 별안간,

"요보, 빠가."

하는 콕 찌르는 듯한 소리가 난다. 나는 고개를 홱 돌려보았다.

나막신

옆에 손가방을 들고 인버네스를 입은 사람은, 얼른 보아도 십 수 년 이 땅에서 살아온 고리대금업자나 장사하는 일본 사람이다. 그 옆에는 그자의 *차인꾼 같은 조선 사람, 또 앞으로 서너 발자국되는 거리에 선 사람은 헙수룩한 조선 사람의 지게꾼. 아마 그 지게꾼이 짐 지러 종로 시장으로 달려가다가, 옆으로 오는 일본 사람의 몸을 좀 몹시 부딪쳤던 모양이다. 그 일본 사람은 손으로 지게꾼의 어깨를 훔쳐 때리며,

"요보, 빠가, 나쁜 사람이…… 조리 가는데, 와 이이리……."

하고 살기 띤 눈으로 지게꾼을 노려본다.

"영감상이 잘못했어."

하고 아무 반항도 없이 옆을 슬쩍 피하는 것은 지게꾼이다.

그 *인버네스 입은 사람의 그 눈, 그 입, 모든 것이 다 제가 가지고 있는 *소악 동물의 잔인성을 있는 대로 다 드러낸다. 그러지 아니하여

차인꾼(差人-)
남의 장사하는 일에 시중드는 사람. 또는 임시 심부름꾼으로 부리는 사람.

인버네스(Inverness)
소매 대신에 망토가 달린 남자용 외투.

소악(小顎)
작은턱.

땅 속으로 **237**

인
여러 번 되풀이하여 몸에 깊이 밴 버릇.

구처(區處)
변통하여 처리함. 또는 그런 방법.

공명열
공을 세워 자기의 이름을 널리 드러내려는 열성.

도 이 유순한 백의인 피를 제멋대로 빨아먹고 제멋대로 학대한 관습의 표정이 그 얼굴에 *'인' 박여 있다. 마치 무슨 살이 볼록하게 찐, 털이 까칠까칠한 독충 같아 보인다. 나는 그만 발로 뭉개어 죽이고 싶은 생각이 칵 났다. 주먹이 부르르 움키어 쥐어지며 쫓아가려 하였다. 정신이 아뜩하다. 땅이 핑 돈다. 나는 그 땅에 쓰러질 듯싶다. 어느 겨를에 그들은 어디로 헤어져갔다. 나는 정신을 좀 돌리려고, 시장 건너편에 있는 공동변소로 들어갔다. 나와서 그대로 벽에 기대고 섰다가 나중에야 지린 냄새가 코를 찌름을 깨닫고 밖으로 나왔다.

인제는 돈 *구처할 생각이 앞을 선다. 다시 책사 앞을 지나 그 윗골목 안 여관에 들어 있는 H란 사람을 찾아갔다. 그는 돈푼 있는 덕택에 동경까지 갔다 와서, 지금은 유경을 하면서 *공명열(功名熱)에 날뛰는 사람이다.

그 골목에 들어가자마자 길에서 그를 만났다.

"참 오래간만일세그려. 그래 어디를 가나?"

하고 셀룰로이드 검은 테 안경 속으로 게슴츠레한 탐욕적이면서도 엉큼스러워 보이는 눈을 위로 지릅떠서 쳐다보며 말하는 사람은 H였다.

"오래간만일세. 내가 지금 자네를 만나려고……."

하고 대답하였다.

"응 나를? 자네가 나를 찾아와……."

하는 말은 의심도 끼이고, 또 찾아오지 아니할 사람을 찾아왔다는 비웃는 말이다. 실상 나는 서울로 온 뒤에 그를 찾아본 적이 없었다. 두 사람은 나란히 서서 그 골목을 나온다. 마음먹은 일은 냉큼 말이 나온다. 골목 밖을 나설 때, 그는 옆 가게에 가서 담배를 산다. 오 원짜리 지폐를 내어주고 바꾸는 것을 본 나는 은근히 속으로 성공의 가망

이 있음을 믿었다. 잠깐 주저하다가 그만 단도직입적으로,

"여보게, 내 급히 쓸 데가 있으니, 돈 좀 꾸어 주게."
하였다.

어안이 벙벙해서 지릅뜬 눈으로 나를 쳐다보던 그는 쾌연히 대답하며,

"그러지, 얼마나?"
한다. 참 의외의 대답이다. 이때껏 내가 그에게 그런 말을 하여 본 적이 없고, 또는 나를 구제하여 주었다는 말을, 한 고향 친구들에게 자랑하자는 이야깃거리도 된다. 또는 그보다도 당장에 돈 가진 것을 들킨 터이다. 이만큼 음흉하고 엉큼한 사람의 뱃속을 뻔히 짐작할 수 있다.

"얼마든지 자네 여유 있는 대로……."

"내가 이 돈을 꼭 쓸 데가 있어서…… 내게는 한 푼이라도 여간 새로운 때가 아닐세마는……."
하고 일 원 한 장을 내어 준다. 그 밖에 더 할 수 없다는 눈치가 역력하다.

"고마워."
하고 두말 아니 하고 받아 가지고 돌아섰다. 급한 걸음으로 집을 향하였다.

내가 이런 구걸의 짓을 한 것이 지금 처음 한 짓이 아니다. 벌써 여러 번이다. 그러나 구차하고 녹록한 생각이 나기는 지금도 마찬가지

다. 살아나가는 것이 구차스러웠다.

"인자 이 노릇은 다시 할 수 없다."

하고 나는 결심하였다. 별안간 등에 물을 끼얹은 것같이 선뜩하여지며 온몸이 오슬오슬한다.

"몸이 야릇하군."

혼잣말하고, 걸음을 더 빨리 내어놓았다. 몸이 이런 때에는 무슨 생각이 더 잘 일어나고 더 잘 돌아가는 법이다.

'내가 그런 짓을 할 수 있을까…… 할 수 없다. 내게는 그런 초인의 의지가 없다. 할 수 없다. 그러면 어찌할꼬? 그러면 이렇게나 하여 볼까. 아이들은 고아원에나 갖다 두고, 아내란 사람은 남의 *안잠자기로 들여보내고…… 그러나 그도 그들에게 대하여 여간치 않은 비극이다. 이 비극을……'

이 모양으로 결심을 하였다마는, 어느 때에 이 결심을 실행한다는 것은 아직 보류안이다.

한참 걷고 보니까 발이 속히 떼어 놓아지는지 더디 떼어 놓아지는지도 알 수 없다. 평평한 땅이 쑥 들어가 보이기도 하고, 나와 보이기도 한다. 멀리 오는 사람도 어른어른하여 보인다. 집이나, 나무나, 담이나, *전간목이나 그들은 무슨 힘으로 저렇게 뻗대고 서 있는지 알 수 없다. 다리가 허전허전하여지며 더 걸을 수 없다. 발을 멈추었다. 경복궁 담을 손으로 짚고 눈을 딱 감고 섰다. 귀가 막막하다. 무슨 소리인지 잉잉 소리만 들려온다. 정신을 차려,

"어서 가자."

하고는 허전허전한 다리에 힘을 주어 꼬누며 내어 걸었다. 집에를 쫓

안잠자기
안잠. 여자가 남의 집에서 먹고 자며 그 집의 일을 도와주는 일. 또는 그런 여자.

전간목(電杆木)
전봇대.

경복궁

아 들어가 보니 끝에 아이는 쓰러져 잠이 들고, 그 외 모녀는 한데 쪼그리고 앉았다가 일어서 맞는다. 그들은 굶기를 버릇하기는 나보다 훨씬 굳센 것 같다. 파리한 얼굴들이지마는 나보다는 싱싱하여 보인다. 나는 방문 안에 쓰러질 듯이 들어와 주저앉으며 주머니 속에서 일 원 한 장을 꺼내어 내어놓으며,

"자, 어서 쌀 사고, 나무 사고……."

하고는 담요와 이불을 한데 겹쳐 쓰고 아랫목에 누웠다. 한기는 점점 더 심하여 간다. 몸이 들썩들썩하도록 떨리기 시작한다. 몸이 깊은 땅속으로 끌려 들어가는 것 같다가도, 별안간 무슨 배나 탄 모양으로 온 몸, 온 천지가 흔들리는 것 같기도 하다. 이마와 눈은 마치 뜨거운 화로가 성이나 낸 것같이 후끈후끈하기도 하고 뜨끔뜨끔하기도 하다. 엄지손가락 끝과 다른 손가락 끝을 마주 대어 문질러 볼 때에는 그 손가락 끝에 만져지는 것이 무슨 몹시 억세고도 두툴두툴한 석벽을 만지는 것 같았다. 그것이 석벽이냐 하고 생각할 때에는 별안간 무슨 끝없이 높은 성벽이 눈앞에 나타난다. 그러다가 그 성벽이 와그르 하고 무너질 때에는 그 무너져 흩어진 성벽의 돌 쪼각쪼각이 돌이 아니요, 금방 가없는 물구덩이에 일어나는 *파륜(波輪)이 되고 만다. 그럴 때는 손가락 끝에 만져지는 것이 무슨 명주 고름이나 물결같이 보드러워진다. 그러다가는 이것도 저것도 아니고, 다만 햇살이나 번개 같은 것이 눈앞에 왔다갔다 사라졌다 꺼졌다 한다. 그러다가는 그만 정신을 잃고 말았다. 혼수상태에 빠지고 말았다.

파륜
파문(波紋). 수면에 이는 물결.

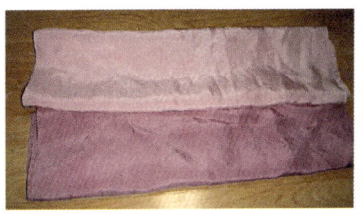
명주

잤는지 않았는지 분간할 수 없이, 얼마 동안을 지낸 뒤에 흔들어 깨우는 이가 있었다. 희미한 등불 밑에 아내는 윗목에 눌러앉았다.

"너희들 밥 먹었니?"

하고 아이들을 거들떠보고 물어보았다.

"네."

"저 아이들은 벌써 먹었어요."

하고 연하여 대답하는 사람은 큰딸과 그 모였다.

"어서 잡수셔요. 밥을 좀 끓였더니."

하고 아내란 사람은 말한다.

나는 그 끓인 밥을 서너 번 떠먹었다. 더 먹을 수가 없다. 수저를 상위에 딱 세워 잡았다.

"좀 나우, 잡수셔요, 너무 애쓰시고 시장하던 끝에 병환이 나셨는가 봐요, 억지로라도 잡수셔요."

나는 서너 번 더 떠먹고,

"아이고, 더는 못 먹겠다."

하고 수저를 놓고 그만 다시 쓰러졌다. 정신이 아까보다는 든 모양같다. 그러나 신경을 조금만 건드려도 마구 흥분이 될 상태이다. 어린아이들은 꾸벅꾸벅들 존다. 몹시 시장하던 끝에 밥을 먹은 까닭인 것이다.

"졸리거든 드러누워들 자려무나."

하는 사람은 문 밖에 앉아 인제 밥상을 붙들고 앉은 아내라는 사람의 소리다. 아이들은 툭툭 쓰러진다. 예전에는 자기가 한 호기심을 가지고 대하던 빈민굴이 지금 자기가 당하게 되고 말았다. 윗목에 나란히 누운 아이들을 쳐다볼 때에는 갑자기 불쌍한 생각이 난다. 화끈화끈한 눈에 눈물이 흐름을 깨달았다.

"에, 내가 왜 이렇게 센티멘틀하여졌나. 신경이 약하여졌군."

하고 눈을 돌려 등불을 쳐다보았다. 그 광력이 미미하기 반딧불 같은 등불이건마는, 별안간 길고도 날카로운 광선의 송곳으로 내어지른다. 눈이 뜨끔하여지며 눈을 감았다.

낮일이 몹시도 마음에 거리낀다. 그자에게 돈을 그 모양으로 구걸한 것이 몹시도 구차하였다.

"구걸이란 것은 참 구차한 것이야."
하고 혼자 중얼거렸다.

"구차! 구차! ……구걸하느니 차라리 도적질을 하지. 그보다는 덜 구차하다."
하고 입 속으로 중얼거리었다.

절도가 구걸보다는 덜 구차하다.

'그러나 그 역시 구차한 일이야, 남의 눈을 속이는 것이니까…… 차라리 강도가 떳떳하다…… 그렇다, 떳떳하다. 시대양심으로는 조금도 부끄러울 것이 없다.'
하고 생각하였다.

'그러나 거기에도 한 가지 번민은 있다. 설사 강도질을 하여 성공한다 하더라도 한 가지 번민이 있을 것은 진리에 대한 모순이다—이 같은 수단을 부리지 않고는 살 수가 없느냐 하는 번민이었다. 그러나 그 번민쯤은 영광으로 알고 가지고 지낼 것이다. 그것은 위대한 번민이다. 최고의 번민이다.'
하고 잇대어 생각하였다.

'그러면, 파산을 하지 말고 강도질을 할까? 파산인가 강도인가?'
하고 눈을 떠 어린아이들을 쳐다보았다.

'만일에 저것들을 아무 의지할 곳 없는 고아원에다 보내면…….'
하고 생각할 때에 가슴이 찌르르한다. 예전 동경서 스가모에 있는 고아원에 들어가 구경하던 일이 번뜻 눈에 떠오른다. 그 얼굴에 노랑꽃이 피는 고아들, 어릿어릿하고 이리저리 몰려다니는 모양이 몹시 걸려 보였었다. 그들은 무엇보다 사랑에 주린 아이들이다. 따뜻한 어머니 품에 안겨 자라나지 못한 까닭으로 그같이 응달에서 자라난 풀싹 모양으로 시들시들하게 되었다. 이까지 생각한 나는 갑자기 더 불쌍한 생각이 났다. 다시 한번 그들의 쓸쓸하게도 누워 있는 모양을 쳐다보고는, 눈에 눈물이 핑 돌음을 깨달았다. 내가 약하고 못생겼다는 생각도 났건마는 하는 수 없다. 나는 다시 눈을 감았다.

"파산? 강도? ……강도다! 강도!"

하고 주먹을 부르르 움키어쥐었다.

'그러면 내가 강도질을 할 수가 있을까? 칼이나 무슨 연장을 가지고 남의 집 담을 뛰어 넘어가서, 으르고 돈 뺏어 낼 용기가 있을까? 그 용기가 의문이다…… 나는 비겁하다…… 또는 그 일이 성공보다 십의 팔구는 실패에 돌아갈 것이다. 그러고만 보면 값없는 비극만 일으킬 것이다. 결국은 무지한 모험만 되고 만다.'

이런 때에 소위 지혜의 타산이란 것이 자기 성격의 결함인 비겁을 옹호하게 하고 그쪽 기세를 더 도웁게 된다.

'그러면 어찌할꼬? 이것도 저것도 만단 말이

냐? ……어떻게 살아나갈꼬? ……또는 자기가 시대 고통의 구덩이를 파고들어가자던 결심이 무엇인가? 이 모양으로 지혜의 가르침이라는 것보다는 오히려 비겁한 생각이 더 나서…… 비겁, 참 지지리 못났다! 내가 이 모양으로 비겁하단 말인가?

하고 힘없는 주먹을 쥐어 보았다. 한참 무의식경으로 있었다. 그러다가 주먹을 불끈 쥐고 벌떡 일어나며,

　'강도다! 강도!'

하고 경련적으로 입을 오무리며 결심하였다. 방 안이 움찔하여지는 것 같다. 화로에 꽂힌 인두가 눈에 번뜻 뜨이며,

인두

　'저것을 들고…… 아니다, 부엌에 있는 식칼을 들고…….'

하고 속으로 번개같이 생각하고는 당장 곧, 뛰어나가고 싶었다. 방문턱에 드러누워 자던 아내란 사람이 깜짝 놀라서 일어나며 휘둥그렇게 뜬 눈으로,

　"아이고, 왜 그러세요? 헛소리만 하시는 줄 알았더니, 저 모양으로 일어나 앉으셔서……."

한다.

　"아니야, 아니야, 좀 잠이 안 와서……."

　"아이고 어떻게 하나."

　"아니야, 어서 드러누워 자. 나도 곧 잘 터이니……."

하고 다시 누웠다. 주먹을 또 움켜쥐고,

　'강도다! 강도!'

하고 속으로 부르짖었다.

　'칼을 들고 어디로 가나…… 옳다. 이웃집 벽돌담 한 집…… 그 담을 넘어가서…… 사랑에 뛰어 들어가…… 으르고 돈을 뺏어…… 그리고

는 다시 그 담을 뛰어 넘어와 산으로 도망질하여 그러다가 집으로 돌아와…….'

이렇게 생각하고는 잠깐 무의식.

'아, 지금 내가 이렇게 생각할 것은 아니다. 몸이 성한 뒤에…… 우선 병이 나아야 하겠다.'

밤은 어두컴컴하다. 그러나 동쪽 하늘에는 그믐 새벽달이 돋으려는 셈인지 검은 구름 사이가 훤하여진다. 잘 보이지 않던 길로 높은 담의 희미한 윤곽이 들여다보인다. 그 옆 산 밑으로 선 소나무도 수묵화같이 보인다.

'아, 이 달도 없는 밤이었더면!'
하고 생각할 때에, 별안간 그 돋으려고 얼비치었던 달빛이 검은 구름으로 아주 덮인 까닭인지 그만 캄캄하여지고 만다.

'잘되었다!'

생각하고 담을 뛰어넘으려 하였으나, 종시 그 달빛이 의심스러웁다. 그러나 담을 뛰어올랐다. 왼손에 들었던 칼이 담에 '득—' 하고 긁히는 소리가 난다. 가슴이 덜썩 내려앉았다. 담 위에 몸을 걸치고 서서 그 안을 들여다보았다. 두어 칸 들이 건너편으로 사랑 모퉁이에 전등불이 반쯤 내어 비친다. 그러나 이 담 쪽에는 비치지 아니한다.

'그 안으로는 바로 사랑방이거니' 생각하고는 슬쩍 뛰어 내렸다. 다행히 발 구르는 소리는 아니 났었다. 그러나 가슴은 두근두근하였다. 무엇이 몸을 지긋지긋 잡아당기며 꽉꽉 찌르는 것이 있다. 손으로 만져보니 화초나무다. 아마 가시 달린 만생장미인 듯싶다. 옷에 붙은 나뭇가지를 떼고 나서, 왼손의 칼을 바른손에 옮기어 잡고는 발을 가만

가만히 옮겨 놓았다. 뒤뜰 한가운데까지 왔다. 별안간 어디서 '탕탕' 소리가 난다. 깜짝 놀라며 발을 멈추고 섰다. 가슴이 뚝딱뚝딱한다. 자세히 듣고 보니 그 소리는 시계치는 소리다. 석 점을 치는 듯싶다. 다시 발을 옮겨 놓았다. 방 모퉁이까지 왔다. 몸은 어두운 그늘에 감추고 고개만 내어밀어 그 안을 엿보았다. 바로 그 옆이 큰 사랑방이다. 그 방에는 불이 켜 있다. 반쪽 덧문은 닫혀 있고 반쪽 덧문은 열려 있다. 다른 방에는 모두 불을 끈 것 같다. 다만 뜰 아랫방 등불이 바깥으로 내어 걸려 있다. 아까 그 담에서 보이던 등불 빛이 곧 이 등불임을 알겠다. 가만히 한 발을 들여 놓아 방 안을 엿보았다. 방 아랫목에는 엷은 천의를 덮고 누워 자는 늙수그레한 영감쟁이가 아마 주인인 듯싶다. 그 옆으로는 요강, 재떨이가 놓여 있다. 큼직한 갓을 씌운 전등이 천장 복판에 걸려 있다. 나는 그만 얼결에 쑥 올라가며 방문을 열려 하였다. 그 방문 미닫이가 닫힌 것이 아니라 열려 있다. 나는 방 안으로 성큼 들어가며, 칼을 바로 누운 사람에게 겨누고 앉았다. 누운 사람은 눈을 떠보더니 벌벌 떨며 일어나 앉더니만, 두말 아니 하고 벽장문을 열어, 작은 금고를 꺼내어 놓고, 떠는 손으로 금고 문을 열더니, 십 원짜리 지폐 뭉텅이를 수북하게 내어놓는다. 나는 그것을 주머니 속에 넣고, 그도 모자라서 바지 가랑이에 집어넣고, 밖으로 뛰어나왔다. 밖을 나서고 보니 아까 그 담이 아니요, 바로 큰길이다. 길이 훤하다. 사람이 왔다갔다한다.

　'이것 큰일났고나! 벌써 날이 다 새었고나.'
하고 가졌던 칼을 옆에 집어던지고 두근거리는 가슴을 안고 걸음을 걸으려 하나 발이 잘 떨어지지 않는다. 담 넘어 뒷집에서 아우성 소리가 일어난다. 별안간 순사 하나가 달려온다. 나는 옆에 놓인 칼을 집어 그 순사를 찔렀다. 그는 거꾸러졌다. 그러면서 바로 그 뒤로 수없는 순사가 달려온다. 나는 황황히 칼을 내어두르려 할 제, 뒤에서 누가 나를 냅다 때린다. 나는 앞으로 거꾸러졌다. 여러 순사는 나를 붙잡으려 들이덤빈다.

"아이고!"

소리를 질렀다. 눈을 번쩍 떴다. 온몸에 땀이 줄— 흐른다.

등불은 그저 방 안을 비치고 있다. 그들은 그저 윗목에 쓰러져 있다. 미지의 운명을 짊어지고 고이 누워 자는 그들, 그들을 에워싼 어두운 밤은 자모같이 또는 악마같이 애무하는 듯, 예시하는 듯.

고약한 꿈이다. 밤은 길기도 하다.

『조명희선집』, 소련과학원 동방도서출판사, 1959.

조명희 단편소설

R군에게

제1신

자네를 본 지 벌써 이 주일이나 되었네그려. 그래 그 동안에 몸도 성하고 글 같은 것도 많이 쓰는가? 나는 그 동안에 전에 있던 감방에서 북쪽 맨 끝 방으로 옮아왔네.

옮아온 방이라고는 전보다 별로 나을 것은 없으나 그러나 귀퉁이 방이라 그러한지 전날 같으면 여름철 긴긴 날에도 햇빛 한 점 구경 못 했더니, 이곳으로 온 뒤는 지는 해가 뒷산 봉우리에 걸칠 때쯤 되면 한 십 분 동안이나 창 귀퉁이 옆으로 큰 대접 넓이만한 햇살이 방 바닥에 간신히 들어 비치네 그려. 십 분 동안의 햇빛이, 대접 넓이만한 햇빛이. 여보게 이 사람, 광명세계에 사는 사람들은 도리어 상상키도 어려운 일일세.

대접

내가 하루 한 번씩 운동장에 나가기 전에는 조용히 방 안에 앉아 햇빛을 몸에 받아 보기는 처음일세그려. 마음에 어떻게나 신기하겠나. 신기하다는 말보다 감격하다는 말이 옳을 듯싶네. 이것 보게 그려. 한 방에 같이 앉았던 죄수 하나는 쫓아가 그 햇빛을 손가락으로 만져 보네 그려…….

이 사람은 나와 마찬가지로 여러 달 동안 어두운 데서만 지내던 사람인 줄은 이것으로 미루어 알았네.

요새도 우리 집 식구를 더러 만나 보는가? 우리 어머니는 자네가 오기 전에 면회하러 왔더라고 자네 보고도 말하였지마는, 일주일에 한 번씩은 으레 오는 내 아내라는 사람은 내가 이 방으로 옮아 오던 날 마침 왔데 그려. 이 사람의 말을 들으면 늘 집안이 다 무고하다고 말하니까 과연 그런지 안 그런지 모르나, 아마 내게는 바른말을 하지 않는 것 같네. 집안 식구가 잘 지내거나 잘 못 지내거나 내가 알아도 소용이 없고 알려고도 하지 않지마는, 그래도 가끔가끔 걱정되는 마음이 문득 나네 그려.

자네 역시 단 혼자도 굶으며 먹으며 하는 사람이 우리 집 식구 까닭에 여북 마음부터 켕기겠나. 도무지 다 소용없는 일이네. ……요전에도 우리 어머니라든지 마누라라는 사람보고 제발 굶든지 먹든지 시골 구석으로 내려들 가서 내 생각 말고 내 눈에만 보여주지 말라고 그다지 당부하여도 듣지를 않네 그려.

지금 이 모양 같아서는 십 년 이상은 되지 않을 줄로 아네마는 많으면 육칠 년, 적으면 사오 년은 징역에 처하게 되겠지. 그래 그들이 드문드문 보는 내 얼굴만 쳐다보며 서울 있으면 무엇 한단 말인가? 제발 좀, 빌어 먹더라도 시골 내려가 그들의 꼴이 내 앞에 보이지 아니하였으면 좋겠네. 그리고 일전에 운동시간에 내가 방에서 창구멍으로 가만히 내다보니까 우연히 같이 갇힌 C군이 얼른 지나가는 것을 보았네. 물론 자네는 가끔 면회를 하겠지마는, 그 사람의 그림자가 눈에 번뜩 뜨일 때 가슴이 선뜩하며 눈알이 나올 듯싶데. 그때 나는, 내 신경이 몹시 쇠약하여짐을 깨달았네. 나는 나 있는 데서 대여섯 방 건너 있는 줄은 알지마는 이렇게 보기는 서너 달 전에 이 모양으로 한번 보았고 또 지난달에 R군을 이 모양으로 보았을 뿐일세. 그래 그 C군도 무척 파리하였데 그려. 그 밖에 R군, H군, M군, 또 그 밖에 여러 동지들은 다 어디 가 있는지 모르겠네.

물론 한 감옥에 다 있겠지마는…… 무어…… 그만두네.

제2신

　자네가 한 편지 답장은 받아 보았네. 차입하여 준 책 ○○○도 받아서 읽어 보았네. 그러나 이러한 책 같은 것으로는 별로 무슨 흥미도 느낄 수 없으므로 차라리 묵상 같은 것으로나 또는 그저 우두커니 하고 앉아서 시간을 보내고 있네. 이 묵상이란 것도, 처음에는 마음이 뒤숭숭하여 잘 되지 않데. 그 까닭을 대개 들어 말하면 배고픈 것이 제일 많이 괴롭게 구는 것, 이 배고픈 것을 잊어버리고 나면 그 다음에는 집에 대한 걱정, 이 밖에도 괘씸한 것은 정신상으로 오는 답답증, 이런 것으로 인하여 견딜 수 없더니 그것도 오래되니까 지금은 매우 가라앉게 되었네. 오래되니까 창자가 굳어서 배고픈 걱정 같은 것은 지금 아주 없어지다시피 되었네. 그리하여 묵상 같은 것도 인제는 제법 좀 하

게 되네. 그러나 가끔 가다가 폭발되는 증세는 참으로 견딜 수가 없을 만큼 괴로워.

그런데 우리 어머니가 남의 집에 계시다가 몸이 불편하셔서 집에 와 계시다고? 생각건대, 필연코 나이 많은 노인이 남의 집 *드난살이를 하다가 고생과 근심이 과한 끝에 병환이 나서 와서 누워 계신 모양일 세그려.

여보게 이 사람! 우리가 평시에 부모 처자가 아무리 참혹한 정상에 빠져 있다 하더라도 그것만을 들여다볼 수가 있었겠나마는, 생각하여 보게, 그러한 애처로운 꼴을 눈앞에 보아 가며 억지로 살아 나가는 사람들의 마음씨를……

우리 어머니가 내 마음에 말할 수 없이 불쌍해. 그 마음에 내 어린 누이도…… 하기는 어린 누이가 측은한 생각이 더 몹시 나네. 어린것이 주림에 시달리고 학생은 되었어도 학교도 못 다니고…….

여보게, 내가 이때껏 내 누이동생을 면회한 일은 한 번도 없네마는 이 편지 보는 대로 내 누이를 곧 좀 들여보내 주게. 이런 짓을 하는 것이 어린 것에게 대하여 너무도 잔혹한 일인 줄 아네마는, 나는 그 지긋지긋한 꼴을 좀 참아가며 보고 싶네…….

요전에 내 아내란 사람의 말을 들으니까 면회하러 오던 날 그 이튿날부터 무슨 고무공장에 들어가 직공 노릇을 하겠다고, 월급은 한 십여 원 가량 되겠다고, 그래서 이 다음부터는 면회도 전과 같이 자주 하러 올 수 없다고, 그리고 또, 어떤 영화회사에서 활동사진 배우가 되어 달라는데, 그 짓을 하고 보면 수입이 상당히 있다고 하나 자기는 그런 것을 아니 한다고 거절하였노라고 말하데. 그 위인이 인물조차 고운 것은 없지마는 아직 나이가 젊으니까 그러한 유혹이 더러 들어오는 듯

드난살이
남의 집에서 드난으로 지내는 생활. 드난은 임시로 남의 집 행랑에 붙어 지내며 그 집의 일을 도와주거나 또는 그런 사람을 말한다.

싶네.

그리고 그 사람이 요전에 그 흉악한 중증을 치르고 난 뒤에 아직까지 건강이 덜 회복된 모양인데 그러한 공장에를 다닌다니 어찌될 셈인지를 모르겠네. 이러한 걱정과 잔말을 하지 말자지마는, 저절로 자꾸 나오게 되네.

내가 무슨 인정에만 어린 사람이 아닌 줄은 자네도 알겠지. 전에도 자네가 말하기를,

"자네같이 괄괄한 사람이 아내에게 대하여는 너무 약하게 구느니……."

세상에서 말하기를 범 같은 사나이도 계집에게는 빠진다고, 자네가 이런 뜻으로 말한 것은 괴이찮으나 그러나 내게 대해서는 그런 것이 아닐세, 소위 우리 부부란 사람들의 내막을 알고 보면…… 내가 이때껏, 우리 부부의 내력 이야기를 자네에게 하지 않은 까닭으로, 자네가 나의 하는 일을 미흡하게 생각하기도 쉬운 일 일세. 내가 어느 때에 세상 밖으로 나갈는지 모르니까, 내처 말하는 김에 우리 부부의 내력 이야기와 내 일신이 몇 해 동안 지내어 온 일을 자네에게만 하여둘까 하네.

1900년대 교회

내가 ××군 읍내에 있는 교회당에 가서 교회의 권사라는 직책과 그 교회 부속 소학교의 가르치는 일을 보고 있을 때일세. 그때에 기미 운동 뒤 끝이라 아무리 미미한 사립학교라도 남녀 학생들이 물밀듯하여 남교원도 더 늘리고 여교원도 많이 와야 하겠다고 해서 서울로 부탁하여 내려온 여교사란 사람과 그 밖에 또 H란 사람과 그 밖에 또 한 사람의 남교원이 새로 오게 되었네. 너무도 쓸쓸하던 학교가 별안간에 남녀 교원이 느니까 새로운 공기가 긴장하여지며 전일에는 그닥지 않던

목사—즉 학교 교장까지도 행여나 남녀 교원 사이에 풍기가 문란하여질까봐 그리하는지 때때로 교원들에게 주의를 시키며 내게 대해서도 까닭없이 전보다 매우 위엄기 있는 태도를 보이데.

그러나, 나는 그 송마리아라는 여교사에 대하여는 무슨 애정은 고사하고 나 혼자 속으로,

'저러한 여자하고도 연애를 할 사람이 있을까?'
하고 생각까지 하였었네.

그러자 그는 여러 사람이 떠들썩하는 곳에서도 말없이 한구석에 쪼그리고 앉아 있는 모양이라든지, 아무 때나 보아도 무슨 시름없는 태도와, 웃을 때에도 마지못하여 웃는, 어떤 고적한 빛이 떠도는 것이라든지, 또는 그의 얼굴이나 눈 속에서 남의 종이나 맏며느리에게서 흔히 보는 학대와 공포에 시달린 자취가 있어 보이데. 이 여러 가지를 미루어 그의 성격과 행동이 어떤 불행한 환경에서 자라난 것을 알 수 있데 그려(그가 고아로, 고아원에서 자라나, 교회 덕분에 공부까지 하였다 함은 그 뒤에 들어서 알았지마는). 그래 나도 '가엾은 사람이로구나' 하는 생각을 가지게 되었을 뿐일세. 그뿐 아니라 내가 아무리 마음으로부터도 그에게 본체만체하고 지나갔다 하더라도 그 가엾게 된 사람이 때로는 말없이 무엇에든지 침묵을 지켜가는 태도라든가, 그 하염없는 그의 침묵—그것을 몇 달 동안을 두고 보니까 내 마음 속에 무슨 엷지 않은 인상이 박히는 것 같데.

그때 나하고 같은 교원이던 H란 청년이 있는데 그는 문학의 취미를 많이 가졌다는 사람으로 영문학 같은 것을 탐독하며 말솜씨나 행동이 퍽 센티멘틀하여 보이며 때때로 마리아에 대하여 동정이나 매우 하는 듯하는 태도를 보이데 그려. 인정에 주린 마리아도 이 센티멘틀한 H에

게 끌리었는지는 몰라도 가끔 단둘이 앉아서 무슨 이야기를 주고받고 하데 그려. 음흉하고 눈치 빠른 목사는 그 눈치를 알고 유심히 그 두 사람의 뒤를 살피는 모양이데.

한번은 하학 후에 교장되는 목사가 나하고 H와 마리아 세 사람을 불러 세워 놓고 서슬이 시퍼런 태도로 하는 말이,

"이 학교는 다른 학교와도 달라서 신성한 교회의 학교인데, 이러한 데서 남녀 교원 간에 추한 일이 생겨서는 그야말로 중대한 일이오. 그런데 저 H와 마리아의 행동은 절대로 용서할 수가 없소. 이 학교에서 물러가는 것은 물론이요, 출교까지도 시켜야 되겠소. 또는 수석 교원의 자격을 가진 당신(나를 가리켜)도 책임이 없을 수 있을까?"

이때에 마리아는 그의 버릇인 쪼그린 태도로 한 구석에 앉아서 얼굴이 새파랗게 질려 가지고 벌벌 떨고 있을 뿐이요, H는 붉어진 얼굴에 눈에는 눈물이 글썽글썽하며,

"목사님, 저하고 마리아 씨하고는 절대로 그런 일이 없습니다. 제가 간밤에 마리아 씨한테 놀러간 일은 있지마는 하나님께 맹세코 그런 일은 없습니다."

이 말을 이어 마리아도 발발 떨리는 입술을 간신히 열어,

"하나님께 맹세코, 그런 일은 없습니다."

하고는 교의에 기절하는 듯이 쓰러져 울데 그려. 나는 이 두 사람의 행동만 보아도 애매한 것인 줄을 짐작하고,

"목사님! 저 두 사람의 태도만 보아도 그 일이 애매한 것 같습니다."

말하니까 목사는 마치 닭을 노리는 살쾡이의 눈 모양으로 마리아를 노려보며,

"애매라니? 안 되오. 출교라도 해야 되겠소."

지금부터 칠팔 삭 전에 목사가 상처를 하였었고 또 두 달 전에 마리아가 온 뒤부터 그에게 마음을 두고 내려 오다가 얼마 전에 슬며시 통혼을 하여 보았는데, 어찌하여 그리하였던지 마리아가 거절하였다는 소문을 일전에야 누구에게 들은 생각이 펄쩍 나며, 그때도 반은 죽었던 마리아가 몸을 일으키며 약간 독살스런 눈찌로 목사를 쳐다보며,

"그것은 목사님이 사람을 애매하게 잡는 것이에요."
하니까, 목사는 험상스러운 태도로 펄쩍 뛰며,
"조런! 잡다니?"
하고 소리를 지르데.

이때 내 생각에는 목사가 분명히 질투를 해서 그리하는 것인 줄 알고 분한 생각이 슬며시 나며,
"여봅시오 목사님, 지금 저 사람들이 애매한 줄도 짐작하겠고, 또는 남녀간에 정당하게 서로 사랑한다 하면 그것이 무엇이 옳지 못한 일인가요?"
"정당하다니? 남녀간의 사랑이란 것은 십계명에 하나 들어가는 것이니까, 첫째 하나님의 뜻을 거슬리는 것이란 말이오."
"간음 외에 정당한 사랑이란 것은 하나님 뜻을 어기는 것이 결코 아닌 줄로 압니다. 만일에 사랑이나 간음이 같은 의미로 성경에 기록하여 있다면 그것은 성경을 뜯어 고칠 필요가 있지요."

이 말에 목사는 어이가 없는 듯이 노리고 보다가,
"저런 무리는 바리새교인 이상의 무리다. 별 수 없이 모두 출교해야 하겠다."
"안 되오, 출교라니? 목사부터 우리 이상의 죄악을 진 사람이오."
"무엇 어째? 출교 좀 당해 보아라!"

이때 사환아이가 들어오며, 그 골 군수 영감이 찾아왔다는 말에, 목사는 황황급급히 이러한 손님을 맞으러 밖으로 뛰어나갔다.

그때 그 길로 나는 교회의 권사고 학교 교원이고 그만 다 사직을 해 버리고, 배교(背敎)를 하고 바로 그 이웃동네에 있는 지금 같이 갇힌 C군의 집에 가서 지내게 되었네.

그 뒤에 전도사라든지 여러 직원들의 권고로 그 두 사람의 출교 일절은 그만 그럭저럭 파묻어 두게 된 모양이고, H군은 얼마 있다가 다른 곳으로 갈려 간 뒤 훨씬 있다가, 한번은 밤에 마리아가 나를 찾아와서 이런 말 저런 말도 없이 앉아 있기만 하다가 돌아가데 그려. 그리고 난 이틀 만에 마리아에게서 내게로 편지가 있었는데, 그 편지 사연에 나를 무슨 사랑한다는 의미의 말이 씌어 있데. 그러나 나는 아직까지도 그 여자에게 끌릴 만한 무엇을 그다지 느끼지 못한 터이어서 '대단치 않은 여자에게……' 하는 생각이 나며, 도리어 불쾌한 감정이 일어나데.

그 뒤에 편지가 오고 또 오고 하나 나는 이내 답장을 아니 하였네. 그러다가 나중에 마지막 단념을 하려는 셈인지, 자기 사랑을 받아주지 않으면 자기는 죽기까지라도 하겠다고 하였데. 여기에 이르러서는 나도 또한 어느 정도까지 마음이 움직인 것은 사실이나, 위로하는 말로 답장하려다가 어째 오죽지 않은 생각이 나서 그만 두고 말았지.

일주일 지난 뒤 일요일 날 저녁에 편지가 또 왔는데 뜯어 보니까 놀랄 말이 씌어 있지 않던가. 마지막 유언서 모양으로 쓰고 맨 끝으로는,
　'나는 이 길로 죽음의 나라로 갑니다.'
고 하였데.

이 구절을 본 순간에 '무슨 깊은 인연도 없이, 편지 몇 번 하다말고

죽는다는 것은 다 무엇이야. 소견이 짧고 속이 옹색한 여자로구나' 하는 생각이 번쩍 나다가도 '참으로 죽어' 하고 혼잣소리로 말하며, 그래 나는 정신이 펄쩍 나서 밖으로 뛰어나가 교회당 근처로 가려니까 교회당 댓돌 앞에 여러 사람이 모여 서서 수군수군하고들 있데그려. 나는 그 여러 사람들을 피하여 딴 길로 가려니까 예전에 같이 있던 학교 교원 하나가 내 옆으로 달려들며,

"여보 ○○○씨 오래간만이오. 그런데 저 송마리아가 독약을 먹고 자살을 하려다가 발견되어서 지금 병원에 들어가 있는데, 나 혼자만 짐작하는 놀음이지마는 아마 ×××씨(내 말) 까닭인 줄 압니다."

1900년대 병원

그래 나는 가슴이 덜렁하여지며,

"대관절 생명은 어찌 되었나요?"

"죽지는 아니했는데, 어떠할는지 아직 모르겠습니다. 그러기는 벌써 아침 일인데……."

나는 두말 아니 하고 병원으로 달려갔네. 남녀 교인들이 모여 있는 것도 헤아리지 않고 다짜고짜로 마리아가 누운 옆에 과히 멀지 않은 곳에서 바라보고 섰었네. 혼수상태에 들어 있는 마리아의 모로 진 얼굴빛은 핼쑥하게 고른 종이빛 같데. 마침 의사가 지나가기에,

"저 환자가 죽지는 아니하겠습니까?"

"에, 좀 더 기다려 보아야 알겠지요."

나는 몇 걸음 더 뒤로 물러나와 서서 우두커니 바라보고 섰을 때,

'나 때문에 저런 가엾은 생명이 죽어 없어지다니!'

하는 생각이 문득 나며 곧 달려가 환자의 손목이라도 쥐고 싶은 생각이 나나 억지로 억제하고 얼마 동안을 서서 있자니까 환자의 입술이

발작적으로 바들바들하더니 고개를 약간 흔들흔들하다가, 답답한 듯이 긴 한숨을 내어쉬며 고개를 저쪽으로 돌리데.

그 한숨을 따라, 여러 사람들도 마음을 인자 놓겠다는 듯이 모두 일시에 한숨을 쉬데. 그러나 나도 그 환자의 한숨 뜻이 무슨 의식이 있어서 그럴 리는 만무하련마는, 까닭 없이 무엇이 내 가슴을 몹시 울리며 뭉클하여지데.

조금 있다가 의사가 나와서 환자를 간단히 진찰하고는 확실히 염려 없다는 말이 나오자, 모여 있던 사람들은 하나씩 둘씩 헤어져 가데. 나도 환자의 정신이 회복되기까지는 멋없이 있을 까닭이 없어서 나와 버렸네. 내 가슴 속에는 무슨 묵직한 덩어리를 집어넣은 것같이 쉴 새 없이 울멍울멍 하여짐을 깨달았네.

그날 밤에 나는 또 다시 찾아가서 마리아의 정신이 쾌히 돌아왔음을 보고 그 주위에 여러 사람이 둘러 있음도 관계치 않고 달려가 마리아의 손목을 잡았네. 마리아는 평시에도 무슨 의심의 안개가 낀 듯하던 눈이 좀더 검은빛을 띠고 나의 마음을 뚫을 듯이 들여다보는 *눈찌는, 무슨 저주의 빛이라 할지, 애원의 빛이라 할지, 또는 무엇을 의문하는 빛이라 할지 여러 가지 복잡한 표정이 나의 눈으로 향하여 오데. 나는 '당신을 불쌍히 여기고 사랑하겠노라' 깊은 의식에서 저절로 우러나는 듯한 마음으로 그의 눈을 바라보았네. 그리하여 두 사람, 두 눈의 시선은 한참 동안이나 짧은 공간에 무지개나 설듯이 마주쳐 머물러 있었네. 나는 떨리는 목소리로,

"마리아 씨, 미안합니다. 내 마음을 믿어주시오."

하니까, 그는 돌리었던 고개를 돌쳐, 과연 그러냐는 듯이 의문의 눈빛으로 나를 한참이나 바라보다가, 눈을 다시 감고 다시 고개를 저쪽으

눈찌
흘겨보거나 쏘아보는 눈길.

로 돌리는 옆 볼에는 긴— 눈물 자국이 줄줄 흘러 불빛에 빛나데 그려. 나는 다시 그의 손을 힘있게 한번 쥐었다 놓았네.

그 뒤에 그는 병원에서 나오자, 출교까지 당하여, 내게로 영영히 오게 되고 말았네.

그리하여 나는 이 찐덥지 못한 새 사랑을 얻어 가지고 조선도 있기가 싫기에 그만 동경으로 건너가 버렸네.

동경생활은 별 생활이 없었네. 다만 나의 생활의 큰 전환을 준 것뿐일세. 그것은 말하자면, 사상생활의 전환이겠지. 그때는 한참 일본 천지에 사회사상이 물 끓듯 일어난 판에, 나 역시 지식상으로 또는 생활의 경험으로부터 새로운 사상이 나의 피를 끓게 하던 때일세. 나는 또한 같은 동지를 모두어 열렬한 선전운동에 착수하였네.

여보게 이 사람, 사람이 새로운 생활의 진리의 길을 나가는 것처럼 감격과 정열에 넘칠 때는 또 다시 없을 것일세.

동지와 동지 사이에 믿고 사랑하는 마음이라든지 모임에 발을 들여놓을 때 감격한 마음이 일어나는 것이라든지, 인간 사회에서는 이보다 더 큰 위대한 무엇은 없는 것같이 생각되네. 어떠한 무서운 사회악의 더러움이라도 이 뜨거운 불길 앞에는 다 타고 녹을 듯싶데.

말하자면, 이것이 동경시대의 풋정열이라고 할는지, 그러던 것이 이 기분 운동에서 실제 운동으로 들어갈 때에는 그같이 믿어오던 어떤 몇몇 동지들에게 환멸이 닥쳐오데. 그 사람에게서 결점들이 드러나고 그들의 의지의 약함과 불순한 야심이 들여다 보일 때에 나는 그들을 미워하지 않으면 아니 되었네. 그런 가운데에도 언제까지든지 성실하고 꾸준하게 나아가는 지금 같이 들어온 C군 같은 사람들은 예외로 하고, 그 밖에는 믿지 못할 놈들도 더러 있더란 말일세. 내가 좀 경솔한 탓인지는 모르나 그때부터 나는 모든 인간이라는 것을 다 의심하고 미워하게 되었네. 내 사상이 '니힐리스틱'하고 '테러리스틱'한 경향을 띠게 된 것도 그때부터일세. 닥치는 대로 죽이고, 없애고 싶은 생각이 나데. 그뿐 아니라 나 자신도 미운 생각이 나데. 나도 남과 같이 약한 데가 있고 불순한 곳이 있음을 이제야 발견하고…… 이 우주의 모든 것을 다 눈흘겨 보게 되었네. 여기가 몹시 위험한 곳이네. 까딱하면 비뚤어지기가 쉬운 데니까. 그러고만 보면, 영영 걷잡을 수 없이 타락의 길로 들어가기가 쉽데. 그러나 나는 속이지 않고 자신에 대해서도 순실히 싸워 나가며 자신을 붙들어 나가려 들었네.

이러한 가운데, 소위 내 아내라는 사람은 귀가 있어서 들으니까 새 사상을 아는 체하나, 실상인즉 아무것도 모르는 숙맥에 지나지 못하는 것이데. 그러하니, 나라는 사람을 이해할 것이 있겠나. 그리하여 그 사람조차 미운 생각이 펄쩍 더 나데.

하루 품팔이하여 하루 먹고 사는 우리 부부의 처지라, 어떻게나 화증이 나는지, 해가 져서 품삯을 받아 가지고 나오는 길에 그만 술집으로 들어가서 같은 노동자끼리 술 먹고 놀다가 밤이 들어서 집에를 돌아와 보면, 아내라는 사람이 저녁도 못 끓여 먹은 주제에, 방 안 구석에 쪼그리고 누워 자는 것을 볼 때에는, 그만 불쌍한 생각이 왈칵 나서 쫓아가서 안고 볼을 대며 입을 맞추며 하였네. 이 따위의 대단치 않은 연극이 며칠 건너 한 번씩은 으레 있었네. 그리하다가 나는 직접 행동에 나서려고, 지하의 혁명단체에 참가하여 무슨 일을 하려다가 동경 감옥에 들어가서 일년을 치르게 되었네.

내가 감옥에 들어간 뒤에 얼마 있다가 내 아내 되는 사람은 홀로 동경서 살 수가 없으므로 조선으로 나왔네. 조선으로 나온 뒤에는 그는 적어도 한 달에 수삼 차씩 내게 편지를 하는데, 그 편지는 대개 자기의 섧은 사정, 내 걱정, 또는 내가 간절히 보고 싶다는 말 같은 것인데, 새삼스러이 사람이 그리운 나의 고적한 마음은 오고 오는 편지와 가고 가는 때를 따라, 그에게 대한 질기는 마음과 보고 싶은 생각이 갈수록 더하여 감에, 마치 새로운 연정에나 걸린 것 같데. 그리하여 하루바삐 나아가서 그를 보고 싶은 생각이 간절하였네.

사람이란 것이 경우에 따라 정이 이같이 변하는 것인지?

동경 감옥에서 나오자, 부랴부랴 고향으로 나와 외갓집에 계신 우리 어머니를 뵈이러 가지 아니하였겠나. 아내 되는 사람은 마음 붙일 곳이 없다고 서울로 시골로 왔다갔다 하며 요전에 몇 달 동안 와서 있다가 다시 어디로 갔는지 모른다고 그리하데 그려. 그런데 놀라운 말이 들리지 않겠나. 우리 어머니 말을 빌려 하자면,

"그애가 태중인데 거진 팔구 삭이나 되었는데 배는 불러 가지고 어디로 그리 다니는지 모르겠다."

나는 이 말을 들을 때 아무리 하여도 그 말이 곧이들리지 아니하여,

"태중이라니요? 아니지요. 다른 병이겠지요."

"아니야, 분명 태중이다. 그러지 않아도 처음에 내가 의심이 나서 물어 보니까, 저도 첫아이라 남이 부끄러워 그리하는지 속이더구나. 그러나 여편네가 여편네 일을 모르겠니, 동경서 나온 달을 따져 보아도 별로 틀림도 없고 그래 나는 우리 같은 처지에 걱정은 되지마는 한 옆으로는 반가운 생각도 나더구나."

이 말을 들은 나는 의심이 아니 날 수 없데 그려. 별안간에 상열이 됨을 깨달으매 금방 두통이 일어나데. 질투와 불안의 감정이 걷잡을 수 없이 폭발되데 그려. 우리 어머니는, 동경서 나온 달 수를 따지지마는, 내 요량에는 부부가 동거한 지가 벌써 일 년 사 개월이나 되는 까닭일세. 그리고 또 최근 수 삭을 두고 편지 한 장이 없는 것만 보아도, 꼭 의심이 나게 되었네. 그래 나는 거듭 묻기를,

"그래 어디로 간다는 말도 없지요?"

"글쎄, 요전에 ××로 간다고 그랬는데, 과히 멀지 않은 곳에 있으면서, 아모 소식이 없는 것을 보아도 거기에 없기에 그러겠지."

나는 어머니의 만류도 듣지 않고 곧 길을 떠나서 T역에를 가서, 그의 있는 곳을 탐지하였으나 월 전에 어디로 가고 그 뒤에는 알 수 없다

는 말밖에는 더 알 길이 없데 그려.

 그래 나는 거기서 서울로 향하여 오며 차 속에서 곰곰이 생각해 보았네.

 평일에 보아도 어느 정도까지는 꽁하게 생긴 위인인데 아무리 유혹이 있다 하더라도…… 그러나 계집이란 것은 약한 것이니까, 더구나 그리 똑똑하지도 못한 위인이…….

 '그러면 지금 어디 가서 있을까? ……어찌하여 그런 유혹에 빠졌다가, 지금 당하여 뉘우치는 생각이 나고 또는 나를 대할 낯이 없어서, 그보다도 앞으로 닥칠 큰 공포를 이기기 어려워서 혹시…….'

 여기까지 생각한 나는 갑자기 딴 의심이 펄쩍 나며 무서운 생각이 났네.

 '그가 과연 남모르게 어디 가서 자살을 하였을까? ……아! 과연?'

 여기까지 생각이 나며 그의 최후의 뒷그림자를 마음 가운데 그려보며 무엇보다 불쌍한 생각이 더럭 나데 그려.

 '좌우간 서울로 가서 알아보아야 알 일이지.'

하고는 서울로 왔네 그려. 서울 가서 이리저리 찾아다니며 알아보아도 알 길이 전혀 없데 그려. 인제는 조선 천지에서는 달리 더 알아볼 길이 없는 것같이 생각되데. 이리하여 갈수록 내 마음은 그의 죽은 혼을 조상하는 듯한 슬픔이 그를 생각할 때마다 일어나데 그려.

 이 모양으로 한 십여 일이나 지내었네 그려. 어떤 날 나는 내가 쓰는 방 안에 홀로 들어앉아 문득, 그 불쌍한 생각을 하고 마음이 매우 좋지 못해서 있을 즈음에 누가 와서 찾는다고 하기에 방문으로 고개를 쑥 내밀어 보자니까, 이것 보게나—아내 되는 사람이 문 밖에 서 있데 그려.

그를 본 순간의 나는 곧 그를 잡아먹을 듯이 미운 생각이 나며, 그를 바라다본 나의 눈도 이러한 살기가 응당 띠어 있었겠지. 나는 그만 본 체만체하고, 몸을 홱 돌이켜 방으로 들어가 앉아 있자니까, 그는 갈팡 질팡 쫓아 들어와 쓰러지더니 내 무릎을 붙들고 울기를 시작하데 그려. 나는 연방 내 몸에 와서 닿는 손을 뿌리치며 냉정한 태도로,

"에— 에— 왜 내 몸에다 손을 대어?"

하고 뿌리쳐도 들고 느껴 울며 또 손이 와서 닿기에 그만 발길로 냅다 차서 내밀었네 그려.

방 한구석에 가서 모들뜨기로 고라진 그는 죽을지 살지를 모르고 컥컥 하고 울며 울음에는 긴 목소리로,

"내가 발…… 발써부터 죽으려고 하였지마는…… 다…… 다마안 한 번…… 한 번이라도 만나 보고서……."

"만나 볼 건 무엇 있담."

"내가…… 내 손으로 죽…… 죽는 것보다 임자…… 손에 죽는 것이 원이 돼서."

"내가 죽여? 더러운 피를 내 손에다 묻혀? 엑……."

소리를 지르고는 밖으로 뛰쳐나왔네. 길바닥도 캄캄한 것 같데. 그 길로 파고다공원에 와서 널빤지쪽에 걸터앉아 땅만 굽어보고 그대로 언제까지든지 있었네.

그가 죽는 것을 또다시 마음에 그려보며 생각하여도 '무엇? 죽어야 마땅하지' 하고 막 자르는 마음이 먹어지다가도 죽을 모양을 그려보고는, 또 기치는 생각이 솔곳이 일어나고, 이러다가는 또 미운 감정으로 뒤바뀌어지고, 그러다가는 또 측은한 생각으로 변하여지고, 이 반복되는 감정이 쉴 새 없이 번뜩이데 그려. 그러다가 나중에

1900년대 파고다 공원

는 '그래도 죽으면은 안 되겠다……' 하고 벌떡 일어날 제, 벌써 어두움을 깨닫겠데. 그 길로 있던 처소로 향하여 달려오니까, 아니나 다를까! 집에 돌아와서 보니 그는 간 곳이 없고 방바닥 한가운데에는 겉봉을 연필로 쓴 편지 한 장이 있기에 얼른 뜯어보니 그 안에도 또한 연필로 희미하게 씌어 있는데,

나는 당신께 아무것도 바라지 않습니다. 다만 내가 죽었다는 말을 들으신 뒤에, 그때에야 나를 용서하시겠다는 마음이나 가지시게 된다면 나는 죽은 뒤에라도 아무 한이 없을 것 같습니다. 이 보기 싫은 몸이 두 번 뵈이지 아니할 터이오!
하였네.

나는 아까 이 골목 밖에서 들어올 제 저쪽 골목 전등불 밑으로 흘끔 지나가던 여학생이 혹시 그이나 아닌가 생각하고 밖으로 나오매 주인 아이 보고 물어 보아도 나간 지 얼마 아니 된다고 하기에 곧 그 골목길을 쫓아 줄달음을 쳐서 한참 달려가자니까, 이것은 참 요행이다! 저 골목으로, 마치 실성한 사람이나 술 취한 사람 모양으로 발도 잘 떼놓지 못하며, 비적비적 자꾸 가는 사람이 과연 그 사람이데 그려. 아마 정신이 극도로 혼란을 겪고 또는 임신 만삭이 되어 몸이 무거워 그러는 모양이데. 나는 쫓아가 탁 붙들고,

"여보! 갑시다, 나 있는 데로. 내가 다 당신의 죄를 용서할 터이니……."
하면서 덮어놓고 처소로 끌고 왔네 그려.

그래 그는 여전히 울며불며 자기는 아무리 한대도 살기를 바랄 수는 없다고 하며 어느 때까지 그칠 줄을 모르고 들이 울데 그려.

나는 어디까지든지 쾌히 용서하겠노라고 타이르며, 나 역시 심사가

공연히 센티멘틀하게 되어 얼마 동안을 마주 붙들고 울어대었네. 그리하여 일이 진정이 되었지마는.

그리고 보니, 사람이 견딜 수가 있던가? 참으로 말이지 이러고 난 뒤 얼마 동안은 내 평생에 정신상 고통이라고는 가장 극도로 받은 때일세.

부른 배를 하여 가지고 내 옆에 자빠진 그를 바라다볼 때에는 미운 마음이 들고 일어나며 당장에 칼로 찔러 죽이고 싶은 생각이 왈칵 나서 그만 발길로 냅다 차 던지고는 한참씩 밖으로 뛰어나갔다가도 불쌍한 생각이 나기 시작하면 걷잡을 수 없어 쫓아 들어가 그를 껴안는다, 볼을 비빈다 하매 예전에 동경서 하던 연극 이상의 연극을 하루에도 몇 차례씩 하게 되네. 그때 나의 감정을 비유해 말하면 마치 높고 날카로운 봉우리에 선 것 같아서 이쪽은 응달이요, 저쪽은 양달이라면 가 한번 삐득하는 데 따라서 몇 천 길의 차를 내는 셈이라고 할는지, 나중에 나는 그 날카로운 신경을 죽여 버리려고 들었네. 아니 감정의 깊이가 어디까지인가 그 끝가는 데까지 가보리라는 생각이 나서 그 무서운 갈등의 감정이 복받칠 때면 일부러 더 궁둥이를 붙이고 박고 앉아서 이 무서운 인생의 사실, 밉고 더러운 아내를 응시하면서 견디어 나갔네.

이 위에 더 변화되어 나간 나의 감정이란 것은 여기서 더 말하지 않네. 그것은 자네 상상에 맡기고 말겠네. 그 뒤에 내 아내 되는 사람은 다행히 사내애를 낳고 무사하게 되고 또는 그 뒤부터 나의 감정은 전날에 반격하던 것이 다 어디로 사라져 가고 말았네. 그때 내가 꿈속에 무슨 난질난질한 첨탑이나 디디고 섰던 듯한 기억만 남을 따름일세. 그리고 나자 나는 이번 일을 저지르고 이리로 들어온 일은 자네도 알 일일세. 좌우간 우리 부부의 지난 경과가 이러하네. 말이 너무 지리하였네. 그만두네.

　같이 있던 죄수는 일전에 딴 방으로 옮아갔네. 내 방에 비치었던 햇빛도 점점 더 줄어들어 가네 그려. 얼마 있다가는 그것도 또한 없어지고 말겠지.

제3신

　일전에 자네하고 우리 어머니하고 같이 면회하러 왔었데 그려. 그래 자네는 시간이 넘어서 면회도 못 하고 그대로 갔었지. 나를 마지막 보고 가는 때라 그러한지 그때 우리 어머니의 하는 모양이라니! 나는 그 길로 감방 안에 들어와 앉아 온종일 심사가 좋지 못하였네. 좌우간 그가 내 눈에 다시 보이지 않고 멀리 떠나간 일만 시원한 일일세.
　내 아내 되는 사람은 삼 주일이나 되어도 면회도 아니 오고 편지조차 아니 하네 그려. 바쁠 터이니까 오지는 못한다 하더라

도 편지까지 아니 하는 일은 알 수가 없네. 그 동안 내게 대한 마음이 변하였는지도 모르지, 변하였다면 대수로울 것이야 무엇 있겠나마는…….

이보게, 남의 마음이란 것을, 더구나 여자의 마음이란 것을, 더 한걸음 나아가 세상에서 말하는 진리라는 것을 어디까지 믿고 어디까지 믿지 아니하여야 옳을는지 모르겠네. 의지—물론 이 의지야 누구에게나 절대로 필요하지. 그러나 약한 남자나 여자는 도저히 이것을 갖지 못하였다는 말일세. 그 의지라는 것으로 말하면 *순실(純實) 가운데서 나오고 자라는 것이니까, 다시 말하면 순실이 의지를 낳고 의지가 또한 굳센 신념을 낳는 것으로 아네. 그것은 무엇보다 들떼어 놓고 말하는, 인간이란 것을 믿는 것이 아니고 나라는 것을 믿는 것이란 말이지. 다시 말하면 순실한 자아가 굳센 의지를 가지고 모든 것과 싸우고 나가는 동안에 위대한 신념이 붙잡아지는 것이란 말일세.

이것을 내 경험으로부터 간단히 말하면, 자기의 양심을 붙들어 나가기에도 엎치락잦히락하고 힘없고 약한 걸음으로 걸어오던 나란 사람이 오랫동안 싸워 나온 끝에 자기의 뼈가 튼튼하게 되어 가는 것일세. 이번에 그 일로 인하여 경찰서에 붙들려 들어가 그 무서운 악형과 고문을 당하면서 죽을지언정 자기를 속이고는 싶지 않았네.

여보게 생각하여 보게. 고양이가 쥐 굴리듯 하는 그 마당, 생각만 하여도 소름이 끼치는 그 광경을—사랑이란 것은 진리를 말하려거든, 신념을 말하려거든 죽음의 구덩이를 피투성이하고 뚫고 나와서야만 말할 것이지, 결코 양지쪽에 자빠져 콧노래를 부르는 격으로 책상머리에서 얻은 공상이나 지식대로 생에 대한 진리와 신념을 찾을 것으로는 아닐 줄로 아네.

순실
순박하고 참되다.

어쨌든 지금 나의 마음은 매우 튼튼하게 되었다고 생각하네. 지금 모양 같아서는 앞으로 어떠한 정신이나 육체상 고통이 닥쳐온다 하더라도 나는 조금도 두려움이 없을 줄 아네. 편지가 더 쓰기 싫어 그만두네. 일기가 아침 저녁으로 제법 선선하여 감을 보니까 인차 가을철이 드는가볘.

제4신

요전에 판결 언도가 끝난 뒤 나오는 길에 자네가 다른 사람들과 같이 법정 문 앞, 길 옆에 서 있는 것을 보았네. 그도 벌써 한 달이나 되었네 그려. 그 동안에 자네가 한 편지도 보았네마는 어째 그러한지 붓 잡기가 이즈음에서는 통히 싫데 그려. 참 오래간만일세. 나는 또한 이 편지도 쓰고 싶은 생각이 없어서 며칠 동안을 두고 할까 말까 하다가 마지막 말이나 한마디 더하여 둘까 하고 이 글을 쓰게 되네.

그것은 다른 일이 아니라 내 아내 되는 사람이 필경에는 가고 말았네 그려. 나는 이 기별을 듣고 나서 예전과 같지는 않지마는 며칠동안 두고 분한 마음을 이길 수가 없었네. 지금은 아무렇지도 않네. 다만 그가 가서 잘 살기만 바랄 따름일세. 이 말이 참뜻으로 한 말인 줄만 알아두게. 그가 내게 간단히 쓴 편지를 말하면 이와 같네.

나는 H에게로 다시 갑니다. 당신의 일은 죽어서도 잊을 수 없고, 당신의 은혜는 죽음으로도 갚을 수가 없지마는, 나는 또한 H도 저버릴 수 없으므로 하는 수 없이 그리로 가게 되니 나를 한 죽은 년으로 아시고 잊어 주세요.

라고 하였네.

그는 H에게로 갔네 그려. H를 자네가 알는지 모르겠네. 그 여자가 잠시 동안 첫사랑을 하던 남자이고 요전 편지에 말한 바와 같이 내가 동경 감옥에 있을 때에 한 달 동안인가 얼마 동안인가를 같이 동거하였다는 사람일세. 아마 첫사랑의 미련이란 대단한가베. H에게로 가는 것이 내게 있는 것보다 그 여자에게 대해서는 더 나을는지 모르겠지. 말하자면 그 역시 시원스러이 갔네.

다 갔네그려…… 나는 지금 지나간 날의 모든 일을 눈앞에 다시 한 번 펼쳐 놓고 우두커니 들여다보고 있네. 마음속이 휑하게 빈 것 같아, 아무것도 거리끼는 것이라고 없네. 다만 딩딩한 신생의 힘을 잡고 있을 뿐일세. 그것은 어디까지든지 진실, 자기를 속이지 않고 진실하게 살아나가자는 것 외에는 더 위대한 것이 없을 줄 알고 또는 그것을 어디까지든지 실행해 나갈 자신이 있는 까닭일세. 내가 만일에 오 년 동안이란 것을 마치고 세상 밖에를 나갈 것 같으면 전보다 더 굳센 힘으로 나갈 듯싶네. 짧은 시일에 내가 이만큼 더 자라 나간 것을 자네도 기뻐할 줄 아네. 마지막으로 간 그 여자가 잘 되기 원하며 붓을 놓네.

『조명희선집』, 소련과학원 동방도서출판사, 1959.

조명희 단편소설

저기압

생활난, 직업난으로 수년을 시달려 왔다.

이 공포 속에서도 값없는 생활—무위한 생활로부터 흘러나오는 권태는 질질 흐른다. 공황의 한 재를 넘으면 권태. 또 한 재를 넘으면 권태.

생활(먹고 사는 일)이라는 줄에 마소 모양으로 정신없이 끌려가다가도 곤한 잠을 깨치고 성난 눈을 번쩍 뜨듯이 지지한 자기의 꼴을 휙 돌아다볼 때,

"이게 다 무슨 생활이란 것이야? ……네가 참으로 생활다운 생활을 하려면 지금 네 생활을 저렇게 값없이 만드는 현실—그 속을 정면으로 파고 뚫고 들어가서 냅다 한번 부딪쳐 보든지 어쩌든지, 밤낮 그 늘어진 개꼬리 모양으로 질질 끌고 가는 생활의 꼴이란 것은 참 볼 수 없다. 차라리 망골편으로 기울어지려면 데카당이 되거나 위로 올라붙든지 아래로 떨어지든지 할 것이지 여름날 쇠불알 모양으로 축 늘어져 매달린 생활!"

이 모양으로 *폭백(暴白)을 하고 싶다.

'십 년 만에야 *능참봉(陵參奉) 하나 얻어 걸렸다'는 격으로 신문기자라는 직업을 겨우 얻어 가지고 '이제는 생활 걱정의 짐은 좀 벗으려니' 하였으나, 또한 마찬가지로 생활난은 앞에 서서 가고 권태는 뒤서서 따른다.

열한 시가 지나서 신문사 입문 댓돌 위에 무거운 발을 턱턱 올려놓았다. 오늘도 또한 오기 싫은 걸음을 걸어왔다.

힘없는 다리로 이층 층대를 터벅터벅 올라가 편집실 문을 떠밀고 쑥 들어섰다.

"에헤 이것 봐! 묵은 진열품들이 벌써 와서 쭉 늘어앉았네. 어제나,

폭백
성을 내며 말함.

능참봉
조선 시대에, 능을 관리하는 일을 맡아보던 종구품 벼슬.

오늘이나, 그저께나, 내일이나 멀미나게 언제나 한 모양으로…… 그런데 이 물건이 제일 꼴찌로 왔구나!"

자리에 가 궁둥이를 터덕 붙이고 앉아서 휘— 한번 돌아보았다.

맞은편 경리부원 가운데에도 가장 특색 있는 한 사람이 먼저 눈에 들어온다. 키가 작고 체가 앙바틈하고 눈, 코, 입이 다 다구다다구 붙은 것이 조선 사람으로 대면 뒷짐지고 딱 받치고 서서 기침을 '아헴 아헴' 하는 시골구석의 골 생원님이요, 서양 사람으로 대면 작은 키에 큰 갓 쓴 '멕시코' 사람이요, 짐승으로 대면 고슴도치요, 물건으로 대면 *장방울이다. 장방울로 일생을 대굴대굴 굴러가는 것도 갑갑한 일이라고 생각하였다.

고슴도치

장방울
'장치기공'의 북한어. 장치기공은 장치기를 하는 데 쓰는 공. 나무를 둥글게 깎고 다듬어 만든다.

바른편 정치부 의자에 앉은 부장—장이란 글자부터 밉다—어쨌든, 신수가 멀끔하고 살이 부둥부둥 찌고 미련한 눈찌, 투미한 두 볼과 입—이것도 도야지다. 도야지 가운데에도 땟물 벗은 귀족—자작이나 남작의 지위쯤 되는 도야지다. 도야지로 세월을 먹어 가는 일도 기막힌 일이라고 생각하였다.

그 밖에 또 누구 누구…….

문 여는 소리가 빠드득 나며 영업국에 있는 부원이 하나 들어온다. 딱 벌어진 어깨, 새까만 얼굴, 홀쭉한 키 맵시에 깡똥깡똥하는 걸음체가 마치 두 손을 마주치며 '띠라따따 띠라따따' 하고 깡총깡총 뛰노는 사람 같다. 아마 이 사람이 그런 것도 가끔 하는 것 같다. 아니, 그보다도 마음씨가 늘 그 모양으로 깡총깡총하는 듯싶다. 소반 위에서 재주 넘는 인형이 아닌 담에야 '띠라따따'로 언제나 이 대지 위에서 뛰기만 하는 것도 딱한 일이라고 생각하였다.

또 누구 누구. 네모난 상자 속 같은 이 방 안에서 우물우물하는 것들.

'모두 왜 이 모양들이여…… 수채에 내어던진 썩은 콩나물 대가리 같은 것들이…….'

'이 시대 이 사회는 수채일까? ……더구나 이 신문사 안이…….'

그러나 이 콩나물 대가리들도 기발한 경우 기특한 일을 하게 할 때는 썩은 콩나물 대가리가 아니고 펄펄 뛰는 훌륭한 창조, 아니 인간이 될 것이다.

'때는 이때! 우리에게 자유와 행복을 달라. 그렇지 않으면 죽음을 다오!' 하는 호령 밑에 '나아가라, 자유, 평등을 위해, 앞으로!' 할 때가 된다면, 아, 이 인간에게도 영광의 피가 끓으리라! 이네들의 앞에도 갠 하늘이 열리리라!

또는 '넓고 갠 봄, 들 위에 햇빛이 널릴 때 걸랑은, 이해 없이 모이자꾸나, 봄잔치 하러 모이자꾸나. 봄 춤을 추러 모이자꾸나' 할 때에는 '동무여, 내 손은 너 잡아다고, 네 손은 내가 잡자!' 할 수도 있을 것이다.

그러나 지금 이 속에는 권태가 흐른다. 괴는 술 모양으로 들떠서 '부글부글 피—' 하는 소리가 난다. 냄새가 난다. 어찌하여 이 모양으로 되나?

여기에는 생활이 없다. 생활의 기초적 조건이 되는 경제가 사회적으로 또는 개인적으로 파멸이 되었다는 말이다. 따라서 다른 생활도 파멸이 되었다는 말이다.

이 땅의 지식계급—외지에 가서 공부깨나 하고 돌아왔다는 소위 총준 자제들 나갈 길은 없다. 의당히 하여야만 할 일은 할 용기도, 힘도 없다. 그것도 자유롭게 사지 하나 움직이기가 어려운 일이다. 그런 가운데 뱃속에서는 쪼로록 소리가 난다. 대가리를 동이고 이런 곳으로 디밀어 들어온다. 그러나 또한 신문사란 것도 자기네들 살림살이나 마찬가지로 엉성하다. 봉급이란 것도 잘 안 나온다. 생활난은 여전하다. 사지나 마음이나 다 한가지로 축— 늘어진다. 눈만 멀뚱멀뚱하는 산 진열품들이 축— 늘어앉았다.

오늘도 월급이 되네 안 되네 하고 숙덕숙덕들 한다. 월급이라고 맛본 지가 서너 달 되나 보다.

간부통인 기자 하나가 앞으로 서슴서슴 걸어오며,

"오늘도 월급이 안 되겠다네!"

일할 마음도 없이 조는 듯 생각하는 듯하던 나는 이 소리에 정신이 펄쩍 났다. 무의식적으로 얼른 그 사람의 얼굴을 한번 쳐다보고는 다시 고개를 푹— 숙였다. 낙망이 와서 가슴을 지긋이 누른다. 집 일이 눈앞에 획획 지나간다. 사실 오늘 아침에도 시덥지 않은 연극을 한바탕 치르고 온 터이다.

이른 아침에 나 사는 집 문간에는 야단이 났다. 그 야단이란 것은 다른 것이 아니다. 뻔히 사람이 안방 건넌방에 꽉 들어서 사는 집에 난데없는 이삿짐이 떠들어온다.
"사람 들어 있는 집에 온다 간다 말 없이 이삿짐이 웬 이삿짐이란 말이오. 안 되오, 못 들어오."
하고 대문 안으로 들어오려는 이삿짐을 막았다.
"집주인이 가라니까 왔는데, 남의 집에 사글세로 들어있는 사람이 무슨 큰소리란 말이오?"
"큰소리? 사글세로 들어 있든지 어쨌든지 내가 들어 있는 담에는 안 되오."
"어디 봅시다."
하고 이사 올 사람은 어디로 달려간다.
조금 있다가 집주인 노파쟁이가 성난 상바닥을 하여 가지고 쫓아오며 소리를 고래고래 지른다.
"남의 집을 세들어 가지고, 넉 달 치나 세를 떼먹고⋯⋯ 낯짝이 뻔뻔하게, 들어오는 이삿짐을 막다니⋯⋯ 이런 수가 있나? 이런 도적의 맘보가 있담?"
"아, 여보, 당신이 경우를 타서 말을 순순히 한대도 내 맘 돌아가는 대로 할 터인데 그렇게 고약만 떨면 일이 잘 될 듯싶소?"
"무엇 어째? 내 맘대로⋯⋯? 그것부터 도적의 맘보가 아니고 무엇이냐?"

이 말끝을 마치 기적의 끝소리 내어뿜듯 길게 지르며 악을 쓰며 내게로 달려든다.

대번에 발길로 질러 죽이고 싶은 생각이 펄쩍 나다가도 소위 교양있다는 문화인이라는 가면 아래에서 이 인조 병신은 속을 꿀꺽꿀꺽 참고 있다가,

"여보, 나는 내 맘대로 할 터이니 당신은 당신 하고 싶은 대로 하오."
하고 대문을 닫아걸고 들어와 방에 누웠다.

대문짝이 왈칵 자빠지는 소리가 들린다. 그 옆에 섰던 우리 집 여편네하고 집주인 노파하고 싸움질이 나는 모양이다. '이년, 저년' 소리까지 들린다. 나는 건넌방에서 꼼짝 아니하고 누워 있었다. 이삿짐은 들어온다. 안방으로, 마루로 그득 쌓인다. 안방에 누워 있던 병모는 건넌방으로 쫓겨 나온다. 우리 집 여편네는 달려들어 망신당한 분풀이를 내게 하려 든다.

"사내라고 돈을 얼마나 때깔 좋게 벌어들이면 여편네를 이런 고생살이 끝에 망신까지 시킨단 말이야."

그렇지 않아도 민망한 생각이 나던 터에 이 말에는 그만 역증이 난다.

"에끼, 망할 계집년, 사람의 속을 몰라도 분수가 있지. 소새끼 같은 계집년! 이렇게 하고 사는 것도 호강인 줄만 알아라!"

저쪽의 발악은 더하여 간다. 참다못하여 그만 발길로 한번 걷어질렀다. 자빠지며 하는 소리다.

"계집을 굶기고 헐벗기는 대신에 밟아 죽이려 드는구나!"

계집의 잔 사설, 세 새끼의 울음 소리, 어머니의 걱정 소리, 아우성판이다.

나는 그만 밖으로 나오며 혼자 한 말이다.

"에끼…… 이 조선 땅 젊은 놈의 썩는 속은 누가 알까? ……저기 가는 저 소나 알까?"

"이것도 권태를 조화시키는 한 흥분제인가?"

말하자면, 처음에는 이 따위의 씁쓸한 가난살이 맛도 자기 생활의 훌륭한 체험이요, 또는 정신상의 무엇을 얻는 것도 같아서, 고통의 주먹이 와서 때릴 때마다 그것을 신성시하고 경건한 마음씨로 대하여 나가려 하였다. 그러나 그것도 찌들기만 하니까 나중에는 그만 몸과 마음이 까부러져 가기만 할 뿐이다. 이러다가는 큰일났다! 이 까부러져 가는 권태 속에…….

저녁때 태평통 긴 거리로 걸어나오는 나의 주머니 속에는 돈 삼십 원이 들어 있다. 석 달 만에 탄 월급이 이것이다. 한 달 분 사십오 원씩 석 달 치를 합하면 백삼십오 원. 이것을 가지고 묵은 방 빈대 구멍 틀어막듯 하여도 가량이 없는데, 게다가 삼십 원이다. 비틀어진 생각이 그저 풀리지 않는다. 아까도 그 돈을 손에 받아 들 제 그 자리에서 그만 찢어 내어 던져버리고 싶은 생각도 났었다.

"빈주먹에 단돈 일 원이라도 들어온 것만 다행이니 우선 이것을 가지고 가서 급한 불이나 끌까?"

주린 개떼가 주둥이들을 한데 모으고 제 주인 올 때만 기다리듯 하는 집 식구들의 꼴이 눈에 확 지나간다.

"가자 가자, 어서 집으로 가자!"

"방을 하나 얻어서 집을 옮기고, 양식과 나무나 좀 사고……."

"그리고 나면 또 무엇 해? ……밤낮 되풀이하는 그 지지한 생활의 꼬락서니……."

 언제인가, 밥 먹고들 앉아 있는 집 식구들 꼴을 혼자 우두커니 바라다보고 있다가 속으로,

 '저 몹쓸 아귀들! 내 육신과 정신을 뜯어먹는 이 아귀들!'
하며 *염오증(厭惡症)이 왈칵 나던 생각이 다시 난다.

염오중
마음으로부터 싫어하여 미워하는 생각이나 증세.

 '아— 인제 그 꼴들 보기도 참 싫다! 그 시덥지 않은 생활을 되풀이하기도 참 멀미난다!'

 자하골을 바라다보고 가던 나의 걸음은 황토마루 네거리에서 그만 종로를 향하고 꺾어서 걷고 있다.

 "에끼…… 내가 그만 이 돈을 쓰고 들어갈까 보다."

 어머니의 한숨, 여편네의 눈물, 아이들의 짜증—이 돈 삼십 원.

 "어디 내가 좀 집 식구들의 눈물을 짜서 먹고 견디어 보리라…… 내 가슴속이 얼마나 튼튼한가 좀 시험하여 보자……."

 이튿날 아침 나는 *영추문(迎秋門) 앞길로 발을 자주 놀려 올라올 때, 코에서는 아직도 덜 깬 술 냄새가 물씬물씬 남을 깨닫게 한다. 우리 집 골목을 접어들며 나는 발소리를 숨기고 귀를 자주자주 재게 된다. 대문턱에 이르러 가만히 서서 귀를 기울였다. 아무 소리도 들리지 않는다.

영추문
경복궁의 서문(西門). 일반 관원들이 출입하였다.

 '모두 죽었나? 죽지는 아니하였어도 굶어 늘어져서들 누웠나?'

 쑥 들어가 보니, 늘어지기는커녕, 멀쩡하니 지껄이고 앉아 있다. 다만 여편네란 사람이 의심난 눈으로 나를 훑어본다. 간밤에 어디서 자고 왔느냐는 의미인가 보다.

 주머니 속을 뒤져 보니 쓰고 남은 돈이 얼마 들어 있다. 내가 밖으로

쫓아 나가 쇠고기 두 근 사서 들고, 쌀 한 말을 사서 들리고, 아이들 줄 과자도 좀 사가지고 들어왔다.

"왜? 쌀은 그렇게 적게 팔고 고기는 많이 샀어?"

하고 말하는 여편네는 기쁜 빛이 얼굴에 넘친다. 아마 내가 돈이 많이 생긴 듯싶어서 그러는 모양이다. 이때껏 칭얼대기만 하였으리라고 했던 아이들도 새로운 활기를 얻어 방 안에서 뛰논다.

'꿀꺽꿀꺽', '후룩후룩' 참 잘들 먹어 댄다. 고깃국 맛이 매우들 좋은 모양이다. 이것을 보고 나는 한번 빙그레 웃었다. 두 가지 세 가지 빛으로 섞은 웃음을 보는 일도 근래에 처음인 듯싶다.

갑자기 나는 멜랑콜리한 기분에 싸여 갑갑한 가슴을 안고 밖으로 뛰어나왔다.

바깥은 날이 몹시 흐리었다. 후텁지근하다. 거리에 걷는 사람도 모두 후줄근하여 보인다.

"어— 참 갑갑하다!"

이 거리에, 이 사람들 위에 어서 비가 내리지 않나! 어서…….

『조명희선집』, 소련과학원 동방도서출판사, 1959.

조명희 단편소설

농촌 사람들

1

두레방석(--方席)
짚이나 부들 따위로 둥글게 엮은 방석.

아침에도 큰 *두레방석만한 뻘건 해가 붉은 노을을 띠고 들 건너 동녘 봉우리 위로 쑥 솟아올랐다. 그것은 마치 이 세상을 '불'의 세계로 바꾸는 마당에 어떤 무서운 계시(啓示)의 첫 광경같이…….

그리하여 가뜩이나 말라 시들어가는 여름철 넓은 세계의 생물들은 한때의 눈을 그리로 쏘며 다시 한번 더 떨지 아니할 수 없다.

"큰일났다! 영영 사람을 다 죽이고 만다!"

들녘 사람들은 입을 여나 안 여나 다 이와 같은 말을 하게 된다. 밝음의 공포―백색의 공포는 오늘도 또 닥쳐왔다. 그러던 해가 벌써 한나절이 기울었다. 논밭의 곡식은 더 말할 게 없고 길 옆의 풀도 냇가에 잔디도 말랭이의 산풀도 모두 말라 시들다가 나중에는 빼빼 꼬여틀어져 간다. 어떤 때는 가을 풀밭모양으로 누렇게 탄 데도 있다. 나뭇잎도 시들부들하여진다.

십리장야(十里長野) 한복판에 길게 내려 뚫고 누운 큰 내는 꾸불꾸불 말라 비틀어져 자빠진 무슨 큰 뱀의 배때기처럼 말라 뻗치어 있을 따름이다.

서쪽으로부터 동쪽 끝까지 이들 북녘을 둘러막은 북망산, 어찌 가다가 적은 나뭇개나 세워 놓고는 거진 다 벌거벗은 채로 있는 이 사태 무더기, 살가죽을 벗겨 놓은 사람의 등같이 보기에도 지긋지긋한 이 시뻘건 사태산. 이 산말랭이 남향폭 안을 불볕이 내리쪼일 제 시뻘건 흙빛은 이글이글 익어 더욱더 붉어지는 것 같다. 그러면 불볕은 더욱더 쏟아져서 하늘에서 쏟는 더위와 땅에서 뱉는 더위가 서로 엄불러 산과

들을 뒤덮을 제 이따금씩 바람에 불리는 나뭇잎까지 소름치며 떠는 것 같다.

가뭄도 벌써 한 달 반이나 되었다. 졸아붙은 봇물이나마 닿는 상토 한 귀퉁이나 또는 샘물을 파서 두레박질하여 대는 구렁텅이 논뙈기를 제외하고는 모두 논바닥이 보얗게 말랐다. 엉거름(논바닥이 말라서 갈라진다는 말)이 땅땅 갔다. 벼이삭이 모두 비비 꼬여 간다. 어떤 때는 푸나무같이 말라서 불을 지르면 탈 듯싶다. 이해 농사는 아주 절망이다.

두레박

벼이삭

그래도 아직까지 애착을 버리지 못하였는지 삿갓 쓰고 종가래 짚은 어떤 농군은 논둑에 우두커니 서서 논바닥을 들여다보고 있다. 검누르게 들뜬 얼굴, 쑥 들어간 두 눈, 말없는 가운데 아픈 표정, 멀리서 자세히 보이지는 아니하나 짐작할 수 있다. 어떤 늙수그레한 여자는 두 다리를 뻗고 앉아서 논둑을 두드리며 통곡하는 이도 있다. 논에 물이 졸아들어 가기 시작할 때부터 졸이던 마음이 이날 이때까지 갈수록 더 바싹바싹 타들어가던 터이다. 죽어 가는 자식의 꼴을 들여다보고 있는 어버이의 마음씨와도 같이 말라 죽어가는 벼이삭의 운명을 들여다보고 있을 때 울고도 싶고 미칠 듯도 싶다.

"비를 내리지 않거든, 차라리 불을 내리라!"

악이 치받친 사람들의 입에서는 이러한 소리도 나온다.

이들이 들폭 안에 이 참혹한 광경을 홀로 우뚝 서서 바라보고 있는 것은 이 마을 앞에 서 있는 묵은 정자나무다. 이 정자나무는 그늘 좋기로 이름난 느티나무로서 잎과 가지가 뻗어 나가서 폭 안도 굉장히 넓고 나무 밑 대궁도 여러 아름이나 되게 굵다. 마치 이 나무만이 이 마을에 묵은 역사를 다 말하는 듯이, 다른

느티나무

농촌 사람들 285

엇박이
한군데에 붙박이로 있지 못하고 갈아들거나 이리저리 움직이는 상태. 또는 그런 일이나 사물.

공황
근거 없는 두려움이나 공포로 갑자기 생기는 심리적 불안 상태.

때 같고 보면 평생 일도 할 줄 모르고 놀기만 하는 *엇박이 친구들이나 이같이 바쁜 철에도 이 나무 그늘 밑에 모여들어 앉아서 장기나 바둑으로 기나긴 해를 넘겨 보낼 터인데, 지금은 한다하는 장정 일꾼들이 모두 이곳으로 모여 앉아서 근심기 띤 얼굴을 하여 가지고 서로 바라보며 가뭄 걱정을 하는 것이 이들의 가장 큰 말거리다. 걱정뿐만이 아니라 앞으로 올 무서운 흉년난리를 미리 느끼며 침울한 가운데에도 가슴이 은근히 떨린다.

사람이 어떤 *공황(恐慌)에 눌릴 때에는 서로 모이고 싶은 마음이 다른 때보다 더 나는 것이다.

"인제는 더 말할 것 없이 아주 흉년이지?"

이것은 술타령만 잘 하며 뻔들뻔들 놀기만 하고 농촌에 살면서도 농사 이치라고는 모르는 예전 아전 퇴물인 이불량의 말이다. 그는 아전 다닐 시절에 촌사람의 것이라면 속이고 어르고 해서 잘 떼어먹고 살던 터이므로 불량(不良)이라는 별호까지 얻었다. 그러나 지금은 하는 수 없이 이 농군들 틈에 와서 끼어 지내가며 한층 떨어져서 벗 같은 것도 주고받고 하며 그럭저럭 지나가는 건달패다.

"흉년은 벌써 판단된 흉년이지. 그러나 지금이라도 비만 온다면 아주 건질 수 없게 된 말라 죽은 것 외에는 다소간 깨어날 것도 있을 테니까. 그러한 것은 한 마지기에 단 벼 몇 말을 얻어먹더라도……"

고추상투를 하여가지고 줄부채를 왼손에 들고 슬쩍슬쩍 부치며 앉았던 반나마 늙은이의 참하게 대답하는 말이다.

"설령 그렇게 된다 하더라도 벼 말박을 건질 사람은 몇 사람이나 되며 건진다 하더라도 며칠이나 먹게 될 테야 그게."

여름에는 참외장수, 겨울에는 나무장수로 이름난 중년에 들어 보이는 눈끔적이의 말이다.

"그러고저러고 간에 필경에는 다 죽네 죽어."

눈끔적이와 같은 나쎄나 들어 보이는 세곱해 상투쟁이의 하는 말이다.

"네기 랄…… 그럴 줄 알았더라면 매고 뜯지나 말 것을…… 공연히 없는 양식, 없는 돈에 술밥만 처들여 가며……."

또한 눈끔적이의 입맛 다시며 하는 말이다.

"지금 앉아서 그런 걱정이 다 소용 있는 걱정이겠나……."

곰방대에다가 담배를 담아 가지고 앉아서 지금 세상에 철늦게 부시를 쳐서 불을 붙인 부싯깃을 갖다가 대꼬바리에 박고는 뻑뻑 빨며 말대꾸하는 반나마 늙은이의 말이다.

부싯돌

"사람이 모두 굶어 죽어야 옳단 말인가? 품이라도 팔아 먹을 것이 있어야지."

이 말은 영남사투리를 써가며 말하는 곰보 총각의 말이다. 그가 영남서 이곳으로 올라와 남의 집 머슴살이 한 적도 한두 해에 지나지 않는다 한다.

이 여러 사람들은 말이 이 입에서 터져 나오고 저 입에서 터져 나오고 하여 서로 어지럽게 또는 드문드문하게 지껄여댄다.

"일본이나 가세 그려."

"이 사람 말 말게. 갔다가 돌아오는 것들은 어쩌고. 돈벌이가 좋다더니만 까딱 잘못하면 사람을 무엇 감옥 속 같은 데로 속여 끌고 들어가서 그 안에다 가두고 죽도록 일만 시키고 돈도 먹을 것도 얼마큼씩 안 주고 한번 갇히면 세상 밖에도 잘 못 나온다네."

"다 그러할 리야 있으랴마는 자칫하면 그러는 수도 있다더구먼."

하고 이때껏 남의 말만 듣고 앉았던 *떠꺼머리총각의 받는 말이다.

그는 나이도 스물 너더댓이나 되어 보이고 기운도 차 보이고 사람도 좋아 보이나 이때껏 장가도 들지 못한 터이다. 머리를 굵게 땋아서는 머리 위에 칭칭 감고 그 위에다가 베수건을 질끈 동인 꼴이 떠꺼머리 총각이란 말과 같이 쇠어가는 밀대 모양으로 보기에도 좀 징글맞아 보인다. 그와 반대로 볏섬이나 쌓고 먹는다는 이 마을 높은 사랑집의 북상투 짠 열서너 살 먹은 새신랑의 꼴에다 서로 어루어 놓고 보면 그것도 이 열리지 못한 사회에서 예사롭지 않은 무슨 변으로 느껴진다.

"서간도는 올 같은 해에 가뭄도 안 들고 조가 아주 잘 되었다고 재작년에 들어간 그 이쁜이 아버지 천보 말이여, 그한테서 일전에 건넛마을 자기 당숙집에 편지가 왔더라네⋯⋯ 거기나 갈까?"

"거기 가면 별 수 있나. 거기도 관헌들과 지주들의 압제가 여간이 아

떠꺼머리
장가나 시집 갈 나이가 된 총각이나 처녀가 땋아 늘인 머리. 또는 그런 머리를 한 사람.

니라네. 거기 가서 살던 사람들도 이리로 쫓겨가고 저리로 쫓겨 간다네."

"그러면, 네미…… 우리 조선 사람은 살 곳도 없고 갈 곳도 없구나!"

이 소리는 뼈아프게 울려나왔다.

둘러앉은 여러 사람은 말없이 땅만 굽어보고 있을 뿐이다. 무슨 생각에 잠긴 그들의 눈 속에는 엷지 않은 근심과 아픔의 빛이 또한 잠겨있다. 침묵은 한참 동안이나 끌어나갔다.

"네기를 할, 예전 의병 병리 같은 ㅇㅇㅇ나 또 이 ㅇㅇㅇㅇㅇ?"

하고 한 사람이 침묵을 깨뜨린다.

"사람이 조금만 더 배가 고파 봐, 악이 나서 무슨 짓을 못하나."

"제발 벼락이나 치면 경칠 거!"

"흥 저것 봐, 바싹바싹 타들어가는구나!"

한 사람이 고개를 들어 벌판을 바라다보며 기막힌 듯이 말한다. 여러 사람이 한꺼번에 모두 고개를 들어 들녘을 내어다본다. 그들은 보기가 하도 지긋지긋하다는 듯이 상을 찌푸리고 바라다본다. 잠시 동안 잊었던 공포가 다시 닥쳐왔다.

"하느님, 맙시사!"

이것은 늙은이의 부르짖는 말이다.

"죽여라! 죽여! 어디 견디어 보자. 경을 칠 거…….."

이것은 젊은이의 부르짖는 말이다. 쓴 침묵은 또 끌어나간다.

"서간도…… 서간도…… 그래도 거기나 가 봐…… 그런데 그 이쁜네하고 같이 간 음전네는 서간도에 안 있데여. 거기서 더 들어가 어딘지도 알 수 없는 곳으로 가버리고 말았다네 그려."

"그래 그 음전네는 소식도 없대유?"

이것은 한 옆에서 *고누판을 그리고 앉았던 총각의 말이다.

"모른다네……."

떠나간 사람들의 자취가 덧없이 되었다는 것을 탄식하는 듯한 긴 말씨로 대답하던 사람은 또한 눈끔적이다.

"삼 년…… 벌써 삼 년이로구나!"

갑자기 서글픈 듯이 건넛산 고갯길을 우두커니 바라보며 말하는 총각의 한숨 비슷한 말이다. 거듭 잇달아,

"제—기."

하고 다시 땅을 굽어보는 그의 눈과 얼굴에는 슬픈 빛이 띠어 있다. 아마도 아마도 그의 가슴에는 휘휘 틀어져 감겨 나오는 지나간 날 로맨스의 꿈이 다시 떠오르는 것이나 아닐까? 그 음전이란 처녀를 생각하고 그러는 것은 아닐는지?

이때 그 마을 앞 신작로에는 짐차가 온다. 한 채, 두 채, 세 채나 된다. 무거운 수레를 끌고 가는 소는 숨과 발이 한가지로 터벅거린다. 사람도 마음속까지 가뭄이 들어서 놀기에도 괴로운 터인데…….

"그게 뭐유? 벼입니까?"

영남 악센트로 말하는 곰보 총각이 마차꾼보고 묻는 말이다.

"쌀이라네."

마차꾼은 채찍으로 소 궁둥이를 툭 때리며 대답한다.

"뉘집 쌀이유?"

마차꾼은 대답도 하기 전에 곰방대를 쇠꼬치로 후비고 앉았던 세곱상투가 말을 채서,

"물어 볼 거 무엇 있어. 김참봉네 쌀이지."

"김참봉네가 언제 그렇게 부자가 됐나?"

고누판(--板)
고누를 두기 위하여 말밭을 그린 판. 고누는 땅이나 종이 위에 말밭을 그려 놓고 두 편으로 나누어 말을 많이 따거나 말 길을 막는 것을 다투는 놀이. 우물고누, 네밭고누, 육밭고누, 열두밭고누 따위가 있다.

이것은 이때껏 잔뜩 찌푸린 상으로만 아무 말참례없이 앉아 있던 원보의 말이다. 그는 금전판이고 대처바닥으로 돌아다녀 머리까지도 깎았다는 사람이다.

　"흥, 부자 될 수밖에. 요전까지도 그 부자(父子)가 다 돈벌이하였지. 작년부터 돈놀이하고, 더구나 지금은 동척회사 *사음이고. 지독하게 긁어모으니 부자 될 수밖에…… 게다가 세도가 좋지, 옛날의 닷 분(五分) 세 뭉치니, 양반이니 하는 것은 그만 두고라도 군청이고 척식회사고 헌병소고 다 무엇 세도가 막 난당이지."

사음(舍音)
마름. 지주를 대리하여 소작권을 관리하는 사람.

　원보의 친구가 하는 말이다.

　"주릿대를 안길 놈들, 그놈의 부자는 두 놈이 다 고약도 하더니……."

　"고약하니께 돈 모은단다. 법에 숨어서 도적질하는 놈들이니께. 못난 우리 같은 것들이 공연히 섣불리 도적질하다가 법에 잡혀 들어가지."

　이것은 그네의 말마따나 돌아다니며 널리 박람하여 귀가 열렸다는 원보의 말이다.

　"참 그래."

　원보의 힘있게 내어 붙이는 말에 동감이라는 듯이 둘러앉은 청중에서 몇 사람은 잇대어 이와 같이 대답한다.

　"보리알 꽁댕이도 얻어먹지 못하여 부황이 나서 사람의 얼굴이 모두 들뜬 판에……."

　"어떤 놈은 쌀을 몇 차씩 산단 말인가."

　눈알을 부리부리 굴리며 말하는 키가 작달막하고 뭉툭하게 생긴 원보의 한 친구의 말이다.

　"무얼 무슨 짓을 하더라도 그 따위 놈의 것을 뺏어먹을 수 있다면 뺏어 먹는 것이지."

이것은 원보의 말이다.

"그것은 자네 말이 글렀네."

이것이 마치 찌는 더위에 털끝 하나 꼼짝 못하고 숨만 헐떡거리고 앉았는 오뉴월에 알을 품은 암탉 모양으로, 더위를 이기지 못하여 웅숭그리고 앉아 눈만 까막까막하며 거진 육십 줄에 들어보이는 늙은 영감이 한탄하는 말이다.

"글르기는 무엇이 글러요? 누구나 굶어죽게 생기면 있는 놈의 것을 뺏어다가라도 먹고 사는 것이 의당한 일이지 공연히 꼬장꼬장한 체만 하다가 굶어죽지."

또한 원보의 하는 욕이다.

"그것은 이치가 틀린 말이야. 부자고 가난한 사람이고 다 제 팔자고 제 복이지."

하고 저쪽 늙은이 편을 드는 사람은 어물장사하여 돈냥이나 모았다는 젊은자의 말이다.

"무엇, 제 팔자?"

하고 말끝을 주춤하던 원보는 얼굴에 핏대를 올려가며 자기의 주장을 세워 말을 기다랗게 또는 힘 있게 늘어놓았다. 또는 저편에서도 자기네 주장에 지지 않으려고 연달아 대거리를 하였다. 그리하여 판이 떠들썩하게 한참 동안이나 의론의 불꽃이 타 올랐다. 또는 그 늙은이와 원보와는 의론 끝에 감정의 갈등이 나서 다툼까지 하였다.

"예끼 이 사람들! 말이 모두 억지고 맘씨가 몹쓸 맘씨로세. 그러한 맘보를 먹고 있다가는 제 명대로 살지도 못하리."

이 말에 원보는 들은 체 만 체하고 벌떡 일어나서 동네 안 골목으로 들어가 버리고 말았다.

그가 일어서 빠져간 뒤의 좌중은 다시 쓰디쓴 침묵 속으로 잠겨지고 말았다.

2

원보가 골목 안으로 들어간 지 한참 있다가 다 쓰러져가는 오막살이 집 속에서는 큰 목소리가 일어난다. 여자의 울음 소리도 일어난다. 아까 그 나무 그늘에 앉아서 이야기하던 마을 사람 말마따나,
"또 쌈이 났구나!"
"원보는 밤낮 그 불쌍한 늙은 어머니와 쌈질만 하것다."
한다. 울음 소리는 점점 더 커진다. 원보의 친구 한 사람은 달려가기까지 한다.

좁은 봉당 덮은 멍석자리 위에는 예순이 가까워 보이는 원보의 어머니가 극성을 피우고 앉아 있다.
"이놈아! 이틀씩이나 굶은 네 어미를 잡아먹지를 못해서 이 야단이냐? …… 밭뙈기까지 있던 것 죄다 갖다 까불러 올리고 나서 어미야 죽든지 말든지 내던져 버리고 몇 해씩 돌아다니다가, 집이라고 돌아와서

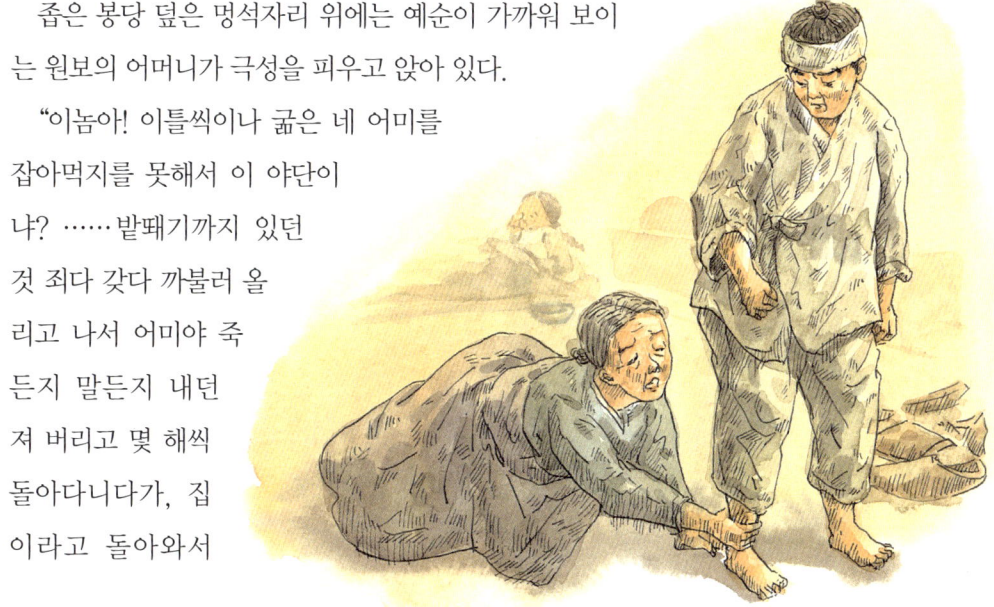

뻔들뻔들 놀며 어미만 들들 볶아먹고…… 굶어 가며 품 판 돈으로 돼지 새끼 하나 사다가 길러 논 것을 팔아다가 술 받아 처먹고…… 어미가 굶어 죽게 되었으니 빈 맘이라도 불쌍하게 생각을 하나…… 어린 자식 새끼가 병이 나서 죽게 됐으니 약 한 푼어치를 사다가 주나?…… 참다못하여 김참봉네 집에 돈냥이나 꿀까 하고 간 것이 아니냐. 코만 잡아떼고 돌아와서 분한 생각에 설움이 복받쳐서 우는 어미를 그래 이래야 옳단 말이냐?"

하며 울고 있으려면, 그 옆자리에는 마치 낡고 구긴 헌 명주옷같이 보드라운 살이 비비 꼬일 만큼 마르고 때 투성이를 한 예닐곱 살 가량 된 계집아이가 일어날 기운도 없는지 팔다리를 축 늘어뜨리고 누워서 힘없는 목소리로 칵칵 하며 울고 있다.

그 꼴을 잔뜩 찌푸린 상으로 바라보고 있던 원보는 악이 난 말조로,

"예끼 이 망할 새끼, 어서 뒤어지기나 해라!"

"이놈아, 그게 무슨 죄냐, 그 불쌍한 게 무슨 죄냐?"

하고 또 발악을 할 때,

"아 그 원수놈의 김참봉인지 주릿대를 할 놈의 집에 돈인지 무엇인지를 꾸러가는 그런 소견머리가 어디 있단 말이어? 엣 참, 네기를 할…… 엑."

하고 원보는 벌떡 일어나 걸어가는 길목 옆에 놓인 화로를 발길로 걸어차 화로는 깨어졌다.

"이놈아, 날 잡아먹어라!"

하고 어머니가 아들의 발목을 붙들자 아들은 발목을 차는 듯이 내뿌리며 어머니는 저쪽에 가 떨어져 대굴대굴 구르며 통곡한다. 그래도 원보는 본체만체하고 마침 문간에 들어서며 붙잡아 내는 친구에게 끌려

마을 주막으로 가버리고 말았다.

남의 말을 듣든지 지금 이 모양을 보든지 원보는 과연 불량한 사람이 되었다. 이같이 된 경로를 대강 그려보면 이와 같다.

주막

지금으로부터 여러 해 전이다. 그때에는 원보라면 누구나 다 일 잘하고, 부지런하고, 착하고, 규모 있고, 말썽 없고, 맘씨까지 바르다고 일컫던 터이다. 그는 나무장사로 돈냥을 모으고, 그 돈으로 송아지 필이나 사고, 그것이 또 늘어서 밭뙈기를 사게 되고, 또는 남의 땅일망정 논농사도 착실히 지으며 나이 젊고 곱게 생긴 아내와 늙은 어머니와 안팎이 다 한가지로 부지런하여 재미가 오붓하게 살아나가므로 그의 친구들도 부러워할 만큼 되었었다.

그러다가 삼 년 전 여름—그때도 이 해 같지는 아니하였으나 가뭄이 좀 대단한 시절에 사람 사람이 자기 논에 물댈 양으로 눈들이 뒤집혀 가지고 야단들 할 즈음에 원보도 밤을 새워가며 논에 물을 대게 되었다. 물이라고 겨우 대줄기만한 물줄기를 흘려넣으며 그는 수통머리에 풀이 모지라지도록 궁둥이를 붙이고 앉아서 지키고 있었다.

그때에 김참봉 집에서 들판 여러 농사꾼을 무시하고 물을 도수하여 가지고 자기 논에만 댈 양으로 그 시절에는 한참 어깻바람이 나도록 세도를 부리는 헌병보조원인 김참봉의 아들이 순박한 촌백성을 위협이나 하는 듯이 한 손에 몽둥이를 들고 억탈로 경계도 없이 이 논 수통 저 논 수통을 막으며 서슬이 시퍼렇게 물을 가두어 대며 오다가 원보가 지키고 있는 수통머리에 닥치자마자 덮어놓고 수통을 막아대고 말았다.

이것을 본 원보는 눈에서 불이 돋을 만큼 분이 났었다. 부리나케 달려들어 막은 수통을 잡아 흩어놓았다. 이것을 본 김참봉의 아들은 다짜고짜로 달려들며 몽둥이로 원보를 후려갈겼다. 맞고 난 원보는 당시에 그러한 직함을 가진 사람에게야말로 말 한마디라도 거역할 수 없을 만큼 무서운 줄도 모르는 바는 아니지마는 이 당장에는 자기의 탄 목구멍으로 넘어가는 물보다도 더 중하게 여기는 논물을 뺏기고 더구나 얻어맞기까지 하고 난 판에 벼락이 내린대도 무섭지 않을 만큼 된 터이다. 그만 달려들어 그를 물에다 잡아 처넣어 버렸다. 두 사람은 서로 얽혀 엎치락잦히락 때리고 차고하며 싸워댔다. 필경에는 여러 사람이 뜯어말리게 되었었는데 집에 돌아와 있은 지 얼마 있다가 읍내 헌병대로부터 보조원 두 사람이 나와서 원보를 붙들고 뺨을 치고 구둣발로 차고하며 개 패듯 하더니 포승으로 칭칭 얽어 묶어 가지고 갔었다.

　원보가 유치장에 여러 날 갇히어 있다가 도청 있는 ㅇㅇ군 검사국으로 넘어가서 다시 감옥으로 들어가 일 년이라는 짧지 않은 세월을 징역하고 나오게 되었다.

　그 가운데 기가 막힌 일 하나는 원보가 감옥에 있을 때에 믿고 믿었던 저의 아내에게 이혼소송을 당한 것이다. 그것은 그 아내라는 사람이 그의 위풍과 세도를 흠모함이 있는지 원보와 척이 진 김참봉 아들과 배가 맞아서 그렇게 된 것이다. 이것을 그 뒤에 저의 어머니가 면회하러 와서 알게 된 일이지마는, 어쨌든 그때에 그 일을 당한 원보는 마음에 도리어 아니꼬운 생각이 나서 그리하였던지 재판정에 불려가서 그 아내의 이혼청구를 쾌히 승낙하여 주었었다.

　감옥에서 나온 뒤에 집이라고 와서 보니 아내가 내어버리고 간 어린 딸을 데리고 늙은 어머니가 지악스럽게 해서 간신간신히 부지는 하여 가나, 전날의 탁탁하던 꼴은 다시 볼 수 없고 더구나 아내조차 없어 집안이란 것이 마치 삵이 채간 닭의 홰장 모양으로 휑—한 것이 쓸쓸하기가 가이없다.

삵

그는 마음 붙일 곳이라고는 아무 데도 없다. 그리하여 그는 술 먹기 시작하고 노름하기 시작하여 난봉나기 시작하였다. 그럴수록에 그의 어머니는 바가지 긁기를 시작하였다. 모자간에 싸움도 잦아졌다. 동네 사람들도 원보가 고약해져 간다고 말들을 했다. 그럴수록에 원보는 점점 더 술만 먹고 남하고 말썽부리기 좋아하며 싸움하기 좋아하여 간다. 부치던 남의 땅마지기도 떨어진다. 남아 있는 소필이고 밭뙈기고 모조리 다 팔아먹게 되고 집에만 들어오면 모자 사이에 싸움하는 것이 일이었다. 그러다가 그는 집에도 있지 않고 그만 나가서 일 년 동안이나 떠돌아다니다가 마음이 어떻게 내켰던지 마침내 집으로 다시 들어오게 된 것이었다. 이번에 집에 돌아온 뒤에는 전과 같지는 아니하나 또한 가끔가끔 그 굶주리는 어머니와 싸움질을 하는 터이다.

아까 그 어머니와 싸운 일만 보아도 그렇다. 원보의 마음은 과연 이같이 사나워졌다. 그같이 사납게 된 까닭이 어디 있다는 것을 자기도 짐작은 하는 터이다. 그것은 자기가 이같이 된 것이 첫째는 아내를 잃어버린 까닭으로 마음 붙일 곳이 없어서 그리 되었다는 것, 그 아내를 잃어버리게 된 것은 그 김참봉의 아들이 그리하여 놓았다는 것, 그 김참봉의 아들이 그런 짓을 하게 되고 또한 그런 짓을 하게 되어도 세상에서는 아무도 그를 손대지 못한다는 것을 알게 된 데로부터 이런 저주로운 세상과 사람을 모조리 미워하게 되며, 굶주리고 게으르고 인정없고 잔인한 짓도 예사로 하게 되어 생활과 마음이 여간치 않게 변하였다. 그럴수록 그는 더욱 더 자기 목숨을 살리기 위하여서는 어떠한 험악한 짓이라도 가리지 않고 하게 된다.

다시 말하면 자기 목숨만은 살려나가려는 마음이 더 강하여 가는 것이다. 또 다시 말하면 그는 묵은 인습적 도덕과 양심이란 것을 잊어버리는 동시에 원시적 생활력의 굳센 힘을 다시 회복하게 되었다.

3

이날 밤에, 밤이 이슥하여서 원보는 자기 집으로 돌아왔다. 지친 사립문을 슬그머니 열고 마당으로 들어섰다. 어느 때고 여름철만 되면 방 안에서는 빈대 벼룩에 쫓기어, 봉당에서 자다가 이제 봉당에서도 물것에게 쫓기어, 나중에는 마당으로 나와 한지 잠을 자게 되는 것이 전례다.

마당 멍석 자리 위에 그의 어머니가 손녀딸을 데리고 누워서 자는 모양이 눈에 먼저 뜨인다. 그는 봉당에 가서 쭈그리고 앉아서 누워 자는 자기 어머니의 꼴을 바라다보았다.

이날이야말로 스무날께 늦게 돋는 달이 벌써 하늘의 반쯤은 솟아서 올라 있다. 달빛이 바로 봉당마당 반쪽을 들이비추게 되었다. 달빛을 받은 그의 어머니의 얼굴은 말라서 쭉 빠졌던 살이 굶어서 *부황이 났는지 부석부석하게 부어오른 것이 지금 보아도 넉넉히 알 수 있다. 다 죽어가게 되었다는 어린 딸은 잠결에도 다만 하나인 그의 할머니만은 잃지 못한다는 듯이 손으로 할머니의 팔목을 붙든 채 잠들어 있다. 원보는 그 꼴을 보기가 어색하고 싫증도 나서 눈을 딴 데로 돌렸다. 그의 어머니의 누운 머리맡에는 낮에 깨어진 화로를 무엇으로 얽어 동여매

부황(浮黃)
오래 굶주려서 살가죽이 들떠서 붓고 누렇게 되는 병.

어 가지고 그 안에는 푸나무로 모깃불을 놓아서 지금도 가는 연기가 실마리같이 달을 향하고 피어오른다. 이 화로를 바라다본 원보는 예전 생각이 번개같이 지나쳐 간다. 이 화로야말로 옛날에 들일하러 다닐 때에는 으레히 화로에다가 왕겨 같은 것을 피워 담뱃불을 담아 가지고 다니던 터이다. 그는 지금 당하여 부질없는 옛 생각은 할 까닭이 없다고 생각하여 마음속에 번뜩거리는 생각의 그림자를 쫓아버릴 양으로 눈을 딴 데로 또 돌렸다. 그러나 이번에는 옛날에 물꼬 보러 다닐 제 들고 다니던 괭이가, 더구나 그 김참봉 아들하고 물쌈할 때에 가지고 갔던 괭이가 눈에 뜨이게 되매 그는 새삼스러이 분노가 떠오르지 아니할 수 없게 되었다. 땅만 굽어보고 있는 그의 눈은 어둔 밤이 되어서 잘 보이지는 아니하나 대낮만 같고 보면 분명히 그 불량스러운 눈자위가 끄먹끄먹함을 볼 수 있으리라.

한참이나 우두커니 앉아 있다가 그는 곰방대에 담배를 담아 화로에 가서 불을 담아 피워 물고는 다시 앉았던 자리에 와서 앉았다. 그는 무심코 고개를 돌려 부엌쪽을 바라다보았다. 시커멓게 끄을은 *섬거적 같은 것이 부엌문 어구에 놓여 있고 그 옆에는 목이 부러진 지게가 하나 놓여 있다. 여지없이 가난한 살림에 어찌하여 이같이 쓰지 못하게 된 헌 지게를 패어서 때지를 아니하였나 하는 의심도 나게 된다. 아마 이러한 것을 패어 때면 무슨 사위에 꺼리는 까닭인 듯도 싶다. 지금 눈에 뜨이는 이 지게야말로 이것 하나로 말미암아 원보의 과거가 십 년 전 일로부터 오늘까지 줄잡으면 삼 년 전 일까지 내려온 일을 다 말할 수 있는 것이다.

원보가 떠꺼머리 총각으로 겨우 열 살인가 열한 살인가 들던 해에 그의 아버지가 죽었다. 그리하여 중년 과부 된 그의 어머니는 어린 아

섬거적
섬을 만들려고 엮은 거적이나 섬을 뜯은 거적. 섬은 곡식 따위를 담기 위하여 짚으로 엮어 만든 그릇.

들에게만 마음을 붙이고 온갖 고생살이를 하며 이 외아들을 키워왔던 것이다. 그때 원보의 어머니는 품팔이하고 원보는 나무장사하여 모자가 지악스럽게 굴어 돈냥이나 모은 탓으로 남에게 착실히 보여 장가까지도 잘 들게 되었었다.

장가든 뒤에는 더욱 더 부지런하게 하여 눈이 쌓인 겨울 아침이라도 매일 아침 밝기 전에 일어나서 가을에 해서 쌓아 두었던 나뭇더미에서 무거운 나무짝 하나를 떼어지고는 거진 십 리나 되는 읍내로 들어가서 팔고 나오게 되는 것이다. 그럴 때에는 넉넉지 못한 돈냥에서도 자그만큼 떼어 내어 북어마리나 소고기 냥어치나 사서 들고 돌아온다. 어떤 때는 귀여운 아내의 소용감으로 왜밀이며, 분이나 바늘이나, 실이나, 또한 어떤 때에는 마음을 크게 먹고 자줏빛 관사나 제병 같은 비단 댕기 감을 떠가지고는 빈 지게지고 혼자 돌아오며 추위도 잊어버리고 이 생각 저 생각에 골똘하여진다.

댕기

'이 왜밀을 갖다 주면, 이 분을 갖다 주면 여북 좋아할까.'

이렇게 생각하여 보며 그 아내의 방긋이 웃는 모양이 눈에 떠오를 때에는 팔짱끼고 고개 숙이고 터덜거리며 오던 이 나무장수는 멋없이 혼자 벙긋 웃는다. 또는 댕기 감을 떠 가지고 올 때에는,

'이것을 갖다가 주면 좋아서 어쩔 줄을 모르렷다!'

하며 그 함치레하고 새까만 머리를 비비틀어진 한가운데에 이 새뜻하고 빛나고 고운 댕기를 휘휘 감아 물린 모양을 속으로 그려보고는, 바로 그것이 눈앞에 보이는 듯도 싶어 그 어여쁜 꼴을 그대로 보고만 있을 수가 없다는 듯이 손을 내밀어 어루만져 보는 흉내도 내어보았다.

그러다가 자기 집에 이르러 봉당가에 언 발을 탕탕 구르며 눈을 털고 들어설 때에 기다리고 있다가 때맞추어 방문을 열고 마중 나오는 아내에게 사온 것을 어머니 모르게 슬그머니 손에다 쥐어줄 것 같으면 아니나 다를까! 과연 아내는 이 세상에는 둘도 없이 가장 어여쁜 입을 방긋이 열어 생긋 웃으며 좋아라고,

"아이고 왜 인자 와?"

하면, 그 어머니는 뒤따라,

"애야, 여북 시장하고 추웠겠니, 어서 조반 차려 줘라."

한다.

아침을 먹고 난 원보는 눈 쌓인 겨울날에도 남과 같이 마실도 아니 가고 자기 집 방안에 들어엎드려 신을 삼으며 어머니와 아내를 번갈아 쳐다보아가며 웃고 이야기하는 것이 참으로 즐거운 일이었었다. 그럴 때에 또 어머니가 바깥을 나가 단 둘이 있게 될 때에는 그 틈을 타서 서로 농을 하여 가며 깔깔대고 웃는 것도 세상에는 흔하지 않은 재미였었다.

지금 그의 머릿속에는 겨울날의 아랫목 이불 속같이 따뜻하고 푸근한 지나간 날의 꿈을

농촌 사람들

되풀이하고 있었다. 그러나 그것은 다 하염없는 일이다. 그의 아내는 지금 없다. 있는 곳조차 알 수 없었다.

"주리를 틀 년!"

하고 동이 뜨게 있다가 다시,

"그 오라를 질 년이 지금은 어디 가 있나? 죽일년! 자식 생각도 안 난단 말인가?"

하고 그는 입속말로 중얼거렸다.

이때 어린 딸이 잠을 깨어 저의 할머니 옆으로 달려들며,

"할머니! 할머니!"

한다.

이 소리를 들은 원보는 별안간에 가슴속이 짜르르하였다. 그러자 또 그 어머니는 잠을 깨어 팔로 어린아이를 거더듬어 껴안으며,

"아가, 아가, 아프냐? 또 아파?…… 어린 것이 물 한 모금도 못 얻어먹고 앓기만 하느라고……."

이 소리는 가늘게 떨려나오는 목소리다. 이 말끝에는 또한,

"으흐—"

하며 길게 내어 뽑는 한숨소리다. 원보의 가슴은 뭉클하였다.

"어머니, 저녁도 못 끓여 잡수셨수?"

이 목소리는 분명히 떨렸다.

"아 너냐? ……놀랐구나…… 저녁이 어디서 나서 끓여 먹어? ……넨들 좀 시장할라구!"

"아니……."

하며 말끝을 흐리고 앞만 굽어다보고 한참이나 무슨 생각에 잠겨 있던 원보의 얼굴에는 어떤 무서운 빛이 돌며 무슨 결심이나 한 듯이 입을

딱 악물고 일어선다.

"아 너 이 밤에 어디를 또 가니?"

"에 어디를 좀……."

하고 원보는 밖으로 나가고 말았다.

그 이튿날, 이 마을에는 가뭄보다 더 무서운 새 공포가 닥쳤다. 그것은 헌병과 보조원이 수없이 쏟아져 나와 마을 사람들을 붙잡아다 놓고 묻고 따지고 하며 원보의 집과 그의 친구의 집을 들들 뒤지며 의심스럽다는 사람은 모조리 붙들어 가는 판이다. 동네 개도 짖지 못할 만큼 무서움에 싸여 있다. 한참 동안은 길에 사람조차 뜸하다가 저녁나절이 되어서 정자나무 그늘에 몇 사람이 모여 황당한 얼굴로 서로 대하고 앉아 수선수선하며 지껄이고 있다.

그들의 말을 들을 것 같으면 간밤에 건넛마을 김참봉 집에 도적이 들어서 돈을 뺏으려다가 돈도 못 뺏고 사람만 상하고 그 도적은 헌병에게 붙잡혀 가기만 하였다고 한다. 또는 헌병과 보조원이 와서 원보의 집을 뒤지고 간 것을 본다든지 원보와 그 친구 한 사람이 간밤에 나간 뒤에 다시 들어오지 아니한 것을 보면—그 밖에도 몇 사람이 붙들려갔지마는—그 도적이 분명히 원보와 그의 친구 한 사람이라고도 한다.

그럴 즈음에 아침나절에 혐의자로 붙들려갔던 머슴꾼의 떠꺼머리총각 하나가 읍내로 통한 신작로로 헐레벌떡거리고 쫓아 올라오더니 여러 사람 옆을 지나치며 외치는 말로,

"원보가 죽었어!"

"어 어, 죽다니?"

"유치장에서 목매어 죽었어……."

그는 바쁘게 대답하며 골목으로 달려 들어간다.

조금 있다가 골목 안으로부터 비척비척하고 쓰러질 듯이 달려 나오는 늙은 여편네는 원보의 어머니다. 갈팡질팡하고 정자나무 옆을 지나치며 미친 사람같이,

"이놈 봐라! ……이놈 봐라! ……죽다니? 네가 죽다니…… 원보야…… 이놈! 이 몹쓸 놈아! 네가 죽다니…….”

하고 숨이 콱콱 막힌 말씨로 울부짖으며 읍내로 가는 산모퉁이 길, 해 지는 편을 바라다보고 걸어 나간다.

해는 뉘엿뉘엿 넘어간다.

"원보야—"

하고 쓰러졌다. 다시 일어났다. 또,

"원보야—"

멀리서 들리는 소리다. 해는 아주 떨어졌다. 그의 그림자도 산모퉁이 그늘 속으로 감추어지고 말았다.

이해에도 늦은 가을이다. 어느 날 이른 아침에 이 마을에서도 가물가물하게 멀리 보이는 들 건너 북망산 고갯길에는 이 마을에서 떠나가는 한 떼의 무리가 있었다. 봇짐지고 어린아이 업고 바가지 찬 젊은이, 사내, 여편네, 적지 않은 떼가 몰려간다. 서간도로 가는 이사꾼이다. 이 고갯마루턱을 다 넘을 때까지 그들은 서로서로 번갈아 가며 두 걸음에 한 번씩 아득히 보이는 자기네 살던 마을을 우두커니 서서 바라다보고는 걷고 한다. 울어서 눈갓이 부숙부숙한 여자도 있다. 그 가운데에는 원보의 어머니와 그의 어린 딸이 섞여 있음을 볼 수 있었다.

『조명희선집』, 소련과학원 농방도서출판사, 1959.

조명희 단편소설

낙동강

낙동강
낙동강(洛東江)은 대한민국에서 가장 긴 강이고, 한반도 전체에서는 압록강 다음으로 길다. 길이는 506.17km이고 유역 면적은 2만 3384.21㎢이다. 강원도에서 발원하여 경상도를 관통하여 남해바다까지 이어진다.

무덤무덤
사람이나 짐승, 사물들이 한군데 몰려 있는 모양.

*낙동강 칠백 리 길이길이 흐르는 물은 이곳에 이르러 곁가지 강물을 한몸에 뭉쳐서 바다로 향하여 나간다. 강을 따라 바둑판 같은 들이 바다를 향하여 아득하게 열려 있고 그 넓은 들 품안에는 *무덤무덤의 마을이 여기저기 안겨 있다.

  이 강과 이 들과 저기에 사는 인간—강은 길이길이 흘렀으며, 인간도 길이길이 살아왔었다. 이 강과 이 인간, 지금 그는 서로 영원히 떨어지지 않으면 아니 될 것인가?

    봄마다 봄마다
    불어 내리는 낙동강물
    구포벌에 이르러
넘쳐넘쳐 흐르네—
흐르네— 에— 헤— 야.

철렁철렁 넘친 물
들로 벌로 퍼지면
만 목숨 만만 목숨의
젖이 된다네
젖이 된다네— 에— 헤— 야.

이 벌이 열리고—
이 강물이 흐를 제
그 시절부터
이 젖 먹고 자라 왔네

자라 왔네— 에— 헤— 야.

천 년을 산, 만 년을 산
낙동강! 낙동강!
하늘가에 간들
꿈에나 잊을쏘냐
잊힐쏘냐— 아— 하— 야.

　어느 해 이른 봄에 이 땅을
하직하고 멀리 서북간도로 몰려가는 한
떼의 무리가 마지막 이 강을 건널 제, 그네들 틈에
같이 끼여 가는 한 청년이 있어 뱃전을 두드리며 구슬프게 이
노래를 불러서, 가뜩이나 슬퍼하는 이사꾼들로 하여금 눈물을 자아내
게 하였다 한다.
　과연, 그네는 뭇 강아지떼같이 이 땅 어머니의 젖꼭지에 매달려 오
래오랫동안 살아왔다. 그러나 그 젖꼭지는 벌써 자기네 것이 아니기
시작한 지도 오래였다. 그러던 터에 엎친 데 덮친다고 난데없는 이리
떼 같은 무리가 닥쳐와서 물어 박지르며 빼앗아 먹게 되었다.
　인제는 한 모금의 젖이라도 입으로 들어가기 어렵게 되었다. 하는 수 없이 이 땅에서 표박하여 나가게 되었다. 이렇게 된 것을 우리는 잠깐 생각하여 보자.

 이네의 조상이 처음으로 이 강에 고기를 낚고, 이 벌에 곡식과 열매를 딸 때부터 세지도 못할 긴 세월을 오래오래 두고 그네는 참으로 자유로웠었다. 서로서로 노래 부르며, 서로서로 일하였을 것이다. 남쪽 벌도 자기네 것이요, 북쪽 벌도 자기네 것이었었다. 동쪽도 자기네 것이요, 서쪽도 자기네 것이었다.

 그러나, 역사는 한바퀴 굴렀었다. 놀고 먹는 계급이 생기고, 일하여 먹여 주는 계급이 생겼다. 다스리는 계급이 생기고, 다스려지는 계급이 생겼다. 그럼으로부터 임자 없던 벌판이 임자가 생기고 주림을 모르던 백성이 굶주려 가기 시작하였다. 하늘의 햇빛도 고운 줄을 몰라 가게 되고, 낙동강의 맑은 물도 맑은 줄을 몰라 가게 되었다. 천 년이다 오천 년이다 이 기나긴 세월을 불평의 평화 속에서 아무 소리 없이 내려왔었다. 그네는 이 불평을 불평으로 생각지 아니하게까지 되었다. 흐린 날씨를 참으로 맑은 날씨인 줄 알듯이. 그러나 역사는 또 한 바퀴 구르려고 한다. 소낙비 앞잡이 바람이다. 깃발이 날리었다. 갑오 동학이다. 을미 운동이다. 그 뒤에 이 땅에는, 아니 이 반도에는 한 괴물이 배회한다. 마치 나래치고 다니는 독수리같이. 그 괴물은 곧 사회주의다. 그것이 지나치는 곳마다 기어가는 암나비 궁둥이에 수없는 알이 쏟아지는 셈으로 또한 알을 쏟아 놓고 간다. 청년운동, 농민운동, *형평운동, 노동운동, 여성운동…… 오천 년을 두고 흘러가는 날씨가 인제는 먹장구름에 싸여 간다. 폭풍우가 반드시 오고야 만다. 그 비 뒤에

형평운동(衡平運動)
일제 강점기에, 형평사를 중심으로 천민 계급의 지위 향상을 위하여 전개한 혁신적 사회 운동. 형평사(衡平社)는 일제 강점기에, 천민 계급의 사회적 지위 향상을 목적으로 조직된 정치적 결사이다. 일본의 수평사 운동에 영향을 받아 1923년에 경남 진주에서 결성되어 형평운동을 주도하였으며, 일본 관헌의 탄압으로 1936년에 대동사(大同社)로 명칭을 변경하고 피혁 회사를 차려 복리를 도모하였다.

는 어떠한 날씨가 올 것은 뻔히 알 노릇이다.

　이른 겨울의 어두운 밤, 멀리 바다로 통한 낙동강 어귀에는 고기잡이 불이 근심스러이 졸고 있고, 강기슭에는 찬 물결의 울리는 소리가 높아질 때다. 방금 차에서 내린 일행은 배를 기다리느라고 강 언덕 위에 웅기중기 등불에 얼비쳐 모여 섰다. 그 가운데에는 청년회원, 형평사원, 여성동맹원, 소작인조합 사람, 사회운동단체 사람들이 대부분을 차지하였다. 동저고리 바람에 헌모자 비스듬히 쓰고 보따리 든 촌사람, 검정 두루마기, 흰 두루마기, 구지레한 양복, 혹은 *루바시카 입은 사람, 재킷 깃 위에 짧은 머리털이 다팔다팔하는 *단발랑(斷髮娘), 혹은 그대로 틀어 얹은 신여성, 인력거 위에 앉은 병인, 그들은 ○○감옥의 미결수로 있다가 병이 위중한 까닭으로 보석 출옥하는 박성운이란 사람을 고대 차에서 받아서 인력거에 실어 가지고 마을로 들어가는 길이다.

루바시카(rubashka)
블라우스와 비슷한 러시아의 남성용 겉저고리. 옷깃을 왼쪽 앞가슴에 당겨서 달아 단추로 여미며 허리를 끈으로 둘러맨다. 깃과 섶, 소매 끝에는 러시아식 자수가 놓여 있다.

단발랑
단발한 젊은 여자.

　"과연, 들리는 말과 같이 지독했구먼. 그같이 억대호 같던 사람이 저렇게 될 때야 여간 지독한 형벌을 하였겠니. 에라 이 몹쓸놈들."
　이 정거장에 마중을 나와서야 비로소 병인을 본 듯한 사람의 말이다.
　"그래 가지고도 죽으면 병이 나서 죽었다 하겠지."
　누가 받는 말이다.
　"그러면, 와 바로 병원을 갈 일이지, 곧장 이리 온단 말고?"
　"내사 모른다. 병인 당자가 한사라고 이리 온닥 하니……."
　"이기 와 이리 배가 더디노?"
　"아, 인자 저기 뱃머리 돌렸다. 곧 올락 한다."
　한 사람이 저쪽 강기슭을 바라보며 지껄인다. 인력거 위의 병인을

쳐다보며,

"늬, 춥지 않나?"

"괜찮다. 내 안 춥다."

"아니, 늬 춥거든, 외투 하나 더 주까?"

"언제. 아니다 괜찮다."

병인의 병든 목소리의 대답이다.

"보소, 배 좀 빨리 저어 오소."

강 저편에서 뱃머리를 인제 겨우 돌려서 저어 오는 뱃사공을 보고 소리를 친다.

"예—"

사이 뜨게 울려 오는 소리다. 배를 저어 오다가 다시 멈추고 섰다.

"저 뭘 하고 있노?"

"각중에 담배를 피워 무는 모양이라꾸나. 에라, 이 문둥아."

여러 사람의 웃음은 와그르 쏟아졌다.

배는 왔다. 인력거 탄 사람이 먼저다.

"보소, 늬 인력거, 사람 탄 채 그대로 배에 오를 수 있는가?"

한 사람이 인력거꾼보고 묻는 말이다.

"어찌 그럴 수 있능기요."

"아니다, 내사 내리겠다."

병인은 인력거에서 내리며 부축되어 배에 올랐다. 일행이 오르자 배는 삐꺽삐꺽 하는 노 젓는 소리와 수라수라 하는 물 젓는 소리를 내며 저쪽 기슭을 바라보고 나아간다. 뱃전에 앉은 병인은 등불빛에 보아도 얼굴이 참혹하게도 야위어졌음을 알 수 있다.

"보소, 배 부리는 양반, 뱃소리나 한마디 하소, 예?"

"각중에 이 사람, 소리는 왜 하라꼬?"

옆에 앉은 친구의 말이다.

"내 듣고 싶다…… 내 살아서 마지막으로 이 강을 건너게 될는지도 모를 일이다……."

"에라 이 백주 짬 없는 소리만 탕탕……."

"아니다, 내 참 듣고 싶다. 보소, 배 부리는 양반, 한마디 아니 하겠소?"

"언제, 내사 소리할 줄 아능기오."

"아, 누가 소리해 줄 사람이 없능가? ……아, 로사! 참 소리하소, 의…… 내가 지은 노래 하소."

옆에 앉은 단발랑을 조른다.

"노래하라꼬?"

"응, '봄마다 봄마다' 해라, 의."

"봄마다 봄마다

불어 내리는 낙동강물

구포벌에 이르러

넘쳐넘쳐 흐르네

흐르네― 에― 헤― 야.

…………."

경상도의 독특한 지방색을 띤 민요(民謠) '닐리리 조'에다가 약간 창가 조를 섞은 그 노래는 강개하고도 굳센 맛이 띠어 있다. 여성의 음색으로서는 핏기가 과하고 음률로서는 선(線)이 좀 굵다고 할 만한, 그러나 맑은 로사의 육성은 바람에 흔들리는 강물결의 소리를 누르고 밤하늘에 구슬프게 떠돌았다. 하늘의 별들도 무엇을 느낀 듯이 눈을 끔벅

끔벅하는 것 같았다. 지금 이 배에 오른 사람들이 서북간도 이사꾼들은 비록 아니었지마는 새삼스러이 가슴이 울리지 아니할 수 없었다.

그 노래 제 삼절을 마칠 때에 박성운은 몹시 히스테리컬하여진 모양으로 핏대를 올려 가지고 합창을 한다.

"천년을 산 만년을 산

낙동강! 낙동강!

하늘가에 간들

꿈에나 잊을쏘냐

잊힐쏘냐— 아— 하— 야."

노래는 끝났다. 성운은 거진 미친 사람 모양으로 날뛰며, 바른팔 소매를 걷어 들고 강물에다 잠그며, 팔에 물을 적셔 보기도 하며, 손으로 물을 만지기도 하고 끼얹어 보기도 한다. 옆사람이 보기에 딱하던지,

"이 사람, 큰일났구먼. 이 병인이 지금 이 모양에, 팔을 찬물에다 정구고 하니, 어쩌잔 말고."

"내사 이래 죽어도 좋다. 늬 너무 걱정 마라."

"늬 미쳤구나…… 백죄……."

그럴수록에 병인은 더 날뛰며 옆에 앉은 여자에게 고개를 돌려,

"로사! 늬 팔 걷어라. 내 팔하고 같이 이 물에 정궈 보자, 의."

여자의 손을 잡다가 잡은 채 그대로 물에다 잠그며 물을 저어 본다.

"내가 해외에 가서 다섯 해 동안을 떠돌아다니는 동안에도, 강이라는 것이 생각날 때마다 낙동강을 잊어 본 적은 없었다…… 낙동강이 생각날 때마다, 내가 이 낙동강의 어부의 손자요, 농부의 아들임을 잊어 본 적도 없었다…… 따라서, 조선이란 것도."

두 사람의 손이 힘없이 그대로 뱃전 너머 물 위에 축 처져 있을 뿐이

다. 그는 다시 눈앞의 수면을 바라다보며 혼잣말로,

"그 언제인가 가을에 내가 송화강(松花江)을 건널 적에, 이 낙동강을 생각하고 울은 적도 있었다…… 좋은 마음으로 나간 사람 같고 보면, 비록 만 리 밖을 나가 산다 하더라도 그같이 상심이 될 리 없으련마는……."

이 말이 떨어지자, 좌중은 호흡조차 은근히 끊어지는 듯이 정숙하였다. 로사는 들었던 고개가 아래로 떨어지며 저편의 손이 얼굴로 올라갔다. 성운의 눈에서도 한 방울의 굵은 눈물이 뚝 떨어졌.

한동안 물소리만 높았다. 로사는 뱃전에 늘어져 있던 바른손으로 사나이의 언 손을 꼭 잡아당기며,

"인제 그만둡시다, 의."

이 말끝 악센트의 감칠맛이란 것은 경상도 여자의 쓰는 말 가운데에도 가장 귀염성이 드는 말투였다. 그는 그의 손에 묻은 물을 손수건으

로 씻어 주며 걷었던 소매를 내려 준다.

배는 저쪽 언덕에 가 닿았다. 일행은 배에서 내리자, 먼저 병인을 인력거 위에다 싣고는 건너 마을을 향하여 어둠을 뚫고 움직여 나갔다.

그의 말과 같이, 박성운은 과연 낙동강 어부의 손자요, 농부의 아들이었다. 그의 할아버지는 고기잡이로 일생을 보내었었고 그의 아버지는 농사꾼으로 일생을 보내었었다. 자기네 무식이 한이 되어 그 아들이나 발전을 시켜 볼 양으로 그리하였던지, 남 하는 시세에 쫓아 그대로 해보느라고 그리하였던지, 남의 논밭을 빌려 농사를 지어 구차한 살림을 해나가면서도, 어쨌든 그 아들을 가르쳐 놓았다. 서당으로, 보통학교로, 도립 간이농업학교로…….

그가 농업학교를 마치고 나서, 군청 농업 조수로도 한두 해를 있었다. 그럴 때에 자기 집에서는 자기 아들이 무슨 큰 벼슬이나 한 것같이 여기며, 만나는 사람마다 자기 아들 자랑하기가 일이었다. 그리할 것 같으면 동네 사람들은 또한 못내 부러워하며, 자기네 아들들도 하루바삐 어서 가르쳐 내놀 마음을 먹게 된다.

그러다가, 마침 독립운동이 폭발하였다. 그는 단연히 결심하고 다니던 것을 헌신짝같이 집어던지고는, 독립운동에 참가하였다. 일 마당에 나서고 보니 그는 열렬한 투사였다. 그때쯤은 누구나 예사이지마는 그도 또한 일 년 반 동안이나 철창생활을 하게 되었었다.

그것을 치르고 집이라고 나와 보니 그 동안에 자기 모친은 돌아가고, 늙은 아버지는 집도 없게 되어 자기 딸(성운의 자씨)에게 가서 얹혀 있게 되었다. 마침 그해에도 이곳에서 살 수가 없게 되어 서북간도로 떠나가는 이사꾼이 부쩍 늘 판이다. 그들의 부자도 그 이사꾼들 틈에 끼여 멀리 고향을 등지고 떠나가게 되었었다. (아까 부르던 그 낙동강 노래란 것도 그때 성운이 지어서 읊던 것이었다.)

서간도로 가보니, 거기도 또한 편안히 살 수가 없는 곳이었다. 그 나라의 관헌의 압박, 횡포는 여간이 아니었다. 그들 부자도 남과 한가지로 이리저리 떠돌았다. 떠돌다가 그야말로 이역 타향에서 늙은 아버지조차 영원히 잃어버리게 되었었다.

그 뒤에 그는 남북 만주, 노령, 북경, 상해 등지에 돌아다니며, 시종이 일관하게 독립운동에 노력하였었다. 그러는 동안에 다섯 해의 세월은 갔다. 모든 운동이 다 침체하고 쇠퇴하여 갈 판이다. 그는 다시 발길을 돌려 고국으로 향하게 되었다. 그가 조선으로 들어올 무렵에, 그의 사상 상에는 큰 전환이 생기었다. 그것은 다른 것이 아니라 이때껏 열렬하던 민족주의자가 변하여 사회주의자로 되었다는 말이다.

그가 갓 서울로 와서, 일을 하여 보려 하였으나, 그도 뜻과 같이 못하였다. 그것은 이 땅에 있는 사회운동단체란 것이 일에는 힘을 아니 쓰고, 아무 주의주장에 틀림도 없이, 공연히 파벌을 만들어 가지고, 동지끼리 다투기만 일삼는 판이다. 그는 자기와 뜻이 같은 사람끼리 얼리어 양방의 타협운동도 일으켰으나 아무 효과도 없었고, 여론을 일으켜 보기도 하였으나, 파쟁에 눈이 뻘건 사람들의 귀에는 그도 크게 울리지 못하였다. 그는 분연히 떨치고 일어서며,

"이 파벌이란 시기가 오면 자연히 파멸될 때가 있으리라."

고 예언같이 말을 하여 던지고서는, 자기 출생지인 경상도로 와서 남조선 일대를 망라하여 사회운동단체를 만들어서 정당한 운동에만 힘을 쓰게 되었다.

그리고 자기는 자기 고향인 낙동강 하류 연안지방의 한 부분을 떼어 맡아서 일을 보게 되었다.

그리고, 그는 이 땅의 사정을 보아,

"대중 속으로!"

하고 부르짖었다.

그가 처음으로, 자기 살던 옛마을을 찾아와 볼 때에 그의 심사는 서글프기 가이없었다. 다섯 해 전 떠날 때에는 백여 호 대촌이던 마을이 그 동안에 인가가 엄청나게 줄었다. 그 대신에 예전에는 보지도 못하던 크나큰 함석지붕집이 쓰러져 가는 초가집들을 멸시하여 위압하는 듯이 둥두렷이 가로 길게 놓여 있다. 그것은 묻지 않아도 *동척 창고임을 알 수 있다. 예전에 중농이던 사람은 소농으로 떨어지고, 소농이던 사람은 소작농으로 떨어지고, 예전에 소작농이던 많은 사람들은 거의 다 풍지 박산하여 나가게 되고 어렸을 때부터 정들었던 동무들도 하나도 볼 수 없었다. 그들은 모두 도회로, 서북간도로, 일본으로, 산지사방 흩어져 갔었다. 대대로 살아오던 자기네 집터에는 옛날의 흔적이라고는 주춧돌 하나 볼 수 없었고(그 터는 지금 창고 앞마당이 되었으므로) 다만 그 시절에 사립문 앞에 있던 해묵은 느티나무[槐木]만이 지금도 그저 그 넓은 마당 터에 홀로 우뚝 서 있을 뿐이다. 그는 쫓아가서, 어린아이 모양으로 그 나무 밑둥을 껴안고 맴을 돌아보았다 뺨을 대어 보았다 하며 좋아서 또는 슬퍼서 어찌할 줄을 몰랐다. 그는 나무를 안은 채 눈을 감았다. 지나간 날의 생각이 실마리같이 풀려 나간다. 어렸을 때에 지금 하듯이 껴안고 맴돌기, 여름철에 꼭대기까지 기어 올라가 매미 잡다가 대머리 벗겨진 할아버지에게 꾸지람 당하던 일, 마을의 젊은이들이 그네를 매고 놀 때엔 자기도 그네를 뛰겠다고 성화 받

동척(東拓)
동양 척식 주식회사(東洋拓殖株式會社)를 줄여 이르는 말. 1908년 일제가 조선의 토지와 자원을 수탈할 목적으로 설치한 식민지 착취기관.

치던 일, 앞집에 살던 순이란 계집아이와 같이 나무그늘 밑에서 소꿉질하고 놀 제 자기는 신랑이 되고 순이는 새악시 되어 시집가고 장가가는 흉내를 내던 일, 그러다가 과연 소년 때에 이르러 그 순이란 새악시와 서로 사모하게 되던 일, 그 뒤에 또 그 순이가 팔려서 평양인가 서울로 가게 될 제, 어둔 밤, 남모르게 이 나무 뒤에 숨어서 서로 붙들고 울던 일, 이 모든 일이 다 생각에서 떠돌아 지나가자 그는 흐르륵 느껴지는 숨을 길게 한 번 내어쉬고는 눈을 딱 떴다.

"내가 이까짓 것을 지금 다 생각할 때가 아니다…… 에잇…… 째……."
하고 혼자 중얼거리고는 이때껏 하던 생각을 떨어 없애려는 듯이 휙 발길을 돌려 걸어나갔다. 그는 원래 정(情)의 사람이었다. 그러나 그는 근래에 그 감정을 의지로 누르려는 노력이 많은 터이다.

'혁명가는 생무쇠쪽 같은 시퍼런 의지의 마음씨를 가져야 한다!'
이것이 그의 생활의 지표이다. 그러나 그의 감정은 가끔 의지의 굴레를 벗어나서 날뛸 때가 많았다.

그는 먼저 일할 프로그램을 세웠다. 선전, 조직, 투쟁, 이 세 가지로. 그리하여 그는 먼저 농촌 야학을 설치하여 가지고 농민 교양에 힘을 썼었다. 그네와 감정을 같이할 양으로 벗어붙이고 들이덤비어 그네들 틈에 끼어 생일도 하고, 농사 일터나, 사랑구석에 모인 좌석에서나, 야학시간에서나, 기회가 있는 대로 교화에 전력을 썼었다.

그 다음에는 소작조합을 만들어 가지고 지주, 더구나 대지주인 동척의 횡포와 착취에 대하여 대항운동을 일으켰었다.

첫해 소작쟁의에는 다소간 희생자도 내었지마는 성공이다. 그 다음해에는 아주 실패다. 소작조합도 해산명령을 받았다. 노동야학도 금지다. 동척과 관영의 횡포, 압박, 이루 말할 수가 없었다. 아무리 열성이 있으나, 아무리 참을성이 있으나, 이 땅에서는 어찌할 수가 없었다. 모든 것이 침체되고 말 뿐이었다. 그리하여 작년 가을에 그의 친구 하나는 분연히 떨치고 일어서며,

"내 구마 밖으로 갈란다. 여기에서 무슨 일을 할 수 있는가? 하자면 테러지. 테러밖에는 더 없다."

"아니다, 그래도 여기 있어야 한다. 우리가 우리 계급의 일을 하기 위하여는 중국에 가서 해도 좋고 인도에 가서 해도 좋고 세계의 어느 나라에 가서 해도 마찬가지다. 하지마는 우리 경우에는 여기 있어 일하는 편이 가장 편리하다. 그리고 우리는 죽어도 이 땅 사람들과 같이 죽어야 할 책임감과 애착을 가지고 있다."

이같이 권유도 하였으나, 필경에 그는 그의 가장 신뢰하던 동무 하나를 떠나 보내게 되고 만 일도 있었다.

졸고 있는 이 땅, 아니 움츠러들고 있는 이 땅, 그는 괴칠할이 생기고 말았다. 그것은 다른 것이 아니다. 이 마을 앞 낙동강 기슭에 여러 만 평 되는 갈밭이 하나 있었다. 이 갈밭이란 것도 낙동강이 흐르고 이 마을이 생긴 뒤로부터, 그 갈을 베어 자리를 치고 그 갈을 털어 삿갓을 만들고, 그 갈을 팔아 옷을 구하고, 밥을 구하였었다.

갈꽃
갈대꽃

기러기 떴다 낙동강 위에
가을바람 부누나 *갈꽃이 나부낀다.

이 노래도 지금은 부를 경황이 없게 되었다. 그 갈밭은 벌써 남의 물건이 되고 말았다. 그것은 이 촌민의 무지로 말미암아, 십 년 전에 국유지로 편입이 되었다가 일본 사람 가둥이란

자에게 국유미간지 철일[拂]이라는 명의로 넘어가고 말았다. 이 가을부터는 갈도 벨 수가 없었다. 도 당국에 몇 번이나 사정을 하였으나, 아무 효과가 없었다. 촌민끼리 손가락을 끊어 맹세를 써서 혈서동맹까지 조직하여서 항거하려 하였다. 필경에는 모두가 다 실패뿐이다. 자기네 목숨이나 다름없이 알던 촌민들은 분김에 눈이 뒤집혀 가지고 덮어놓고 갈을 베어 제쳤다. 저편의 수직꾼하고 시비가 생겼다. 사람까지 상하였다. 그 끝에 성운이 선동자라는 혐의로 붙들려 가서 가뜩이나 검찰당국에서 미워하던 끝에 지독한 고문을 당하고 나서 검사국으로 넘어가 두어 달 동안이나 있다가 병이 급하게 되어 나온 터이다.

그런데 여기에 한 에피소드가 있다. 그것은 이해 여름 어느 장날이다. 장거리에서 형평사원들과 장꾼—그 중에도 장거리 사람들과 큰 싸

움이 일어났다. 싸움 시초는 장거리 사람 하나가 이곳 형평사 지부 앞을 지나면서 모욕하는 말을 한 까닭으로 피차에 말이 오락가락하다가 싸움이 되고 또 떼싸움이 되어서, 난폭한 장거리 사람들이 몽둥이를 들고 형평사원 촌락을 습격한다는 급보를 듣고, 성운이가 앞장을 서서, 청년회원, 소작인조합원 심지어 여성동맹원까지 총출동을 하여 가지고 형평사원 편을 응원하러 달려갔었다. 싸움이 진정된 후,

"늬도 이놈들, 새 백정이로구나."

하는 저편 사람들의 조소와 만매를 무릅쓰고도 그는,

"백정이나 우리나 다 같은 사람이다…… 다만 직업의 구별만 있을 따름이다…… 무릇 무슨 직업이든지, 직업이 다르다고 사람의 귀천이 있는 것은 결코 아니다. 그것은 옛날 봉건시대 사람들의 하는 말이다…… 더구나 우리 무산계급은 형평사원과 같이 손을 맞붙잡고 일을 하여 나가지 않으면 아니 된다…… 그러므로 형평사원을 우리 무산계급은 한 형제요 동무로 알고 나아가야 한다……."

하고 여러 사람 앞에서 열렬히 부르짖은 일이 있었다.

이 뒤에, 이곳 여성동맹원에는 동맹원 하나가 더 늘었다. 그것이 곧 형평사원의 딸인 로사다. 로사가 동맹원이 된 뒤에는 자연히 성운과도 상종이 잦아졌다. 그럴수록에 두 사람의 사이는 점점 가까워지며 필경에는 남다른 정이 가슴속에 깊이 들어 배게까지 되었었다.

로사의 부모는 형평사원으로서, 그도 또한 성운의 부모와 마찬가지로 딸일망정 발전을 시켜 볼 양으로 그리하였던지 서울을 보내어 여자고등보통학교를 졸업시키고 사범과까지 마친 뒤에 여훈도가 되어 멀리 함경도 땅에 있는 보통학교에 가서 있다가 하기 방학에 고향에 왔던 터이다. 그의 부모는 그 딸이 *판임관이라는 벼슬을 한 것이 천지개

판임관(判任官)
일제 강점기에, 장관이 마음대로 임면(任免)하던 하위 관직.

벽 후에 처음 당하는 영광으로 알았었다. 그리하여 그는,

"내 딸이 판임관 벼슬을 하였는데, 나도 이 노릇을 더 할 수 있는가?"

하고는, 하여 오던 *수육업이라는 직업도 그만두고, 인제 그 딸이 가 있는 곳으로 살러 가서 새 양반 노릇을 좀 하여 볼 뱃심이었다. 이번에 딸이 집에 온 뒤에도 서로 의논하고 작정하여 놓은 노릇이다. 그러나, 천만뜻밖에 그 몹쓸 큰 싸움이 난 뒤부터 그 딸이 무슨 여자청년회동맹이니 하는 데 푸떡푸떡 드나들며, 주의자니 무엇이니 하는 사나이 틈바구니에 가서 끼여 놀고 하더니, 그만 가 있던 곳도 아니 가겠다, 다니던 벼슬도 내어놓겠다 하고 야단이다. 그리하여 이네의 집안에는 제일 큰 걱정거리가 생으로 하나 생기었다. 달래다, 구슬리다, 별별 소리로 다 타일러야 그 딸이 좀처럼 듣지를 않는다.

필경에는 큰소리까지 나가게 되었다.

"이년의 가시네야! 늬 백정놈의 딸로 벼슬까지 했으면 무던하지, 그보다 무엇이 더 나은 것이 있더노?"

하고 그의 아버지가 야단을 칠 때에,

"아배는 몇백 년이나 몇천 년이나 조상 때부터 그 몹쓸놈들에게 온갖 학대를 다 받아 왔으며, 그래도 그 몹쓸놈들의 썩어 자빠진 생각을 그저 그대로 가지고 있구먼. 내사 그까짓 더러운 벼슬이고 무엇이고 싫소구마…… 인자 참사람 노릇을 좀 할란다."

하고 딸이 대거리를 할 것 같으면,

"아따 그년의 가시내, 건방지게…… 늬 뭐라 캤노? 뭐라 캐?"

그의 어머니는 옆에서 남편의 말을 거드느라고,

"야, 늬 생각해 보아라. 우리가 그 노릇을 해가며 늬 공부시키느라꼬

수육업(獸肉業)
짐승의 고기를 파는 영업.

얼마나 애를 먹었노. 늬 부모를 생각기로 그럴 수가 있는가? ……자식이라꼬 딸자식 형제에서 늬만 공부를 시킨 것도 다 늬 덕을 보자꼬 한 노릇이 아니냐?"

"그러면, 어매 아배는 날 사람 노릇 시킬라꼬 공부시킨 것이 아니라, 돼지 키워서 이(利) 보드끼 날 무슨 덕 볼라꼬 키워 논 물건으로 알았는게오?"

"늬 다 그 무슨 쏘리고? 내사 한마디 몬 알아듣겠다…… 아나, 늬 와 이라노? 와?"

"구마, 내 들기 싫소…… 내 맘대로 할라요."
할 때에, 그 아버지는 화가 버럭 나서,

"에라 이…… 늬 이년의 가시내, 내 눈앞에 뵈지 마라. 내사 딱 보기 싫다 구마."
하고는 벌떡 일어나 나가 버린다.

이리하고 난 뒤에 로사는 그 자리에 푹 엎으러져서 흑흑 느껴 가며 울기도 하였다. 그것은 그 부친에게 야단을 만나고 나서 분한 생각을 참지 못하여 그러는 것만도 아니었다. 그의 부모가 아무리 무지해서 그렇게 굴지마는, 그 무지함이 밉다가도 도리어 불쌍한 생각이 난 까닭이었다.

이러할 때도, 로사는 으레같이 성운에게로 달려가서 하소연한다. 그럴 것 같으면 성운은,

"당신은 최하층에서 터져 나오는 폭발탄 같아야 합니다. 가정에 대하여, 사회에 대하여, 같은 여성에 대하여, 남성에게 대하여, 모든 것에 대하여 반항하여야 합니다."
하고 격려하는 말도 하여 준다. 그럴 것 같으면 로사는 그만 감격에

떠는 듯이 성운의 무릎 위에 쓰러져 얼굴을 파묻고 운다. 그러면 성운은 또,

"당신은 또 당신 자신에 대하여서도 반항하여야 되오. 당신의 그 눈물—약한 것을 일부러 자랑하는 여성들의 그 흔한 눈물도 걷어 치워야 되오…… 우리는 다 같이 굳센 사람이 되어야 합니다."

이같이, 로사는 사랑의 힘, 사상의 힘으로 급격히 변화하여 가는 사람이 되었다. 그의 본 성명도 로사가 아니었다. 어느 때 우연히 로사 *룩셈부르크의 이야기가 나올 때에 성운이가 웃는 말로,

"당신 성도 로가고 하니, 아주 로사라고 지읍시다, 의."

그리고 참말 로사가 되시오 하고 난 뒤에, 농이 참 된다고, 성명을 아주 로사로 고쳐 버린 일이 있었다.

병든 성운을 둘러싼 일행이 낙동강을 건너 어둠을 뚫고 건넌마을로 향하여 가던 며칠 뒤 낮결이었다. 갈 때보다도 더 몇 배 긴긴 행렬이 마을 어귀에서부터 강 언덕을 향하고 뻗쳐 나온다. 수많은 깃발이 날린다. 양렬로 늘어선 사람의 손에는 긴 외올 벳자락이 잡혀 있다. 맨 앞에 선 검정테 두른 기폭에는 '고 박성운 동무의 영구'라고 써 있다.

그 다음에는 가지각색의 기다. 무슨 '동맹', 무슨 '회', 무슨 '조합', 무슨 '사', 각 단체 연합장임을 알 수 있다. 또 그 다음에는 수많은 만장이다.

'용사는 갔다. 그러나 그의 더운 피는 우리의 가슴에서 뛴다.'

'갔구나, 너는! 날 밝기 전에 너는 갔구나! 밝는 날 해맞이 춤에는 네 손목을 잡아 볼 수 없구나.'

'……'

룩셈부르크
로자 룩셈부르크(Róża Luksemburg, 1870~1919)는 폴란드 출신의 독일 마르크스주의, 정치이론가이며 사회주의자, 철학자 또는 혁명가이다. 그녀는 신문 〈적기(赤旗)〉를 창간했고 나중에 독일공산당(KPD)이 된 마르크스주의자 혁명그룹 스파르타쿠스단을 공동으로 조직하여 1919년 1월에 베를린에서 혁명을 기도하였으나 실패하였다. 그녀의 지도 아래 수행된 혁명은 자유군단이라고 불리는 우익 의용군과 잔류 왕당파 군대에 의해 진압되었고, 룩셈부르크와 수백명의 혁명군은 체포되어 고문당하고 살해되었다.

'……'

이루 다 셀 수가 없다. 그 가운데에는 긴 시구같이 이렇게 벌여서 쓴 것도 있었다.

'그대는 평시에 날더러, 너는 최하층에서 터져 나오는 폭발탄이 되라, 하였나이다. 옳소이다. 나는 폭발탄이 되겠나이다.

그대는 죽을 때에도 날더러, 너는 참으로 폭발탄이 되라, 하였나이다. 옳소이다. 나는 폭발탄이 되겠나이다.'

이것은 묻지 않아도 로사의 만장임을 알 수 있었다.

이해의 첫눈이 푸뜩푸뜩 날리는 어느 날 늦은 아침, 구포역(龜浦驛)에서 차가 떠나서 북으로 움직여 나갈 때이다. 기차가 들녘을 다 지나갈 때까지, 객차 안 들창으로 하염없이 바깥을 내다보고 앉은 여성이 하나 있었다. 그는 로사이다. 아마 그는 돌아간 애인의 밟던 길을 자기도 한번 밟아 보려는 뜻인가 보다. 그러나 필경에는 그도 멀지 않아서 다시 잊지 못할 이 땅으로 돌아올 날이 있겠지.

『조명희선집』, 소련과학원 동방도서출판사, 1959.

| 작가연보 | 최서해 |

1901년_1세 함북 성진 출생. 본명은 학송, 호는 설봉, 설봉산인.

1910년_10세 아버지 간도로 이주.

1918년_18세 간도 유랑. 나무장사, 두부장사, 부두노동자, 음식점 심부름꾼 등을 전전함. ≪학지광≫에 수필 발표.

1921년_21세 서간도에서 세번째 처와 사이에서 첫딸 백금을 낳음.

1923년_23세 간도에서 귀국. 회령역에서 노동자 생활. '서해'라는 필명을 사용함.

1924년_24세 10월 춘원의 소개로 경기도 양주군 봉선사에서 3개월간 생활. 처녀작 「토혈」을 ≪동아일보≫에 연재. 단편 「고국」이 ≪조선문단≫에 추천되어 본격적인 활동 시작.

1925년_25세 조선문단 입사. 단편 「십삼 원」, 「탈출기」, 「살려는 사람들」, 「박돌의 죽음」, 「기아와 살육」, 「방황」, 「보석반지」, 「기아」, 「큰물 진 뒤」 발표. 대표적인 프롤레타리아 작가로 평가 받으면서 문단 중견으로 대우 받음. 프롤레타리아 문학단체인 카프(KAPF)에 가입.

1926년_26세 창작집 『혈흔』(글벗집) 간행. 조분려와 결혼. ≪현대평론≫의 문예담당 기자. 「폭군」 외에 22편의 단편소설 발표.

1927년_27세 장남 출생. 범문단조직으로 발족한 조선문예가협회 간사.

복간된 ≪조선문단≫의 추천위원이 됨. 단편 「쥐 죽인 뒤」, 「홍염」, 「낙백불우」, 「전아사」, 「서막」, 「가난한 아내」, 「이중」 등 발표.

1928년_28세 조선프로예술동맹 전국대회에서 조중곤, 이기영과 함께 재무에 피촉됨. 단편 「갈등」, 「부부」 발표.

1929년_29세 중외일보 기자. ≪신생≫의 문예 추천 작가로 위촉됨. 카프 탈퇴. 단편 「전기」, 「먼동이 틀 때」, 「인정」, 「물벼락」, 「경계선」, 「주인아씨」, 「수난」, 「젊은 시절의 로맨스」, 「무명초」, 「같은 길을 밟는 사람들」, 「잊지 못할 사람들」 등 발표.

1930년_30세 중외일보 퇴사. 단편 「누이동생을 따라」, 장편 『호외시대』를 ≪매일신보≫에 연재.

1931년_31세 창작집 『홍염』(삼천리사) 간행. 매일신보 학예부장.

1932년_32세 7월 9일 위문협착증으로 사망. 미아리 공동묘지에 묻힘.

작가연보 | 조명희

1894년_1세 8월 10일 충북 진천 출생. 호는 포석.

1900년_7세 한문서당 수학 후 진천소학교 졸업.

1914년_21세 중앙고등보통학교 중퇴 후 방랑.

1919년_26세 3·1운동으로 체포되어 투옥. 도일 후 일본 동경 동양대학 철학과 입학.

1921년_28세 희곡「김영일의 사」 발표.

1923년_30세 김우진 함께 순회 연극활동을 함. 가난으로 졸업을 앞두고 귀국.

1924년_31세 조선일보 학예부 기자. 투르게네프의「그 전날 밤」번역. 이기영과 절친하게 지냄. 시집『봄 잔디밭 위에』(춘추각) 간행.

1925년_32세 조선일보 사직. 카프(KAPF) 결성에 참여. 사회주의 사상을 학습하는 소모임을 이기영, 한설야 등과 주도. ≪개벽≫에 단편「땅 속으로」를 발표하여 소설가로 데뷔. 소설집『그 전날 밤』(박문서관) 출간.

1926년_33세 단편「R군에게」,「마음을 갈아먹는 사람들」,「저기압」,「새 거지」 발표.

1927년_34세 「낙동강」을 발표하여 카프의 제1차 방향전환에 일조함.

「농촌 사람들」, 「동지」, 「한여름밤」 발표.

1928년 _ 35세 8월 21일 소련 연해주로 망명. 『낙동강』(백악사) 간행.

1934년 _ 41세 소련 작가동맹 원동 지부 간부. 한인신문 ≪선봉≫과 잡지 ≪로력자의 조국≫에 시, 평론, 수필 발표. 서사시 「짓밟힌 고려」 발표.

1937년 _ 44세 소련 헌병에 의해 체포됨, 부인과 세 자녀는 타슈켄트로 강제 이주됨.

1938년 _ 45세 9월 하바로프스크 형무소에서 일제의 간첩이라는 죄명으로 총살됨.

1956년 억울하게 죽었다는 것이 확인되면서 공식적으로 복권됨.

1959년 『조명희 선집』(소련과학원 동방도서출판사) 발간.

1990년 타슈켄트에 '조명희 박물관'이 세워짐.

  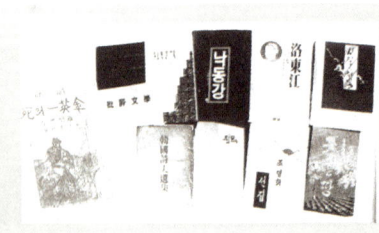

| 작품 해설 |

어두운 시대와 문학의 응전
— 최서해와 조명희 소설의 현재성 —

유 임 하 (한국체육대학교)

1.

누구에게나 '인간다운 삶'을 위한 행복 추구의 권리와 자유가 폭넓게 주어지고 용인되는 현실이야말로 바람직한 사회일 것이다. 그러나 그러한 사회는 우리가 염원하며 쟁취해야만 하는 유토피아일지 모른다. IMF 이후 세계불황이 10년 만에 다시 찾아든 지금, 하층민들의 시름과 곤경은 그 어느 때보다 깊어지고 있다. 이와 관련해서 1920년대 소설은 새로운 의미로 다가온다. 80여 년의 시간적 거리를 둔 20년대의 소설 텍스트가 왜 의미가 있다는 것일까. 무엇보다도 이들 소설은 상상으로 된 허구가 아니라 절대적인 가난의 체험을 바탕으로 삼았기 때문이다.

1920년대의 조선 사회는 식민체제 안으로 강제 편입된 지 10년이 지난 시점이었다. 이 시기는 수많은 계층을 하층민으로 내몰았던 때이기도 했다. 땅도 없는 소작농이나 호구지책을 구해 거리로 나선 도시 빈민들에게는 소망없는 굶주림의 나날만이 가로 놓여 있었다. 그들은 가난과 질병에 노출된 채 방치된 인간 이하의 삶을 강요받고 있었던 것이다.

최서해와 조명희의 1920년대 소설은 바로 이 어두운 시대의 현실을 핍진하게 담아낸 의미있는 텍스트이다. 두 작가는 모두 자신들의 삶과 떼어놓고 생각할 수 없었던 가난과 사회적 빈궁에 관해서 많은 관심을 보였다. 이들은 이광수, 최남선의 2인 문단 시대를 지나 움을 틔운 동인지시대 작가들을 잇는 세대였다. 최서해와 조명희는 김동인, 현진건, 염상섭, 나도향과 같은 작가들이 대표작을 산출하는 시기에 채만식, 한설야, 박화성, 이기영, 이태준, 계용묵, 주요섭, 방인근 등과 함께 등장하여 신경향파/프로문학의 전범으로 자주 거론되면서 작가로서의 명성을 얻었다. 최서해의 경우, 체험과 리얼리티를 기반으로 극한적 가난에서 오는 절망과 분노를 상상적 차원이 아니라 식민지 제도의 억압적 현실에 대한 저항과 이해로 그 힘을 전환시켰다. 조명희 또한 지식인의 빈궁한 삶을 소재로 한 창작을 거쳐 곤궁한 식민지 농촌에 주목하면서 자신의 문학적 입지를 다졌다. 두 사람은 가혹하리만치 혹독한 가난의 부피를 몸소 체험했고 또 그 체험의 뿌리가 식민지 조선의 현실과 무관하지 않다는 것을 절감하며 이를 창작의 주요 테마로 삼으면서 1920년대 소설의 새로운 작풍을 주도한 작가들이었다.

2.

"경험 없는 것은 쓰지 않으려 한다."는 언명에서도 알 수 있듯이, 최서해는 자신의 모진 빈곤과 절망을 딛고, 만주 일대를 유랑했던 체험을 바탕으로 삼아 근대소설의 새로운 영역을 개척했다. 1901년 함경북도 성진에서 태어난 그는, 1932년 이른 죽음을 맞이하기까지 소설 60편, 수필 74편, 평론 19편을 발표하는 왕성한 필력을 보여주었다. 소년 시절 그는 아버지로부터 한학을 수학했으나, 1910년 이후 집을 떠나 만주 일대에서 독립운동에 가담했던 아버지 때문에, 소학교도 제대로 마치지 못할 만큼 극심한 가난을 겪었다. 이런 와중에도 그는 핍절한 집안일을 도우며 『청춘』이나 『학지광』 같은 잡지를 구독하는 한편, 장거리에 나가 신구 소설을 읽으며 문학의 꿈을 홀로 키워나갔다. 그는 이광수의 『무정』이 『매일신보』에 연재되었을 때 거의 매일 성진 읍내를 오가며 신문을 빌려 읽고 돌아올 만큼 문학에 대한 남다른 열정을 소유하고 있었다. 이광수의 『개척자』가 연재되자, 그는 춘원에게 편지를 보내 서신을 주고받을 정도였다. 1918년 그의 산문이 춘원의 소개로 『학지광』에 실리기도 했다. 이 시기에 서해는 흑룡강 일대에서 활동한다는 아버지에 대한 풍문을 듣고 모친과 함께 만주의 궁벽한 산촌 빼허(白河)로 건너갔다. 그러나 그는 중국인 지주의 소작을 붙이며 겨우 연명할 수 있어다. 두해째가 되던 1920년부터 그는 간도 일대를 유랑하며 남의 음식점 점원, 인부, 나뭇꾼, 두부장수, 노동판의 십장에 이르기까지 온갖 직업을 전전하며 가난과 굶주림의 신산스러운 나날을 보냈다. 1923년 그는 북간도의 얼따오꼬우(二道溝)를 거쳐 귀국길에 올라 회령으로 돌아와 노동자 생활을 시작했다(「귀국」은 바로 이 때를 배경으로 삼은 자전적인 작품이다).

회령에서 노동자 생활을 하면서 최서해는 시조와 단편을 꾸준하게 신문과 잡지에 투고하였고, 처녀작 「토혈」이 1923년 1월 『동아일보』 독자란에 게재되기도 했다. 그가 함북

종성에 머물고 있었던 김동환과 만나 우정을 쌓기 시작한 것도 이즈음이다. 이광수의 추천을 받아 첫작품 「고국」이 1923년 『조선문단』 창간호에 게재되자 최서해는 서울로 상경한다. 한동안 그는 이광수의 집에서 식객 노릇을 하다가 이광수의 주선으로 양주 봉선사에서 두 달 가량 머물면서 독학으로 문학수업을 하기도 했다(그는 일본서적을 통해서 근대 러시아문학과 영미문학, 독일문학을 공부하며, 『조선문단』에 「근대 노서아문학 개관」, 「근대 영미문학 개관」, 「근대 독일문학 개관」 등의 평문을 게재하기도 했다). 그러나 그는 승려와의 사소한 다툼으로 봉선사를 박차고 나와 방인근의 집에 기식하면서 1925년 「탈출기」를 『조선문단』 3월호에 게재하였다. 이 작품으로 작가의 역량을 인정받은 그는, 문제작 「박돌의 죽음」, 「기아와 살육」을 속속 발표하며 문단의 주목을 받으면서 김기진의 권유로 카프에 가담하였다. 1926년 첫번째 창작집 『혈흔』을 간행한 뒤 문단의 후한 평가를 받은 그는 1927년 무려 20여 편의 단편을 발표할 정도로 왕성하게 창작활동을 했다.

그러나 높아지는 작품에 대한 관심과는 별개로 그의 경제적인 사정을 별반 나아지지 못했다. 그는 『조선문단』이 폐간되고 나서 여러 잡지사와 신문사를 전전할 만큼 가난을 면하지 못했다. 그러다가 1928년 두 번째 창작집 『홍염』을 간행하고 나서 김기림으로부터 "근대문학의 최고봉"이라는 찬사를 받았고, 이듬해 『매일신보』 편집장이었던 이익상의 추천으로 같은 신문사 학예부장이 되면서 경제적 안정을 얻게 되었다. 경제적 안정과 함께 그의 문학은 인도주의적인 경향을 띠면서 공박해온 카프에서 탈퇴하였고 1930년 장편 『호외시대』를 연재한 뒤 간도 시절에 얻은 지병으로 때이른 죽음을 맞았다.

최서해의 문학에 대한 평가로는 오랜 지인이었던 김동환의 발언이 있다. 김동환은 최서해의 문학을 평하여 「홍염」과 「저류」, 「탈출기」가 걸작이며, 「그믐밤」, 「큰물 진 뒤」가 가작이고, 장편 『호외시대』와 「갈등」은 태작이라고 발언하였다. 그러나 이같은 평가는 사실 1930년대 문단에서 피력한 하나의 견해에 지나지 않는다. 「고국」을 가작으로 추천한 춘원의 경우, 기교와 문체 등 작품의 미학은 떨어지지만 정신의 치열성에 많은 기대를 걸었고, 서해는 그 기대에 부응하여 많은 문제작을 발표했다. 그의 문학은 1925년부터 문단에서 활발하게 논의되었는데, 「탈출기」, 「박돌의 죽음」, 「기아와 살육」 등의 처절한 작중 현실이 당대 조선사회와 조선인들의 고뇌를 반영하고 있다는 점, 러시아 문학의 영향과 대륙적인 기질이 돋보이며, 주제가 다른 작가들과 현저하게 다르다는 점, 문체의 진정성과 매력을 가지고 있다는 점 등에 대체적으로 동의하는 의견의 일치를 보여준다. 그러나 그의 문학 전반에 대한 평가는 계급주의와 민족주의로 분열되는 면모가 존재한다는 지적도 있다. 가령, 「기아와 살육」은 염상섭이나 박종화, 현진건 같은 민족주의적인 성향의 작가들에게 실패작으로 거론되었으나 프로문학 진영의 이론가인 김기진에게는 좋은 작품으로 평가되는 견해차를 보여준다. 이러한 편차는 그의 문학이 전반기에 계급적 각성을 담은 경향적인 면모를 보여주었고(「고국」, 「탈출기」, 「박돌의 죽음」, 「기아와 살육」, 「큰물 진 뒤」, 「홍염」 등이 여기에 해당한다), 후기로 가면서 인도주의적인 성향을 드러내 보였기 때문이었다(책에서는 수록된 「전아사」와 「갈등」이 여기에 해당된다).

책에 수록된 최서해의 단편 아홉 편은, 인도주의적인 성향을 보여주는 후기 작품인 「전아사」와 「갈등」을 제외하고 나면, 모두 식민지 조선의 하층민들의 혹심한 가난과 참혹한 기아의 현실을 소재로 삼고 있다.

「고국」은 최서해의 첫 번째 소설로, 만주를 유랑하다가 회령으로 귀국한 운심이 거리의 노동자로 연명하는 곤궁한 삶을 담은 자전적인 작품이다. 여기에는 간도에서의 빈궁한 삶을 벗어나기 위해서 결행한 귀국의 행로조차 가난을 면하게 해주지 못한다는 절망적인 현실이 가로놓여 있다. 귀국한 운심이 도배장이로 전락함으로써 삶의 곤경에서 벗어날 수 없는 절대적 궁핍이 작품의 주된 내용을 이루고 있는 것이다. "큰뜻을 품고 고국을 떠난" 주인공 '나운심'이 "노수가 없어서 노동으로 걸식하면서 (중략) 첫째 경제 문제"(10쪽)에 직면하여 '시대의 패자'라는 생각에 사로잡히는 것도 이러한 경제적 곤경 때문이다. 작품에서 경제적 궁핍은 삶의 소망마저 갉아먹는 근원적인 불행으로 그려진다. 그러나 주인공 운심이 큰뜻을 품고 건너간 간도에서 산골 동리의 조선인 아이들을 가르치며 "유위(有爲)한 청춘이 속절없이 스러져 가는 신세"(13쪽)를 안타까워하거나 독립군에 가담하는 것은 경제적 궁핍과 시대적 절망이 개인의 차원이 아니라 민족의 차원으로 확장되어 나타나고 있음을 일러준다.

시대의 궁핍상과 도저한 절망은 편지 형식으로 된 '탈가(脫家) 이유서'인「탈출기」에도 잘 드러나고 있다. 작품에는 "농사를 지어서 배불리 먹고 뜨뜻이 지내"고 "깨끗한 초가나 지어놓고 글도 읽고 무지한 농민들을 가르쳐서 이상촌을 건설하리라"(19쪽)는 이상을 품고 간도로 건너갔던 작가의 자전적 요소와 일치하는데, 이상촌 건설에 대한 소회는 식민지 지식인의 소박한 인도주의와 분리되지 않는다는 점을 엿볼 수 있게 한다. 하지만 빈땅도 없는 간도에서 주인공의 소박한 이상은 실현할 여지조차 없다. 주인공은 가족들의 생계를 마련하기 위해 닥치는 대로 자신의 품을 팔 수밖에 없다. 그는 간도에서 유랑하며 늙은 모친과 아내를 먹여살리기 위해 구들 놓는 일이나 고기장사, 두부장수를 비롯하여 온갖 궂은 일도 마다하지 않는다.

그러나 생활은 더 나아지지 않는다. 가난과 궁핍은 병고와 죽음을 연상시키는 '피'와 '불'의 붉고 강렬한 이미지로 반복해서 등장한다. 주인집에서 버린 상한 고등어 머리를 삶아먹고 식중독에 걸려 죽어가는 '박돌'의 모습과 아들의 죽음으로 실성한 모친이 약방 김첨지를 올라타서는 그의 얼굴을 물어뜯는 끔찍한 장면으로 마무리되는「박돌의 죽음」이 그러하다. 또한, 「기아와 살육」에서는 산후풍에 걸려 죽어가는 아내의 모습을 고통스럽게 지켜보는 주인공이 "뻘건 불 속에서는 시퍼런 칼을 든 악마들이 불끈불끈 나타나서 온 식구들을 쿡쿡 찌"르는 환상(69쪽)을 보며 식구들의 신음소리와 "괴로워하는 삶"을 면하게 하고자 식구들을 찔러죽인 뒤 중국인 경찰서로 달려가 죽음을 맞음으로써 비극은 한층 고조된다.「큰물 진 뒤」또한「박돌의 죽음」이나「기아와 살육」에 결코 처지지 않는다. 작품에서 난산 끝에 낳은 아들을 홍수로 잃고 망연자실하다가 흙짐 나르는 인부가 된 윤호가 작업장에서 퇴출당한 뒤 이주사의 집에 칼을 들고 들어가 돈을 강탈하는 것도 극심한 가난과 절망의 몸짓에 해당한다.「매월」도 봉건적인 사회를 배경으로 삼은 소품이지만, 그 내용은 재색을 겸비한 몸종 '매월'이 상전인에게서 벗어날 수 없는 운명을 절감하고 절망 끝에 강물에 몸을 던지는 것으로 끝난다. 작품에서 강조되는 것은 매월의 정조를 빼앗기 위해 온갖 핑계로 모사를 일삼는 박생의 부도덕한 욕망이다. 그녀는 박생에 대한 시혜에 자신의 견해를 적극적으로 표현하지 못하지만 강물에 몸을 던져 죽음으로 저항하고 있는 셈이다. 이러한 매월의 모습도 「기아와 살육」, 「큰물 진 뒤」와 서로 통하는 비극적 결말이다.

인물들의 죽음과 살인, 방화와 같은 극단적인 행위가 저항의지와 연계되는 극점의 하나는 「홍염」이다. 작품은 중국인 지주 인가에게 흉년 때문에 소작료를 내지 못해 닦달 당하던 문서방 가족의 가난과 슬픔과 절망을 제시하고 있다. 중국인 지주는 무남독녀 용례를 소작료 대신 강탈하여 첩으로 취하고 나서 딸을 면회조차 시켜주지 않자 문서방의 아내는 몸져누웠다가 끝내 죽고 만다. 아내가 죽자 문서방은 지주의 집을 불태우고 딸을 되찾는다. 문서방이 택한 극단적인 저항은 비록 근원적인 해결이 아니라는 측면에서는 무모한 것이지만, 어떤 소망도 기약할 수 없는 시대에서 폭력과 살인으로 억압적인 현실과 대결한다는 점에서 식민지 조선의 절망적인 상황과 무관하지 않다.

최서해의 초기소설에서 살인과 방화와 강도 같은 범죄가 시대의 비극과 절망적인 현실에 대한 각성과 맞물려 있다는 것은 주목해볼 대목이다.

이때 내 머릿속에서는 머리를 움실움실 드는 사상이 있었다(오늘날에 생각하면 그것은 나의 전 운명을 결정할 사상이었다). 그 생각은 누구의 가르침에 일어난 것도 아니려니와 일부러 일으키려고 애써서 일어난 것도 아니다. 봄 풀싹같이 내 머릿속에서 점점 머리를 들었다.

—나는 여태까지 세상에 대하여 충실하였다. 어디까지든지 충실하려고 하였다. 내 어머니, 내 아내까지도 뼈가 부서지고 고기가 찢기더라도 충실한 노력으로 살려고 하

였다. 그러나 세상은 우리를 속였다. 우리의 충실을 받지 않았다. 도리어 충실한 우리를 모욕하고 멸시하고 학대하였다. 우리는 여태까지 속아 살았다. 포악하고 허위스럽고 요사한 무리를 용납하고 옹호하는 세상인 것을 참으로 몰랐다. 우리뿐 아니라 세상의 모든 사람들도 그것을 의식하지 못하였을 것이다. 그네들은 그러한 세상의 분위기에 취하였었다. 나도 이때까지 취하였었다. 우리는 우리로서 살아온 것이 아니라 어떤 험악한 제도의 희생자로서 살아왔었다. (최서해, 「탈출기」, 29~30쪽)

'머릿속에 깃들어 고개를 드는 사상'이란 절망적인 삶에서 싹튼 체험적 깨달음이다. 그 '사상'은 누구의 가르침도 아니다. 이는 핍절한 가난과 궁상에서 비롯된 자각이라는 점에서 중요한 의의를 갖는다. 충실하게 살아가려는 자에게 모욕과 멸시와 학대를 가하는 세상에 대한 적의가 '포악하고 허위스럽고 요사한 무리를 용납하고 옹호하는 세상'이라는 깨달음으로 이어지고, 자신의 핍절한 삶이 그러한 세상, '어떤 험악한 제도의 희생자'라는 생각으로 결론 내려지기 때문이다. 이때 '세상'은 식민지의 현실만이 아니라 인간의 자유와 행복을 침탈하며 끝없는 희생을 강요하는 폭력적이고 비인간적인 조건 일반이라고 해도 그리 틀리지 않는다. 더 나아가 「탈출기」의 주인공은 개인과 가족의 차원을 넘어 사회에 넘쳐나는 비인간적인 조건 일반에 대한 자각을 저항의지로 승화시킨다. "자기 피를 짜 바치면서도 깨지 못하는 사람을 그저 볼 수 없다."(30쪽)라는 대목이나 "나는 이곳에서도 남의 집 행랑어멈이나 아범이며, 노두에 방황하는 거지를 무심히 보지 않는다."(31쪽)라는 표현이 그것을 잘 말해준다. 이는 인간과 사회로 확장된 궁핍한 현실 이해의 보편적 가치를 담아낸 성취로 보아도 크게 무리가 없다.

「탈출기」와 함께 편지글 형식으로 된 「전아사」는 특유의 가족애를 돋보이게 해주는 자전적인 작품이다. 서술자에게서 드러나는 작가의 내면은 기미운동 때 만세를 부르지 않았다고 해서 친구들에게 미움 받고 형님에게도 질책당했다는 구절에서처럼, 나라보다 어머니가 더 큰 존재라는 소년시절의 애틋함이 잘 나타나 있다. 가족애가 사회의식으로 열리는 시기는 서술자의 나이 스물한 살 때이다. "나의 존재와 사회적 관계"(145쪽)에 대한 생각으로 이어지고 다른 한편으로는 적자생존과 자연도태설의 영향 속에 "불공평한 사회"(145쪽), "불공평한 제도"(145쪽)에 눈뜨는 것이다. 작품에는 작가의 저항적인 비판의식이 가난과 궁핍이라는 사회적 환경을 통해서 스스로 깨달았다는 발언이 등장하고 있다. 그 발언은 체험에서 우러난 자각을 통해서, '어머니는 나의 큰 은인인 동시에 큰 적이다.'(146쪽)라는, 혈육애를 넘어서면서 집을 나오게 되었다는 것을 분명히 하고 있다. 주인공의 '탈가(脫家)'는 구두닦이를 하면서도 허위와 안일을 위해 살지 않겠다는 결의(162쪽)였던 셈이다.

「갈등」은 '허위와 안일'에 대한 내적 결의를 담은 생활을 소재로 삼은 작품이다. 작품은 '모(어떤) 지식계급의 수기'라는 부제처럼, 지식인의 내면을 담담하게 서술하면서 인도주의적인 취향을 드러내고 있다. 특히, 작품은 「부부」와 함께 카프 진영의 문사들로부터 많은 비판을 받으면서 1929년 카프를 탈퇴하는 계기가 되기도 했다. 최서해는 20년대 후반 경제적으로 안정된 생활과 함께 강렬한 저항의지에서 벗어나기 시작했다. 「갈등」은 바로 사상적 이상과 현실의 괴리에 대한 내적 갈등을 통해서 인도주의적인 성향을 드러낸 대표적인 사례이다.

작품에서는 '어멈'이라는 계급이 언젠가는 사라지리라는 사상적 신념에도 불구하고 늘어난 식구와 집안일을 위해 '어멈'을 두자는 아내의 제의를 수락하고 마는 주인공의 '타협'에 대한 마음의 갈등을 내용으로 삼고 있다. '갈등'은 요컨대 집안일을 위해 '행랑어멈'을 들이는 문제에 대한 계급적 환경을 성찰하는 지식인의 내면의 파장이다. 주인공은 면접을 보는 사람마다 모두 법정의 죄수나 시험장에 든 어린 학생 같이 채용해 주십사하는 마음의 불안함을 내비치는 모습에 안타까워한다. 그러면서도 그는, 행랑어멈의 "꼭 집어 형용할 수 없는 쓰라림"(172쪽), "그 몰인격적이요, 굴종적이요, 아유적인 그네의 행동, 언어, 표정, 웃음은 그네 외의 다른 사람으로서는 누가 보든지 상스럽고 얄밉게 보일 것"(172쪽)이라는 양가적인 태도를 보인다. "오히려 우리네는 지식계급이라는 간판 아래서 갖은 화장과 장식으로써 세상을 속이지만 그네들은 표리를 꼭 같이 가지고 있지 않은가"(173쪽)라는 자기반성과 함께, 그는 "내 가슴속에 새로 움이 트는 새 사상과 아직도 봉건적 관념의 지배를 받는 감정과의 갈등을 풀려면서도 못 풀었다."(201쪽)라는 지식인의 이중성을 전면에 드러낸다. 이는 계급적 시각의 일탈이 아니라 하층민에 대한 인간으로서의 이해는 더욱 깊어진 면모라고 볼 여지도 충분하다.

한 귀퉁이 벤치에 거취 없이 앉은 '어멈'은 어깨를 툭 떨어뜨리고, 힘없는 눈으로 이 모든 인생극을 고요히 보고 있다. 찬란한 전깃불 아래 햇쑥한 그 낯에는 슬픈 빛도 보이지 않고 기쁜 빛도 어리지 않았다. 무어라 형용할 수 없는 빛— 마치 자기의 운명을 이미 달관한 후에 공허를 느끼는 사람의 낯에서 볼 수 있는 것 같은 구름이 엷게 건너 갔다. 축 처진 어깨, 힘없는 두 눈, 두 무릎에 던진 손, 소곳한 머리는 어디로 보든지 활기가 없었다.

그의 머릿속에는 어떠한 생각의 거미줄이 얽히었는가? 알지도 못하는 사람의 편지 한 장에 몸을 맡기려는 한낱 젊은 여자! 그의 눈앞에는 그가 밟을 산 설고 물 선 곳이 어떤 그림자로 떠올랐는가? 그가 평생 잊지 못할 남편, 열네 살부터 열아홉까지 하늘 인가 땅인가 믿고 그 품에 안겨서 온갖 괴롬을 하소연하던 그 남편, 고생이 닥치면 닥 칠수록 생각나는 남편의 무덤을 뒤에 두고 가는 가슴이 어찌 고요한 물결 같으랴? 끓 고 끓어서 이제는 모든 감정이 마비되었는가? 남의 눈이 어려워서 몸부림을 못 하는 가? 서리 아래 꽃 같은 그의 앞길을 생각하니 컴컴한 청루 홍등의 푸른 입술이 떠오르 고 장마 때 본 한강의 시체도 떠오른다. 이 순간 그를 보내는 것이 꺼림하였다. 나는 내 이익만을 이해서 그를 보내는 것이 꺼림하였다. 그렇다고 그를 둘 수도 없는 사정 이다. 오오, 세상은 어찌 이러한가? 남을 살리려면 내가 희생해야 하고 내가 살려면 남 을 희생해야 하는 것이 사람이 밟을 바른 길인가? (최서해, 「갈등」, 202~203쪽)

서술자는 떠나가는 행랑어멈의 모습에서 무력한 하층민의 슬픔과 운명을 통찰한다. 그 의 시선은 단순히 계급에 대한 이해를 넘어 인간 운명에 대한 슬픔과 그에 대한 연민으로 확장되고, 세상살이에서 이해관계가 상충하는 모순에 마음 아파한다. '무어라 형용할 수 없는 빛'은 계급적 각성으로 포섭되지 않는, 인간사에 대한 연민을 담은 인도주의를 말해

준다. 서술자는 '오오, 그네(어멈)의 세상이 되어야 일만 사람의 고통이 한 사람의 영화와 바뀌일 것이다.'(205쪽)라고 혼자 분개하기도 한다. 하지만 그 내면의 파고는 「기아와 살육」에서 보게 되는 악마의 환상을 보며 칼을 들고 경찰서로 들어간 주인공의 절규와 폭력처럼 관념적이다. "모두 죽여라! 이놈의 세상을 부수자! 복마전 같은 이놈의 세상을 부수자! 모두 죽여라!"(69~70쪽)라는 저항의 강렬함이 인도주의적 성향으로 전환되었다고 해서, 이 작품을 범용하다고 할 근거는 어디에도 없다. "세상은 어찌 이러한가? 남을 살리려면 내가 희생해야 하고 내가 살려면 남을 희생해야 하는 것이 사람이 밟을 바른 길인가"(203쪽)라는 표현처럼, 내성적인 목소리는 약화되었을지언정, 하층민에 대한 이해는 더욱 깊어지고 있기 때문이다.

최서해 소설의 문체에 관해서는 그다지 거론된 바가 없다. 하지만 그의 문체는 체험과 관찰에서 비롯된 활력을 가지고 있어서 가난과 사회적 궁핍을 핍진하게 부각시킨 장점을 발휘했다. 또한 그 문체는 상상에 기댄 기술과 질적으로 다른 체험에 기대고 있었다는 점에서 당대소설과 확연히 구별된다. 빈궁의 극한치를 가장 실감나게 보여주는 리얼리티는 "그을음과 빈대피에 얼룩덜룩한 벽"(72쪽)과 같은 대목처럼 절대적 궁핍의 선연한 이미지를 떠올려주는 적확함에서 생겨난다. 또한, 「큰물 진 뒤」에서, 출산하자마자 홍수로 마을 방죽이 터지면서 갓난아이를 잃고 망연자실하는 윤호 아내에 대한 장면 묘사는 새 생명이 탄생하자마자 홍수에 휩쓸리면서 미래에 대한 희망조차 봉쇄된 곤궁의 그 극한치를 보여주기에 부족함이 없다.

최서해의 소설은 가난의 절망적인 사회 풍경을 생생하게 담아내었으나 단순히 신경향파나 프로문학의 이데올로기적인 범주 안에 가둘 수 없는 작가였다. 카프에 가담했다가 탈퇴한 사정에서 짐작해볼 수 있듯이, 그는 문학을 어떤 이념이나 사상의 테두리에 한정시키기를 거부했다. 무엇보다도 그는 빈궁의 개인적 체험을 사회적 시대적 지평으로 확장시키는 과정에서 가난의 개인적 차원만이 아니라 민족적 차원에 걸쳐 있는 식민지 제도라는 암울한 현실을 주목했다. 특히, 그는 일제의 검열 때문에 국내를 배경으로 삼지 못하는 현실적인 한계를 벗어나기 위해 의식적으로 간도를 배경으로 삼아 살인과 방화와 강도의 행위로 절규하며 식민체제에 저항했고, 간도 이주민의 극한적인 궁핍상을 민족의 고통스러운 삶과 절망으로 환유하는 방식을 취했다. 무엇보다도 그의 소설은 체험을 바탕으로 한 박진감 넘치는 문체로 빈궁의 개인적 사회적 차원을 열어젖힘으로써 동인지 시대 소설의 습작 수준을 넘어서는 계기를 마련하는 성과를 거두었다.

3.

「낙동강」의 작가 조명희에게는 계급문학의 전범이라는 명칭 외에도 소련 한인문학의 선구자라는 또다른 칭호가 붙여진다. 그는 1894년 충북 진천군 진천면 벽암리에서 태어났다. 그는 구한말 관직에 물러나 낙향한 사대부였던 부친의 때이른 죽음으로 모친의 사랑과 맏형의 가르침을 받으며 자랐다.

어린 시절에는 서당에서 한학을 수학하다가 고향에 신설된 사립 문명학교에 입학하였고 모친을 따라 성공회 교회에 나가면서 서양의 신문물을 접하게 되었다. 그는 1907년 13세의 어린 나이에 네 살 연상의 여흥 민씨와 결혼하였으나 애정없는 생활로 고민하기도 했다(이에 관한 자전적인 편모는 「땅 속으로」와 「R군에게」에서 얼마간 엿볼 수 있다). 그는 서울의 중앙고등보통학교에 진학하였다가 중퇴하였고, 가출하여 중국의 무관학교에 들어가려 했으나 집안의 반대로 뜻을 이루지 못했다. 이후 성공회에서 세운 신명학교에서 교편을 잡으며 동서양의 문학작품을 탐독하는 생활을 했다. 작가의 길로 들어선 것은 훨씬 뒤의 일이다. 그는 고향 진천에서 3·1만세운동 때에 가담한 혐의로 투옥되었다가 풀려난 뒤 친구의 도움으로 도일하였다. 그는 도요대학(東洋大學) 인도철학윤리학과에 입학하여 고학생으로 어렵게 수학하였으나 졸업을 앞두고 고향으로 돌아온다.

그는 대학 시절에 김우진과 절친하게 지내면서 그와 함께 극예술협회를 창립하였고, 1921년 희곡 「김영일의 사(死)」를 발표하면서 회원들과 전국 순회공연에 나서기도 했다(희곡집 출간은 동양서원, 1923). 하지만 경제적인 사정 때문에 1923년 대학졸업 직전 귀국하여 진천의 본가에서 칩거했다.

1924년 조명희는 가족과 함께 상경하여 잠시 『조선일보』 학예부 기자로 있으면서(신문사의 근무 경험을 소재로 무력한 직장 생활에 대한 회의와 곤궁한 일상을 그려낸 「저기압」이 있다), 투르게네프의 「그 전날 밤」을 번역하고 진보적인 청년들을 후원하기도 했다. 또한 그는 동경 유학시절에 만난 이기영을 적극 후원하면서 그를 『조선지광』에 취직시켜 주고 한 집에서 기거하기도 했다. 한때, 그는 김우진의 도움을 받아 개업한 팥죽장사도 실패로 돌아가면서 곤궁한 처지는 개선되지 못했다. 하지만 그는, 시집 『봄 잔디밭 위에』(춘추각, 1924)를 출간하였고 1925년에는 첫 번째 단편 「땅속으로」를 『개벽』에 발표하면서 소설 창작에 매진하기 시작했다.

카프 결성 당시 창립회원으로 참여했던 조명희는, 이기영, 한설야와 함께 사회주의 사상을 학습하는 소모임을 주도하는 한편, 창작에도 매진하여 1926년 단편 「R군에게」, 「마음을 갈아먹는 사람들」, 「저기압」, 「새 거지」 등을 발표하였다. 특히 이 시기에는 조선공산당 재건사업에 혈안이 된 일경의 감시가 심해지자 불면증에 시달리게 되었고 이때부터 소련 망명을 꿈꾸기 시작했다. 1927년, 연극단체 불개미 극단을 조직한 그는, 「낙동강」을 발표하면서 작가로서의 명성을 얻었고 창작집 『낙동강』(백악출판사, 1928)을 간행하는 한편, 「농촌사람들」, 「동지」, 「한여름밤」 등을 발표했으나 일제의 가혹한 검열과 탄압에 절망하여 그해 여름 소련으로 망명하였다.

소련에서 조명희는, 블라디보스토크에 있는 한인 마을인 육성촌에서 학생들에게 문예를 지도하는 교사로 재직하였고, 1928년에 창간된 한인신문 『선봉』의 주필로 있으면서 시를 발표하였다. 1934년에는 소련 작가 파제예프의 추천을 받아 소련작가동맹에 가입하였고 블라디보스토크의 한글신문 『선봉』의 문예면 편집을 자문하기도 했다. 1935년에는 하바로프스크로 이사하여 작가의 집에 거주하였으며, 조선사범대학 교수로 재직하면서 고려인문학 건설에 크게 기여했다.

그러나 조명희는 1937년 장편 『만주 빨치산』을 집필하던 도중, 러시아 비밀경찰에 연행되어 일본 스파이라는 죄명을 쓰고 1938년 하바로프스크 현지 감옥에서 총살당하는 비극을 맞았다. 이 작품은 만주 일대를 중심으로 항일무장투쟁 활동을 소재로 삼은 것으로 추정되는데, 당시에 민족주의적 성향을 죄악시한 스탈린 체제에 빌미가 되었던 것으로 보인다. 하지만 1956년 소련 당국은 스탈린 사후 1938년 4월 조명희에게 언도되었던 죄목 결정을 파기하여 무혐의 처리하고 그를 복권시켰다.

이후 그의 문학은 활발하게 재조명되어 '재소 조선인문학의 개척자'로 명명되기 시작했고, 1959년 조명희문학유산위원회 명의로 『조명희선집』(소련과학원 동방도서출판사)이 발간되었다.

책에 수록된 조명희의 5개의 단편은 자연스럽게 두 부류로 나누어진다. 한 부류는 지식인의 일상을 다룬 작품들인 「땅 속으로」, 「R군에게」, 「저기압」이다. 이들 작품들은 자전적인 요소가 가미된 가난과 궁핍한 현실을 주로 취급하고 있다. 또 한 부류는 「농촌사람들」과 대표작 「낙동강」이다. 이들 작품은 피폐한 식민지 농촌을 배경으로 계급적 각성을 담아낸 경우이다.

「땅 속으로」는 작가 자신의 자전적인 요소가 짙게 배어 있는 작품이다. 일본으로 유학하였으나 경제적인 어려움 때문에 대학 졸업을 앞두고 귀국길에 올라 귀향하였던 시기를 다루고 있다. 작중의 주인공은 고학생으로 어렵사리 학업을 이어왔으나 그마저 포기한 채 고향으로 돌아온다. 하지만 가족들은 오랜 궁상 끝에 그에게 많은 기대를 건다. 가족들의 기대 때문에 그는 더욱 우울해진다. 주인공에게는 가족의 생기없는 모습과 끝없는 다툼이 "'산지옥' '아귀 수라장'을 연상"(209쪽)할 만큼 참혹한 현실로 비추어진다.

그는 "'땅 위의 모든 것은 다 어둠의 운명으로 꽉 잠겨 버렸다.' 하는 느낌"(216쪽)으로 무대책한 자신의 앞날을 궁리해 보지만 달리 방도가 없다. 이십 만 서울인구 중에 무직업한 빈민이 십팔 만이라는 신문의 기사 내용을 떠올리는 주인공은, "나도 물론 이 거대한 걸식단 가운데 신래자(新來者)의 한 사람"(222쪽)임을 절감하고 있기 때문이다. 이 자조적인 표현은 식민지 경성(서울)의 암울한 정상(情狀)이 바로 전 조선의 현실이고 "빈사상태에 빠진 기아군"(223쪽)이라는 절망적인 진단에 바탕을 두고 있다. 가난과 기근 때문에 더욱 피폐해진 주인공은 무산계급의 고통을 절감하기 시작한다. 그는 "비로소 외적 생활의 무서운 압박으로 인하여 내적 생활을 돌아 볼 여지가 없는 온 세계 무산군의 고통"(225쪽)을 절감하는 한편, '사상생활의 전환 동기'를 마련한다.

"이때껏 '식, 색, 명예만 아는 개, 도야지 같은 이 세상의 속중들이야 어찌 되거나 말거나 나 혼자만 어서 가자, 영혼 향상의 길로'라고 부르짖던 나는 나 자신 속에서 개를 발견하고 도야지를 발견한 뒤에는 '위로 말고 아래로 파들어 가자—온 세계 무산대중의 고통 속으로! 특히 백의인의 고통 속으로! 지하 몇 천 층 암굴 속으로!'라고 부르짖었다." (조명희, 「땅 속으로」, 225쪽)

'개와 돼지'로 비하되는 자신의 모습은, 세상과 무관하게 영혼의 고결함을 가꾸는 예전의 자기에 대한 전면적인 부정으로 이어진다. 실제로, 작가는 이전까지 타고르류의 정신주의와 고리끼류의 리얼리즘을 놓고 번민하였다. 시집 『봄 잔디밭 위에』는 명상과 서정이 주를 이루는데, 작품에서는 이같은 정신적 취향마저 전면 부정해 나가는 것이다. 그리하여 그는 "세계 무산 대중의 고통 속으로! 특히 백의인(조선인)의 고통 속으로! 지하 몇 천 층 암굴 속으로!"라는 절규를 통해 사회주의 사상으로 눈을 돌리는 것이다. 하지만, 주인공의 나날은 '견디어내기'로 표현할 만큼 혹독한 가난과 궁핍한 삶으로 얼룩져 있다. 그는 아이들을 고아원에 맡기고 아내는 남의 집 안잠자기로 들여보낼 궁리를 하고 강도질에 나섰다가 순사를 찔러대는 악몽에 시달리다가 깨어날 정도이다. 최서해가 가난 속에서 자신의 처지를 넘어선 계급적 각성을 민족의 차원으로 진전시키는 것과 흡사하게도, 조명희 또한 자신을 포괄하는 하층민들의 절박한 처지를 수용하면서 더욱 암울한 시대의 현실 속으로 진입해 들어가는 모습을 보여주고 있다.

「R군에게」는 편지글 형식으로 된 회상기이다. 작품은 감옥에서 친우에게 보내는 편지를 통해서 생활고와 아내에 대한 애증이 교차하는 복잡한 심리를 담고 있다. 작품 또한 앞서 언급한 「땅 속으로」처럼 자전적인 요소를 반영하고 있다. 특히 여기에는 작가 자신이 미션 계통의 사립학교에서 재직한 경험을 토대로 종교에 환멸하고 사상의 전환을 이루게 되는 내용이 서술되어 있다. 주인공은 학교 내부에서 벌어진 동료 여교사와의 염문 때문에 교장인 목사와 불화한 뒤 사직한다. 그러나 그 사건은 동료 여교사에 대한 연모가 아니라 인간적인 연민이었다는 점을 주인공 스스로 밝히면서, 풍문과 목사의 종교적 아집에 환멸하여 동경으로 건너가기까지 작가의 내면을 엿볼 수 있게 해준다.

하지만 작품에는 교사 시절의 작가적 편모만이 아니라 동경 유학시절에서 변곡점을 맞는 작가의 내면세계를 짐작할 수 있어서 흥미롭다. 작품의 표현을 빌리면, 작가에 가까운 서술자는, 동경시절 "동지와 동지 사이에 믿고 사랑하는 마음"으로 모임에 발을 들여놓으면서 "어떠한 무서운 사회악이 더러움이라도 이 뜨거운 불길 앞에는 다 타고 녹을 듯싶" (262쪽)은 정열로 가득 찼다고 회상하는 한편, 이때부터 "'니힐리스틱' 하고 '테러리스틱' 한 경향을 띠게"(262쪽) 되었다고 술회하고 있다. 그러나 작품의 주된 내용은 작가의 실제 모습이 아니라 사상의 전환을 거치며 단련되는 지식인의 내면이다.

> 자기의 양심을 붙들어 나가기에도 엎치락잦히락 하고 힘없고 약한 걸음으로 걸어오던 나란 사람이 오랫동안 싸워 나온 끝에 자기의 뼈가 튼튼하게 되어가는 것일세. 이번에 그 일로 인하여 경찰서에 붙들려 들어가 그 무서운 악형과 고문을 당하면서 죽을지언정 자기를 속이고는 싶지 않았네.(조명희, 「R군에게」, 270쪽)

주인공은 사상 문제로 피검되어 온갖 고초를 겪으면서, 여린 감수성과 힘겨운 자기와의 오랜 싸움으로 다져지면서 사상적으로 성장하고 있음을 서술하고 있다. 이 모습에는 자신의 목숨을 담보로 하여 자기각성과 내적 성장을 통해서 외적 압력과 자신의 정신적 나약함을 극복하려는 치열함이 담겨 있다. 1920년대 지식인들은 식민지 조선을 침탈하고 억압하는 일제의 식민지배에 저항하기 위해, 하층민의 비참한 삶으로 시선을 던지며 사상적 탄압을 두려워하지 않으며 사회운동의 역할까지도 자임(自任)했던 것이다.

「저기압」은 동경에서 고학하다가 유학을 중도에 포기하고 귀향했던 작가가 고향을 떠나 상경한 뒤 신문사에 잠시 근무했던 경험을 토대로 곤궁한 생활상을 주조로 삼은 작품이다. "생활난과 직업난으로 수년을 시달려"(274쪽) 온 주인공은 "'십 년 만에야 능참봉

하나 얻어 걸렸다'는 격으로"(274쪽) 겨우 신문기자라는 직업을 갖지만 생활난과 소망없는 권태로움은 지속된다. 기자실은 진열품처럼 늘여 앉아 있고 의자에 앉은 정치부장은 멀끔한 신수에 살이 오른 모습으로 자리를 지키고 있다. 신문사의 풍경은 '수채에 내어던진 썩은 콩나물 대가리'(276쪽) 같다고 표현되어 있다. 이런 정경은 봉급조차 제대로 지급되지 않아 생활난이 여전한 데서 비롯된다. 몇 달치의 월급이 지급되지 않아서 주인집의 성화는 날로 높아가고, 급기야 어느날, 주인공은 이른 아침에 난데없이 이삿짐이 꾸역꾸역 들어오는 사태를 맞게 된다. 주인집과 다툼 끝에 주인공은 자신에게 향하는 아내의 잔 사설과 아이들의 울음소리를 뒤집어쓴다. 집주인이 아예 사글세를 다른 사람에 놓은 것이다. 이처럼, 쓰디쓴 가난은 주인공에게 자기 생활의 훌륭한 체험으로 여겨왔던 정신적 여유조차 빼앗아버린다. 그리하여 주인공은 집식구들이 마치 아귀와도 같이 육신과 정신을 뜯어먹은 것처럼 여긴다.

  작가의 사회적 가난은 이미 현진건의 작품에서도 쉽사리 접할 수 있지만, 조명희의 상기작에서 정신적 체모마저 여지없이 파멸로 치닫는 극한 상황이 가족의 기대심리, 아귀처럼 정신을 갉아먹는 가족에 대한 생계 문제로 나타난다. 앞서 거론한 「땅 속으로」, 「R군에게」, 「저기압」에서, 자전적인 요소는 결코 공상으로 지어낸 허구가 아니라 깊은 절망을 동반한 현실체험의 무게를 담고 있다. 여기에는 경제적 궁핍을 절감하며 일상을 힘겹게 견디어내는 모습과 함께, 일제의 감시와 탄압 속에 나날이 사상적으로 견고해지는 지식인의 내면이 고스란히 드러나 있는 것이다. 그런 측면에서 빈궁에 대한 작가의 소설화는 1920년대 식민지 조선의 남루한 경제적 현실과 맞물리는 한편, 사상적 전환을 통해서 가난과 궁핍상에 굴복하지 아니하고 하층민의 삶에 대한 시야를 확장하는 치열함을 담고 있다고 보아야 한다.

조명희의 소설은, 비록 궁핍을 강요하는 식민지 현실을 언급하고 있지 않지만 무력한 직장의 모습에서나 일상에 범람하는 가난을 부각시키면서 당대 사회의 궁핍한 현실을 방법적으로 인식하려는 면모를 가지고 있다. 이를테면, 그의 소설에 희미하게 드러나는 '사상적 전환'이 식민지배의 상황을 극복을 위한 방편으로 선택한 사회주의라는 사상이고 보면, '사상'이라는 말과 양심에 어긋나지 않고 죽음을 무릅쓴 '자기 성장'의 함의는 간과해서는 안 된다. 망명한 소련에서 드러낸 그의 사회주의는 당대 식민지 조선에 대한 일제의 야만적인 식민지배와 맞서기 위한 사회 인식의 방법적 틀이었던 것이다. 이렇게 볼 때, 「농촌사람들」과 대표작 「낙동강」은 '지하 몇 천 층 암굴 속으로!'라는 구호의 실천적인 면모를 보여주는 작품이라고 말해도 결코 지나친 표현이 아니다.

「농촌사람들」은 식민지 조선 농촌의 가뭄과 흉년으로 생계를 잇기조차 막막한 소작인들의 현실을 담고 있다. 작품에서 '원보'라는 인물의 전락과 죽음으로 이어지는 비극은 식민 체제의 폭력에서 비롯된다. 십 년 전 단란한 가정을 꾸리고 살아가던 '원보'가 현재 모친과 불화하게 된 것은 그의 인성 때문이 아니다. 그는 헌병보조원인 김참봉의 아들과 논에 물대는 문제로 다투었다가 징역살이를 하게 된다. 이 와중에서 아내가 김참봉 아들에게 빌붙어 원보에게서 떠나고 출옥후 원보는 자포자기의 심정으로 술과 노름에 빠져든다. 원보의 전락은 식민권력의 권세와 수탈 속에서 절망하는 소작농들의 처지를 환유하고도 남는다. 작품에는 서간도를 떠도는 유랑민의 흉흉한 소문과 함께 소작농의 절망적인 삶이 소문으로 등장한다.

작품의 말미에는, 원보가 김참봉 집에 잠입하여 강도질을 하다가 돈도 빼앗지 못하고 사람만 상하게 하고 붙잡혀서 감옥에 간다. 그는 감옥에서 목을 매고 만다. 원보의 비극이 간략하게 기술되어 있으나, '원보'의 생의 전말은 농민들의 소망없는 삶을 극적으로 보여준다. 그러나 작품은 폭력을 정당화하는 경향을 보인다는 점에서 최서해의 빈궁소설과 함께 공통의 한계를 가지고 있다.

그러나 대표작「낙동강」은 농촌문제에 관심을 기울이며 소작농들의 슬픔과 삶의 전락을 천착하는 것으로 그치지 않은 작품이다. 작품을 두고 프로문학 진영에서는 몇몇 부정적인 견해도 있었지만, '선구적인 작품'이라고 격찬한 것은 종래의 신경향파 소설이 가진 살인과 방화, 강도 등, 파괴적 충동과 폭력을 정당화했다는 비판을 넘어서는 목적의식을 내장하고 있기 때문이다.

낙동강 하구의 구포 마을을 배경으로 삼은 작품에서, 주인공 박성운은 근대교육을 받은 지식인이다. 그는 근대교육의 세례를 받고 군청농업조수 생활을 하는 인물이다. 그러다가 그는 3·1운동으로 투옥된 후 민족주의자로 변모한다. 그는 간도로 이주하여 연해주, 중국 일대를 전전하면서 독립운동에도 투신한다. 하지만, 성운은 귀국한 뒤 실천적인 사회주의자로 다시 변모한다. 그는 고향으로 돌아와 농촌계몽활동에 투신한다. 그는 소작조합을 조직하였다가 일제 경찰에게 피검되어 옥살이 끝에 병을 얻어 죽어가는 모습으로 고향에 다시 돌아온다. 성운의 삶의 행로는 농민의 자식에서 민족주의자로, 다시 사회주의자로 많은 굴곡을 겪는다. 그의 변모과정은 비록 죽음을 앞두고는 있으나 자포자기의 심정으로 빠져들지는 않는다. 이를테면, 성운의 삶은 낙동강의 넘실대는 풍성한 생명력과 겹쳐지면서 인간의 계몽과 각성을 수반하는 역사의 발전과정을 은유하고 있는 것이다.

> 낙동강 칠백 리 길이길이 흐르는 물은 이곳에 이르러 곁가지 강물을 한몸에 뭉쳐서 바다로 향하여 나간다. 강을 따라 바둑판 같은 들이 바다를 향하여 아득하게 열려 있고 그 넓은 들 품안에는 무덤무덤의 마을이 여기저기 안겨 있다./ 이 강과 이 들과 저기에 사는 인간─강은 길이길이 흘렀으며, 인간도 길이길이 살아왔었다.
> (조명희, 「낙동강」, 306쪽)

낙동강의 이미지는 인간의 육체에 비견되면서 '바다'로 넘실대며 흘러가는 물줄기를 이루고 있다. 그 흐름은 '역사 발전'에 대한 믿음을 반영한다. 또한 강을 따라 이어진 들과 마을과 인간들의 모습은 '민족'의 유구한 삶을 떠올려주게 족하다. 이 서정적인 대목은 오랜 문명사를 환기하며 자연을 '민족의 현실'로 번역해 놓고 있다. 이런 서술의 특징을 감안해 보면 박성운의 때이른 죽음은 자연사가 아니라는 것, 그의 죽음을 계기로 발전하는 사회운동의 흐름이 '한몸에 뭉쳐서 바다로 향하듯' 새로운 역사의 진전을 이룬다는 것을 시사하고 있다.

작품에서는 박성운의 죽음으로, 그가 세운 '선전, 조직, 투쟁'의 프로그램은 잠시 정지한다. 하지만, 소작인들은 농촌 야학으로 농민의 교양에 힘쓰고 교화를 통해서 조직된 소작조합의 필요성을 누구나가 절감한다. 그의 죽음은 바로 소작인들의 각성과 성운을 뒤

따라 농촌의 계급운동을 실천하려는 계승의 의지를 진작시킨다. '성운'의 유지(有志)는 그의 애인인 로사에게로 이어진다.

로사는 여성동맹원이 되어 형평사원이었던 부모에게 '몇천 년이나 학대 받아온 삶을 살아오면서 가진 '썩어빠진 생각'을 버리고 '참사람 노릇'(321쪽)을 하겠다며 대들고 나서는 성운에게 하소연한다. 그러면 성운은 로사에게 다음과 같이 말한다.

> 당신은 최하층에서 터져 나오는 폭발탄 같아야 합니다. 가정에 대하여, 사회에 대하여, 같은 여성에 대하여, 남성에게 대하여, 모든 것에 대하여 반항하여야 합니다.
>
> (중략)
>
> 당신은 또 당신 자신에 대하여서도 반항하여야 되오. 당신은 그 눈물—약한 것을 일부러 자랑하는 여성들의 그 흔한 눈물도 걷어 치워야 되오…… 우리는 다 같이 굳센 사람이 되어야 합니다. (조명희, 「낙동강」, 322~323쪽)

성운의 격려는 로사에게 사랑의 힘과 사상의 힘을 부여하여 그녀를 강하게 만든다. 그녀는 자신의 이름을 폴란드 출신의 여성 혁명가 로자 룩셈부르크를 본떠서 '로사'로 고친다. 이름이 부여하는 정체성은 '로사'가 성운의 사상적 동반자임을 분명하게 보여주는 데 있다. 죽은 '성운'의 상여 뒤를 따르는 인파 속에 있는 로사는, 부모의 반대를 무릅쓰고 계급적으로 각성된 자의 모습으로 그의 사상을 따르고 있는 것이다. 그런 점에서 '성운'의 실천과 열정은 죽음으로 끝나지 않고 로사에게로 고스란히 옮겨진 셈이다.

조명희의 대표작 「낙동강」은 이전의 초기작과는 달리 자전적인 요소를 넘어서(성운의 사상적 전환은 조명희 자신의 사상적 행보와 그리 다르지 않다), 농촌의 대중 속으로 들어가서 벌이는 사회운동의 면모를 보여준다. 이 대목이야말로 작품을 돋보이게 하는 부분이다. 작품의 진가를 놓고 카프 내부에서는 대중문화운동으로 방향을 촉발하는 논쟁이 일어나기도 했다. 작품은 조합운동과 야학활동, 소작쟁의를 통해서 농민들의 권익을 조직화하는 필요성을 작중현실로 구현함으로써 식민지 농촌이 쟁취해야 할 지평 하나를 열어놓았던 것이다.

4.

오늘의 시점에서 최서해와 조명희의 작품을 읽는다는 것이 과연 어떤 의미를 갖는 것일까. 답변은 작품을 모두 읽어보아야만 가능할 것이다. 하지만, 80여 년의 시간적 상거(相距)를 둔 소설 텍스트의 뜻을 온전히 헤아린다는 것은 결코 쉬운 일이 아니다.

그러나 텍스트를 독해한다고 해도 채워지기 어려운 것이 있다. 그것은 바로 작가의 생애에 깃든 무수한 고통과 사유, 그리고 작품을 만들어낸 시대의 맥락이다. 그것은 마치 한 인간이 지금의 위치에서 내 앞에 출현했다고 해서 그를 곧바로 이해할 수 없는 것과 같은 이치이다. 작가의 생각과 발언과 행동을 통해서 성격과 살아온 내력을 알게 되고, 그의 가치관을 통해서 인간됨을 판별하는 것과 같이, 작품 또한 마찬가지의 과정을 거쳐야 한다. 작품을 만든 작가의 삶과 시대가 빚어놓은 그의 가치관, 그의 체험과 사유가 어떻게 작품으로 만들어졌는가를 헤아리는 것은 마치 한 인간을 입체적으로 살피는 일과 무관하지 않은 셈이다.

최서해나 조명희는 19세기 말에 태어나 일제 강점기를 거치면서 3·1운동을 계기로 삶의 전환점을 마련한 작가들이었다. 이들은 시대적 조건이 부여한 절대적 빈곤 속에서 만주를 유랑했거나 고학생활의 고단함으로 동경 유학을 하였던 인물이었다. 그러나 이들은 문학을 통해서 자신들의 쓰라린 빈곤과 그것이 강요하는 비인간적인 조건에 저항하며 어두운 시대를 비추는 정신의 등불 역할을 자처했다. 이들의 등불 역할이 성공했는지의 여부와 상관없이, 자신의 체험을 사회적 차원과 민족의 현실로 확장시켜 사유하고 실천하는 방책으로 문학을 선택했던 것은 값진 일임에 틀림없다.

오늘의 시대가 지난 식민지의 현실과 동일하다고 말해서는 안 되지만, 그 시대의 어두운 현실을 통해서 오늘의 그늘진 사회를 헤쳐나갈 지혜와 사유의 힘을 키우는 거울의 성찰적 의미는 충분하다. 식민지의 현실에서 강요당한 하층민들의 고고한 삶과 무수한 슬픔들이 되풀이되지 않도록 하기 위해서라도 마땅히 그러하다. 역사는 교훈을 주지만 소설이라는 텍스트는 그 교훈을 넘어서 당대를 살아가는 자들의 비극과 상처를 헤아리게 만들면서, 우리의 나날에 깃든 교만과 무지를 여지없이 깨뜨린다. 그런 점에서 시대의 오래된 환부인 최서해와 조명희의 문학은 오늘에도 여전히 요긴한 성찰의 대상이다.